Demasiado lejos

Eduardo Sacheri

Demasiado lejos

El papel utilizado para la impresión de este libro ha sido fabricado a partir de madera procedente de bosques y plantaciones gestionadas con los más altos estándares ambientales, garantizando una explotación de los recursos sostenible con el medio ambiente y beneficiosa para las personas.

Demasiado lejos

Primera edición en Argentina: marzo de 2025
Primera edición en México: junio de 2025

ISBN: 978-607-385-943-1

Impreso en México – *Printed in Mexico*

Dedico esta novela a quienes intentan
no dejarse encandilar

Esta es una obra de ficción que se desenvuelve en el marco histórico de la Argentina de 1982. Las muy escasas menciones que se realizan a personas reales no pretenden dar cuenta de hechos verídicos de sus biografías.

E.S.

Euforia

1

Ascasubi se acerca a uno de los altísimos ventanales, abre el vidrio y, en puntas de pie, intenta vislumbrar el exterior por entre las tablitas del postigo. Casi no se ve nada. Apenas una franja angosta de baldosas, de vegetación y de calle. Escucha ruido de pasos y se echa atrás: no está bien visto que un mozo de la Casa de Gobierno desatienda sus obligaciones para chusmear lo que sucede en Plaza de Mayo. Se tranquiliza al ver que el que se acerca es Juárez, el cocinero.

—Ah, sos vos.

—¿Y quién querés que sea? —retruca Juárez.

Ascasubi vuelve a espiar. De pronto, afuera, estalla un ruido repentino que hace vibrar los vidrios.

—¡Carajo! —suelta Juárez.

—Una bomba de estruendo, ¿no? —arriesga Ascasubi.

—Ajá. Una bomba de estruendo —confirma Juárez, mientras se acerca a la ventana contigua para espiar él también hacia la plaza, y después de un minuto agrega—: Hacía tiempo que no se veían cosas de estas.

Ascasubi no puede menos que darle la razón. Es la primera manifestación opositora en la Plaza de Mayo en una ponchada de tiempo. ¿Cuándo fue la última? El mozo ya perdió la cuenta, pero tiene que haber sido antes del golpe del '76, sobre el final del gobierno de Isabel Perón. Desde entonces para acá, nada de nada.

—¿Sabés qué pensaba, Juárez?

—¿Qué?

—¿Hoy qué somos, 29 de marzo?

—No, Ascasubi, 30. Hoy es 30 de marzo. ¿Por?

—Entonces es así, nomás. Seis años redondos pasaron, sin quilombo, acá en la plaza.

Juárez se ayuda con los dedos para corroborar lo que acaba de decir Ascasubi. Se lo escucha enumerar en un murmullo: "1977, va un año, '78, '79, 1980, '81 y '82".

—Exacto —concluye en voz alta—. Seis años casi clavados. Bah, seis años y seis días.

Ascasubi asiente. Es verdad. Seis años y seis días desde el golpe militar hasta esta primera huelga general. Después pasan unos minutos en silencio viendo cómo la guardia de infantería se abre paso entre las otras fuerzas policiales y se dispone a cargar sobre los manifestantes.

—¡Mirá, Ascasubi! ¡Allá!

—¿Dónde?

—¡Allá! ¡De lado de Defensa! ¡Mirá!

A través de la angosta ranura Ascasubi alcanza a ver un camión hidrante de la policía que avanza a contramano por Hipólito Yrigoyen. El conjunto de gente se desgrana en racimos que intentan guarecerse en las recovas, a medida que el chorro de agua se abre de derecha a izquierda y de izquierda a derecha, persiguiéndolos. Un estampido sobre el otro lado lo obliga a girar la cabeza. Alcanza a divisar, siempre por la incómoda ranura de los postigos, la base de la Pirámide de Mayo. El pelotón de la guardia de infantería, en formación cerrada, dispara gases lacrimógenos y avanza, al paso, hacia el Cabildo.

—¿Galtieri está arriba? —pregunta Juárez.

—Creo que no. Debe estar en el Edificio Libertador, con el resto de los mandos.

Ascasubi termina de decirlo y lo asalta la duda: ellos están ahí, tan tranquilos, y en una de esas en la planta alta de la Casa Rosada hay alguien vociferando sus nombres porque los jefes necesitan café de inmediato.

—Che, ¿no tendríamos que volver arriba?

La pregunta de Juárez le indica al mozo que su compañero está pensando lo mismo.

—Sí, mejor vamos subiendo —dice Ascasubi.

—Cerrá bien la ventana, no sea que vengan los gases para el lado de adentro.

Ascasubi le hace caso y cierra con cuidado. Lo único que falta es que se les llene la Casa de Gobierno de gas lacrimógeno. Después se apresuran a volver al trabajo.

2

La bomba de estruendo pone a vibrar las altas ventanas guillotina. Alonso, el dueño del Asturias, desde atrás de la barra, levanta una ceja y escudriña lo poco que se ve de la calle desde su sitio. Pasan dos muchachos corriendo. Uno se agacha, levanta una piedra y la tira hacia alguien que se encuentra a sus espaldas. Después se da vuelta y sigue corriendo. No hay demasiados clientes a esas horas y con el caos que se ha desatado en las calles de alrededor. Están los cuatro de siempre, los que no faltan nunca: Solano, Weissman, Cullen y Alessandri.

Weissman está hablándole a este último. O, más bien, uno diría que lo está provocando. Lo usual para un martes al atardecer.

—En serio, Alessandri —le está diciendo—. ¿Vos no eras el que confiaba en que los milicos venían a poner orden de una vez por todas?

Weissman señala con su porrón de cerveza hacia la calle. Como aportando coreografía a sus palabras, un policía de la guardia de infantería se detiene justo frente al bar, apunta alto, lanza una granada de gas lacrimógeno y se aleja trotando.

—Callate, Weissman —responde el interpelado—. Estos tipos se cagaron en todo lo que tenían que hacer. En todo. La patria los convocó a una tarea de orden, de purificación. Y al final fueron unos traidores, al final.

Solano, que está sentado a la misma mesa que Weissman, alza la mano y le clava la mirada a su amigo, en el gesto que usa siempre para intentar detenerlo. Pero el otro no parece dispuesto a escuchar razones.

—¿Traidores?

—¡Traidores y vendepatrias!

—Creo recordar que usted los apreciaba bastante, Alessandri. Estos que están ahora no le digo. Pero el trío inicial… ¿Videla, Massera y Agosti le parecen vendepatrias?

—¡Massera no sé, pero ese Videla, que lo puso de ministro de Economía a Martínez de Hoz! ¡Un desastre hizo ese tipo!

La voz de Alessandri ha subido una octava, que era —piensa Alonso— justamente lo que Weissman se proponía.

—No sé, Alessandri, no sé. Hace un par de años eran unos genios que habían traído el orden que la Nación tanto reclamaba…

—Tengamos la fiesta en paz… —de nuevo intenta Solano.

—Chito la boca, señor —ahora Weissman lo mira fijo a él, con el índice alzado señalando hacia la mesa de Alessandri—. Acá el amigo se pasó años, años se pasó, defendiendo a esta caterva de rufianes.

Alonso sale de atrás de la barra retorciendo un trapo de piso que suelta algunas gotas de agua, va hacia la puerta vaivén y ajusta el trapo en la ranura que hay entre la puerta y el piso.

—Lo único que falta es que se me llene el local de gas lacrimógeno —explica a media voz.

—¿Cómo es eso de los gases, Cullen? —Ahora Weissman se gira hacia la mesa del fondo y alza la voz para que el otro lo escuche por encima del batifondo que entra desde la calle—. ¿Suben o bajan en la atmósfera? ¿Son más o menos pesados que el aire?

Cullen deja a un lado su revista de crucigramas y se acomoda los lentes. Pestañea. Detrás de los lentes gruesísimos que usa, sus ojos se ven distorsionados, enormes, salientes. Su palma derecha empieza a golpear rítmicamente la superficie de su mesa. Esos son los síntomas que le aparecen a Cullen cuando le preguntan algo cuya respuesta ignora.

—No... no... no... no sé —tartamudea mientras se incorpora casi a los tumbos—. Pero veamos...

Alonso no lo dice —porque es de poco hablar, la verdad—, pero le admira unas cuantas cosas al bueno de Cullen. Una es la curiosidad. Y otra es la inocencia. No detecta —no puede, nunca puede detectar— el sarcasmo con el que Weissman le hace ese tipo de preguntas. Ya está pegado a una de las ventanas guillotina, con el riesgo de intoxicarse con el humo de la calle.

—Parece que para arriba. Sí, sí. Para arriba —informa, solícito.

—Te precipitaste, gallego —ahora Weissman se dirige a él, a Alonso, mientras le señala el trapo de piso enrollado bajo la puerta—. La próxima vez preguntale a Cullen, en lugar de ensuciar un trapo de piso al pedo.

Alonso lo observa indiferente mientras empieza a guardar las cosas, ahora que se acerca la hora de cierre. Se pregunta si tiene sentido volver a corregirlo, porque él no es gallego sino asturiano. Decide que no. Que no vale la pena.

—¿En qué estaba, yo?

Weissman se lo pregunta casi para sí mismo y se gira para volver a incordiar a Alessandri, pero en ese momento se abre la puerta de par en par y entran dos tipos con mala pinta. Aunque van de civil es evidente que son policías, o militares, o agentes de inteligencia, o una intersección cualquiera entre dos de esas categorías. Bigotes frondosos, lentes negros, camperas de cuero. Igualitos a la caricatura que de ellos hace la revista *Humor*, pero en carne y hueso. Alonso de inmediato lo mira a Solano, como si pudiese anticipar lo que va a hacer. Y sí, Solano acaba de alargar la mano sobre la mesa y aferrar la muñeca de Weissman, como instándolo a que se quede quieto. Se oye el vozarrón de uno de los dos intrusos.

—¿Se puede saber qué carajo están haciendo acá?

En un primer momento nadie contesta.

—¿Está prohibido, oficial? No... no sabíamos que se iba a armar tanto escándalo. Pero si tenemos que irnos, nos vamos.

El que responde solícito, en tono lastimero, es Alessandri, a quien la debilidad por los uniformes, y por quienes sin uniforme se conducen como si lo llevaran puesto, no conoce límites. Ahora habla el otro recién llegado.

—¿En serio hay que venir hasta acá a decirles que no pueden estar? ¿Por qué carajo siguen acá?, sería la pregunta.

—Venimos siempre, todos los días. Bueno... de lunes a viernes.

El que contesta es Cullen, pero sin el servilismo de Alessandri. Le preguntaron, sabe la respuesta, la responde. Así es Cullen.

—Así que de lunes a viernes...

—Siempre y cuando sean hábiles. Antes y después del horario de oficina. Los feriados no venimos. Y hoy no es feriado.

Alonso no pierde detalle de los recién llegados. No puede ver la expresión de los tipos porque los lentes de sol les tapan media cara. Pero puede imaginar sus ojos furibundos. No saben, no pueden saber, que en las respuestas de Cullen no hay sarcasmo. Uno de los intrusos da un par de pasos hacia la mesa que ocupa Cullen. Weissman se levanta como un resorte y se interpone entre ellos.

—¿No sería mejor que fueran a colaborar con sus compañeros allá afuera, oficial? Mire el descalabro que han armado esos locos de la CGT.

—¿Vos nos vas a decir lo que tenemos que hacer?

—Jamás de los jamases, capitán. Pero lo único que tiene acá son cuatro inútiles que no tienen mejor lugar para matar el final de las tardes, después de la oficina. Cinco, si el gallego me permite sumarlo a la cohorte.

Alonso observa todo con la mandíbula apretada. Le encantaría ser como los cantineros de los salones de los westerns, sacar una escopeta de caño recortado desde abajo de la barra, y apuntarla hacia los forasteros para indicarles que no son bienvenidos. Pero no es un cantinero de western, sino un asturiano que cruzó el océano para terminar en este zoológico de locos llamado República Argentina.

Weissman ha conseguido lo que se proponía, piensa Alonso. Los dos forajidos se desentienden de Cullen y caminan hasta Weissman. Uno directamente, el otro pasando por detrás de la silla de Solano.

—¿Y vos de dónde sacás que soy capitán, pedazo de pelotudo? —el del vozarrón es el que increpa a Weissman.

El problema de Weissman es doble, piensa Alonso. Por un lado, su plan no iba más allá de la "maniobra de distracción" que improvisó para que no se fueran encima de Cullen. Eso es todo. El tipo no tiene ninguna táctica adicional. Ninguna coartada. Ninguna ruta para retirarse. Por el otro lado—y ahí está el verdadero problema—, está disfrutando lo que pasa. No es que no haya podido evitarlo. No ha querido.

—No sé. Yo digo. El porte, la percha, la facha, la pres…

Alonso calcula que la palabra que queda a medio pronunciar es "prestancia", que es una palabra que a Weissman le gusta mucho y la utiliza con frecuencia. Pero no hay modo de corroborarlo porque la piña del milico se estrella en la cara de Weissman al final de esa primera sílaba.

3

Hoy, a Alcira le toca tomar notas. Paciencia. Es lo que toca. No te quejes, se dice con frecuencia cuando los sinsabores de su profesión la impacientan o la enojan. No te quejes, que bastante bien te va. ¿No estás participando, acaso, de una reunión de alto nivel del cuerpo diplomático y del Ministerio de Relaciones Exteriores? Sí, Alcira. Acá estás. A tu alrededor, formando un corro, tenés a un ministro, a dos embajadores y a varios secretarios de embajada de primera clase.

La mala noticia —y bueno, Alcira, a veces hay malas noticias, qué se le va a hacer— es que ella no integra ese corro por sus conocimientos sobre relaciones internacionales, historia contemporánea y geopolítica comparada, sino por una habilidad que para ella es absolutamente secundaria pero para los hombres que tiene alrededor resulta absolutamente vital: es una estupenda taquígrafa y una excelsa dactilógrafa.

Esas son las cualidades que le han abierto las puertas de esta reunión. De otro modo una secretaria de embajada de tercera clase no tendría nada que hacer ahí adentro. Pero Alcira tiene fama —bien ganada— de ser una estupenda taquígrafa y una excelsa dactilógrafa. Y, como si fuera poco, ese equipo Xerox que acaba de llegar a la oficina para sacar fotocopias parece no tener secretos para ella, mientras que para los demás se comporta como una especie de cámara de tormento.

¿Están desperdiciando otros talentos mejores de esa secretaria de tercera clase? Alcira está convencida de que sí, pero no tiene apuro. Hay que saber esperar. Y aprovechar las oportunidades. Este grupo empezó a reunirse hace algunas semanas y la convocaron de inmediato. Desde entonces Alcira anota, transcribe y fotocopia. Anota, transcribe y fotocopia. Y se entera del proyecto más grande, más ambicioso, más desmesurado de la política exterior argentina del siglo XX. Sabe que tarde o temprano tendrá una oportunidad. Porque esto sigue creciendo y creciendo, y no hay quién lo detenga. Por el momento, Alcira toma sus notas. Sus notas exactas, fidedignas, esenciales para el trabajo de esos hombres que ahora están sentados a su alrededor.

Y si el embajador X comenta que la clave estará en convencer a los Países No Alineados de apoyar a la Argentina en la inevitable reunión del Consejo de Seguridad que será convocada de inmediato, Alcira tiene que anotar palabra por palabra que según el embajador X la clave estará en convencer a los Países No Alineados de apoyar a la Argentina en la inevitable reunión del Consejo de Seguridad que será convocada de inmediato. Y si el embajador Z le retruca que tiene muchas dudas de que ese objetivo pueda cumplirse, Alcira anota que el embajador Z tiene muchas dudas de que ese objetivo pueda cumplirse, y anota también los argumentos del embajador Z: esos Países No Alineados nunca se ponen a favor del país que hace uso de la fuerza, y además Argentina se viene comportando como un aliado fiel de los Estados Unidos, y eso sin siquiera entrar a considerar que en el mundo entero (No Alineados incluidos) los militares argentinos le caen como una patada al hígado a todo cristo por las violaciones a los derechos humanos cometidas a mansalva.

Y si a continuación el ministro dice que hay que dejar atrás, de inmediato, el viejo concepto de que "Argentina no pertenece al Tercer Mundo", porque el país va a necesitar a ese Tercer Mundo en las Naciones Unidas, Alcira anota que el ministro afirma que hay que dejar atrás ese concepto de que Argentina no pertenece al Tercer Mundo, etcétera. No escribe, porque de esas cosas no se deja constancia, que varios de los diplomáticos de carrera se acomodan en sus sillas, aprovechan a limpiar sus anteojos, carraspean o sienten el repentino impulso de revisar sus últimas anotaciones, todas cosas que uno hace cuando escucha a un jefe decir una estupidez pero debe fingir que lo que está escuchando no es una burrada precisamente por eso, porque el autor de la burrada es el jefe de uno. Porque Alcira sabe, igual que todos los demás, que fue precisamente el señor ministro el que hace muy poquito dijo exactamente eso: que la Argentina no pertenece al Tercer Mundo. Así. Con bombos y platillos. Por eso resulta difícil que los diplomáticos de todo el globo tengan un repentino ataque de amnesia y se olviden de que el ministro dijo lo que dijo. Salvo que en una de esas... ¿cómo se llamaba ese río del olvido de los griegos antiguos? Quedaba en el Hades el dichoso río, y las almas debían beber de sus aguas antes de regresar a la vida para olvidar todos sus pasados...

Alcira se imagina al ministro, secundado por los embajadores, asistidos por los secretarios, invitando con ademanes ceremoniosos a los representantes de los Países No Alineados a beber de las aguas de ese río para olvidar, de un saque, este pequeño problemita de Argentina despreciándolos hasta, más o menos, ayer a la tarde. La sala es amplia y de techos altos, y las pausadas voces de esos hombres resuenan en esa amplitud. La voz de Alcira, no. La voz de Alcira permanece encerrada en Alcira, mientras sus manos dibujan ágiles signos taquigráficos que pronto serán palabras mecanografiadas y pronto copias xerográficas apiladas pulcramente sobre los escritorios correspondientes.

Leteo. Parece mentira, se reprocha Alcira, haber demorado tanto en recordarlo. El río del olvido de los griegos se llamaba Leteo.

4

El mozo apoya la bandeja sobre la mesada y el cocinero lo interroga con un gesto. El mozo sacude la cabeza, negando:

—No hay manera de llevarles los pedidos, Juárez.

—¿Cómo que no?

Ascasubi se explica:

—Primero, que son como treinta ahí adentro. Y segundo, que va uno y te dice: "Tráigame un café", otros diez te dicen: "Yo también". Pero ahí uno dice: "Para mí, cortado". Y de los diez que te pidieron café tres o cuatro dicen: "Yo también lo quiero cortado".

Juárez se toma unos segundos para pensar.

—¿Y qué hacemos? ¿Llevás las cafeteras y servís allá?

—Yo digo que sí.

—Yo no tengo problema, siempre y cuando no venga después ninguno a chillar que cómo se nos ocurre hacerlo así.

—Con el quilombo que hay, no creo que nadie se fije en nada, Juárez.

El cocinero acepta el cambio de estrategia. Por señas le indica al mozo que lleve una bandeja con tazas y platos, y él se las ingenia para agarrar las asas de una cafetera y una lechera grande con cada mano. De repente se detiene, como si se le hubiese ocurrido una objeción a su propio plan:

—¿Y si alguno quiere té, Ascasubi?

—Que no rompan las bolas —lo corta el mozo, mientras empuja con la cadera la puerta vaivén y avanza por el pasillo.

Juárez se tiene que apresurar para seguirlo. Ascasubi es mucho más alto y por cada una de sus zancadas el cocinero tiene que dar dos. Cuando llegan frente a la puerta del despacho el mozo adopta una postura más erguida y ademanes casi solemnes. Echa un vistazo a su acompañante y trata de tranquilizarlo:

—No te preocupes, Juárez. Están en su mundo y ni nos van a mirar.

Ascasubi da dos golpes breves y abre sin esperar que se lo indiquen. Ahí adentro debe haber treinta personas. Veinticinco, como mínimo. Algunos ocupan los sillones del rincón. Otros están de pie contra las paredes. Pero la mayoría rodea el enorme escritorio del general. El mozo se abre paso en la multitud sin decir una palabra. Todos fuman. Todos se hacen a un lado a medida que ellos dos avanzan.

Juárez apoya la bandeja sobre una mesita anexa al escritorio y empieza a colocar cada pocillo en su plato. Ascasubi se apresura a servir, un poco al voleo, mitad cafés solos y mitad cafés cortados con leche. No quiere, pero los ojos se le van a ese hombre poderoso, de pelo blanco y mirada iracunda, que escucha con el teléfono en la mano. A su lado, de pie, un hombre de civil también tiene un tubo de teléfono contra la oreja. En el silencio se oye una voz que sale por un parlante dispuesto sobre el escritorio.

—El señor presidente dice que está convencido de que la opinión pública de los Estados Unidos y de todo el mundo deplorará el uso de la fuerza, general.

El general escucha mordiéndose los labios. Alza los ojos hacia el grupo de cuatro o cinco que están de pie frente a su escritorio. Los mira alternativamente. Ninguno habla.

—Dígale… dígale al señor presidente —el general enfatiza sus palabras golpeando con el dedo índice sobre el escritorio— que mi gobierno… que mi gobierno espera que los Estados Unidos actúen como amigos, tanto de los británicos como de los argentinos.

Ascasubi no come vidrio. Acaban de caer con el café en medio de una llamada telefónica con Reagan. ¡A la flauta! La voz que habla en inglés por el parlante del teléfono es la del presidente de los Estados Unidos. Cuando Juárez y él les cuenten a los demás que escucharon, en vivo y en directo, una conversación entre Reagan y el presidente argentino, los demás van a decir que los están jodiendo.

Una cucharita tintinea en un plato y el hechizo se rompe. Uno de los militares de la primera línea le hace un gesto a Ascasubi, girando el mentón y enarcando las cejas. Ascasubi se gira hacia Juárez y le indica que tienen que salir. Igual van a tener que volver, seguro, porque varios de los presentes todavía no recibieron sus cafés. Y los que sí, probablemente querrán repetir. Ojalá sigan hablando un rato largo, piensa Ascasubi. Así pueden chusmear otro pedazo de la charla.

5

Pasan las horas, y Solano no consigue poner en marcha ninguno de los ritos que usa para que las noches se le vuelvan más breves y menos angustiosas. Ni la copa de vino. Ni el tocadiscos a bajo volumen. Ni el libro (el que sea, cualquier libro) en el brazo del sillón junto a la lámpara.

No se animó a faltar al trabajo, por miedo a que le hicieran preguntas que lo pusieran más nervioso todavía. No llamó a nadie y el día se le hizo eterno. Los dos días. Ya pasó el miércoles. Enterito. Y el jueves va por el mismo camino. Ya se hizo de noche en ese otoño porteño que acaba de empezar. Oye el motor del ascensor que se pone en marcha. Se concentra en el zumbido. Está bajando. Si se esfuerza puede escuchar la puerta plegable que se abre y se cierra. Ahora el ascensor sube. El corazón se le acelera.

Falsa alarma. O falsa buena noticia, más bien, porque se ha detenido en el quinto piso. Se oyen otra vez las puertas metálicas. Después, de nuevo, nada. Solamente la oscuridad que gana los rincones. La lámpara de pie es la única luz que ilumina el living o, más bien, el rincón del living donde tiene su sillón para leer. Solano odia el otoño y sobre todo el invierno. Los días cortos, el frío colándose por todos lados, la depresión acechándolo en los rincones.

De nuevo se oye el ascensor en descenso. Solano aguza el oído. Se abren las puertas en la planta baja. Vuelven a cerrarse. Sube. Solano cuenta mentalmente los pisos. No se detiene en el quinto. Sigue subiendo. El corazón le da un respingo cuando lo escucha detenerse en el octavo. Puertas que se abren y se cierran, otra vez.

Pasos que se acercan por el pasillo. Solano no puede seguir sentado. Son pasos de hombre, por el ruido de los tacos en el piso de listones de madera. O va al departamento A o al B, que son los del frente del edificio, que da a la calle Arenales.

Suenan dos golpes breves en la puerta y Solano corre a abrir. ¿Para qué echó los dos pasadores? Maldito miedoso. Los dedos torpes atrasan la maniobra. Abre. Ahí está Weissman. Como siempre, le sonríe de costado. Como siempre, avanza dos pasos hasta que Solano cierra a sus espaldas. Como casi nunca, Solano se echa a sus brazos con un gemido en el que se mezclan la angustia contenida, el alivio, la alegría y la preocupación.

—¿Qué pasó? ¿Qué te hicieron? ¿Cómo te trataron?

Solano hace las preguntas a una velocidad tal que Weissman no podría responderlas aunque quisiera y se queda en silencio, apretando a Solano contra su pecho. Solano se hace a un lado y enciende la luz, para verlo con cuidado. Frunce el ceño. Estira la mano hasta el pómulo de Weissman y lo roza.

—Pará que me duele —lo ataja Weissman, alejándole los dedos con delicadeza.

—¿Dónde más te pegaron?

—Nada grave.

—Decime la verdad.

—Te la estoy diciendo.

Solano vuelve a abrazarlo. Poco a poco y casi a su pesar empieza a aflojarse. Pero a aflojarse de verdad. La fuerza de los músculos lo abandona de tal modo que Weissman pasa de abrazarlo a tener que sostenerlo.

—No te pongas así. No me hicieron nada grave. Te lo juro. Me llevaron al Departamento Central. No pasó nada. De verdad.

Solano, por toda respuesta, hunde la cara en el pecho de Weissman y empieza a llorar. Primero despacio, en silencio. Pero a medida que lo gana la congoja a las lágrimas se suman los sollozos, los hipos, un quejido bajo. Weissman lo estrecha más fuerte mientras sigue intentando consolarlo.

—De verdad, querido. No me pasó nada.

—No me digas querido. No me... —Solano corta su incipiente reclamo porque se había prometido que si volvía sano y salvo no iba a retarlo ni nada. Pero es más fuerte que él—. Mil veces te he pedido que no los provoques. Que son peligrosos. Que son unos hijos de puta que no tienen perdón, que no tienen moral, que van por ahí haciendo lo que quieren.

—Pero te digo que...

—Y vos sabés que es así. Y más con nosotros. Y sabés el miedo que me da. Y no te importa.

—Sí me importa.

—¡Si te importara no te harías el gallito! ¡Si te importara no arriesgarías la vida, tarado, la vida, desafiando a gente como esa!

Solano se ha soltado del abrazo y lo mira con expresión desencajada. Weissman no dice nada. Pero de la máscara irónica que suele ponerse para mirar el mundo no queda ni rastro. Está serio. Con timidez alza la mano hacia la mejilla de Solano. El otro no se aparta. Weissman le hace una mínima caricia.

—Te pido perdón. Sabés que yo no haría nada… Perdoname.

Solano se abraza a él. Weissman le devuelve el abrazo, más fuerte que cuando llegó. Más fuerte todavía.

6

Antes de repasar la mesada con el trapo rejilla Marisa se lo acerca a la nariz. Siempre lo mismo: a la noche lo dejan sucio, hecho un bollo, y a la mañana tiene un olor de mil demonios. Lo coloca bien desparramado sobre el acero de la pileta, saca la botella de lavandina, le echa un buen chorro, sacude el trapo para que se embeba bien y por último lo enjuaga y lo escurre. Vuelve a olerlo. Pasó de un aroma de pantano putrefacto a otro más o menos neutro y pasable.

Después de dudar un segundo termina por encender la luz eléctrica. El mes pasado vino una cuenta de Segba pavorosa, pero ya empezó el otoño, los días se están acortando y tampoco está ella para andar preparando el desayuno a oscuras.

En una de las idas y vueltas entre la alacena, la heladera, las hornallas y la mesada, enciende también la radio. Suena una marcha militar. Levanta el aparato y lo aproxima a la luz. A veces pasa que toca sin querer la ruedita del dial y cambia de frecuencia. Pero no. La radio está sintonizada donde debe. ¿Habrá habido fragote militar? ¿Otra vez? Saca las tostadas del fuego —odia las tostadas cuando se pasan y quedan chamuscadas— y avanza por el pasillo, pasa de largo la habitación de las chicas y la del chico y entra en la suya.

—Despertate, viejo, que son casi las siete.

Su marido da un respingo. Siempre es igual. Como si la entrada en la vigilia debiese, siempre, ir de la mano de la urgencia o el peligro.

—¿Qué pasó? ¿Qué pasó?

—Nada, Carlos. Bueno —recapacita la mujer—, en la radio están meta y meta con una marchita militar.

—¿Cómo?

Su marido se incorpora y se calza las pantuflas. Vuelven a la cocina. La radio sigue encendida, con el volumen bajo. El hombre mueve la perilla para subirlo. Lo que escuchan los deja tiesos del asombro. Un locutor de voz engolada, solemne, está hablando de la Junta Militar, de la república, de sus Fuerzas Armadas. El hombre y la mujer se miran con ojos asombrados. Miran la radio, como para asegurarse de que no están compartiendo un sueño que tiene las mismas imágenes e idéntico argumento. De repente ella se levanta y sale de la cocina.

—¡Chicos! ¡Chicos! ¡Las Malvinas! —la mujer sale corriendo por el pasillo otra vez hacia las habitaciones—. ¡Carlitos! —grita mientras golpea una de las puertas—. ¡Andrea! ¡Sandra! —cuando golpea en la de enfrente—. ¡Las Malvinas! ¡Despiértense! ¡Tomamos las Malvinas!

7

Mientras espera que cambie el semáforo, a Magalí la asalta la duda: ¿sigue derecho hacia la escuela o se desvía primero por el taller mecánico de su papá? Echa un vistazo a su reloj pulsera. El tiempo no le sobra y si hace ese rodeo por el taller lo más probable es que le pongan media falta. Pero por otro lado conoce a esos tres cavernícolas, y está segura de que no deben tener ni idea de lo que está pasando.

Así que una vez que cruza la avenida tuerce a la izquierda en lugar de ir hacia la derecha y aprieta el paso. En una de esas la escuela está patas arriba, con las noticias, y ella se termina librando de que le marquen el ausente. Desde mitad de cuadra ve cómo su hermano está levantando la cortina metálica. Le hace un gesto de saludo con la mano y le pega un grito, pero Gustavo no se da por enterado. Qué pibe tonto, por Dios. Sigue mirando la nada, con la boca sin cerrar del todo con esos dientes enormes que Dios le dio y que justifican el apodo de "Conejo" con el que lo llama todo el mundo, menos la familia.

—¿Qué hacés acá, nena? —le pregunta su hermano cuando la ve en la puerta del taller.

Magalí está a punto de responderle, pero se distrae porque ve aparecer a Antonio detrás de Gustavo y siente que la piel se le enciende en una mezcla de alegría y de vergüenza. Tiene cara de dormido, pobre Antonio. Con esto de que vive ahí, en el taller, se despierta unos minutos antes de que lleguen los otros.

—¿Qué pasa, Magalí? —pregunta su papá, que emerge desde el cuartito del fondo, donde funciona la cocinita, con el mate en una mano y la pava en la otra.

Hizo bien en venir, concluye Magalí. De lo contrario esos energúmenos seguirían con su rutina diaria, ajenos a todo lo que está pasando.

—Ustedes no se enteraron de nada, ¿no?

Las caras de los tres hombres, su padre, su hermano mayor y su novio (aunque nadie debe enterarse de que Antonio es su novio, por nada del mundo), hablan a las claras de que no, no se enteraron de nada.

Justo en ese momento el semáforo está en rojo y los autos que están detenidos empiezan a tocar bocina rítmicamente, en plan festejo.

Magalí, divertida, señala hacia los autos que tocan bocina. El Conejo y su padre se miran sin entender. Antonio no. Antonio la mira a ella. Magalí abre los brazos, porque cosas así de grandes no se pueden decir sin abrir mucho los brazos:

—¡Recuperamos las Malvinas! Eso es lo que pasa. ¡Las Malvinas!

8

Ascasubi abre la puerta con cierto trabajo. Esos pomos redondos son una porquería, porque están tan lustrados que se resbalan y cuesta hacerlos girar. Y ni que hablar si uno lleva en una mano una bandeja con veinte tazas, veinte platos, tres cafeteras y dos jarras de leche.

Saluda con una inclinación de cabeza, pero nadie le presta atención. Los quince pares de ojos están vueltos hacia el otro extremo del salón, donde la otra puerta, la principal, sigue cerrada. Ascasubi se aproxima con su bandeja repleta y la deposita con maestría sobre el extremo de la mesa. Descarga casi todo lo que lleva y empieza la ronda. Frente a cada funcionario repite idénticas preguntas: "¿Café, señor?", "¿Solo o con leche?", "¿Azúcar?". Ascasubi sirve ceremoniosamente, deja la taza en algún lugar libre frente a cada destinatario, teniendo buen cuidado de no volcar una sola gota sobre las carpetas y papeles sueltos que cada uno tiene desplegados frente a sí, y pasa al que sigue.

Por el rabillo del ojo ve que Juárez se asoma por la puerta de servicio con gesto interrogativo. Ascasubi forma las palabras "dos" y "una" con los labios. Espera que Juárez haya entendido el mensaje de que necesita dos jarras más de café y una de leche. El cocinero desaparece por el vano de la puerta. A Ascasubi le gusta trabajar con Juárez. Se entienden de maravillas. También... ¿cuántos años llevan trabajando juntos? Él, Ascasubi, entró en Casa de Gobierno durante el gobierno de Illia, en el '64. Su padrino tenía un compañero de promoción que era secretario de no se acuerda quién, y le hizo palanca. Y Juárez ya estaba ahí, en la cocina. Ascasubi no sabe con precisión si desde el gobierno de Perón o desde el de Aramburu. Y no lo sabe con precisión porque Juárez, a lo largo de los años, ha cambiado más de una vez la versión sobre su año de ingreso, según desde dónde sople el viento del poder en cada momento. Está bien. A Ascasubi eso no le molesta. El trabajo es el trabajo, y hay que cuidarlo.

Vuelve al extremo de la larguísima mesa de reuniones cuando se escucha el sonido del picaporte de la puerta principal. Ascasubi endereza el cuerpo. Los quince hombres que están sentados, algunos de civil, otros de uniforme militar, hacen lo mismo. El general, alto, ancho, sonriente, erguido, imponente en su uniforme de servicio, avanza algunos pasos y saluda con un estentóreo "Buenos días". Todos le responden más o menos a coro. Ascasubi duda. No sabe si ponerse ya a servir el café subsiguiente —éste va con leche y con una cucharada de azúcar— o esperar. Se palpa en el ambiente que falta algo. Que después de que acaba de pasar lo que acaba de pasar la reunión de gabinete no puede empezar así nomás, como otro viernes cualquiera. Por detrás del general emerge la figura de uno de esos asesores militares que pululan por Casa de Gobierno. Ascasubi ve que tiene uniforme de capitán de navío, pero no conoce ni el apellido ni sus funciones. Bueno, eso le sucede con la mayoría. Son un montón, de las tres fuerzas. Como para andar sabiendo vida y obra de cada uno. El asunto es que este marino se asoma por detrás del general, pero desde lejos, dejando entre los dos un buen par de metros, como si no quisiese enturbiar con su propia presencia el aura que rodea al comandante, y dice:

—Buenos días, caballeros. Este es un día memorable. El 2 de abril quedará en la historia de las grandes gestas de la patria. Propongo un aplauso para el hombre que acaba de escribir esta página gloriosa.

Arranca a aplaudir. De inmediato todos los ministros y secretarios se ponen de pie y se unen al aplauso. El capitán que habló suelta un "¡Viva la patria!", rápidamente contestado por todos con un "¡Viva!". La cara del general se ilumina con una sonrisa amplia, blanca y refulgente. Alza una mano, no se sabe si en gesto de saludo, de aceptación o de timidez. Ascasubi está indeciso. No está seguro de si debe aplaudir o si el aplauso está reservado a la gente importante que rodea la mesa. Pero en una de esas ve que Juárez —tal vez atraído por el ruido— tiene otra vez medio cuerpo asomado por la puerta de servicio y aplaude con ganas. Ascasubi se decide. Apoya la bandeja sobre la mesa y se suma al aplauso.

9

Cómo somos los seres humanos, se dice Alonso, mientras prepara los cafés con leche. Nos cuesta mucho sostener nuestras emociones durante demasiado tiempo en su máxima intensidad. Las buenas y las malas. Ni el dolor, ni el placer, ni la alegría resisten demasiado tiempo en la vidriera de nuestros rostros y nuestros cuerpos. Más temprano que tarde se repliegan. Siguen existiendo —eso Alonso no lo pone en duda—, pero ya no a la vista de los demás, como si se dejasen derrotar por el pudor o por el cansancio.

Eso es lo que acaba de pasar en su bar. Después de un rato de intercambiar comentarios maravillados, palmadas cómplices y risas estentóreas, sus parroquianos se han ido cada cual a su sitio. El único que insiste con seguir batiendo el parche con el desembarco es Alessandri. Los otros se han sentado en sus sitios de siempre: Cullen con su crucigrama y Weissman y Solano en una de las mesas del centro del local.

Estos últimos, precisamente, cuchichean en voz baja y se quedan callados cuando Alonso se acerca a dejarles los cafés con leche que toman todas las mañanas. El español los compadece un poco. Ese esfuerzo que hacen —Solano sobre todo— para no se les note que su relación va mucho más allá de compartir esa mesa de café, antes y después del horario de sus oficinas. A Alonso le gustaría poder decirles que se relajen, que no es para tanto, que allí nadie va a hacerles un escándalo. Pero sabe que no puede garantizarles semejante cosa. Sí, claro que puede asegurarles —y será verdad— que a él, a Alonso, le tiene absolutamente sin cuidado lo que hagan de sus vidas. Pero no está seguro de qué pensarían los demás. Por no estarlo, piensa, ni siquiera está seguro de lo que diría la difunta Amparo acerca de esos dos.

—¿Y usted qué dice, don Alonso?

La pregunta de Alessandri lo saca de sus cavilaciones.

—¿Qué digo de qué?

—¡De la recuperación de las Malvinas, hombre! ¿De qué va a ser?

—Que… que está muy bien… ¿qué voy a decir?

—¡Pero claro que está muy bien! —Alessandri es de esas personas que siempre están seguras no sólo de lo que ellas dicen, sino de lo que los demás están obligados a responder—. ¡Es como les pasa a ustedes con Gibraltar! ¡No hay caso, che, si los ingleses se han dedicado a robar territorios por todos lados! ¡Por todos lados!

Alonso se pregunta si Alessandri tiene razón. ¿Habrá en España alguien dispuesto a reconquistar Gibraltar, como acaban de hacer estos tipos con las Malvinas? ¿Piensan en eso los españoles? Alonso no lo sabe. Salió de Asturias hace cuarenta y cinco años, los mismos que lleva viviendo en Buenos Aires. No tiene la menor idea de lo que piensan los españoles acerca de Gibraltar o acerca de cualquier otra cosa. Ni tiene idea ni le interesa.

—¿En qué año les robaron a ustedes Gibraltar? —Alessandri parece decidido a profundizar en el asunto del peñón, según parece.

—No tengo la menor idea —responde Alonso con sinceridad.

Una palabra en particular le queda rebotando en el cerebro. "Ustedes". ¿Quiénes entran dentro de la palabra "ustedes" cuando se habla de un país? Alonso duda. ¿Todos los que nacieron ahí? ¿Todos los que pelearon la Guerra Civil o sólo los que la perdieron? ¿Todos los que pelearon la Guerra Civil o sólo los que la ganaron? ¿Todos los que se quedaron después de la guerra a morirse de hambre, o todos los que emigraron después de la guerra con la intención de dejar de morirse de hambre? Por suerte Alessandri es de los que se cansan rápido y profundizan poco. Se encara con Weissman:

—¡Ahora lo importante es llenarles la canasta a los ingleses en la ONU!

—¿Y qué sería llenarles la canasta, Alessandri?

—Que el mundo les ordene sentarse a negociar como Dios manda, Weissman. Esos hijos de su madre llevan años haciéndose los giles. Ahora no les va a quedar otra opción que entregar las islas por las buenas.

—Decían en la radio que por eso era tan importante que el desembarco fuera incruento —interviene Cullen.

—¡Momentito! —lo corrige Alessandri, dedo índice en alto—. Incruento para los ingleses, pero no para las tropas nuestras. Creo que murió un capitán y todo.

—¿Lo hirieron o murió?

—Yo escuché que lo hirieron —interviene Solano.

—Yo escuché que murió —lo contradice Alessandri—. Pero lo importante acá es que los ingleses no pueden reprocharnos nada. Nada de nada. No había que hacerles el menor daño, y no se les hizo.

—¿Qué es lo que pasa ahí afuera? —pregunta Cullen de repente, señalando la ventana con su lapicera de hacer crucigramas.

Todos miran en esa dirección. Por la vereda del bar, y por la vereda opuesta, y por el medio de la calle, pasa gente hacia la Plaza de Mayo. La mayoría, oficinistas. La mayoría, hombres.

—No me digas que se va a volver a armar quilombo —la voz de Solano suena de repente angustiada.

—No pasa nada —lo tranquiliza Weissman—. Fijate lo tranquilos que van.

Justo en ese momento pasa un grupo con una pancarta en la que se lee, en grandes letras de imprenta, "VIVA LA MARINA".

—¿Y ese cartel? —pregunta Weissman poniéndose de pie y corriendo a mirar desde la ventana.

—¡Está perfecto! —dice Alessandri—. ¡Fue nuestra infantería de marina la que encabezó el desembarco!

Alonso piensa que hoy se respira un clima que no tiene nada que ver con el del otro día. Por cierto, nadie le ha preguntado qué pasó en el Asturias una vez que los policías de civil se llevaron detenido a Weissman y obligaron a los demás a salir carpiendo del café. A Alonso lo tuvieron dos horas sentado a una mesa, declarando lo mismo primero frente al policía que le había pegado a Weissman, después frente a un comisario, después frente a un militar que nunca dijo ni su grado ni su nombre. Eran como las diez de la noche cuando se fueron, después de servirse generosamente de beber y de comer, como si fueran los dueños. Le dijeron que ni se le ocurriera abrir hasta el lunes siguiente, porque iban a estar vigilándolo. Alonso dijo que sí pero decidió que no. Aceptó cerrar el miércoles y el jueves, pero ni loco estaba dispuesto a seguir perdiendo dinero por orden de esos energúmenos. Y quiso la suerte que hoy, apenas abrió, se desató el jolgorio con este asunto de las Malvinas. Hay que joderse. En la misma semana este país puede pasar de la tragedia más rotunda a la felicidad más inconmensurable sin que a nadie se le mueva un pelo.

10

El capitán de navío Guillermo Amílcar Molinero atraviesa el largo corredor con la vista al frente. Si alguien trata de frenarlo lo va a ignorar. Vista al frente. Nada de mirar a los costados, a las puertas abiertas, cerradas o entornadas que apenas distingue por el rabillo del ojo. Molinero siente que hoy no lo detiene nada. Ni nadie. Se levantó inspirado. Así se siente. ¿De dónde sacó esa idea de iniciar un aplauso cuando el general entró en la reunión de gabinete? Se le ocurrió de repente y lo hizo. Punto. Y eso que Ramírez lo miró con cara de "te voy a asesinar, cómo te atrevés". Molinero lo ignoró. Casi que le aumentó el coraje: se puso a aplaudir más fuerte y lanzó el primer "¡Viva la Patria!" para que ministros y secretarios le respondieran: "¡Viva!". Por suerte enseguida todo el mundo se prendió al aplauso. Así que jodete, Ramírez. Hasta vos terminaste aplaudiendo como un bendito.

Molinero llega hasta el escritorio de la secretaria. ¿Inés? ¿Susana? ¿Beatriz? ¿Cómo carajo se llama la mina?

—¿Pero cómo dice que le va, esta mañana, a la funcionaria más guapa y eficiente de la Casa de Gobierno?

—Ay, capitán, déjese de jorobar —responde Inés, Susana, Beatriz o como carajo se llame, con un rubor en las mejillas que le indica a Molinero que la cosa es pan comido.

—Me está esperando el general.

La mujer estira el brazo izquierdo hacia el teléfono intercomunicador. Pero hoy Molinero se sabe mecido por las fuerzas celestiales que le dicen qué hacer, cuándo moverse y cómo avanzar. Y por eso, en lugar de quedarse bien quieto y erguido junto al escritorio de ¿Inés, Susana, Beatriz?, avanza como Pancho por su casa hacia la puerta del despacho.

—El general me avisó que pase derecho, porque parece que es urgente.

Molinero se anuncia con dos golpes módicos y rápidos, abre la puerta del despacho presidencial y pasa adentro sin esperar que lo autoricen. ¿Qué es lo peor que puede pasar? Molinero traga saliva. El general está sentado a su escritorio, y dos ministros lo escuchan sentados del otro lado. Por la actitud de esos tres hombres Molinero se percata de que el general estaba hablando y él, con sus golpecitos y su entrada intempestiva, acaba de interrumpirlo. Como para empeorar un poco más la escena, el general tiene hasta la mano levantada, detenida en algún ademán de esos que cuadran tan bien con sus ancestros italianos. Y su mandíbula —esa mandíbula poderosa que Molinero admira tanto y que le da un aire a Patton que *te lo voglio dire*— ha quedado a medio abrir, cortando seguramente una frase importante dicha a esos dos tipos también importantes. Y sus ojitos verdes lo taladran a Molinero como preguntándose: "¿Quién carajo es este advenedizo?". Molinero entiende que sólo le queda la opción de huir hacia adelante.

—Le pido mil disculpas, mi general.

—No se trata de que se disculpe, capitán…

Capitán Molinero, piensa Molinero. Lleva meses destinado en Casa de Gobierno y nadie parece tener ni puta idea de cómo se llama. No importa. Molinero no ha llegado hasta ahí para ahogarse en la orilla.

—El pueblo, mi general. El pueblo —Molinero alza una mano señalando un poco hacia atrás, hacia sus espaldas.

Los tres hombres poderosos que ocupan ambos lados del escritorio giran, sin pensarlo, las cabezas en la dirección en la que Molinero señaló la supuesta ubicación del pueblo. Ahí lo único que hay es una esquina del despacho, pero el capitán entiende que ha capturado la atención, y en la batalla es clave mantener la iniciativa, de modo que sigue adelante:

—La plaza está llena de gente que vino a rendirle homenaje, mi general.

El general mira a sus ministros, que miran al general. Los tres se reacomodan en sus asientos. Molinero nunca ha sido una luminaria de la Armada Nacional, pero es bueno leyendo los gestos de los hombres. Y esos tres que tiene adelante acaban de acomodarse como quien hace borrón y cuenta nueva. A ninguno de los tres —y al general menos que menos— le molesta ya la interrupción de la que fueron objeto. Molinero se hace un instante para pensar en el momento más sublime de ese día. Momento que todavía no ha acontecido. Porque el momento más perfecto de la jornada no fue cuando inició el aplauso en la reunión de gabinete, ni es el que está por venir en dos minutos. Será cuando, esta noche, le cuente a su mujer este día de locos. Los ojos de ella muy abiertos. El cuello estirado hacia él, el mentón alzado, ese gesto que pone cuando quiere enterarse hasta del último detalle. No puede fallarle. No puede fallarse. Molinero es un simple capitán de navío. Un simple capitán de navío con una carrera estacionaria que, en principio y si no pasa nada raro, terminará en un retiro precoz, con el rango que ya tiene. En principio, no le da el cuero para más. Pero nunca se sabe. ¿Y si hoy cambió su suerte? No. La pregunta hay que formularla mejor: ¿Si hoy él mismo cambió su suerte?

Molinero regresa a la puerta que acaba de cerrar sigiloso a sus espaldas. La abre veinte, treinta centímetros. Este es el momento culminante. Gira la cabeza. Y sí, válgame Dios, piensa Molinero. El general se está levantando y los ministros también. Molinero abre la puerta de par en par. La secretaria cuyo nombre ya no importa levanta la cabeza y ve el inicio del desplazamiento de la pequeña comitiva. Adelante Molinero, abriendo la marcha. El general, dos pasos a la zaga. Los ministros atrás. Falta una última finta de torero, pero Molinero ya no tiene la menor duda de que va a salirle bien.

Al trasponer la otra puerta, la que da desde el despacho de la secretaria al largo corredor, Molinero se detiene apenas un instante, el tiempo suficiente para que el general lo alcance. De ahí en adelante caminarán uno al lado del otro por el corredor hacia el fondo, hacia la esquina, hacia el rumor creciente que sube desde la Plaza de Mayo. Molinero acompasa su marcha a los largos pasos del altísimo general. No se atreve a emprender una conversación digna de ese nombre, pero sí a soltar unos pocos comentarios aislados, para ponerlo en situación: "No sabe la cantidad de gente que se está juntando, mi general". "La gente está ansiosa por escucharlo, mi general". "Ya se ordenó colocar el sistema de sonido".

A medida que avanzan, por añadidura, se abren algunas puertas y se asoman milicos y funcionarios. ¿Y qué es lo que ven? Al capitán de navío Guillermo Amílcar Molinero departiendo amablemente con el Excelentísimo Señor Presidente de la Nación, mientras caminan tan campantes hacia el balcón de la Casa Rosada. Y como este día es el primer día del resto de su vida —ahora Molinero está convencido—, uno de los que se asoma (y no es capaz de disimular el pasmo) es Ramírez. Ahí tenés, pelotudo. A ver cómo me serruchás el piso ahora.

En la esquina donde dobla el pasillo, Molinero se atreve a mirar al jefe máximo de la nación directamente a la cara.

—Si usted me autoriza una opinión, mi general, deme cinco minutos antes de asomarse. Así nos da tiempo de disponer de los micrófonos, los periodistas, todo lo necesario para este momento inolvidable.

El general frunce el ceño, pero no por contrariado, sino como quien sopesa un buen consejo.

—Correcto, capitán. Proceda nomás.

Molinero sale volando a cumplir con el encargo que él mismo ha preparado. Esta noche su mujer no va a poder creerlo. Si a duras penas el propio Molinero se lo cree.

11

En la casa de la familia López la mesa redonda está tapada de diarios a medio leer y a medio desarmar. Marisa trae desde la cocina las últimas tostadas y se sienta: si alguien quiere algo más, que se lo busque en la cocina. Ella también tiene derecho a no perderse este día histórico. La asalta una duda:

—Hoy es 2 de abril, ¿no?

—Sí, mamá —contesta Carlitos—. ¿Por qué?

—¿Cómo por qué? ¿No te das cuenta? De ahora en adelante el 2 de abril va a ser un día histórico. Como los feriados. Como el 25 de Mayo o el 9 de Julio.

Carlitos inclina la cabeza, como si sopesara su argumento.

—No lo había pensado.

Carlos padre levanta la cabeza y repara en el desorden justo en el momento en que su hija menor, interesada en un titular de las páginas interiores de *La Nación*, levanta esa hoja en particular con la intención de sacarla del cuerpo principal. Antes de que logre su objetivo el diario se desliza por encima de algunos otros, amenaza con volcar la taza de café con leche de Marisa y empieza a desarmarse como un abanico al que acaban de quitarle la empuñadura.

—¿No ves que así lo desarmás todo, Sandra? —le advierte el padre, en tono admonitorio.

—Ufa, papá. No es para tanto.

—No te cuesta nada dejarlo armado, hija. Leés lo que te interesa y volvés a ponerlo en el medio de la mesa, para que cualquier otro miembro de la familia pueda leerlo después.

Marisa alza la mirada hacia el reloj de la pared. Les habla a sus hijas.

—¿A ustedes no se les hace tarde?

—Ay, mamá —contesta Andrea—. No vas a pretender que vayamos hoy a la escuela.

Los dos padres se giran hacia Andrea. No dicen nada. La chica los mira alternativamente.

—¿En serio quieren que vayamos?

El hijo varón levanta la vista del *Clarín*.

—Más bien que tienen que ir, nena.

El padre le habla a él:

—Y vos andá rumbeando para la inmobiliaria, ¿no te parece?

—¿Yo?

—Más bien que vos. Te dejé una pila de contratos para revisar. Yo que vos arranco temprano o después no te va a alcanzar el día.

—No jodas, papá. Dejame leer el diario. No todos los días se recuperan las Malvinas.

—Es cierto, Carlitos. No todos los días. Igual, que yo sepa, vos estabas abocado a las páginas de deportes, y ahí de las Malvinas no decía una palabra.

Carlitos se incorpora y cruza una mirada rápida con Sandra. Alertada, la chica se levanta veloz y corre por el pasillo. Siguiéndola, su hermano le grita:

—¡Dejame el baño, tarada, que me tengo que ir a trabajar!

Sandra, por toda respuesta, sigue su carrera y cierra la puerta del baño con un portazo.

Andrea se incorpora y pregunta:

—¿Puedo usar el baño de la habitación de ustedes?

Carlos la mira por encima de los lentes de lectura antes de responder.

—No.

—¡Ufa!

—¿Por qué no usás el bañito de la entrada?

—¡Porque tengo todas mis cosas en el baño grande, papá!

Carlos se encoge de hombros y vuelve a la lectura. Bufando, Andrea se aleja por el pasillo. Casi enseguida se escucha cómo discute con Carlitos a ver quién tiene más urgencia de ser el segundo de la fila. Cuando se quedan solos, Marisa mira fijamente a su marido, mientras éste se estira hacia el diario *Crónica* y la ve mirándolo.

—Menos mal que me avivé de llamarlo a García antes de que empezara el reparto —dice mientras señala el desorden de diarios. En un día normal, sólo estaría *La Nación* sobre la mesa.

Marisa sigue mirándolo con expresión reconcentrada, a ver si el muy ingenuo se da cuenta de que tienen que aclarar algo mucho más importante que festejar lo rápido que estuvo su marido para agenciarse todos los diarios en ese día histórico para la patria.

—¿Qué pasa? ¿Por qué tenés esa cara? —pregunta el hombre sin alzar la voz.

Marisa se da cuenta de que va a tener que ponerlo en palabras.

—Hay que hablar con mi hermano —dice en un murmullo.

Carlos tarda en responder. Su expresión se vacía poco a poco de la ingenua alegría que tenía impresa desde que ella lo despertó hace una hora y media con la noticia del desembarco.

—¿Vos lo decís…? —se interrumpe. Vuelve a arrancar—. No creo que sea para tanto.

—¿Qué es "para tanto" con los milicos, Carlos?

Su marido, por toda respuesta, deja vagar la mirada sobre los diarios esparcidos en la mesa.

—Pero de ahí a hablar con tu hermano…

—No tengo ninguna gana de hablar con él. Pero si tengo un hermano que es mayor del Ejército no voy a desaprovecharlo, Carlos. No si puedo mantener a mi hijo a salvo de lo que pueda pasar.

—Me parece que estás exagerando, Marisa. Lo más lógico es que no pase nada de nada. Lo más seguro es…

Se interrumpe de nuevo. De lejos se escuchan las disputas entre Andrea y Carlos, a ver a quién le toca el baño, ahora que Sandra se dignó a abandonarlo. Marisa no está dispuesta a confiarse en eso de que "no sea para tanto".

—Con estos tipos no se sabe nunca, Carlos.

Su marido, con movimientos automáticos, ordena las páginas desperdigadas de los diarios. Marisa espera, callada.

—Dejame ver. Cómo sigue todo, me refiero. Dejame primero ver cómo sigue todo, y si hace falta voy.

Ella no contesta. Por el momento —sólo por el momento— le basta con esa respuesta.

12

La sala no es ni muy grande ni muy chica. Parece más chica de lo que es porque está atestada de sillas, casi todas ocupadas. Todas orientadas hacia la pantalla que ocupa uno de los laterales. Una especie de cine, aunque menos confortable: la luz está encendida, la pantalla es apenas un televisor bastante grande conectado al circuito cerrado, las butacas son sillas metálicas bastante incómodas y los presentes emiten un murmullo molesto que dificulta oír los discursos de los embajadores.

Ahora está hablando el embajador de Irlanda y Alcira tiene que hacer un esfuerzo para escucharlo por encima del murmullo. Es lógico que a su alrededor la atención disminuya. Salvo para el par de secretarios británicos que ocupan una esquina bien alejada de la suya y para ella misma, lo que diga el embajador irlandés no es demasiado importante. En el fondo, ni siquiera para ella importa tanto lo que está diciendo el embajador. Lo importante, lo verdaderamente importante, ya lo dijo hace un par de minutos. Un voto más en la columna de "A favor" para la resolución propuesta por Gran Bretaña en el Consejo de Seguridad. Una piedra más en la lápida que guarda los restos de la estrategia argentina, se dice Alcira, sucumbiendo a un arranque metafórico que rápidamente deja paso, en su cabeza, a un mucho más prosaico: "Yo se los dije, la pucha, yo se los dije".

Alcira se corrige. Técnicamente, ese "Yo se los dije" es incorrecto. Porque de hecho no se los dijo. Así, afirmando, ella no se los dijo. Eso es cierto. Alcira, desde la modestísima altura de su puesto de secretaria de embajada de tercera clase, no está en posición de decirles esas cosas.

En general, Alcira no está en posición de "decirles" nada. Ella no puede afirmar: "La Unión Soviética no va a ejercer su derecho a veto a favor de Argentina, porque jamás lo ejerce salvo en asuntos que les afecten directamente, señor ministro". Ni loca. Ni puede decir: "Atenti, señores, que acá nadie sabe un corno sobre las Malvinas y sobre el reclamo argentino, y por eso lo van a interpretar como una invasión y punto". De ninguna manera. Alcira puede, como mucho, preguntar. Eso es todo. Preguntar con la esperanza de que sus preguntas pongan en alerta a sus superiores sobre los peligros en los que están incurriendo, los errores que no están advirtiendo. Decir, no. Pero preguntar, sí. Porque siendo joven, siendo mujer, siendo linda, no faltan hombres dispuestos a orientarla a una, a enseñarle a una. Por eso Alcira pregunta. Ya que es lo único que puede hacer, pregunta.

"¿No tendríamos que ver cómo hacemos para revertir la imagen negativa que el gobierno argentino tiene en el mundo por las violaciones a los derechos humanos, doctor?". O "¿Cómo podríamos hacer para que los Países No Alineados voten a favor de nuestro país, sabiéndose como se sabe que Argentina envía asesores militares a Centroamérica por pedido de los Estados Unidos, licenciado?".

Esas preguntas, y unas cuantas más, Alcira las hizo. Desde que hace cosa de un mes empezaron esas reuniones en las oficinas de Buenos Aires, a las que sus jefes la invitaron con el escasamente protagónico rol de taquígrafa y dactilógrafa, Alcira preguntó todo lo que pudo. Fue inútil, pero preguntó. Entre sonrisas cálidas y condescendientes, a Alcira le dieron seguridades, le obsequiaron certezas y le ofrecieron garantías. Todo va a salir bien. Está todo estudiado. Llevamos mucho tiempo planeando esta maniobra.

Buenísimo, piensa ahora Alcira, mientras un par de pisos debajo de esa sala, en el Consejo de Seguridad, en ese hermoso edificio que las Naciones Unidas tienen en Nueva York, con vistas al East River, se vota la Resolución 502 propuesta por Gran Bretaña. Estupendo, piensa Alcira, maravilloso. El Consejo de Seguridad tiene quince miembros. Quince. Y de los quince países que tienen que votar, diez votan a favor de lo que pidió Gran Bretaña y cuatro se abstienen. Excelente. Genial. De quince votos, uno solo es a favor de la posición de la Argentina. Uno.

Alcira no es de decir malas palabras. Ni siquiera de pensarlas. Pero la verdad es que la pregunta que le dan ganas de formular, enseguida, cuando se levante la sesión y Alcira vuelva a reunirse con sus superiores, bien podría ser: "¿Quién de ustedes, estimados señores, me puede decir qué carajo hacemos, la reputísima madre, después de este cataclismo?".

13

Molinero no se queja, porque en la vida hay que ser agradecido. Eso de que en la vida hay que ser agradecido lo decía siempre su abuela, que era una vieja podrida, pero en eso tenía razón. Hace una semana él mismo era apenas la sombra de una sombra de una sombra que se moría de aburrimiento en los pasillos de la Casa de Gobierno. Y nunca mejor dicho eso de "en los pasillos". Porque ni despacho le habían dado, cuando llegó. Ni una miserable oficina compartida con otros milicos de rango medio como él. Nada.

Le habían hecho sentir el rigor de la intemperie. Ramírez, sobre todo. Parece mentira lo rencorosa que puede ser la gente. Una cosa de nada, una pavada, un malentendido de hace una punta de años, y el muy taimado se lo cobra cuando quiere la suerte —o la mala suerte— que se crucen en Casa de Gobierno en el otoño de sus carreras. Bueno, si quiere ser justo, debe pensar eso de "sus carreras" en singular, no en plural. "Su" carrera, la de Molinero, sin duda está en el otoño. La de Ramírez puede estar en el verano, en la primavera o en donde corno sea.

El asunto es que Molinero recaló en Casa Rosada como esos trenes anodinos que llegan demasiado tarde a una estación en la que ya nadie los espera. De capitán de fragata para acá ha sido una máquina de equivocarse, de elegir mal a los padrinos y peor a los aliados. Y tampoco ha sido de esos que han aprovechado que los militares gobiernan para anudar relaciones con los civiles, como Dapasano, por ejemplo, que se metió en el mundo de las compañías financieras en el '77 y anda en un BMW que raja las piedras. Nada que ver. Listo, Molinero, hasta acá llegaste. El año que viene pasarás a retiro y que Dios te ayude. Y Molinero tiene miedo de que Dios lo ayude poco y nada.

De todos modos, no se queja. Porque en la vida hay que ser agradecido. Siempre. Agradecido hasta de esta silla que hoy ocupa en el rincón más remoto de esta reunión. Esta silla que, por el lugar en el que está, grita a los cuatro vientos que Molinero sigue estando en la Siberia del poder palaciego. Porque le han dado una silla bien al fondo de la sala y contra el costado, tan a trasmano que queda tapada por una columna de esas griegas, o romanas (Molinero no entiende ni jota de arte), de poco más de un metro de alto, que sostiene un helecho muy verde de hojas muy anchas. Si me tapara el busto de un prócer vaya y pase, se dice Molinero. Pero lo que lo tapa es un helecho.

Igual, no piensa rendirse. Porque en la vida hay que ser agradecido. Justamente: si puede quejarse del rincón, de la silla y del helecho es porque está *adentro*. Y mientras Molinero está *adentro*, hay como cuarenta o cincuenta milicos que están *afuera* y darían un ojo de la cara por estar sentados en una silla, cualquier silla, incluso esa del rincón detrás del helecho. Y además esa silla de morondanga se la ganó a pulso, a base de inteligencia y temeridad. Inteligencia para ver la jugada: la plaza, la gente, el balcón, el general. Y temeridad para atreverse a presentarse en su despacho, sin órdenes y sin permiso, y proponérselo.

Por supuesto que una vez que el general hubo salido al balcón Molinero pasó a segundo plano. Bueno, a tercer plano. O a cuarto. Era inevitable. El balcón se fue llenando de gorras y de chaquetillas con muchos más galones que los del capitán de navío Guillermo Amílcar Molinero. Y el capitán fue retrocediendo sin ofrecer mayor resistencia. Molinero se considera un trapecista, y los trapecistas no están hechos únicamente de osadía. También de sangre fría. De exactitud. Y, aunque no parezca, de prudencia. No saltan al vacío cada vez que planean sobre la multitud. Sueltan los trapecios en los momentos exactos. Vuelan cuando deben volar. Ni antes ni después, o se hacen polvo.

Por eso Molinero aceptó que en ese balcón que poco a poco se llenaba de generales y de brigadieres y de contralmirantes no había sitio para él, y se dejó sobrepasar, retrasar, oscurecer. Se dejó empujar de regreso al interior del edificio. Paciencia. El final del discurso lo escuchó desde muy atrás, con un montón de siluetas tapándole la figura del general. Seguro que no salió en ninguna de las fotos. No le importa.

Porque valió la pena. Por algo lo citaron a esta reunión con el ministro. Molinero no puede negar que cuando lo notificaron, hoy domingo, por teléfono, a su casa, muy temprano por la mañana, y le dijeron que tenía que presentarse en Casa de Gobierno para reunirse con el ministro, Molinero experimentó un ramalazo de vértigo. No sólo él. Adelina pegó un gritito de asombro y entusiasmo como hacía mucho que no soltaba. Reunión con el ministro, un domingo a la mañana, en Casa de Gobierno. ¡La pucha! Molinero en ese momento sintió que tocaba el cielo con las manos.

Adelina lo despidió en la puerta del edificio mientras el taxi esperaba con la puerta abierta (a los dos les pareció que a una reunión con el ministro en Casa de Gobierno no correspondía llegar en colectivo). Se pasó todo el viaje ensayando los mejores modos de recibir el reconocimiento ministerial, porque ¿con qué otro objeto podían convocarlo? ¿Qué se aconseja en estos casos? ¿Solemne seriedad? ¿Una pizca de soltura? ¿Modestia, pero equilibrada con una buena dosis de autoconfianza?

Fue un baldazo de agua fría que la reunión con el ministro incluyese a otras cuarenta personas, y que su silla fuera la del fondo y atrás del helecho. Pero ahí está la clave. Molinero no va a quejarse. Ni a dejarse ganar por el desánimo. Esta es una carrera de fondo. No son cien metros llanos. Son kilómetros y más kilómetros de recorrido, fatiga y obstáculos. Y no queda otra que seguir.

El ministro, mientras tanto, sigue hablando. Tiene una cara que se la patea. Molinero intenta concentrarse en el informe que les está presentando. Habla de la actitud incomprensible de nuestros aliados naturales. Después de todo lo que la Argentina ha hecho por Occidente, parece mentira que nos den así la espalda.

Pensá, Molinero, pensá, se dice Molinero, que cuando se da órdenes perentorias prefiere la tercera persona y evitar el nombre de pila, pero mantiene el tuteo. El ministro está diciendo que dentro de un rato tiene que recibir a un montón de políticos y no sabe qué decirles, porque esa resolución 502 del Consejo de Seguridad de la ONU es un fiasco, un atropello, porque a quién se le puede pasar por la cabeza que la Argentina es el país agresor en este caso, ¡agresor!, a quién se le ocurre.

En ese momento el ministro hace silencio y mira por la ventana, como buscando respuestas en la distancia. Y los cuarenta milicos y funcionarios que están sentados adoptan la actitud corporal de un grupo de alumnos que acaba de sufrir —o se prepara para sufrir— la reprimenda del profesor. Cada cual se mira sus propios zapatos, como esperando que ese trance incómodo pase y se disipe antes de que el profesor pronuncie el apellido de uno.

Es en ese momento que el capitán de navío Guillermo Amílcar Molinero, nacido y criado bajo la clara consigna de que en la vida hay que ser agradecido y que las oportunidades hay que aprovecharlas a fondo, se levanta de la silla, se asoma por detrás del helecho frondoso, levanta la mano para llamar la atención del ministro y habla con voz clara, serena, contundente.

—Si me permite, señor, tengo una idea.

14

—La verdad es que no entiendo un carajo, qué quieren que les diga —Alessandri pronuncia esa sentencia mientras deja caer sobre la mesa su ejemplar de *La Prensa*, con sus grandes hojas desplegadas, encima de los otros diarios que ya ha estado repasando.

—Como querer que diga, no queremos que diga nada, Alessandri —lo cruza Weissman.

—No empieces —le advierte Solano en voz baja.

Weissman le guiña un ojo y le dedica una breve sonrisa angelical. Ya son las diez menos veinte y en el bar sólo quedan ellos, los cuatro de siempre. Cinco, contándolo al dueño. El resto de los parroquianos ya salió cada cual a su oficina.

—¿Qué es lo que no entiende, Alessandri? —se interesa Solano.

—Esto que hicieron los de Naciones Unidas, Solano. Es inaudito. Un atropello. ¿Cómo van a exigir que Argentina retire sus tropas de las islas? ¡Si son nuestras!

—Bueno, la ONU suele oponerse al uso de la fuerza...

—¡Ma qué uso de la fuerza ni ocho cuartos! ¡Hace mucho que deberíamos haberlas recuperado! Esos ingleses nos tomaron de boludos durante años, con eso de negociar. —Alessandri refuerza lo que dice golpeando su mesa con el índice de la mano derecha, sobre los diarios desplegados—. Bueno, el presidente les acaba de demostrar que la paciencia se acabó, como dijo el otro día. Se a-ca-bó, qué tanto.

—Se ve que desde afuera lo ven distinto… —intenta Solano.

—No, señor. Nada de que desde adentro o desde afuera. Está clarito para cualquiera. Cualquiera que tenga buena fe, por supuesto.

—Mire que la votación fue una paliza —señala Cullen—. De quince miembros, solamente Panamá votó a favor de Argentina… Todos los demás votaron en contra o se abstu…

—¡Entonces peor para ellos!

—¿Cómo "peor para ellos"? —se extraña Solano.

—Peor para ellos. ¡Porque Argentina les va a demostrar que están equivocados! ¡Bastante caro les va a salir! ¡Bastante caro les va a salir eso de andar cagándose en la patria!

Solano ve cómo Weissman frunce el ceño. Lo conoce tanto… Sabe la aprensión que le genera cuando la gente se pone a vociferar sobre el pueblo, la argentinidad, la patria… Está a punto de lanzarse de cabeza a la pelea. Un poco más allá, sentado a su mesa de siempre, Cullen se desentiende de la conversación y regresa la vista a su libreta de notas. Solano ve una oportunidad de distraer la atención del grupo de la discusión en ciernes y se dirige a él:

—¿En qué anda, amigo Cullen? ¿Metido en alguno de sus cálculos?

—No, bueno, no sé, un poco… —el aludido se quita los anteojos y los repasa con la corbata.

Weissman y Solano cruzan una mirada rápida. Aunque a Solano a veces le da un poco de culpa, debe reconocer que disfruta de estos diálogos tanto como Weissman. Y bueno —piensa al fin—, es mejor divertirnos con Cullen que asistir a una nueva discusión —la número un millón— entre Weissman y Alessandri.

—¿Algún cómputo que se le está resistiendo, mi querido? —Solano termina de decirlo y se arrepiente de ese "mi querido" que le sale con toda naturalidad. Pero son esas expresiones que no puede controlar y que en más de un sitio lo ponen en un aprieto. Menos mal que el café de Alonso es uno de los lugares donde menos prevenciones se ve obligado a adoptar.

—Este… y sí. Usted sabe cómo son los cálculos… —concede Cullen.

Los lunes son días de cálculos, al igual que los martes y los miércoles. Algunos jueves se destinan también a los cálculos. Los viernes, en cambio, son siempre días de descanso y Cullen sólo resuelve crucigramas.

—Pseee… —Cullen tiene la expresión levemente ida de cuando está un poco acá y otro poco en las nubes.

—¿Qué anda calculando? —se interesa Weissman.

—Latidos del corazón —dice Cullen.

—Latidos totales, supongo —la aclaración la pide Solano, aunque está casi seguro de la respuesta. A Cullen le interesan los "cálculos totales". Así los llama. Siempre tienen que ver con los seres humanos. Y siempre abarcan desde el nacimiento hasta la muerte. "Latidos totales" quiere decir, en el universo de Cullen, cuántas veces les late el corazón a las personas desde que nacen hasta que mueren. Solano no tiene la menor duda.

—¿Y cuál es el problema? —vuelve a interesarse Weissman en el tono que usa cuando algo le interesa genuinamente, sin mordacidad y sin fingimientos.

Cullen se aclara la garganta antes de hablar.

—Por supuesto que estamos hablando de promedios. Ustedes ya lo saben. En cada cálculo…

—… lo relevante son las regularidades, no los casos individuales —lo ha dicho tantas veces que Solano le completa la cita para que siga adelante.

—Exacto. Y resulta que el corazón no late el mismo número de veces por minuto en la niñez y en la vida adulta.

—¿Ah, no? ¿Cambia? ¿Y comparando la vida adulta con la vejez?

—Ahí no. Se mantiene constante.

—¿Y entre hombres y mujeres?

—Poco y nada.

—Entonces no creo que sea un desafío tan complejo para usted —lo tranquiliza Weissman—. Basta calcular, por un lado, cuántos minutos dura la niñez y cuántos minutos dura la vida adulta. Y luego multiplicar cada resultado por el número de latidos.

—Claro que hay que tener en cuenta la esperanza de vida —agrega Solano.

—No… no me siguen… —Cullen siempre es muy amable con ellos, e intenta disimular su impaciencia cuando los otros no advierten los escollos, aunque sean evidentes.

—Creo que sé por dónde viene el problema —interviene Alonso desde detrás de la barra—. ¿Es una cuestión de cuánto se mueven o se dejan de mover, no es cierto?

—¡Exacto! —Cullen lo señala, enérgico, con la birome que tiene en la mano. Birome roja, que es la que usa siempre para los cálculos—. ¡No es lo mismo la persona que hace ejercicio con frecuencia que la persona que se la pasa quieta como un hongo!

Alonso sacude la cabeza de arriba abajo, comprensivo. Solano no deja de asombrarse de que en ese café tengan lugar conversaciones como esta. A nadie se le ocurre poner en tela de juicio la utilidad de esos cálculos. Ni la absoluta falta de rigor de la que adolecen. Cullen es un tipo inteligente, pero sus cálculos siempre recortan arbitrariamente unas variables y descartan otras. Y la razón para incluirlas o descartarlas es un misterio que sólo se aclara dentro de su cabeza. O ni siquiera.

—Veamos… —Cullen piensa en voz alta—. Los bebés arrancan con las pulsaciones arriba de 80 y van bajando a medida que crecen. Desde los diez años ya se estabilizan, como los adultos, en el rango de 60 a 100 latidos.

—¿Está seguro? —pregunta Weissman.

Cullen lo mira por encima de sus lentes, como si le hubiesen preguntado si los seres humanos nacen con una cabeza y dos piernas.

—Por supuesto —responde con el fastidio apenas contenido de quien no quiere distraerse en fruslerías—. Tendríamos que calcular un piso de 75 pulsaciones como valor promedio para los primeros diez años de vida.

—Ajá.

—Eso nos da… —Cullen garabatea cifras en su libreta de cálculos con su birome roja—. Sí.

—¿Cuánto es? —se interesa Weissman.

—Un año tiene 525.600 minutos. Así que si le calculamos 75 pulsaciones…

Cullen de repente alza la cabeza y los mira, consternado.

—¿Algún problema? —inquiere Alonso.

—No me convence lo de los 75 latidos. Me situé muy abajo dentro de la franja de la media.

—¿Y si calcula 80 se queda más tranquilo? —intenta ayudarlo Solano.

—Mucho más —Cullen asiente y vuelve a su cuaderno, confortado por el cambio—. En diez años caben 5.525.600 minutos. A 80 latidos, nos da 442.048.000 latidos en los primeros diez años de vida.

Solano apura el último resto de su café con leche antes de que se enfríe. Cullen sigue con lo suyo.

—Supongamos que la persona viva sesenta y cinco años, que es un buen número de años...

Weissman y Solano cruzan otro vistazo. Sesenta y cinco años les parece poco, porque los dos ya se acercan peligrosamente a los cincuenta.

—Entonces tengo que calcular cuántos minutos entran en cincuenta y cinco años.

—¿No dijo una vida de sesenta y cinco años? —se extraña Alonso.

—Los primeros diez años ya los contó —le aclara Solano, y el otro hace un gesto de disculpa.

—En cincuenta y cinco años... en cincuenta y cinco años caben 28.875.000 minutos —informa Cullen—. Le voy a asignar 60 latidos.

—¿No decía que era mejor moverse un poco más lejos del límite inferior? —le sugiere Weissman.

Cullen lo mira. Pestañea varias veces. Asiente. Vuelve a su libreta.

—Tiene toda la razón. Le voy a asignar 70 latidos. Eso me da ... 2.021.250.000 latidos. Ahora sumo la niñez con la adultez y listo el pollo.

Solano se pregunta de dónde sale ese dicho de "listo el pollo". Nunca lo había escuchado hasta que conocieron a Cullen.

—Listo. Son 2.463.298.000 latidos.

—Pensada así, la vida suena larga —filosófico, Weissman se mete en la boca el último pedazo de medialuna.

—Dos mil cuatrocientos sesenta y tres millones de latidos… —Cullen lo dice como quien amasa una cifra pero todavía no sabe del todo qué hacer con ella.

Alessandri, que hasta entonces no ha intervenido en la conversación, grita desde su mesa:

—¡Hay un error en su cálculo!

Cullen se vuelve hacia él como si de repente le hubiesen disparado una ráfaga de ametralladora desde esa posición.

—¡Dos cosas le faltan, para empezar!

Solano piensa que Alessandri es cruel. ¿Dos cosas? Mil cosas le faltan al cálculo de Cullen. O le sobran, para el caso da igual. Pero por qué no lo deja tranquilo con eso, si sabe que lo apacigua… Alessandri alza dos dedos de la mano izquierda y se los toma con la otra, alternativamente, para señalar.

—Problema número uno: los años bisiestos.

—No es para tanto —Weissman, como Solano, se pone del lado de Cullen—. En sesenta y cinco años hay… ¿cuántos? ¿Doce bisiestos?

—Dieciséis —informa Cullen—. Se corrige fácil. Dieciséis días equivalen a 23.040 minutos, con lo que…

—Momento, que no terminé —interrumpe Alessandri—. Ese es el menor de los problemas. ¿Y la altura sobre el nivel del mar?

—¡Hombre! ¿Y eso a qué viene? —pregunta Alonso.

—A que a mayor altura, menor cantidad de oxígeno. Y entonces, más latidos…

—No necesariamente —lo interrumpe Weissman.

—Por supuesto que sí —insiste el otro.

—¿Y si nos quedamos con la cifra general, orientativa? —Solano intenta conciliar, como siempre.

—¡De ninguna manera! —Cullen nunca se deja ayudar—. Los datos tienen que ser exactos.

—¿Pero no dijimos que era un promedio? —interviene Weissman, en tono falsamente acalorado, mientras le guiña de nuevo un ojo a Solano, que piensa que es como un chico que, aburrido de un juego, ahora tiene ganas de revolear por el aire el tablero y las piezas.

Solano se retrepa en la silla mientras los ve discutir. Son cinco personas y él está callado. Quedan cuatro. Pero suenan como si fueran un centenar de forajidos. Sonríe y menea la cabeza. Los cálculos de Cullen siempre terminan en esos escándalos.

15

Hoy no está Juárez a cargo de la cocina y eso se nota. Para mal, se nota. Ascasubi disfruta de enloquecerlo al tucumano con urgencias inexistentes y pedidos extemporáneos, pero el tipo nunca lo deja de a pie. Hoy, en cambio, en la cocina hay un reemplazo que no las tiene todas consigo.

—Metele que son pasteles, Teodelino —lo urge Ascasubi, que no recuerda cómo se llama el cocinero pero sí tiene presente que es de Teodelina, provincia de Santa Fe, y por eso lo llama de ese modo. Una forma de hacerle sentir las jerarquías, de paso.

—Hago lo que puedo, Ascasubi, pero cada vez son más. ¿Qué querés que le haga?

Ascasubi empuja la puerta vaivén con una mano mientras en la otra sostiene una bandeja llena de cafés recién servidos. Y si tiene que ser sincero, algo de razón tiene el cocinero. Desde la oficina del ministro les dijeron que vendrían quince o veinte personas, pero Ascasubi lleva contadas arriba de cincuenta. Apenas traspone la puerta, el tipo con uniforme de capitán de la armada que el otro día, en la reunión de gabinete, había pedido un aplauso para el general, le hace una seña perentoria de que se acerque al grupo en el que está. ¿Cómo es que se llama? Ascasubi lo tiene en la punta de la lengua, pero se le escapa. Estos días lo está viendo hasta en la sopa.

Sin perder la compostura —un mozo debe tener siempre la expresión de que nada lo inmuta ni nadie le interesa, como si en lugar de un mozo fuese una lámpara de pie—, utiliza su visión periférica para identificar a los que rodean al marino. Son todos políticos conocidos. Muy conocidos tienen que ser, para que Ascasubi los ubique. Políticos de esos que salían siempre en los diarios, antes del Proceso, y este año empezaron a aparecer otra vez con el asunto ese de la Multipartidaria. El marino está hablando en voz alta y mueve mucho los brazos:

—Si me permiten la comparación un poco doméstica, la Argentina es como la Pelopincho de Occidente.

Ascasubi ofrece la bandeja. Como en el corro son seis, mientras se sirven por turnos tiene oportunidad de seguir escuchando.

—¿Cómo una Pelopincho?

—Exacto, doctor —el tono de voz del marino es casi jocoso—. En la Pelopincho uno se fija en el agua, no en la lona de alrededor. Lo que te entusiasma, lo que te da ganas de meterte, es el agua fresquita. Pero nadie se fija en que la pileta la podés usar y el agua está fresquita porque alrededor está la lona, haciendo fuerza, poniendo su resistencia para que el agua no se desborde. ¡Pues nuestra Argentina es igual! ¡Luchando por el mundo occidental y cristiano! ¡Y eso debieron entenderlo las Naciones Unidas mucho mejor de lo que lo hicieron!

—Fue un atropello, capitán… —coincide un tipo mayor, que usa un traje gris y anticuado.

—Molinero, doctor. Soy el capitán Molinero.

—¡Una vergüenza! —se suma otro.

Ascasubi desearía quedarse escuchando, pero sabe que tiene que llevarle los tres cafés que le quedan al grupito que está más cerca de la ventana. Así que Molinero se llama el marino. Cuando pasa de regreso hacia la cocina (mucho político importante, mucho político importante, pero dejan las tazas sucias en cualquier lado) ve que el tal Molinero sigue hablando, en el centro de un grupo que ahora incluye a tres o cuatro curiosos más.

—... que vean a toda la Argentina unida detrás de su gobierno. Toda. Sin fisuras. Todos sus dirigentes políticos, sindicales, religiosos.

Como Ascasubi es de estar atento a los mínimos ademanes de los demás, advierte cómo el milico, sin dejar de hablar, echa un vistazo por encima de sus interlocutores. Está mirando al ministro, en un intento por ver si el ministro, a su vez, está fijándose en lo que el capitán está haciendo. Es apenas un segundo, un fogonazo. Ascasubi no alcanza a determinar si el ministro, que está más lejos, rodeado a su vez por otro conjunto de civiles, le está prestando o no atención a este capitán.

—... salimos desde Comodoro Rivadavia y asistimos a la asunción del nuevo gobernador. Gobernador ar-gen-ti-no.

Esta última palabra, así, remarcada, separada en sílabas, Ascasubi ya la escucha mientras se aleja hacia la puerta. Tampoco puede darse el lujo de desatender el servicio. Y menos con el chambón que le tocó hoy en la cocina. Qué macana el faltazo de Juárez, che. Qué macana.

16

Un ministro, un embajador y un primer secretario entran en un bar. Sería un buen comienzo para un chiste, piensa Alcira. Lástima que no tiene ni idea de cuál podría ser el argumento del chiste, y mucho menos su remate. Muchas veces se ha preguntado quién inventa los chistes. Cómo, cuándo se inventan. ¿Hay gente especialmente graciosa que se pasa todo el día pensando chistes nuevos? ¿Y cómo los inventan? ¿En qué circunstancias? ¿Se sientan en sus casas, o en una mesa de café, con un cuaderno y una lapicera en la mano, a esperar la inspiración? ¿Y cómo los ponen a prueba? ¿Se los cuentan a cinco, a diez, a veinte personas, y si la mayoría se ríe del cuento lo tildan como "bueno" en su cuaderno? Pero no terminan ahí las preguntas. Porque… ¿cómo se extienden después los chistes? ¿Cómo funciona ese contagio misterioso que va de los que inventan los chistes a los que tienen buena memoria y se los acuerdan? Y eso sin nombrar a la gente que es buena contando chistes. Alcira imagina que si alguien inventa un buen chiste y se lo cuenta únicamente a personas que pueden apreciarlo pero que son incapaces de reproducirlo con gracia, adiós chiste: a darle sepultura en el cementerio de los chistes. ¿O no? ¿O puede suceder que a alguien, en otro país, se le ocurra el mismo chiste? Y eso abre además otro problema, que es el de los idiomas. Ella habla inglés, francés y alemán además de castellano. Pero no está segura de saber la misma cantidad de chistes en todas esas lenguas. ¿Por qué la mayoría de los chistes se le ocurren en castellano? ¿Habrá idiomas más graciosos que otros, o nos causan más gracia las cosas dichas en el idioma en el que crecimos?

Si Alcira supiera cómo se crea un chiste podría tomar la escena de la que ahora mismo es testigo, con el ministro, el embajador y el primer secretario. Están en una sala de reuniones de un hotel en Nueva York. De entrada, una sala de reuniones de un hotel parece un lugar mucho menos gracioso que un bar para ambientar un chiste. En eso, los bares parecen correr con ventaja, porque en los bares existen situaciones y personajes más ambiguos, más diversos y por lo tanto más promisorios para el absurdo. En esta sala, en cambio, sólo hay cuatro personas. Tres hombres (el ministro, el embajador y el primer secretario) y una mujer, ella.

Los tres hombres pendulan entre el entusiasmo y el agobio. Están entusiasmados porque el secretario de Estado de los Estados Unidos, Alexander Haig, se ofrece como mediador en el conflicto. Pero también están agobiados, porque temen que la Junta Militar no esté dispuesta a ceder ni un ápice en lo que han conseguido, o creen que han conseguido, y la mediación se convierta en una derrota, en otra oportunidad perdida. Y como llevan horas y horas hablando de derrotas y oportunidades perdidas, sucumben a volver sobre la dichosa resolución 502 del Consejo de Seguridad que ordena, entre otras cosas, el retiro de las tropas argentinas. A Alcira le dan ganas de ponerse de pie y decirles: "Caballeros, ya está: dejen de llorar sobre la leche derramada. La ONU resolvió en contra de lo que ustedes querían. No le den más vueltas". Por supuesto, Alcira no osa hacer nada parecido. El mundo diplomático, como tantos otros mundos (¿todos los mundos?), tiene sus jerarquías. Y si en esa sala hay un ministro, un embajador y un primer secretario, no estaría bien que ella, que además de mujer es tercera secretaria, se ponga a pontificar. Y que entre ese primer secretario y esa tercera secretaria haya un secreto comercio sentimental y carnal más que abundante no cambia las cosas. Vos te callás, Alcirita. Aunque sigas pensando. Qué nombre espinoso tengo, piensa Alcira. No se presta bien al diminutivo. No le importa.

Además tienen razón, qué duda cabe, en ser pesimistas. Margaret Thatcher resultó mucho más dura que en el más pesimista de sus cálculos previos, y envió la flota al Atlántico Sur más rápido que ligero, y la prensa de los Estados Unidos, y el Congreso de los Estados Unidos, y la opinión pública de los Estados Unidos están completamente a favor de los ingleses, con lo que aquella hipótesis de que Galtieri era el "niño mimado" de los yanquis es un sueño hecho trizas. ¿Alguna otra mala noticia que se le haya quedado en el tintero? Sí. Que tanto en Europa como en los Estados Unidos, cuando piensan en Argentina lo único que se les viene a la cabeza es que el Proceso de Reorganización Nacional es una máquina de violar derechos humanos, y que si como muestra basta un botón, eso de mandar asesores militares a Centroamérica es justamente, y ni más ni menos, exportar torturadores. Listo. Cartón lleno. ¿O queda algún número sin sacar en esa lotería de desgracias? Sí. Que la opinión pública británica, aunque hasta el otro día no tenía ni la más pálida idea de dónde quedaban las Falklands, como las llaman ellos, ahora no está dispuesta a aceptar ninguna otra opción que no sea que los argentinos saquen de ahí a sus soldados, y ahí está el problema, porque quién le explica ahora, decime vos, quién le explica ahora a Galtieri que tienen que retirar las tropas argentinas, y la bandera argentina y toda la fanfarria argentina, porque lo peor no es explicárselo a Galtieri y que lo entienda, sino a toda esa gente que fue a la Plaza de Mayo a gritar: "¡Viva la patria!" precisamente por lo del desembarco y la bandera y la fanfarria.

Alcira no lo va a decir, pero se queda pensando en que ya iría siendo el momento de avisarle al señor presidente que tal vez no sea buena idea eso de mandar un gobernador a las islas, porque ese acto soberano a los ingleses les va a caer como una patada en los dientes. Una ceremonia de asunción llena de militares, de curas, de políticos, de sindicalistas y de periodistas que aterrizarán en las Malvinas en festiva delegación, en gozosa comitiva. Que puertas para adentro de la Argentina va a quedar hermosa y va a dar para las tapas de los diarios y el contenido de los noticieros por varios días. Pero puertas para afuera va a lucir como una afrenta no sólo para Thatcher y los ingleses y la flota y los europeos que la apoyan y la mar en coche, sino también y sobre todo para este muchacho Haig que ahora mismo se está tomando un avión para ir a Londres para hablar con la primera ministra y tiene pensado, a continuación, tomarse el mismo avión para ir a Buenos Aires.

Hablando de tomarse un avión, piensa Alcira, todos ellos deberían dejarse de elucubrar escenarios diplomáticos, revisar que no se dejen nada en las habitaciones y hacer pronto el *check out* en la recepción y partir hacia el aeropuerto, ya que tienen que estar en Buenos Aires antes de que llegue la misión Haig, precisamente. Porque si queda alguna chance de que eso salga bien depende precisamente de no dejar el asunto en manos de los militares. El problema —otro problema más, de hecho— es si los militares se dejarán ayudar, orientar, aconsejar y moderar. Que lo más probable, piensa Alcira, teme Alcira, sabe Alcira, es que no se van a dejar nada de eso.

Mientras suben los cuatro en el ascensor, y se reparten en sus respectivas habitaciones para chequear que no se olvidan nada y cerrar las valijas, Alcira piensa que ojalá el señor secretario se acuerde de que ella se dejó el cepillo de dientes en la habitación de él y se lo lleve, porque de lo contrario va a tener que comprar otro en el aeropuerto. Seguro que sí se fija y sí se acuerda de devolvérselo, porque es un tipo observador y atento, y esas son dos de las muchas cosas que le gustan de él.

Mientras cierra la valija y revisa por enésima vez que no se deja nada olvidado, Alcira vuelve a pensar en la mediación que Haig está emprendiendo, y en qué va a pasar si fracasa. Porque en ese caso no hace falta conocer demasiado de relaciones internacionales, ni ser demasiado inteligente, para saber que se va a armar la podrida. Y, en el contexto en el que se están moviendo, "la podrida" significa, ni más ni menos, balas, muchas balas, y muchos muertos.

17

Alessandri apoya los codos en la mesa para gesticular más a gusto y adopta el tono conspirativo que elige para estas conversaciones.

—La cosa es así. Galtieri, que no es ningún boludo, sabía que Inglaterra iba a patalear. Que la Thatcher no podía quedarse de brazos cruzados mientras recuperábamos las islas. Y que Estados Unidos, de entrada, iba a tener que saltar a favor de ellos. Por eso de que son aliados desde hace un montón de tiempo, la Segunda Guerra Mundial, todo eso.

—Todo eso —repite Weissman.

—Todo eso —confirma Alessandri, sin detectar la sorna que carga el bocadillo de Weissman—. El asunto, el verdadero asunto empieza acá. Acá —Solano entiende que el encendido orador ha utilizado un adverbio de lugar cuando debió utilizar uno de tiempo, porque ese "acá" con el dedo índice señalando la mesa significa, en realidad, "ahora"—. Acá arranca la verdadera jugada del gobierno nuestro. Reagan lo manda a Haig como mediador. Primero va para allá, la calma a la reina, después…

—¿A la reina o a la Thatcher?

—¡A las dos, Weissman! —apenas se impacienta Alessandri—. Le pone paños fríos a la cosa, les explica lo importante que es Argentina para todo el sistema occidental y le baja el tono al reclamo inglés. Y después…

—¿Tan importante es Argentina para el sistema occidental? —Cullen lo pregunta con genuino interés.

—Es imprescindible —sentencia Alessandri—. ¡Nuestra posición geopolítica, nuestros recursos naturales, nuestro desarrollo intelectual, nuestra cultura... todo!

—Y si somos tan importantes, ¿por qué nos votaron en contra en la ONU como nos votaron? —Solano se considera bastante paciente con las peroratas nacionalistas de Alessandri, pero a veces se cansa.

—La diplomacia es así, Solano.

Solano decide no señalarle a Alessandri que tal vez no esté del todo empapado de los vericuetos del sistema de relaciones internacionales como para afirmar, tan suelto de cuerpo, que "la diplomacia es así". Ojo, Solano tampoco tiene ni idea. Pero por lo menos no anda haciéndose el que sí.

—¿Cuándo llega Haig a la Argentina? —pregunta Weissman.

—El sábado —se apresura a informar Cullen—. El sábado a la mañana.

—Seguro que vuelve a juntarse gente —interviene Alonso desde la barra.

—Eso es clave —se entusiasma Alessandri—. Es clave que Haig vea que todo el pueblo argentino apoya al gobierno.

—Mire que hace diez días estábamos en medio de los gases lacrimógenos y los palazos de la policía...

—¡Eso ya pasó, Weissman! ¡Esto es otra cosa! ¡Esta es una Argentina nueva! ¡Estamos hablando de las Malvinas, muchachos! ¡De las Malvinas! ¿Qué otra cosa puede ser más importante que las Malvinas?

Se hace un silencio. Ni siquiera Weissman se atreve a contrarrestar, con su cinismo inveterado, lo que Alessandri acaba de decir. Y Solano, menos que menos.

18

Carlos alza los ojos al escuchar los dos golpes en el marco de la puerta abierta de su oficina, y sin dejar de hablar por teléfono le hace a Carlitos un gesto para que pase. Su hijo se sienta en la silla al otro lado del escritorio y deja vagar la vista por encima de la cabeza de Carlos. El padre intenta abreviar el llamado, pero su interlocutor sigue dándole largas. Por la dirección de la mirada de su hijo sabe que está matando el tiempo mirando las fotos que decoran la pared, detrás de su sillón. En algunas están ellos dos pescando. En otras, la familia en pleno en la playa. Una más, en un lindo portarretrato dorado, los tiene a los cinco posando en el cumpleaños de quince de Andrea. Carlos cuelga por fin el teléfono.

—Sí, decime.

—Hoy vino Villafañe, más temprano. Dice que si lo podemos esperar hasta el lunes con el alquiler. Que antes no llega.

Carlos se rasca el mentón bien afeitado.

—El asunto no es si lo esperamos nosotros. El que lo tiene que esperar, en todo caso, es el Tano Valentini.

—Eso le dije, pero...

Carlitos se interrumpe porque su madre acaba de entrar a la oficina como una tromba y se deja caer en el sillón frente al escritorio del padre.

—Ya sé que están trabajando, pero esto no puede esperar y no quiero hablarlo en casa delante de las chicas.

Marisa lo dice tan rápido que su marido se da cuenta de que lo vino practicando en el camino, como quien recita una lección difícil.

—Escuché por la radio que los militares van a convocar a cien mil reservistas, con esto de las Malvinas.

—¿Y qué? —pregunta Carlitos.

—Que hay que ir a hablar con tu tío Alfredo.

La madre le responde a su hijo pero lo está mirando a su marido, como si fuera el verdadero interlocutor de lo que vino a plantear.

—Ni loco —responde precisamente el padre—. Ni lo sueñes, Marisa.

—No queda otra, Carlos. Hay que hablar con mi hermano.

—Ni muerto, escuchame bien, ni muerto…

—¿Vos me oíste lo que acabo de decir? —señala con un gesto a su hijo—. Van a empezar convocando a la clase '62. ¿O por qué te creés que vine corriendo? A Carlitos le dieron la baja hace dos meses.

—Tres —la corrige Carlitos—. Tres meses.

—Y, si lo convocan tendrá que ir.

—¿Pero vos estás loco? ¿Vos suponés que yo voy a permitir que se lleven a mi hijo a una guerra?

—No exageres, mamá, que no va a haber ninguna guerra.

—Me parece que estás siendo demasiado dramática, gorda.

—¡Dramática un carajo! —grita Marisa.

Los dos varones se quedan tiesos. Carlos no recuerda cuándo fue la última vez que ella dijo una mala palabra. La propia Marisa parece sorprendida de su exabrupto, porque las mejillas se le ponen de un rojo intenso. Pero no recula.

—Yo sé que ustedes acá en la inmobiliaria se llevan bárbaro, manejan todo, son unos genios. Pero en lo que pasa afuera de la oficina se fijan poco.

—No es as…

—Dejame terminar, Carlos. Yo entiendo que ir a pedirle otro favor a mi hermano a vos te patea el hígado. Pero hay que ir a hablar. Punto. Si lo mandan al sur yo me muero. ¿Entendés? Me muero.

Carlos odia que las cosas se salgan de control. Está convencido de que si los asuntos se conversan con calma, con ecuanimidad, la gente se entiende. Pero el color rojo fuego de las mejillas de su hijo parece indicar que eso de la calma y la ecuanimidad quedará para otra ocasión. Marisa también debe haber reparado en la cara de Carlitos, porque le suelta sin miramientos:

—¿Y vos por qué tenés esa cara?

—¿De verdad me lo preguntás?

—Por supuesto que te lo pregunto de verdad.

—¿Se piensan que soy un chico? ¿Se creen que pueden ponerse a hablar de "hagamos esto con el nene, no, no, mejor hagamos esto otro" frente a mí, como si yo estuviera de adorno? ¿Se piensan que soy estúpido?

Marisa se vuelve hacia su marido, como si no supiera qué responder o como si quisiera que él se haga cargo. Maravilloso.

—No te pongas así, Carlitos. Hablemos con tranquilidad, por favor.

—¿Con tranquilidad? ¿En serio me lo decís? —su hijo se pone de pie—. No me trates de boludo, papá. El tío Alfredo es un hijo de puta.

—¡Carlitos!

—¿Qué? —Carlitos se vuelve hacia su madre—. ¿Vos podés decirlo y yo no? ¿O vos te creés que cuando se encierran con papá a hablar en el comedor nosotros no escuchamos, mamá? ¿O vos te creés que si vos le decís llorando a papá que tu hermano es un hijo de puta mis hermanas y yo no nos enteramos? ¿En serio te lo creés?

Carlos le hace un gesto a su hijo de que vuelva a sentarse.

—Ni en pedo, papá. No me siento un carajo. Yo hice la colimba como cualquiera. No me acomodó nadie, se los puedo asegurar.

—Ya sabemos...

—¡Se ve que no! ¡Se ve que no lo saben! ¡Hice la colimba como cualquiera! ¡Me banqué la instrucción, me banqué las guardias, me banqué los bailes, me comí fines de semana de arresto y calabozo, y no tuve ninguna coronita, para que sepan, ninguna! ¿Y ahora quieren que el tío me salve de ir al sur? ¡Ni en pedo! ¡Pero ni en pedo!

—¡Tengo miedo, Carlitos! ¡Tengo miedo de que te pase algo! —grita Marisa tapándose la cara con las manos—. ¿Tan difícil es que lo entiendas, por Dios?

Carlitos sacude la cabeza, frustrado. Se miran con su padre. Carlos no sabe qué decir. Mejor dicho, no cree que decir algo sirva para nada. Por lo menos, ahora no.

El chico se levanta y sale de la oficina. Se escucha la puerta de entrada del local, la que da a la calle, cuando Carlitos la abre con violencia y hace que el blindex suelte un feo crujido en las bisagras. Carlos supone que caminará arriba y abajo por Avenida de Mayo hasta que se le pase lo peor de la bronca. En Ramos Mejía tampoco hay tantos lugares a donde ir.

19

Magalí llega al taller anticipando que en dos minutos, tres a lo sumo, va a estar besándose con su novio como si la especie humana estuviese a punto de extinguirse. Pero cuando abre la portezuela de la cortina metálica y pasa adentro, se topa con su hermano.

—¿Qué hacés acá, nena? —le pregunta el Conejo, con extrañeza pero sin recelo.

—Nada, nene —improvisa—. Me dijo papá que... hoy tenían que quedarse trabajando y les vine a preguntar si quieren que compre una pizza en lo de Martínez. ¿Te parece bien?

Magalí ve aparecer a Antonio, que viene desde el baño. Piensa que peor que toparse con Gustavo habría sido si le abre Antonio y ella le salta al cuello sin saber que el Conejo sigue en el taller. ¿Consuelo de tonta? Consuelo al fin, piensa Magalí.

—¿Vos querés, Antonio? —le pregunta a su novio, intentando que su voz suene neutra, despreocupada, anodina.

—Este... sí, sí, me parece bien ... —dice Antonio, y se pone a limpiar algo que a Magalí le parece una parte de un carburador, aunque no está segura. Otra cosa de la que no está segura es de si ellos son dos actores consumados o su hermano es lisa y llanamente bobo. En una de esas, las dos cosas son ciertas.

—¿Y por qué ya que estás no vas a la que queda en la rotonda de la ruta? —pregunta el Conejo.

—Porque queda mucho más lejos —responde Magalí—. Si tantas ganas tenés de esa pizza, buscátela vos.

Por un momento Magalí se ilusiona con que su hermano se tiente nomás de ir hasta la rotonda y ella tenga un rato para estar a solas con Antonio. Pero su hermano tiene más vagancia que hambre y entonces dice: "Ufa, nena, está bien, comprala donde quieras". Así que Magalí va hasta lo de Martínez y compra la pizza y las cervezas, y las comparten en la cocinita del taller.

—¿Van a ir mañana a Plaza de Mayo? —pregunta Magalí con la boca llena.

—No creo —contesta Antonio—. Tenemos que terminar con el Peugeot.

—¿Quién es el que viene? —el Conejo estira su vaso hacia su hermana para que le sirva más cerveza.

—Alexander Haig, que es como la mano derecha de Reagan —dice Magalí.

—Depende de la hora a la que sea —Antonio habla mirándola a ella, en esa comunicación tácita en la que se han vuelto expertos a la fuerza—. Si terminamos temprano con el auto… ¿vos nos esperarías?

—No, Negro —interviene el Conejo—. No vamos a llegar.

—Bueno, por lo menos lo pueden intentar —tercia Magalí.

—Te digo que no llegamos, nena. Andá con la gente de tu colegio. Nosotros no llegamos ni de casualidad —el Conejo es categórico.

Los ojos de Magalí se cruzan fugazmente con los

de Antonio. La chica se encoge de hombros. Que lo intentó, lo intentó. Pero a veces parece como si los planetas se pusieran en contra de ellos dos, la pucha.

20

Se abren las altas puertas del despacho y todos los presentes, civiles o militares, se ponen en guardia sin proponérselo. La propia Alcira se pone de pie y se alisa la falda. Nadie osa cruzar la puerta antes de recibir alguna señal desde el interior. Alcira, eso sí, se desplaza lateralmente para tener un mejor ángulo de visión sobre lo que pasa adentro. Desilusionada, comprueba que sólo quedan figurones. Alguien acomoda los sillones. Un mozo vacía los ceniceros. Uno de los milicos de la custodia junta los papeles esparcidos sobre el escritorio. Ni el presidente argentino ni el secretario de Estado de los Estados Unidos ni el canciller ni nadie de verdadera relevancia está presente.

Alcira intenta sacar alguna conclusión mirando las expresiones de los rostros. Pero ahí está el problema. No cree que ninguno de esos que ahora son visibles a través del umbral haya estado presente en la reunión. En los años que lleva trabajando en el Ministerio de Relaciones Exteriores, la joven se ha vuelto casi una experta no sólo en identificar el lugar de cada militar dentro de la estructura jerárquica (eso es bastante fácil, después de todo, basta con que una se aprenda la escala de los rangos que llevan desde el más modesto suboficial hasta el comandante en jefe de cada fuerza) sino ese otro orden, mucho más sutil, en el que esos militares se mueven, sabiéndolo o ignorándolo. Un orden que no depende de los grados militares sino de la capacidad para expresarse en público, para conducirse con los periodistas, para tejer alianzas con empresarios y sindicalistas, para caer bien parados cuando alguna turbulencia sacude la cúpula de los que mandan allá arriba de todo... Estos días malvineros son tierra fértil para que los más hábiles demuestren esa capacidad innata. Y del mismo modo, también quedan en evidencia los más torpes, los demasiado tímidos, los que parecen tener un cartel impreso en la frente que dice: "No tengo ni la más mínima idea de cómo funciona el mundo afuera de un cuartel".

No es el único subgrupo de militares que se recorta del conjunto por su especificidad, piensa Alcira. Existe otro que Alcira ha aprendido a detectar, pero del que se cuida mucho, muchísimo, de hablar con sus colegas del ministerio. Ni siquiera los puede definir como un grupo. No si una piensa en un grupo desde la esencia de que están juntos, hacen algo juntos, deciden algo juntos. Son, más bien, una clase. Tampoco importa el grado militar que detenten: los hay bien arriba, pero también los hay en rangos intermedios. Los hay del Ejército y de la Armada. Alguno de la Fuerza Aérea también, pero menos. Lo que tienen en común es una cosa intangible de poder, de oscuridad, de dureza, de callada superioridad frente a los otros. Alcira no es estúpida y tiene algunas hipótesis sobre cuál es el currículum que los distingue, aunque sea una distinción sombría, tácita. Un currículum edificado en el pasado reciente. Muy reciente. Se mueven como Pancho por su casa y son como una hermandad que se traslada algunos centímetros por encima del piso sin atender a graduaciones. Por supuesto que todos tienen sus galones.

Pero lo que les da su sitio y su importancia no son los galones, sino las medallas invisibles que lucen en el pecho. Invisibles para los legos como Alcira. Pero los militares, entre ellos, sí las ven. Y actúan en consecuencia, imponiéndose u obedeciendo, que es algo que a los militares les sale naturalmente, supone Alcira.

En ese momento le tocan el hombro. La joven se da vuelta. Es otro de los secretarios de tercera clase del equipo, que en un murmullo le dice que el embajador va a recibirlos para darles un informe sobre la reunión de Galtieri con Haig. Caminan a buen paso por los pasillos de la planta alta. Se oye el estruendo de un helicóptero alzando vuelo. En una encrucijada un par de gorilas enormes les hace gesto de que se detengan. Pasa el presidente con un pequeño séquito. Parecen dirigirse hacia el balcón que da sobre la plaza. Abre la marcha un capitán de navío al que Alcira ha visto bastante estos días. Alcira lo ha catalogado en ese grupo de milicos que saben moverse en el mundo de afuera. Habló con él una sola vez, pero le alcanzó como para situarlo: ahora no recuerda el apellido, pero le llamó la atención esa mezcla de simpatía, locuacidad y sentido de la oportunidad que no parecen abundar en los cuarteles de la patria. En una de esas llega lejos, piensa Alcira.

Como si se tratase de una intersección de vías férreas, una vez que el pequeño contingente ha pasado, los gorilas les hacen gestos a Alcira y a su acompañante de que pueden seguir adelante. Emprenden la marcha mientras afuera se escucha, sobre el ruido del helicóptero, un griterío enardecido que viene de la Plaza de Mayo.

21

—¿Che, faltará mucho?

—Parecés un chico —contesta Solano—. Ya va a salir.

Tanto Weissman como Solano se cubren la cabeza con hojas de papel de diario desplegadas. A su lado Alessandri, que es bastante petiso, pega saltitos para mirar por encima del gentío. El esfuerzo lo hace sudar. Cullen está en su mundo, calculando vaya uno a saber qué.

—Che, en serio. ¿Cuánto tiempo más nos van a tener acá? —insiste Weissman.

—¿Pero vos qué te pensás? ¿Que Galtieri va a salir a saludarte a la hora que a vos te quede cómodo? ¿Que le va a decir a Haig: "Disculpe, señor secretario de Estado, yo le agradezco mucho la mediación que está haciendo entre la Argentina y los ingleses, pero lo tengo ahí afuera esperando a Weissman y no le quiero faltar..."?

Weissman lo mira fijo, de ese modo que a Solano al mismo tiempo le gusta y lo inquieta.

—Me sacás las palabras de la boca. Creo que eso sería lo correcto...

Solano vuelve a mirar alrededor y no consigue salir de su extrañeza. Hace diez días esa plaza era un quilombo de gases lacrimógenos, manifestantes y palos de la policía. Hoy está llena a reventar de gente con banderas que delira por el general que está a punto de salir a dar su discurso. Esta mañana, mientras desayunaban, intentó señalarle esa paradoja a Weissman. Pero el otro tiene un espíritu demasiado ligero, demasiado predispuesto para la felicidad y el goce. No tiene tiempo para andar estableciendo paralelos ni señalando contradicciones. No es estúpido. En absoluto. Una de las primeras cosas que le llamaron la atención a Solano fue, precisamente, su inteligencia. Pero es una inteligencia voraz, que necesita saltar de cosa en cosa, de tema en tema. Una inteligencia que prefiere el asombro a la constatación. Detenerse es, para Weissman, la antesala del aburrimiento. Pero es todo rarísimo. Ellos cuatro, por empezar. Es la primera vez que se ven fuera del café de Alonso. La primera en la vida. Alessandri, en su fervor nacionalista, al escuchar que ellos planeaban asistir a la manifestación, propuso que fueran todos juntos. Cullen estuvo de acuerdo. El único que no aceptó fue el propio Alonso, que dijo que un sábado por la mañana tenía mejores cosas que hacer que sumarse a una manifestación en Plaza de Mayo. ¿No le despierta curiosidad todo lo que está pasando? Le había preguntado Alessandri, y la pregunta no era ociosa. Durante toda la semana los diarios, las radios y la tele batieron el parche con el asunto de la misión Haig. La misión Haig para acá, la misión Haig para allá, la misión Haig para arriba y la misión Haig para abajo. Que hay que demostrarle al mundo que el pueblo argentino es una sola voz, una sola voluntad, un solo ruego de justicia, y el sábado toda la ciudadanía tiene que reunirse en Plaza de Mayo como el histórico 25 de ídem para que Haig vea y le diga a Reagan y le muestre a Thatcher que el pueblo, unido, jamás será vencido.

Y es así como hoy llevan dos horas, casi, de plantón, ahí en la plaza, en medio de un verdadero gentío. Hay banderas argentinas, pancartas de la CGT, carteles de partidos políticos, ancianos, mujeres, hombres y niños. Y ese extraño cuarteto que componen ellos, piensa Solano.

En el balcón de la Casa Rosada cada vez hay más gente. Una mezcla de uniformes y trajes de civil. Tres banderas argentinas cuelgan sobre la balaustrada, en cada una de las arcadas. Hace un rato desde los altavoces anunciaron que el secretario de Estado Alexander Haig estaba a punto de abandonar la Casa de Gobierno en helicóptero. Solano se preguntó para qué realizaban semejante advertencia. A Solano le gusta pensarse como alguien más o menos inteligente. Pero en ocasiones —y con todo esto de las Malvinas le está pasando demasiado seguido— se siente un poco lerdo para la comprensión. Sólo cuando el helicóptero se alzó desde los techos de la Casa de Gobierno, y sobrevoló la plaza, y la multitud enardecida se lanzó a cantar, saltar y gritar con rabiosa algarabía, y a gesticular amenazas hacia el helicóptero, comprendió la razón de la advertencia. El gobierno lo había hecho a propósito, esto de avisarle a la masa de gente que esperaba. Un modo de darle un mensaje al susodicho Haig. Solano concluye —otra vez, porque en estos días ha llegado muchas veces a la misma conclusión— que los militares que gobiernan el país son mucho más astutos de lo que él quería pensar.

Después de lo del helicóptero la cosa se calmó durante un rato. En un par de momentos se corrió la voz de que el general estaba saliendo al balcón y el griterío se había encendido como un campo en llamas. Pero fueron falsas alarmas. Y ahí siguen ellos cuatro: Weissman a su lado, mirando un poco para todos lados como si quisiera guardar cada imagen en su recuerdo, Alessandri a los saltitos, y Cullen... Solano repara en Cullen, que hace equilibrio intentando apoyar su libreta sobre uno de sus muslos para escribir unas cifras.

—¿Qué anda calculando, mi amigo? —como siempre, Weissman se le adelanta como si fuese capaz de leerle el pensamiento.

—¿Eh? Ah... La concurrencia, Weissman. Estoy calculando la cantidad de gente presente.

—¿Y cómo la calcula? —se interesa Alessandri, mientras aterriza de su enésimo salto inútil. Eso de que se interesa es un modo de decir, porque Alessandri es de esa gente que pregunta mucho pero se interesa poco por lo que le responden.

—No los quiero aburrir ... —se ataja Cullen.

—No nos aburre —dice Weissman, y Solano sabe que es sincero.

—A la plaza y a las calles aledañas les calculo una superficie total de 26.000 metros cuadrados. Establezco doscientas sesenta cuadrículas de cien metros cuadrados y...

—Momento, momento, que me perdí. No se me apresure, Cullen —intenta frenarlo Weissman.

—Imagínese un rectángulo cuyo lado menor es de ciento veinte metros y el mayor —Cullen señala hacia sus espaldas, del lado del Cabildo— de unos doscientos diecisiete. Hace base por altura y le da la superficie en metros cuadrados. Eso me da las quinientas veinte cuadrículas de cinco metros por cinco metros.

—¿Y después se camina todas las cuadrículas?

—No, no, no me animo a tanto —responde Cullen con cierto pesar, como si reparar en las fallas de su método le pareciera, al mismo tiempo, necesario y desolador—. Elijo cuadrículas representativas.

Vuelve a señalar, ahora primero en dirección a la Casa de Gobierno, después a la altura a la que ellos están, a mitad de la plaza, y por último de nuevo al lado de la Catedral y el Cabildo.

—Tomo algunas más pegadas al balcón, otras intermedias y otras lejanas. Cuanto más atrás nos vamos, menos apretada está la gente.

—¿Y cómo hace para medir cada cuadrícula? —al propio Solano se le ha despertado la curiosidad.

En lugar de responder, Cullen hace un gesto que parece significar "fíjense". Y empieza a caminar, con una especie de paso de ganso, primero hacia el frente, como si marchase hacia el balcón, después gira hacia la izquierda, para el lado de la calle Rivadavia, después de nuevo a la izquierda dando espalda a la Casa de Gobierno y, después de un último giro, de regreso al punto de partida, siempre con ese extraño paso marcial. La marcha no está exenta de incidentes. El lugar está tapado de gente, y los presentes no se toman a bien la repentina aparición de ese extraño hombrecito que da pasos con las rodillas tiesas y las piernas bien alzadas mientras mira fijamente cada cabeza y la incorpora a su conteo con un ligero golpe en el aire de su lapicera. Hay empujones, quejas, algún reclamo. Pero Cullen no se inmuta. Sigue adelante, indiferente al pequeño revuelo que provoca.

—No hacía falta que nos hiciera una demostración —le dice Solano cuando regresa, lamentando haberlo puesto en un aprieto, pero Cullen lo mira con su brillante inocencia de todos los días.

—En absoluto, Solano. Me venía bien contar esta cuadrícula. En esta de acá tenemos sesenta y dos personas. Allá adelante —vuelve a señalar— están en el orden de las ochenta y cinco. Ahora me tengo que ir a medir más al fondo.

A Solano se le viene rápidamente otra pregunta a la cabeza:

—¿Pero no es más fácil…?

Se detiene. Se da cuenta de que no quiere formularla.

—¿Más fácil qué? ¿Leerlo en el diario? —Cullen parece divertido con la objeción, como si él mismo se hubiese anticipado, no una sino muchas veces, a ese pero—. A veces me da por pensar que los diarios no necesariamente dicen la verdad, Solano. Por eso prefiero comprobar las cosas por mí mismo. Cuando puedo, claro.

—¿Y ya tiene los números definitivos? —pregunta Weissman. Solano advierte que Alessandri dejó de prestarles atención hace rato y volvió a sus saltitos.

—Nooo, me falta un montón. Primero tengo que ir a medir allá en el fondo, donde se junta menos gente. Y los cálculos los hago después en casa, tranquilo. Acá me da miedo equivocarme.

Solano mira alrededor. Las banderas, los gritos, los cantos, los bombos, los saltos. Y sí, no puede menos que darle la razón.

—Ahora vuelvo —se despide por el momento Cullen, y se aleja en dirección al final de la manifestación.

En silencio, Solano le desea suerte con su cómputo y, sobre todo, le desea que nadie se irrite con él al punto de pegarle una trompada. En ese momento los sobresalta un rugido de la multitud. Se vuelven hacia el frente. Con su chaquetilla verde con vivos dorados, su pelo canoso, su estatura inusual, el presidente se abre paso lentamente por entre los que ocupan el balcón de la Casa Rosada en medio de una ovación que crece.

22

El padre del Conejo intenta disimular la sorpresa cuando llega al taller el sábado y tienen el Peugeot 504 perfectamente terminado. Él iba dispuesto a echarles una mano y sin embargo parece que no hará ninguna falta. Antonio es el primero en verlo y lo saluda con un educado: "Buenas, don Hugo, cómo le va". Es bueno, el pibe. Y Hugo está seguro de que lo va a sacar más bueno todavía. Ojalá su propio hijo hubiese sacado esos modales. Pero no hay caso. Es un impertinente. Más grande es, más insolente se pone con él. Ahora mismo, que se asoma desde atrás del capot del 504 y lo ve ahí, en lugar de decirle buen día, papá, cómo estás, lo saluda apenas con una inclinación de cabeza. Hugo siente cómo le hierve la sangre. Maleducado.

Hugo se acerca a la mesa de trabajo y ve que las herramientas están desordenadas.

—A ver si acomodan este quilombo —dice.

—Ya lo íbamos a ordenar, papá —responde su hijo.

—Mirá vos, seguro que los agarré justo antes de que pudieran acomodar todo —insiste, irónico.

Su hijo le dedica una mirada torva. Antonio se aproxima al banco de trabajo con la idea de empezar a poner cada cosa en su sitio, pero Hugo lo detiene con un gesto.

—No, vení. Dejá que lo ordene mi hijo. Vos vení.

—¿Ah, sí? ¿Y yo por qué tengo que ordenar? —se encrespa el susodicho.

Hugo ni siquiera le contesta. Le hace un gesto a Antonio para que lo siga. Le señala la escalera de madera como para que el chico la saque de su soporte y la traiga.

—Ayudame con algo —dice, indicando el anaquel superior de la estantería.

Antonio afirma la escalera y empieza a subir.

—Impresionante la gente que se juntó hoy en la plaza... —comenta el padre del Conejo.

—Mucha gente, ¿no? Estábamos escuchando en la radio y decían eso...

—Un montón... —confirma el hombre, y señala hacia algunos de los trastos que están en los estantes más altos—. Corré esas latas de pintura. No, las otras. Sí, esas. Fijate que detrás tiene que haber un paquete envuelto en una bolsa de plástico. Mostrame. Sí, ese. Abrilo.

Antonio obedece. Abre la bolsa. Adentro hay una bandera argentina plegada con prolijidad.

—Uh, qué linda —dice Antonio—. ¿La tiene desde hace mucho?

—Desde el Mundial 78 —responde Hugo—. Traete la escalera para adelante, así la colgamos en el frente.

Se dirige hacia la puerta del local. Una vez en la vereda se pone a estudiar el mejor modo de colgarla. Antonio llega a su lado, con la bandera en una mano y la escalera calzada sobre el hombro. Su hijo sale también. Los tres alzan la cabeza y entrecierran los ojos, porque el sol relumbra bastante. Hugo señala el sitio en el que la quiere.

—Agarrala de ese gancho y de aquella pestaña de fierro. Ya que recuperamos las Malvinas, lo menos que podemos hacer es lucir una bandera, ¿no les parece?

23

—Esto… esto, si me permite, señor presidente, cambia completamente las cosas. Completamente. Lo de hoy es… es un nuevo 25 de Mayo, como dijo usted, es más, es un… —Molinero se detiene a media frase—… un nuevo 17 de Octubre, le juro.

Listo. Lo dijo. Una parte de su cerebro se había detenido ante la señal de alarma que le indicaba que muchos militares son profundamente antiperonistas. Pero la otra parte de su cerebro se moría por seguir adelante, habilitada por la certeza de que otro montón de militares son recontraperonistas. Le basta un vistazo rápido alrededor de la enorme mesa para darse cuenta de que ha salido indemne. Otra vez. Ya ha perdido la cuenta de los días que lleva bendecido por una racha inaudita de buena suerte. Cosa que dice, cosa que prende. Consejo que suelta, consejo que asumen. Ese periplo enloquecido arrancó el viernes de la semana pasada, cuando irrumpió en el despacho del general para conducirlo poco menos que en andas a que saludase a la multitud reunida en la plaza.

Y el domingo tuvo un segundo escalón igual de maravilloso, cuando emergió detrás del helecho, en aquella reunión multitudinaria con el ministro, y expuso su idea de que había que convocar a las fuerzas vivas de la Nación, a los obispos, a los políticos, a los gremialistas, a los intelectuales, a los periodistas, a los actores y a los deportistas, porque las Malvinas eran una causa nacional, mejor dicho, *la* causa nacional. Y el ministro había estado de acuerdo y al final le había dicho que se quedara, que no se fuera, porque iba a juntarse con un grupo más reducido y Molinero no cabía en el cuerpo de la alegría. Y del lunes en adelante su vida había sido esto: una reunión por acá, otra por allá y otra más por el otro lado. Y en una de esas, Molinero cree que fue el miércoles pero ni siquiera está seguro, porque es tal el vértigo de los días y de las noches que Molinero vive en un presente permanente y acelerado, pero cree que fue el miércoles, en una de esas tantas reuniones en las que se preparaba la convocatoria para hoy, y se discutía cómo hacerla y cómo difundirla, y Molinero había sugerido que era un error que el gobierno convocase a una concentración multitudinaria. Se lo habían quedado mirando con cara de no entender. Y Molinero, echando mano a toda su claridad pedagógica, les había aclarado que sí tenía que producirse esa concentración multitudinaria en la Plaza de Mayo, válgame Dios, pero que no la tenía que convocar el gobierno. No, señores, no. Tienen que convocarla esas fuerzas vivas de la patria, jamás el gobierno. La ciudanía, la Nación toda. Las radios y la tele y los diarios, como sus portavoces. No convocan los militares. Convoca la ciudadanía. La Nación toda, hermanada por el acto redentor del suelo patrio. Esa es la papa.

No dijo "la papa", pero lo dio a entender, y lo entendieron. Y por si fuera poco cazó al voleo una frase que dijo alguien a sus espaldas y la lanzó al estrellato. No está seguro de quién lo dijo. La cosa es que alguien lo dijo, él lo escuchó, y cuando lo creyó oportuno lo soltó: "¿Así que ellos tienen a la Dama de Hierro? Pues nosotros tenemos al Presidente de Acero". Y lo miraron como si estuvieran en presencia de un genio de la comunicación de masas.

Cuando a la noche se lo contó a su mujer ella también se quedó muda de asombro. Y esa es otra consecuencia inesperada de todo esto que está pasando. La manera en que Adelina lo escucha cuando le cuenta, con lujo de detalles, lo que hace, lo que dice, lo que piensa y lo que organiza cada jornada. Con devoción, lo escucha. Con admiración, lo escucha. Desde que se conocieron en aquel baile de hace mil años, cuando él era un cadete de tercer año de la Escuela Naval y ella era la prima de un compañero que al final dejó la carrera en el último año, que Adelina no lo mira así. Y a Molinero le gusta. Es como si estos días borrasen, demoliesen todos esos años anodinos de miradas cargadas de aburrimiento, o de decepción, de su mujer.

Molinero es un lector de los clásicos. Y alguna vez leyó, aunque no se acuerda si en Suetonio o en quién carajos, que Julio César decía que a la buena fortuna hay que aferrarla del pescuezo cuando aparece. No dejarla escapar, si ella tiene la mala idea de cruzarse con nosotros. Hay que exprimirla. Y eso es lo que está haciendo Molinero. Por eso en esta reunión se anima a mostrarse así de expansivo, así de temerario como para citar la imagen de Perón, ni más ni menos.

Ya el solo hecho de que lo incluyan en este cónclave habla de lo que han cambiado las cosas en ocho días. Ocho días. Se lo repite porque sigue sin creerlo. Hace ocho días era uno más del montón de oficiales que andaban deambulando sin despacho propio por la Casa de Gobierno. Y ahora, una vez finalizada la reunión con el secretario de Estado de los Estados Unidos, una vez terminado el discurso del presidente en el balcón, una vez iniciada la desconcentración de la multitud, una vez reagrupado el núcleo más cercano del presidente, una vez liberado ese grupito de la hojarasca de los curiosos y de los advenedizos y de los asesores y de los paniaguados, una vez que ese mínimo puñado de hombres que se tutean con la cima decide enclaustrarse a pasar en limpio lo sucedido y lo por venir en el escalón más alto del poder en la Argentina, resulta que le dicen: "Capitán Molinero, usted quédese".

Son cuatro palabras. Son nada más que cuatro palabras, pero significan un mundo entero. Molinero tiene olfato. Molinero ve por las caras y por los gestos y por algún comentario suelto que las cosas con Haig no salieron del mejor modo. Es evidente que el tipo vino con una propuesta inglesa que a la Argentina no le sirve. No a esta Argentina. No a este presidente que acaba de juntar a doscientas mil personas en Plaza de Mayo. Esta es una Argentina nueva, una Argentina unida, una Argentina poderosa. Los prejuicios han quedado atrás. Las divisiones han quedado de lado. Las Malvinas han creado una oportunidad histórica que va mucho más allá de sí mismas. Por eso se atrevió a decir lo que dijo. ¿O acaso 1945 no fue, también, un momento decisivo?

Hay que avanzar, piensa Molinero. Avanzar él y hacer avanzar a los otros. Hace diez días eran un gobierno paralizado, sitiado por sus enemigos, sus abundantes enemigos. Ahora la taba se dio vuelta. Los desorientados son ellos, sus enemigos. Todos y cada uno de esos enemigos se desesperan por ser recibidos y aceptados como hijos pródigos.

—Creo que interpreto el sentir de todos nosotros si digo que la actitud del gobierno de Estados Unidos no fue la que esperábamos.

Molinero se oye hablar en primera persona del plural y siente como si flotara por encima del mundo. Ahí está el general. Ahí están los otros miembros de la Junta. Y Molinero se permite usar ese "nosotros" que lo incluye. A él. Lo incluye a él, la puta madre.

—Pero viendo lo que vimos hace un rato, allá afuera —hace un amplio ademán hacia el balcón, hacia la plaza, hacia, por qué no, la patria entera—, ¿no será el tiempo de pensar: "Peor para ustedes, señores estadounidenses, si han elegido el bando perdedor en este conflicto"?

Molinero toma asiento. Cuando esta noche le cuente a Adelina lo que dijo, cómo lo dijo, y cómo lo escucharon, no lo va a poder creer. Si él mismo, el propio Molinero, a duras penas se lo cree. Y se lo cree porque le está pasando a él. Que si no, tampoco se lo creería.

24

—La verdad que si me preguntas qué dijo… —Weissman deja el comentario por la mitad y juega haciendo deslizar lo que queda de los cubitos de hielo de un lado a otro por el fondo del vaso de whisky.

Solano tiene la mirada perdida más allá del ventanal, la plaza Vicente López, los edificios al otro lado, las luces que empiezan a encenderse en el crepúsculo. Weissman apoya el vaso sobre la bandeja y empieza a enumerar con los dedos.

—Hizo referencia al 25 de Mayo y al pueblo en la plaza. Habló de mantener la dignidad y el honor de la Argentina. Dijo algo de que le tocaba representar al pueblo argentino como presidente…

—Ahí un poco lo chiflaron.

—Sí, un poco, tampoco demasiado.

—Es cierto.

—Lo más fuerte fue cuando dijo eso de que íbamos a la guerra.

—Pará, eso no lo dijo.

—Bueno, no lo dijo… pero lo dijo. ¿Cómo fue?

—"Si quieren venir que vengan, les presentaremos batalla". ¿Así no dijo?

—Qué memoria que tenés.

Solano sonríe ante el cumplido.

—¿De qué te reís? —Weissman ha notado su sonrisa, y también sonríe.

—Que tampoco es para tanto, Lito. Al fin y al cabo dijo veinte palabras en tres ideas, y les dio vuelta para arriba y para abajo y eso fue todo.

—Sí, parece que nuestro general tampoco es un dechado de oratoria.

—Parece que no.

Solano vuelve a mirar hacia afuera. Ahora la noche del sábado es casi completa, y apenas se adivinan las copas de los árboles de la plaza, más abajo.

—¿Qué te quedaste pensando? Tenés cara de preocupado —Weissman habla mientras se sirve un poco más de whisky.

—Cómo me conocés.

—Claro que te conozco. En sentido bíblico y todo.

—No te hagás el piola, Lito.

—No me hago, soy. Pero no me dijiste qué es lo que te preocupa.

Antes de apoyar la botella en su sitio, Weissman le hace un gesto ofreciéndole un poco más. Solano estira su vaso, aceptando.

—La gente, Lito. Y no te digo cuando el helicóptero de Haig sobrevoló la plaza. Ahí no digo nada.

—¡Hasta vos gritaste, Bebo!

Solano asiente, sonriendo.

—¡Sí! Ahí hasta yo me dejé llevar. ¡Vos no hablés, que estabas como loco!

—¿Y Alessandri? ¿Lo viste a Alessandri en ese momento? Yo creo que si el tipo tiene una bazuca ahí mismo le tira un bazucazo, y que se arme la podrida con los yanquis. ¡Le importaba un carajo!

Se ríen un poco.

—Yo hablo de después, igual. Cuando habló Galtieri.

—Bueno, viste cómo es la multitud, Bebo.

—Sí. Pero ese cantito de "Lo vamo' a reventar, lo vamo' a reventar...", ¿a quién se creen que van a reventar?

—Son cosas de cancha... son cantitos de fútbol. Vos porque no tenés ni idea de ese mundo.

—¿Vos sí?

—Más que vos, por lo menos...

—Será. Pero me da miedo una horda de estúpidos gritando a favor de entrar en guerra, qué querés que te diga...

Weissman ha vuelto a terminarse su bebida y vuelve a hacer movimientos con su vaso. Ya no queda hielo en el fondo. Apenas un hilo de agua que el hombre desliza hacia un lado y después hacia otro. Alza los ojos cuando Solano vuelve a hablar.

—Y por si fuera poco...

Solano deja la idea inconclusa.

—¿Y por si fuera poco qué?

—Nada, Lito. Vos viste lo que son estos tipos. Los milicos, digo. Están como locos con esto que está pasando. De repente los ama todo el mundo... Los aplauden, los miman... Cuando se quieran acordar no van a poder echarse atrás.

Weissman se pone de pie y camina hasta el ventanal. El departamento de Solano es hermoso y la cuadra, con la plaza enfrente y los elegantes edificios al otro lado, también.

—El que tiene cara de pensativo ahora sos vos —le dice Solano.

Weissman sonríe. Señala hacia la cocina.

—¿Vos decís que ya está?

Solano se incorpora de un salto y sale disparado a revisar la evolución de su carne estofada.

25

Definitivamente, escaparse de la inmobiliaria para almorzar y escuchar, desde la vereda y antes de poner la llave en la cerradura, a sus hijas discutir a los gritos adentro no es la manera en la que Carlos pensaba aprovechar el mediodía en familia.

¿Será posible que sigan llevándose como perro y gato? Cuando eran chiquitas las viejas decían que era porque tenían poca diferencia de edad: ni un año, remarcaban, con el índice en alto. Son como mellizas. Y, sí, la verdad es que con Marisa no habían estado demasiado inteligentes con eso de la planificación familiar. Y eso que se cuidaban. Pero se ve que se cuidaron como el culo, porque después de que nació Carlitos se suponía que iban a esperar bastante antes de encargar el segundo. El "bastante" resultó ser un año y medio hasta que nació Andrea. Y Sandra a los diez meses. Cuando otros tipos se enteran de que sus tres hijos se llevan menos de dos años y medio entre los tres siempre le hacen el mismo chiste de "qué puntería". A Carlos ya no le hace gracia, si alguna vez se la hizo. Mala suerte, tuvieron. O no, porque los tres chicos son un encanto. Pero es verdad que a veces que sean tan seguidos vuelve la casa un loquero.

Como ahora, mientras le da dos vueltas a la llave de la puerta de casa, deja el portafolios en el piso contra la pared —Marisa odia que lo deje ahí, pero bueno— y pega el grito de que llegó papá, a ver si alguien se enternece y viene a saludarlo.

No parece ser el caso. Sus hijas siguen gritando en la cocina.

—Te dije que no abrieras, tarada.

—Y yo te dije que pensé que era Laura, estúpida. Por eso abrí.

—¡Pero mientras bajabas la escalera te lo repetí, porque sé que sos una atolondrada!

—¡Yo no soy ninguna atolondrada, para que sepas! Laura me avisó que pasaba a buscarme para ir juntas a gimnasia, y pensé que era ella.

—¡Pero no era!

—¡Ya sé que no era!

—¿Se puede saber qué pasa? —Carlos entra a la cocina e intenta cortar la disputa. Pero no hay modo.

—¿Y ahora qué hacemos, me querés decir?

—¡Yo no tengo la culpa, pendeja! Y además... ¿nos vamos a pasar toda la vida sin atender cuando toquen el timbre? ¿Eso vamos a hacer?

—¡Cuando toquen el timbre no, estúpida! ¡Cuando toque el timbre el cartero! ¡El cartero!

A Carlos le fallan las piernas. Se apoya en una de las sillas.

—¡¿Qué pasa con el cartero?! —consigue preguntar.

Sus hijas se dan vuelta hacia él. Las bocas abiertas, las mejillas encendidas y los ojos hinchados de tanto llorar. Carlos se incorpora y sale de la cocina. Camina por el pasillo. La habitación de Carlitos está vacía. La de las chicas, claro, también. En el baño no hay nadie. La puerta del dormitorio matrimonial está cerrada. Golpea, pero abre sin que le digan que pase. Marisa y Carlitos están sentados sobre la cama, en diagonal, su mujer junto a la cabecera y Carlitos junto a uno de los rincones. Marisa está llorando. Carlitos levanta la cara hacia él y sonríe de costado.

—Menos mal que viniste, viejo. ¿Le podés explicar a mamá que no pasa nada? ¿Que no tiene ningún motivo para ponerse así?

Sobre la cama tendida, a mitad de camino entre madre e hijo, hay un telegrama abierto. Carlos no necesita leerlo para saber qué dice. A sus espaldas escucha cómo Andrea corre desde la cocina hasta su pieza y cierra de un portazo. Dos segundos después oye cómo Sandra hace lo mismo.

—Ahora charlamos —es todo lo que se le ocurre decir—. Voy a ...

Señala hacia la pieza de sus hijas. Ni Carlitos ni Marisa dicen una palabra. Ya habrá tiempo de hablar, piensa él. Retrocede por el pasillo. Golpea la puerta cerrada y abre sin que le digan. Las chicas están sentadas sobre la cama, abrazadas, llorando a moco tendido y pidiéndose perdón en murmullos entrecortados que se interrumpen cuando una o la otra se lanzan de nuevo a llorar.

—Vamos a charlar a la cocina, chicas —les dice en voz baja, y dejan de llorar al unísono, destrenzan un poco el abrazo, lo miran y asienten.

Carlos las deja solas para que terminen de tranquilizarse y vuelve a su dormitorio, para encararse con Carlitos y con su mujer. Definitivamente, escaparse de la inmobiliaria para almorzar en casa con la familia y encontrarse con que el Ejército ha vuelto a convocar a su hijo no es el modo en que Carlos pensaba aprovechar el mediodía en familia.

26

Se toma un momento antes de entrar al despacho en el que lo están esperando. En el enorme espejo del pasillo controla el nudo de la corbata, la perfecta simetría de las solapas del uniforme, la apenas insinuada inclinación de la gorra. Está estupendo. Levanta la mano derecha en ademán de golpear pero se detiene justo a tiempo: alerta, Molinero, alerta, acá los que golpean las puertas son los invitados y los advenedizos. No te olvides. Vos ya no sos ni una cosa ni la otra. Ahora vos sos el dueño de casa. Por eso, en lugar de golpear, acciona el picaporte con ademán enérgico y sin perder el ímpetu avanza en el recinto en el que una docena de civiles, que lo esperaban sentados alrededor de una enorme mesa, se ponen de pie.

—Buenos días, caballeros —¿"Caballeros"? ¿De dónde salió eso? Le gusta. Le parece que le da un toque de distinción—. Disculpen la demora, pero, como se imaginarán, son días vertiginosos...

Qué hermoso es poder hacer lo que está haciendo. Los dejó esperando, en esa oficina sosa y aburrida, y durante más de media hora, a varios de los empresarios periodísticos más importantes de la Argentina. Y el tono en el que les pide disculpas es propio de quien está convencido de que no tiene por qué pedir disculpa alguna. Seguro, sin ser prepotente. Convencido, sin ser engreído. Esos tipos, que tienen a la opinión pública en un puño, se apresuran a sonreír y a disculparlo, por supuesto, faltaba más.

Molinero no condesciende a estrechar las manos de sus visitantes. Son demasiados y, quedó dicho, son días vertiginosos. Con gesto grave deposita su carpeta sobre la cabecera de la mesa, los invita a volver a tomar asiento, aunque él permanece de pie, y comienza su alocución.

Por fortuna siempre ha sido bueno con las palabras. Casi demasiado, para las anodinas necesidades de la vida naval. Más de una vez ha sentido que su talento se estaba desperdiciando entre esos compañeros de armas rústicos y cortos de miras. Hoy es distinto. Hoy tiene que convencer a personas que no sólo son poderosas sino que saben usar las palabras, se ganan la vida con ellas, han construido verdaderos imperios con ellas. Diarios que definen la agenda pública. Revistas que salvan o condenan a presidentes o ministros. Agencias de noticias cuyos cables se propalan al mundo. Casi todos de Buenos Aires, pero Molinero advierte —satisfecho— que también están los dueños de algunos medios de Rosario, de Córdoba, de Salta y de alguna otra capital del interior. Bien, Molinero, bien, se dice. Vinieron a verte a vos. Es cierto que te están conociendo en este momento, pero vinieron —expresamente— a conocerte a vos. Y vinieron a conocerte por lo que representás. Porque no comen vidrio, y saben que el general te ha bendecido con su mano poderosa. Lo que decís vos es palabra santa porque es como si lo dijese él.

De todos modos, es flor de desafío. Porque esos muchachos reunidos alrededor de la mesa conocen el poder desde adentro. Están acostumbrados a dialogar con el poder ajeno y a ejercer el propio. Sobre todo —eso Molinero lo tiene clarísimo— tienen un poder mucho menos efímero que el de los militares. Eran poderosos antes de 1976, y seguirán siéndolo cuando termine el gobierno militar, aunque ese "cuando termine" no tenga fecha, y quiera Dios que demore muchos años en terminar. Para eso es clave que la gesta de Malvinas sea, siga siendo, un éxito rotundo. Y esta reunión que Molinero se dispone a presidir —le gusta ese verbo, lo emociona esa acción— es importantísima en la consecución de ese objetivo.

Más tarde, hoy mismo, Molinero ha programado otra reunión, con los interventores de los canales de televisión y de las radios. Pero con esos será más sencillo. La mayoría de esos interventores son militares que acatarán lo que se les indique, sin chistar. No tienen ni la independencia, ni los recursos ni la alcurnia de estos que están reunidos en torno a la mesa. Esos otros acatarán las directivas que se les den y ordenarán a sus subordinados hacer lo que se les diga. Pero con esta docena de popes la cosa pinta mucho menos sencilla.

Molinero sigue el guion que ha ensayado hasta el cansancio. A solas en su oficina, en la cena de ayer con Adelina, hoy en el auto con chofer (porque sí, señores, ahora tiene auto con chofer) que lo lleva y lo trae desde Casa Rosada. Todo ese asunto de que los medios escritos tienen que encolumnarse detrás de la causa. Y eso significa ser optimistas, ser amables con el gobierno, ofrecer una imagen de que la causa argentina es justa y necesaria, y que el mundo haría bien en entenderlo y en aceptarlo. Y que si el mundo no comparte nuestra visión, el problema lo tiene el mundo y no nosotros. Porque esa es la palabra clave. Nosotros. Sí, señores. Porque Argentina clamaba a gritos por tener un "nosotros", y ese "nosotros" acaba de traerlo Malvinas. En realidad hace años, muchos años, que ese "nosotros" se viene preparando. En las escuelas, en los libros, en los discursos de los políticos. Pero 1982 es el momento en que ese nosotros ha madurado. Y por eso el otro día, en la Plaza de Mayo, se juntó el gentío que se juntó.

Molinero hace una pausa porque imagina que van a plantearle alguna objeción, alguna queja. Alguno de los presentes, en nombre de la libertad de prensa, la prosapia de sus antepasados, la solidez de su prestigio, debería venírsele al humo. Pero nada que ver. Al revés. A medida que lo escuchan asienten, como cuando alguien dice justo lo que querés escuchar. Ninguna resistencia, ningún pero, ningún prurito. Tanto lo sorprende esa complacencia que termina preguntándoles, así, directamente, si para ellos es un problema este planteo estratégico del gobierno. Y los tipos cruzan alguna mirada, alguna sonrisita, alguna mueca medio tímida, y le dicen que no, que nada que ver, que al contrario. Molinero contiene las ganas de preguntar qué carajo significa eso de "al contrario". Pero no hace falta, porque uno de los popes de la mesa, uno de los que cortan el bacalao, se hace portavoz de todos para decir que ellos ante todo son argentinos y están consustanciados con la causa Malvinas, y el público que los lee también lo está, y seguir todos juntos encolumnados era lo más natural del mundo.

Es en ese momento que algo hace clic en la cabeza de Molinero. Molinero sabe que no es demasiado valiente, ni demasiado cultivado, ni demasiado capaz. Siempre lo ha sabido. Pero Molinero también se sabe astuto. No es lo mismo ser astuto que ser inteligente, ojo. Eso lo aprendió, Molinero, hace muchos años, y jamás de los jamases se lo olvida. Alguien inteligente es alguien que sabe comprender bien las cosas, estudiarlas a fondo. Alguien astuto es alguien que es bueno para engañar y para evitar el engaño. Ni más ni menos. Molinero es bueno para eso. Tal vez para ser astuto hay que ser un poco inteligente. Pero un poco, nomás. Molinero está contento con eso de saberse astuto. Y por eso se da cuenta de que la reunión ya ha cumplido su objetivo, y que lo que resta ahora es sonreír, ponerse de pie, estrechar la mano de cada uno de los presentes y listo. Cada uno se vuelve a su oficina, feliz de la vida.

Estamos de acuerdo. El gobierno, el pueblo y las fuerzas vivas de la Nación hermanados en la misma causa. Y estos empresarios, ellos y sus diarios, ellos y sus revistas, dichosos como nunca, porque están vendiendo cifras astronómicas de esos diarios y esas revistas mientras acompañan el entusiasmo, y la vigilia, y la tensión contenida de todo un pueblo.

Por supuesto, cuando ahora Molinero se dirija al despacho del ministro a brindarle un informe pormenorizado de la reunión, en la narración retocará ligeramente los sucesos, y Molinero quedará como un hábil espadachín discursivo que desarmó poco a poco la suspicacia de esos hombres de negocios, y que gradualmente los condujo a aceptar que la única estrategia posible para la patria es colaborar con ese enfoque nacional y optimista que la Argentina necesita. Que nunca viene mal que se sientan en deuda con uno, Molinero. Nunca viene mal.

27

Un oficial con insignias de teniente primero —Marisa, como hija de un militar, se las conoce al dedillo— pasa por el pasillo y le dedica un mínimo vistazo. Una vez que la deja atrás se detiene, se gira, la mira con más detenimiento y vuelve sobre sus pasos.

—Disculpe, señora. Pasé hace un rato por acá y la vi esperando. ¿Todavía no la atendieron? ¿La puedo ayudar en algo?

Marisa sonríe y niega con la cabeza. Le dice que está esperando al mayor Camargo, que necesita hablar con él. El oficial envía a un conscripto a buscarlo. Marisa está a punto de pedirle que no lo haga: si lo agarra desprevenido es posible que la sorpresa le mitigue un poco la maldad, la astucia y el egoísmo. Pero no se lo dice. Los trapos sucios de la familia se lavan en casa. Mejor dicho: los trapos sucios de la familia no se lavan en ningún lado.

El teniente le ofrece esperar a Alfredo en su oficina, pero Marisa insiste en quedarse ahí. El otro no tiene más remedio que despedirse y meterse en el despacho contiguo.

Se oyen pasos en el corredor. Marisa se pone alerta pero es una falsa alarma: el que se acerca es un jovencito, con insignias de subteniente y una tremenda cara de nene, que le pasa por al lado sin dignarse a mirarla, golpea en la oficina del teniente y vuelve a dejarla sola. Justo en ese momento su hermano asoma por el recodo que hay al fondo del pasillo. Marisa se pone de pie.

Cuando le faltan dos metros para llegar adonde está ella, el mayor se detiene. La mira fijo, concentrado, fruncido el ceño. El bigote negro y poblado acentúa la dureza de su expresión. Los dos parecen dispuestos a que sea el otro quien pronuncie la primera palabra, y pasa casi un minuto con ambos así, de pie, silenciosos y contenidos.

—Necesito hablar con vos —Marisa es la primera en dar el brazo a torcer.

El mayor Camargo parece disfrutar esa pequeña victoria y prolonga todavía unos segundos más el suspenso. Por fin abre la puerta de la oficina que está junto al largo banco de madera que ocupaba su hermana y le indica que pase. Ella no espera que el hombre le ofrezca asiento. Ocupa la silla recta que está frente al escritorio. Mientras su hermano camina hasta su sitio echa un vistazo a la oficina, que vio una sola vez en su vida. Un lugar frío, desangelado, tosco, carente de cualquier sombra de hospitalidad. Como su ocupante, al fin y al cabo.

—¿En qué te puedo ser útil, Marisa?

La mujer decide pasar por alto el tono zumbón del militar. No va a pisar el palito. Es muy importante la misión que se ha impuesto. No va a distraerse ni a tentarse con reivindicaciones de chiquilina.

—A Carlitos le llegó el telegrama de reincorporación.

El militar enciende un cigarrillo. Cuando está a punto de dejar el atado sobre el escritorio, le ofrece uno a su hermana con un gesto. Ella niega. Nunca ha fumado y no va a empezar ahora.

—Claro —dice el mayor—. Tiene lógica. La última vez que nos vimos fue cuando lo incorporaron al servicio militar, que también viniste a verme para pedirme un acomodo.

Marisa no responde. En realidad no había ido a pedirle un acomodo. Se había limitado a pedirle que tratase de cuidarlo. Que no lo maltrataran en la instrucción. Que no lo bailaran en exceso. En realidad —aquella vez Marisa no lo dijo, pero lo pensó—, fue casi a implorarle que no descargara su furia en Carlitos. Su furia familiar. Si la mala estrella de su hijo había querido que le tocase la colimba en el mismo regimiento donde revistaba su tío (ese tío que, más que tío, era una sombra de la que era mejor no hablar para no invocar a los demonios), que el citado tío no se la agarrase con él. Marisa se pasó todo el año pasado con el alma en vilo. Cada vez que Carlitos volvía de permiso le preguntaba cómo andaba, cómo lo habían tratado. Y de sus respuestas parecía entenderse que su hermano no se había ensañado con él, aunque tampoco se la había puesto fácil. Habría que ver: Carlitos es de guardarse las cosas cuando piensa que lo que tiene para decir puede preocuparla, o hacerle daño. Pero la palabra "acomodo" le revuelve las tripas, sobre todo porque no se atreve a enmendarle la plana a su hermano. Mejor concentrarse en lo que tiene que decir:

—Esta vez —Marisa titubea, no es fácil salir de ese laberinto—, esta vez tengo que pedirte algo más difícil. Porque necesito pedirte que busques el modo de que no lo manden a las Malvinas.

Su hermano suelta una risa que hace salir en nubes sucesivas, entre los dientes, el humo de la última pitada.

—Y, sí, la verdad que es más difícil... —el mayor parece estar disfrutando—. Una cosa era el año pasado, que me lo podía poner debajo del ala, como mamá gallina con los pollitos…

Hace el gesto de aletear, con los codos flexionados, y Marisa siente un deseo muy fuerte y muy difícil de reprimir de ponerse de pie y mandarse mudar. O de ponerse de pie, escupirle en la cara y mandarse mudar. Pero no puede. No debe.

—En casa tenemos miedo de que…

—¿Y por qué no me vino a ver el cagón de tu marido?

Marisa toma aire despacito. Si estás tomando aire, no podés hablar al mismo tiempo. Mejor. Sabe que no tiene que responder. ¿O será peor? ¿O el silencio de ella sólo sirve para multiplicar el sadismo de él?

—Ya sabés perfectamente por qué no vino.

—Sí, porque pedirle un favor a quien vivís llamando torturador y asesino es un poco complicado…

—Mirá, Alfredo… yo…

—Pues andá y decile, al cagón de tu marido, que me acabo de enterar de que me voy a las Malvinas. ¿Podés creer? Mirá qué casualidad. A ver si él, o los zurdos como él…

—Carlos no es de izquierda, Carlos es radical, y…

—¡Son todos la misma mierda!

El golpe que da el mayor con la palma abierta sobre el escritorio instala un silencio repentino.

—¡Nos jugamos la vida! ¡La vida nos jugamos por toda esa manga de cagones, y mirá cómo nos pagan!

Si Marisa no hubiese ido allí a pedirle por favor que mantenga a Carlitos en Buenos Aires, no dejaría pasar ese comentario. Le respondería que ella duda mucho de que se haya jugado precisamente la vida. Y que por lo poco que ella sabe las misiones de su hermano tuvieron mucho más que ver con sótanos oscuros que con calles peligrosas.

Pero lo importante es el favor que fue a pedir. Por sobre todo, no tiene que perder el foco. Lo hablaron con Carlos y quedaron en que fuera ella, porque ambos tuvieron miedo de que Carlos se saliese de las casillas y dijera cosas que no tuvieran retorno. Por eso es Marisa la que fue al cuartel, y no su marido. Así que no, no estaría bien que la mitad moderada de su pareja lo mandase a la mierda, a los gritos, al mayor Camargo.

—No quiero discutir, Alfredo. No tiene sentido —recuerda lo que dijo antes su hermano y piensa que tal vez puede seguir por ahí—. ¿En serio te mandan a Malvinas?

Su hermano demora en responder. Apura la última pitada del cigarrillo y lo apaga en un enorme cenicero de piedra.

—Sí. Me mandan adscripto al comando del gobernador militar.

Marisa detecta la nota de orgullo en la voz del militar. Ahí está la madera de la que tiene que agarrarse para no perecer ahogada.

—Te felicito —Marisa duda. Ma sí, todo sea por Carlitos—. Papá se pondría muy orgulloso de algo así.

Su hermano se retrepa en la silla. Parece mentira que sea así de básico. Así de predecible. En otra época de su vida, Marisa asociaba la idea del poder a la de la inteligencia, a la de la sagacidad. Ahora no. Ahora entiende que se puede poseer un poder enorme y ser un necio.

—Supongo que sí —concede el mayor—. Supongo que se pondría muy contento.

Su tono es mucho más tranquilo. Pero cuando deja de mirar la pared y busca los ojos de su hermana, la expresión de los del hombre vuelve a oscurecerse, aunque en un tono menos lúgubre que antes.

—Yo acá tengo que dar el ejemplo, Marisa. No puedo andar favoreciendo a los acomodados.

Marisa sabe que repite eso de los "acomodados" porque a ella la descompone. Si no, no lo repetiría. Vuelve a tomar aire y a soltarlo muy, muy de a poco.

—Por favor, Alfredo. Es lo último que te pido. Te lo juro.

Marisa no dice, aunque lo piensa: es lo último que te pido porque espero no verte nunca más en la vida. Ya casi lo conseguimos. En 1979 se terminaron los cumpleaños. En el '80 las Navidades. Bueno. Habrá que ver qué hacemos con los velorios que nos queden por delante. Cuando sean. El militar se inclina sobre el escritorio y baja la voz, como en una confidencia:

—Decile a tu pibe que mañana no se presente.

—Pero el telegrama…

—Shh, escuchá lo que te digo: que mañana no se presente. Que diga que estaba de viaje y que por eso no pudo llegar antes. Para entonces las listas de los movilizados van a estar completas. Y se quedará acá en el regimiento. Movilizado, pero acá en el cuartel.

—¿Estás seguro?

Su hermano sonríe de costado y se toca los galones de la camisa. El tono de voz, ahora, detecta Marisa, es sobrador.

—¿Vos pensás que esto te lo está diciendo un chichipío o el mayor Camargo, nena?

Marisa contiene, por quincuagésima vez en la conversación, las ganas de mandarlo a la reputísima madre que lo parió. Igual no sería justo. Pobre mamá, que era una santa.

28

Esta noche Magalí se siente todo el tiempo como al borde de un precipicio, pero no un precipicio peligroso donde si te caés te matás, sino todo lo contrario. La cosa empezó a la tarde, cuando se enteró de que su viejo, en un ataque de romanticismo, la iba a llevar a su mamá al cine y a cenar después de un milenio de no sacarla a pasear a ningún lado. Por eso a eso de las cinco ella se dejó caer por el taller con una excusa cualquiera que el Conejo no detectó ni de lejos y lo comentó en voz alta, para que Antonio tomase nota y preparase su lado de la coartada.

Así son las citas de ellos dos. El taller mecánico no tiene teléfono y la casa de Magalí tampoco, así que es un lío organizarse para verse. Ya se han vuelto expertos en preparar sus encuentros a partir de esos comentarios que se ven obligados a hacer delante del Conejo. Decí que como el Conejo vive en su mundo se fija poco y nada en lo que hacen y dicen los demás. Mejor dicho: tiene una confianza tan ciega en Antonio que hace lo que no hace con respecto a ningún otro hombre; baja la guardia y se desentiende de ese cuidado paranoico que ejerce a sol y a sombra sobre su hermana.

Eso es un poco bueno y un poco malo, piensa Magalí. Es bueno porque les da a ellos dos un margen aunque sea mínimo para organizar cuándo y dónde verse a solas. Y es malo porque Antonio se siente culpable, se siente un traidor frente a su mejor amigo. Y no hay argumento de Magalí que lo mueva de ahí. Antonio acepta que ella tiene el derecho de hacer lo que quiera y de ser una persona independiente. Pero igual se siente un traidor al tarado del Conejo.

Para complicar más las cosas, a Magalí no la dejan salir sola de noche, que es cuando Antonio más tiempo libre tiene. Y los fines de semana el Conejo, con toda la naturalidad del mundo, se la pasa invitándolo a salir con él y con Carlitos. Lo hace con la mejor de las intenciones, porque sabe que en Buenos Aires no tiene familia y ellos son sus únicos amigos y si no está con ellos se queda solo como un hongo. Lo hacían el año pasado, cuando estaban de permiso en el regimiento, y lo siguen haciendo este año desde que les dieron la baja.

Magalí le sugirió más de una vez que les diga que está saliendo con una chica, así lo dejan un poco tranquilo. Pero Antonio dice que es una pésima idea: sus amigos son los mejores amigos del mundo pero son dos hinchapelotas, y si les dice que está saliendo con una mina van a romperle la paciencia a todas horas de todos los días para que se las presente. Ella sabe que en algún momento Antonio pensó en sincerarse con Carlitos, como para que lo ayude o lo aconseje, pero no termina de decidirse. Porque puede que Carlitos lo viva como una traición al Conejo. Como lo viviría el propio Conejo, de hecho. Son amigos desde hace más de un año, con la intimidad que te da compartir barracón, instrucción, tienda de campaña, calabozo, guardias, oficiales, bailes disciplinarios, sargentos insoportables y días de permiso. Antonio los quiere como nunca ha querido a nadie en su vida, porque tampoco ha tenido demasiada gente candidata a ser querida. Y siente que los conoce como si fueran amigos desde chiquitos. Por eso sabe, dice Antonio, lo que piensan los dos de que sus hermanas tengan novios. No sólo el Conejo. Carlitos también. Por algo viven jodiendo con eso de que van a castrar al primero que se les acerque. Y no sirve de nada que Magalí diga que seguro que exageran, porque Antonio está seguro de que no, de que ambos lo dicen en serio. No es que lo van a castrar de verdad. Pero tranquilamente dejarían de ser sus mejores amigos. Y ahí está el problema.

Antonio no puede darse el lujo de perderlos.

Magalí le ha insistido en que también puede ser que Carlitos reaccione bien. En una de esas no pasa nada. El otro se limita a alegrarse de que no se haya metido con sus propias hermanas y listo. Pero Antonio porfía con que no. Sí, puede ser que no llegue a hacer causa común con el Conejo. Pero resulta que le pesa el secreto. Como le pesa al mismo Antonio, de hecho.

Esta tarde alcanza con que Magalí diga eso de sus viejos y el cine para que en dos patadas, y con un par de comentarios aparentemente inofensivos que el Conejo se salta como alambre caído, Antonio y ella dejen todo armado para la noche. Y esta noche no es cualquier noche. Mejor dicho, ahora no puede ser cualquier noche. Tiene que ser una noche especial. Inolvidable. Cualquier día de estos los chicos se van a tener que presentar en el regimiento y andá a saber cuándo los dejan salir de permiso.

Cuando escucha los golpes breves en la puerta Magalí corre por el pasillo para abrirle. Ve los ojos muy abiertos de Antonio cuando la abraza y la besa y piensa que la combinación entre el jean ajustado, la camisa con los primeros dos botones desprendidos y el perfume de Avon está colocando a su novio en el lugar exacto en el que ella quiere tenerlo esta noche. Magalí lo lleva para adentro tratando de moverse con una ligereza que no siente. Después de todo, si se pone a pensar que es la primera vez que están solos en su casa, completamente solos, los nervios van a paralizarla.

Algo adentro del cuerpo le dice a Magalí que la única escapatoria queda hacia adelante, y por eso lo empieza a besar apenas llegan al living y Antonio le devuelve los besos como si el mundo fuese a desintegrarse en cinco minutos. Se sientan en los sillones, frente a la mesita en la que Magalí puso una cerveza fría y un par de platos en los que sirvió unos palitos fritos y unas papas.

Una vez que se sientan en el sillón se quedan mirándose, como si de repente les hubiera dado vergüenza. Y un poco les da, porque por algo es la primera vez que están solos en un lugar privado. Las veces que salieron, que además se tuvieron que ir hasta El Palomar o hasta San Justo para no correr el menor riesgo de cruzarse con nadie conocido, salieron de día y lo más que pudieron aproximarse fue en el cine, que fueron a ver una que Magalí ni siquiera se enteró de qué trataba y calcula que Antonio tampoco, porque estuvieron dale que dale con los besos y las caricias y de la película ni noticia. Pero acá es distinto. Están solos de verdad. Y nadie los mira, salvo Antonio a Magalí y Magalí a Antonio. Y en la expresión de Antonio hay algo que le dice a Magalí que hoy va a ser todo distinto. Que tiene que serlo. Es como si fuera un paso que tienen que dar, aunque no lo digan. Al contrario. Si dicen algo rompen el hechizo. Pero lo tienen que hacer.

Magalí no puede más con todo lo que le pasa por la cabeza y por el cuerpo. Ahora la cerveza está por la mitad y los platitos de la picada están casi vacíos, pero hace rato que dejaron de tomar y de comer. Están en una danza que no es la primera vez que bailan, y que ya se saben de memoria. Antonio debe avanzar de a poco en una especie de carrera de obstáculos, que Magalí irá levantando de uno en uno. Y ese avance y esos permisos no deben ser ostensibles. Las caricias tienen que empezar en las zonas permitidas y de a poco, pero muy de a poco, tienen que ir acercándose a las prohibidas, que así irán despojándose de su carácter de prohibidas pero así, con mucho cuidado, como permisos sucesivos. Y lo mismo con los botones de la ropa. Hay un itinerario que seguir y respetar. Las cosas tienen que pasar a un ritmo que a Magalí le haga sentir que no tiene la culpa, que no le quedó otra, que no es una cualquiera por permitir que pasen, sino que es algo natural y bueno e inevitable.

Y hoy es todo como siempre pero un poco más. Como si los dos supieran que, a diferencia de lo que pasa en el cine, la estación final del recorrido no es un corpiño desprendido y unos labios furtivos atreviéndose en los pechos de Magalí. No, señor. Para algo están en su casa. En un sillón cómodo y grande. Hay que cortar el razonamiento ahí. No hay que agregar que el sillón cómodo y grande está en el living de una casa que también habitan su mamá, su papá y el tarado de su hermano, porque si no se va a paralizar, y Magalí está dispuesta a entregar el alma al diablo, pero no a paralizarse. Por nada del mundo puede detenerse la maravilla en la que están embarcados con Antonio.

Hace rato que Magalí dejó de computar las fronteras que llevan atravesadas, empezando por la del corpiño desprendido, siguiendo por ella sentada a horcajadas de él y terminando por la camisa y el jean ajustado de Magalí que hace rato volaron por el aire con destino desconocido. Antonio hace un movimiento atolondrado para desprenderse el botón del pantalón vaquero. Y esta vez Magalí no detiene el movimiento con su propia mano para darle a entender que hasta ahí llegaron. No, señor. Esta noche no es hasta ahí hasta donde van a llegar. Se ríen sin dejar de besarse, porque no pueden más de felicidad.

Magalí no sabe si Antonio tiene experiencia o es igual de virgen que ella. Y siente que está por sucederle algo importantísimo de lo que se va a acordar para siempre. Y mientras Magalí ayuda a su novio a deslizar su pantalón hacia abajo levantándose un poco de sus piernas pero no demasiado, porque no quieren perder el contacto con el otro, y se contorsionan para que el pantalón traspase el escollo de las rodillas, y se miran con Antonio y ella se ríe y él también se ríe, resulta que el mundo se hace trizas porque se escuchan pasos en la vereda y un llavero que tintinea y una llave que entra en la cerradura, y Magalí se levanta de un brinco y empieza a vestirse y Antonio se sube los pantalones y se pone las zapatillas sin desatarse los cordones y agarra su remera y su pulóver y encara hacia el fondo. Y Magalí querría quedarse ahí para asegurarse de que no le pasa nada mientras se escapa, que no se cae de la pared ni lo muerde un perro ni se enoja ningún vecino, pero tiene que darle la espalda y correr hacia la puerta de calle y girar la llave que había dejado con una vuelta sola para que no se pudiera abrir desde afuera y saludar a sus viejos en voz bien alta como para darle a entender a Antonio que ya tiene que haberse hecho humo, pero por Dios que no le pase nada a su novio mientras se escapa.

Un rato después, acostada en su cama, Magalí siente dos cosas opuestas y las siente al mismo tiempo. Una es la frustración de que estuvo a punto, pero a punto lo que se dice a punto, de acostarse por fin con su novio, pero todo se fue al demonio. Y en cualquier momento él se tiene que presentar en el cuartel, y andá a saber cuándo los dejan salir de permiso. Y la otra es la imagen de ellos dos casi desnudos del todo y piensa que eso es algo que no se lo va a olvidar mientras viva.

29

El ministro carraspea. Una tosecita que es un poco aclararse la garganta y otro poco consolidar esa imagen de sosegada moderación, profunda introspección y aguda clarividencia que le gusta proyectar y —Alcira está segura— muchos le atribuyen sin la mínima duda.

Es cierto que tal vez el auditorio al que se enfrenta hoy el ministro no es de los que él prefiere. Es una reunión a puertas cerradas de puro personal diplomático. No hay militares a los que asombrar con conocimientos enciclopédicos, ni periodistas un poco ramplones listos para delirar con alguna cita latina. No. Los que se disponen a escucharlo son simples burócratas entrenados en la danza de la diplomacia, en la lectura de informes aburridos, en el control de las expresiones faciales y en el sesudo análisis de las inflexiones del lenguaje.

Alcira sabe que son bichos raros. Y en lo personal disfruta de pertenecer a esa rara cofradía. Los seres humanos tienen, básicamente, dos maneras de resolver sus conflictos. Una, la más tradicional, la más extendida, la más conocida, es destrozarse los unos a los otros para imponer la propia conveniencia. El que más mata, el que más dolor causa, el que más miedo provoca, prevalece e impone su voluntad al derrotado. La otra manera, menos frecuente, un poco más novedosa porque lleva apenas algunos siglos de tibios intentos para abrirse camino, es esta de conversar entre enemigos, con la idea de evitar las matanzas, o de detenerlas, o de amenguarlas. Lo que se pueda.

Alcira, que no tiene en demasiada alta estima al espíritu humano, sabe que nunca, jamás de los jamases, la diplomacia reemplazará por completo el uso de la fuerza. Pero le gusta pensar en la posibilidad de un mundo que discuta un poco más y mate un poco menos. Un poco, aunque sea.

Extraviada en sus propias divagaciones, Alcira se ha perdido las primeras frases del ministro. Nada grave. Está haciendo un balance de las acciones de los últimos días. Consejo de Seguridad, Resolución 502 (el ministro la menciona como si lo obligasen a meterse en la boca un objeto fétido, de sabor insoportable), mediación del secretario de Estado Alexander Haig.

Nada que cualquiera de los presentes no conozca al dedillo. El asunto es lo que diga ahora, inmediatamente a continuación, piensa Alcira. De repente se acuerda de un juego que jugaban con su abuelo en la estancia de Cañuelas, en la parte de los corrales. Era un laberinto de caminitos entre las empalizadas de madera. Su abuelo la llevaba con los ojos vendados a lo que para él era el centro, o más o menos el centro, de ese laberinto. Y ahí le quitaba la venda. Alcira tenía que ir eligiendo: derecha, izquierda, izquierda de nuevo, para salir de ahí. El abuelo, taimado, le agregaba una complicación. Al quitarle la venda le aclaraba: hoy quiero que salgamos para el lado de la laguna, o para el lado de las casas, o para el lado de la alameda. Así obligaba a Alcira no sólo a escapar de ahí, sino a escapar en determinada dirección.

¿Y por qué ahora le viene a la memoria ese recuerdo lejano? Ah, sí: porque se imagina al ministro ante una encrucijada como cualquiera de esas que había en los corrales. O giran para el mismo lado sobre el que vienen girando, e insisten en conversar con Gran Bretaña y con los Estados Unidos, aunque haya poquísimo margen para obtener progresos sustanciales, o van para otro lado. Y el único giro que pueden meter es ir por el lado de la OEA y el TIAR. La hermandad latinoamericana, la patria grande, San Martín y Bolívar un solo corazón y todo en ese estilo.

Ahí está, precisamente, el ministro empezando a hablar del Tratado Interamericano de Asistencia Recíproca. Mirá vos. Lo raro va a ser, piensa Alcira, cómo el mismo gobierno que se viene ufanando de ser amigo de los Estados Unidos, y de ser una especie de mosca blanca (y bien blanca, piensa con sorna Alcira) en América Latina, meterá un cambio así en el discurso y en las alianzas y en la mar en coche. Y un cambio para qué, por otro lado, porque nadie en su sano juicio va a pensar que la Thatcher va a ordenarle detenerse a su flota porque la OEA le diga que tiene que hacerlo, y nadie en su sano juicio va a pensar que Reagan le va a decir a la Thatcher que se dé un baño de prudencia porque en la OEA se pongan del lado de Argentina.

De "Argentina no pertenece a América Latina" a "Argentina ama ser parte de América Latina", en un viaje sin escalas. Y sin ponerse colorados. Estupendo. Sería para divertirse, si no fuera para preocuparse. Porque el ministro sigue hablando de llevar la cuestión Malvinas a la OEA como si acabara de descubrir petróleo en el patio de la Cancillería, o un oasis en medio del desierto, o una solución milagrosa para esta crisis que, en el mundo de verdad, se los va a llevar puestos. Porque eso es lo que preocupa a Alcira. Que la cosa ya viene de culo hasta decir basta, y estos tipos no lo entienden o, peor, están demasiado jugados como para poder aceptarlo, aunque lo entiendan.

Vuelve a acordarse de su abuelo, que entre otro montón de pasiones le inculcó la del fútbol. Es raro, porque muchas veces Alcira se descubre pensando la realidad en términos futbolísticos, pero nunca se descubre diciéndolo en voz alta. No se espera de una secretaria de tercera clase del Servicio Exterior que sepa de fútbol. Casi al contrario. De una secretaria de tercera se espera que no sepa. Más allá de lo que se espera o no se espera de ella, Alcira piensa que esto es como un partido del que van diecisiete, dieciocho minutos del primer tiempo, nada más, pero está definido. Definido en derrota. Definido en goleada. Aunque nadie se atreva a decirlo. Y no va a ser ella la que, en un ataque de sinceridad, diga las cosas como son.

Mejor seguir sentada allí, rodeada de la que pese a todo es su gente, adoptando la misma expresión de nada que tienen todos los otros, con las manos cruzadas sobre el regazo y las piernas también cruzadas, esas lindas piernas que Dios le ha dado y que tan útiles resultan, de vez en cuando, para que esos cavernícolas le presten atención.

30

Carlos escucha los pasos de su hijo cuando todavía le faltan treinta metros de vereda para llegar al portón. Desde los quince usa uno de esos llaveros que se cuelgan del cinturón y que suenan como un cencerro. A Carlos el llavero le parece feísimo, pero bueno: también le parecen feísimos ese jean y ese cinturón de cuero crudo que pareciera que no se saca ni para bañarse.

Carlitos se sorprende al verlo ahí, sentado en el living.

—Me vi con los chicos, con el Conejo y con el Negro Antonio —su tono es de excusa preventiva—. Tampoco es tan tarde. ¿Qué son? ¿Las doce y cuarto?

El padre alza la mano, en son de paz. No van a discutir. O no por la hora de llegada, por lo menos.

—Sentate, que necesito hablar algo con vos.

Carlitos no disimula la cara de extrañeza, pero obedece. Al padre no se le pasa por alto que elige la silla tapizada de pana que Marisa pone en el rincón, entre el sillón doble y uno de los simples. Se ha sentado en el sitio más distante que pudo encontrar.

—Tu mamá fue a hablar con el tío Alfredo —Carlos decide ir al grano. No tienen sentido las sutilezas.

Apenas escucha esas palabras Carlitos baja la cabeza y resopla, como si no quisiese enfrentar ni la mirada ni las palabras de su viejo.

—Les pedí que no hicieran nada, papá. Les…

Se interrumpe. Ahora mira el sillón grande, aunque tenga que torcer el pescuezo en un ángulo raro. Todo por no cruzar sus ojos con los de su padre.

—No quiero ser un acomodado, papá —dice cuando parecen habérsele organizado las ideas—. No me lo banco.

—No se trata de que seas un acomodado.

—Ningún compañero mío tiene un tío militar. Y para algo fue a hablar mamá con él. Yo tampoco soy boludo, papá.

—¿Boludo por qué?

—Porque yo sé que no se hablan con el tío. Y ya sé por qué.

—No hay una sola razón para eso. Hay varias.

—Está bien. Más a mi favor. ¿Hay varias razones para no verlo, y me decís que a un tipo así le van a pedir una gauchada? ¿Quieren quedar en deuda con un hijo de puta como ese?

Carlos suspira, en lugar de responder. Ni se le cruza por la cabeza reprender a su hijo con un "no insultes a tu tío". Casi que al contrario. En un punto lo reconforta que Carlitos esté de acuerdo con ellos. Con Marisa y con él. Las chicas todavía están al margen. O más o menos al margen. Nunca hablaron con ellas de su cuñado. Ni de su cuñada. Algún día tendrán que hablar, supone Carlos.

—Mamá tiene miedo, Carlitos.

Padre e hijo se quedan un buen par de minutos en silencio.

—¿Y vos? —pregunta el hijo por fin.

Carlos no contesta enseguida. ¿Cuán sincero corresponde que sea?

—No sé. No tengo el miedo que tiene mamá, que de verdad está aterrada. Para mí... para mí no va a pasar nada.

—Para mí tampoco.

—Pero… ¿y si le erramos? Vos y yo, digo. ¿Y si la que tiene razón es ella? ¿Y si se arma la podrida con los ingleses?

Carlitos se incorpora y va hasta la cocina. Vuelve con el botellón de agua fría de la heladera. Toma del pico.

—Comimos pizza con los pibes y estaba recontra salada —explica.

—¿A dónde fueron?

—A la Tokio.

—Es buena pizza.

—Buenísima.

Se hace otro silencio largo. Carlitos se termina el botellón en dos tragos.

—Mamá quedó con tu tío en que no te presentes mañana, sino pasado.

Carlitos apoya la botella vacía en el piso, entre sus piernas, mientras hace un movimiento negativo con la cabeza.

—¿Y eso por qué?

Cuando su padre va a contestar el hijo chasquea con los dedos, como entendiendo:

—Para que los que se van a Malvinas ya se hayan ido. Es eso, ¿no?

—No. Las listas. No se sabe qué día se van los que se van. Pero las listas tendrán que armarlas cuanto antes.

—Y hasta que no te presentás, en la lista no te ponen. ¿Es así?

Carlos no contesta, pero los dos tienen claro que la respuesta es que sí. Carlitos niega varias veces antes de volver a hablar:

—¿Y ustedes pensaron cómo quedo yo con mis amigos? ¿Con el Negro, con el Conejo, con los demás compañeros?

—No —concede el padre—. No lo pensamos. ¿Y vos pensaste cómo se va a quedar tu madre si te vas a las Malvinas?

—No depende de mí, papá.

—No, ya sé. Pero de tu mamá tampoco.

—¿Y entonces? ¿De quién depende? ¿De un milico que es un hijo de puta y es mi tío?

Carlos vuelve a suspirar. Es un tipo optimista. Siempre lo ha sido. No cree que vaya a pasar nada grave si a Carlitos lo mandan a las islas. Y hasta piensa que puede ser una experiencia enriquecedora para el pibe. Desde que el mundo es mundo en la escuela te enseñan que las Malvinas son argentinas. Y su hijo tiene la posibilidad de ir a vivirlo en primera persona. Pero por otro lado… ¿y si Marisa tiene razón? ¿Y si de verdad se arma la podrida? Jamás podría perdonarse no hacer todo lo posible por mantenerlo a salvo. Jamás. Punto y aparte.

—Necesito que mañana te quedes en casa, Carlitos. No lo hagas por vos. No lo hagas por mí. Hacelo por mamá.

El hijo no contesta. Con gestos mecánicos levanta la botella de vidrio y la pone hacia abajo, abriendo mucho la boca para beber las últimas gotas hasta que no queda ni una y la botella está completamente vacía.

31

Una de dos: o estos tipos tienen en su trabajo jefes muy indulgentes, o cualquiera de estos días los terminan poniendo de patitas en la calle, porque desde que empezó todo este barullo con Inglaterra, en lugar de levantar campamento poco antes de las nueve se quedan en el café discutiendo hasta las tantas, como si no tuvieran que rendir cuentas ante nadie en sus respectivas oficinas.

No es que suceda siempre, pero últimamente, día sí y día también, se enzarzan en una disputa que escala rápidamente hacia el territorio de los gritos destemplados.

—Te digo que no tienen ni idea, Alessandri. ¡Te lo digo y te lo firmo!

—A mí no me tutee, que yo no le he dado permiso, Weissman.

—¿Y desde cuándo necesito tu permiso, pedazo de…

—¡Pará, Lito! —en el apuro por sosegarlo Solano olvida tratarlo de usted y por el apellido.

—¿Por qué no le decís a él que pare?

Alonso duda acerca de si intervenir o mantenerse al margen. A esa hora es raro que entren clientes. Los de la mañana, excepto estos energúmenos, ya han partido. Y los de la hora del vermú todavía no han llegado. Pero, por otra parte, si alguien acierta a pasar por la puerta y la abre con la idea de tomarse una pausa y un café, y se encuentra con ese aquelarre, jamás volverá a pisar las instalaciones del Asturias. Y no están las cosas como para andar despilfarrando clientes.

—¡Bueno, basta! —el grito de Alonso, acompañado de una fuerte palmada sobre el mostrador, restablece el silencio de inmediato.

Pasea la mirada por los cuatro rostros vueltos hacia él. Weissman está a punto de retrucarle algo, pero alcanza con reforzar el vistazo que le echa Alonso, inclinando la cabeza y frunciendo el ceño, para disuadirlo.

—O hablan como personas civilizadas o se va cada cual por donde vino. Que esto no es una cancha de fútbol.

Alonso mira el reloj de pared —el de grandes números romanos de color negro— colgado cerca de la puerta, a ver si captan el mensaje de que deberían irse a trabajar.

—Lo que *le* digo, ya que no quiere que lo tutee, es que no me puede negar que al gobierno la crisis se le está yendo de las manos, Alessandri.

Sonamos, piensa Alonso. Le hicieron caso. Weissman bajó la voz, serenó el gesto y dejó de tutear a su contrincante. De manera que la discusión puede retornar a su origen y comenzar un nuevo ciclo que vaya uno a saber hasta qué hora se prolonga.

—Sí se lo niego, Weissman. Se lo niego todo lo que yo quiera. Mejor dicho, le pregunto yo a usted: ¿Se piensa que es fácil resolver un problema de ciento cincuenta años en diez días? No, señor. Lleva su tiempo.

—Lo que está objetando Weissman, me parece —interviene Solano—, no es que lleve más o menos tiempo, Alessandri. Sino que la cosa está cambiando de naturaleza. Se suponía que era un acto de fuerza aislado para sentarse después a negociar.

—¡Y sí!

—Y no, Alessandri. Cada día que pasa la cosa se parece más a una guerra en ciernes.

—Pero las crisis... las crisis son así. No se puede prever para dónde van a dispararse.

—Que no lo preveamos usted y yo se lo entiendo, Alessandri —retoma Weissman—. Pero si uno gobierna un país no puede cometer esa equivocación. Le erraron en todos los pronósticos.

—¿De qué pronósticos me habla?

—Pensaron que Thatcher se iba a comer los mocos, Alessandri. Y la mina mandó la flota a los cinco minutos.

—Parece que llega en cualquier momento, la flota —interviene Cullen, que llevaba callado un rato largo.

—Pensaron que Estados Unidos se iba a poner del lado nuestro, y se puso del lado inglés, Alessandri.

—¡Ahí tienen, ahí tienen! —se encrespa de nuevo Alessandri—. Eso demuestra que los imperialistas...

—No me venga con su discurso nacionalista, le pido por favor. —Solano lo detiene alzando la mano—. Deme un respiro. No estamos hablando de moral, acá. Estamos hablando de política real. Ya van dos errores de pronóstico terribles.

—Y súmele lo del resto del mundo —acota Weissman.

—¿El resto del mundo? Hay un montón de países que sufren lo mismo que sufrimos nosotros, y deberían...

—No me hable de lo que deberían, Alessandri. Hábleme de lo que pasó. En el Consejo de Seguridad votaron en contra de Argentina. Más claro échele agua. Error número tres. Internacionalmente estamos solos.

—¿Solos? ¿Solos, dice? ¿Pero no vio todas las manifestaciones de apoyo de América Latina?

Alessandri parece detectar la mirada que cruzan Solano y Weissman por encima de la mesa.

—¿Qué? ¿A qué viene esa miradita?

Solano niega con la cabeza, como queriendo restarle importancia, pero Weissman sale al cruce:

—¿A qué va a venir, Alessandri? ¿Usted se escucha? ¿A quién carajo le importa lo que diga América Latina?

—Con ese sentido tampoco importa lo que diga la OTAN, ¿no le parece?

—No, no me parece. Porque la OTAN puede hacerte mierda, mientras que América Latina te puede ayudar con dos discursos y un revólver de cebita.

—No sea irrespetuoso, tampoco.

—No soy irrespetuoso, soy realista, y…

—Ahí tiene lo perdidos que están, Alessandri —Solano siempre habla más tranquilo que los otros—. Hasta el otro día Argentina se movía como si América Latina le importase un cuerno. Ahora de repente somos todos hermanos.

—Son cosas que se dicen…

—Todo son cosas que se dicen, entonces —dice Weissman.

—Y aparte de todo, Alessandri, fíjese de lo que estamos hablando.

—¿De qué?

—Estamos hablando de quién te va a ayudar y quién te va a atacar.

—¿Y?

—¡Que estamos hablando de una guerra, Alessandri! Hace una semana estábamos hablando de que habíamos recuperado las islas. Punto y aparte. ¿Y ahora hablamos de una guerra? ¿Cuándo pegamos el salto de una cosa a la otra?

—¡El salto se pega solo, Weissman! ¡La... la realidad pega el salto! ¿O cómo se piensa que los países poderosos han logrado lo que tienen?

—¡Nadie nos dijo que invadir las islas nos iba a llevar a una guerra!

—¡Ay, pobre! —Alessandri remeda un tono timorato, ñañoso—. ¿Quiere que el presidente vaya a su casa a pedirle perdón? "Disculpe, señor Solano, queríamos pedirle disculpas porque parece que Inglaterra no se tomó de buen modo que recuperásemos las Malvinas, así que ahora tenemos dos opciones: o nos volvemos con el rabo entre las patas o peleamos."

—"Les presentaremos batalla..." —cita Cullen el discurso presidencial del otro día, sin levantar la vista de su libreta.

Weissman se pone de pie. Alonso se pregunta si lo obligarán a pegar otro golpe en el mostrador.

—¿Sabe qué me parece, Alessandri? Que no la vieron venir. Que se equivocaron. Eso pienso. Se creyeron que iba a pasar una cosa y está pasando otra. Y ahora no pueden echarse atrás.

—Por supuesto que no pueden echarse atrás. No deben echarse atrás. El honor nacional está en juego.

—¿Y va a ir usted a defender el honor nacional? Porque desde acá es fácil hacerse el gallito.

—¡Si me llaman, por supuesto que voy! ¿Usted no iría?

—No me joda, Alessandri.

—No lo jodo. ¿Usted no iría?

Parece que Weissman va a contestar, pero se contiene. Mira el reloj de la pared. Mira a Solano. Después a Alessandri. Después suelta el aire que tenía contenido en los pulmones.

—Mejor me voy a laburar, que es tardísimo.

—Uy, sí —concuerda Cullen, mientras recoge sus petates.

Todos se ponen de pie y hacen el gesto habitual hacia Alonso, que asiente. Cuando salgan anotará los consumos de cada quien en las respectivas cuentas corrientes. Es curioso, piensa Alonso. Hace medio minuto estaban desafiándose a ver quién de ellos tomaba las armas e iba a pelear a las islas, y ahora van en fila por la angosta vereda de la calle Reconquista, cada cual a su oficina. Mientras recoge los pocillos vacíos Alonso vuelve a una idea que lo ronda desde hace días: estos tipos son buena gente, pero no tienen ni idea, ni la menor idea, de lo que es una guerra.

32

Carlos espera para bajarse del auto: le parece más prudente que los guardias del portón vean aproximarse a una mujer sola, aunque tampoco es garantía de nada. La noche está ventosa, el pañuelo que Marisa lleva en la cabeza le flamea en la nuca y la campera, que no se abrochó al bajar, se le embolsa y le dificulta la marcha por el camino de acceso desde el lugar en el que Carlos, por seguridad, detuvo el coche. Ve que desde la garita orientan un foco de luz hacia la figura de su mujer, que sigue avanzando.

Hace un rato, en su casa, Marisa lo había encarado con su ultimátum.

—Carlitos no llamó. Tiene que haber pasado algo. Me da mala espina, Carlos. No es normal que no haya llamado. Carlitos con eso es muy responsable.

Carlos había pensado que era cierto, pero también que había que poner un poco de freno a esa ansiedad creciente de su esposa.

—Sí, Marisa, ya sé que es un chico responsable. Pero pensá que hay un solo teléfono público para no sé cuántos colimbas. ¿Te imaginás si todos tratan de llamar a sus casas el mismo día? ¿Por qué no esperamos a mañana, antes de preocuparnos?

—Vamos al regimiento, Carlos. A ver qué nos dicen.

—¿Estás loca? ¡Son las nueve de la noche, Marisa! Si

nos presentamos en la puerta en una de esas nos cagan a tiros. ¿O vos qué te pensás?

Marisa se había incorporado.

—Vos hacé lo que quieras, Carlos. Yo me voy al cuartel.

—¡No te va a recibir nadie a esta hora!

—No me importa. Acá de brazos cruzados no me pienso quedar.

Así que acá están. Él con el auto detenido al principio del camino de entrada que lleva al portón del cuartel, y su mujer cien metros más allá, junto a la barrera de seguridad del puesto de guardia.

Ve gesticular a Marisa. Debe estar explicando los motivos que la llevan hasta allí, pero la distancia y el viento le impiden a Carlos entender sus palabras. Se baja del auto y emprende una caminata veloz para alcanzarla. Lo único que falta es que los guardias, que no dejan de ser un par de pendejitos de la edad de su hijo, se pongan nerviosos y se crean que constituyen una amenaza guerrillera.

Marisa se ha detenido a escasos diez metros del portón de rejas. Carlos ve las siluetas de dos soldados, armados con FAL, del otro lado. Apura el paso hasta convertirlo en un trote. Cuando le falta poco para alcanzar a su mujer empieza a distinguir lo que dice.

—Es así, señora, como le digo —está diciendo uno de los colimbas.

Cuando lo escucha llegar, Marisa se da vuelta hacia él. Tiene la expresión desencajada.

—Me dicen estos chicos que hoy salieron un montón de micros, y que iban a las islas.

Sin perder la calma, Carlos le rodea los hombros con el brazo.

—Eso no quiere decir nada, Marisa. Seguro que Carlitos es de los que se quedaron acá.

—Pero me dicen que casi todos los clase ’62 se fueron en los micros.

Carlos insiste.

—Bueno, ahí tenés: “casi” todos. Eso no quiere decir que se hayan ido todos.

Marisa se quita de encima el brazo de su marido y se aproxima un poco más al portón.

—¿Y no podés preguntar si el conscripto Carlos López está acá en el regimiento, querido?

Se encuentran lo suficientemente cerca de los soldados como para que Carlos distinga la expresión de perplejidad del muchacho que está hablando con Marisa. Carlos cree entender sus motivos. Le dice a su mujer en voz baja:

—No puede, Marisa. Si llega a llamar a sus superiores a esta hora, por una madre que está en el portón, le van a armar un quilombo bárbaro.

Marisa vuelve a mirarlo con la misma expresión desesperada. Carlos la entiende, porque también se muere de ganas de que el soldadito averigüe si su hijo está a salvo durmiendo en la barraca. Tan simple como eso. Si está, todo resuelto. Se le ocurre una idea. Alza la voz hacia los guardias.

—Buenas noches, soldado. ¿Y preguntarle a algún clase ’62 que esté de guardia ahora, en otro puesto, y que en una de esas lo conozca?

Los soldados se miran otra vez entre ellos. Se consultan en un murmullo. Uno mira hacia el interior del regimiento. El otro alza los hombros.

—A ver. Esperen un cacho —el que habla es el que hasta ahora se había mantenido callado.

Camina hacia el interior de la garita. El otro soldado empieza a caminar de nuevo de punta a punta del portón, como si ellos ya se hubieran ido.

Pasan los minutos. Cinco. Diez.

El soldado sale de la garita y se acerca al portón. Marisa y Carlos hacen lo mismo.

—¿Carlos López, me dijo?

—Sí —responde Carlos mientras Marisa, mordiéndose los labios, se limita a asentir.

—Se fue con todo el grupo, me dicen.

Carlos siente que se le aflojan las piernas.

—No puede ser —suelta Marisa.

—Me dijeron eso, señora. Hablé con un clase '62 que lo conoce. Céspedes se llama el pibe que le digo.

—¿Y no podemos hablar con él?

—No, señora —interviene el otro soldado, que de vez en cuando echa vistazos a sus espaldas, como si temiera que lo sorprendieran conversando con esos civiles, a esa hora, en ese sitio—. Ya bastante que estemos hablando ahora, acá.

—Aparte Céspedes está de guardia por el fondo, del otro lado —agrega el soldado que llamó por teléfono, en un tono que sigue siendo amable pero también pretende dar por terminada la charla—. No hay acceso desde la calle. Imposible.

Carlos rodea la espalda de su mujer y la aproxima a su cuerpo, un poco conteniéndola y otro poco orientándola hacia el lugar por el que vinieron. Marisa se deja hacer, como si hubiera perdido toda iniciativa.

—Les agradecemos mucho —dice Carlos, y para decirlo tiene que girar la cabeza porque Marisa y él ya están casi de espaldas al portón y a los soldados.

Empiezan a desandar el camino que hicieron, hacia el auto que, bien lejos, brilla bajo una luz de mercurio. Le habla a su mujer casi al oído.

—Esperemos a mañana, Marisa. En una de esas estos pibes, por hacernos un favor, nos están diciendo cualquier cosa.

—Yo no espero nada, Carlos. Llegamos a casa y empiezo a llamar por teléfono.

—¿Llamar adónde, Marisa?

—Ni idea de a dónde. Pero que empiezo a llamar, como que hay Dios que empiezo a llamar.

La conoce lo suficiente como para saber que es cierto. Van a llegar a su casa y su mujer va a empezar a comunicarse con quien sea, a donde sea, y no va a parar hasta que le digan algo concreto sobre el paradero de Carlitos. No importa si eso le lleva dos horas o cinco días. Marisa es así y no tiene sentido discutir al respecto.

Ahora caminan en silencio. El soldado que habló por teléfono parece recordar algo y alza la voz para que lo escuchen a la distancia.

—¡Oiga, don! ¡Me dijo Céspedes que estaba con otros dos! ¡Su hijo, me refiero! ¡El Negro y uno más que me dijo el sobrenombre pero no me acuerdo!

Aminoran el paso. Carlos, sin detenerse del todo, hace un ademán para agradecer esa información adicional, que es el único clavo que le faltaba al ataúd en el que acaban de enterrar sus esperanzas. El Conejo, pibe. Ese es el sobrenombre que no te acordás. Qué horrible la palabra en la que acaba de pensar, se dice Carlos. No por el clavo, sino por el ataúd. Carajo. Por qué mierda se le ocurrió pensar en un ataúd. Vuelven a acelerar hacia el auto, por el recto camino de acceso desde el regimiento a la ruta. Carlitos, el Negro y el Conejo. Los tres camino a las Malvinas. Marisa permanece muda. Los únicos sonidos que se escuchan son los pasos de ellos dos, raspando el pavimento, y las ramas de los árboles sacudidas por el viento.

33

Magalí no puede estarse quieta. Le envidia a su viejo esa capacidad para quedarse sentado frente a la tele, viendo el noticiero. Su papá se instaló ahí al volver del trabajo y no se movió más. Se hizo cebar mate tras mate, bien cómodo el señor, como hace siempre. Si ella se casa alguna vez, ni loca le va a consentir a su marido semejante trato. Ni loca.

Basta con que el caballero llegue a casa y hay que estar para atenderlo. Poner la pava, preparar el mate, dejar sobre la mesa la lata de galletitas (y guay de que se hayan acabado), dejar el control remoto de la tele bien a mano (y guay de que ellas quieran ver otro canal) y después seguir preparando la cena. Como si el tipo viniera de la guerra, más o menos, en lugar de venir del taller mecánico.

Magalí se reprocha eso que acaba de pensar. Lo de la guerra. No quiere ni imaginarlo. A Antonio acaban de mandarlo a las Malvinas. No sólo a Antonio, sino al tarado de su hermano también. Que será un tarado, pero lo quiere un montón. Y a Carlitos, el otro miembro de los tres chiflados, como les decía ella cada vez que los veía juntos. El Conejo llamó desde el regimiento, justo antes de que los subieran a los micros. Magalí habría querido hablar con Antonio, pero… ¿con qué excusa? ¿"Pasame con tu mejor amigo, que tengo que decirle una cosa"?

Imposible. Si le pasa algo, y si ella no pudo despedirse antes de que pasara, no se lo va a poder perdonar nunca. No dramatices, Magalí, se reprocha. Todo el mundo dice que no va a pasar nada, que es un honor, que es un orgullo, que es no sé qué, pero ella de todos modos tiene miedo. ¿Y si se arma la podrida?

Su hermano empezó a traerlos el año pasado, los fines de semana, cuando salían de permiso. ¿Cuánto tardó en enamorarse de Antonio? ¿Diez minutos? Menos mal que no le dijo nada a nadie. Primero, porque su hermano es apenas menos cavernícola que su viejo, y tiene metida esa idea imbécil en la cabeza de que "nadie se atreva a meterse con mi hermana". ¿Se puede ser así de estúpido? Se puede. Como si ella no fuera dueña de hacer y deshacer en su vida como quiera. Idiota. Y segundo, porque de entrada pensó que Antonio ni siquiera la registraba. Invisible, se sentía, delante de ese pibe. Y de repente un día se cruzaron en la cocina y Antonio le rozó la mano y le dijo que tenía que hablar con ella. De eso hace un año, dos semanas y tres días.

—¿Y a vos qué te pasa, que andás con esa cara?

La pregunta de su madre la sorprende. Tiene razón su amiga Ana, que dice que a ella se le nota todo lo que piensa y todo lo que siente y todo lo que le pasa. Debe haber puesto cara de pelotuda con eso del aniversario recién cumplido.

—Me da miedo lo que pueda pasar —dice.

Su padre se gira a mirarla. En la tele el conductor del noticiero entrevista a un general vestido con ropa de fajina. El viento hace mucho ruido y las voces apenas se distinguen.

—¿Qué te da miedo?

—¿Qué va a ser, papá? Que pueda haber guerra.

Su padre chista, despectivo.

—¿Qué? ¿A vos no te preocupa?

—No.

—Ah, ¿no? ¿No te preocupa que pueda armarse una guerra y que tu hijo esté en el medio?

Su padre niega, mientras estira el mate hacia su mujer para que vuelva a cebarlo.

—Si te descuidás… no le vendría mal para hacerse un poco hombre.

Magalí siente cómo la sangre se le sube a la cabeza. Se incorpora casi de un salto y le clava la mirada a su viejo, que no la ve, o hace como que no la ve, y sigue tan pancho mirando el reportaje del periodista al general. Que diga algo más, piensa Magalí. Que su viejo agregue una palabra y le salta al cuello con las uñas listas. Magalí repara en que no están solos en la habitación. Acaba de aparecer su madre, en el umbral de la cocina. Su madre que se seca las manos, tiesa como una estatua. Su madre que la mira con sus ojos enormes, callados, implorantes. La pucha. Siempre igual. Como si la culpa fuera de ella. Como si la razón estuviese del lado de su viejo.

Para no tentarse de cantarles cuatro verdades Magalí se da media vuelta y camina, veloz, hasta su pieza. Cierra de un portazo y se deja caer en la cama, boca abajo, cada vez más angustiada.

34

—¿Qué tal estuvo la gira, señorita Planas?

La pregunta es bastante simple, piensa Alcira. Es una pregunta de rutina. Ayer terminó su breve misión en Europa. Es natural que su jefe la convoque a su despacho y le formule ese interrogante. Alcira dedicará la tarde de hoy a redactar un informe detallado, es cierto. Pero es normal que el embajador le pida un breve informe verbal, como adelanto. Lástima que formular esa pregunta es mucho más sencillo que responderla. Alcira se corrige: responderla es desagradable, desalentador, frustrante. Pero también es sencillo. Cuando le encomendaron la misión, de hecho, hace una semana exacta, Alcira pudo anticipar cómo iban a resultar las cosas. "Tenemos una misión para usted, señorita Planas", le dijeron. "Debe viajar a Madrid y a Roma", agregaron. "Va a acompañar a una pequeña delegación de dirigentes políticos", aclararon. "Es una estrategia de Cancillería para clarificar la posición argentina sobre la crisis de Malvinas en Europa y en los Estados Unidos", especificaron. "Que los portavoces sean dirigentes de los partidos políticos busca demostrar que esto no es una aventura militar, sino todo lo contrario. Todas las instituciones de la patria la secundan. También, y sobre todo, las más democráticas, como los partidos políticos y los sindicatos". A medida que le daban los detalles Alcira se iba haciendo una composición cada vez más clara de lo que se avecinaba, y dejaba volar sus pensamientos, con la única precaución de que su expresión facial se mantuviese inmutable. Porque una jamás tiene que perder la compostura. Jamás de los jamases.

¿Así que esas teníamos? ¿Gira de dirigentes políticos? Se imaginó los candidatos. Señores recién sacados del frío polar de la inacción política, que llevan seis años sin hacer nada más que sobrevivir en el ostracismo. Dentro de la Argentina apenas hace unos meses que empezaron a abandonar la hibernación, con ese asunto de la Multipartidaria. ¿Y fuera del país? ¿Quién los conoce? ¿Quién dialoga con ellos? ¿Qué gobierno europeo está dispuesto a recibirlos, a escucharlos, a darles un mínimo respaldo? La respuesta es clara y contundente: ni uno.

Por supuesto que Alcira, mientras le explican la misión, no dice una palabra. Se limita a asentir, como si el plan le pareciese la mar de razonable. Cuando el embajador hace una pausa en sus instrucciones, Alcira se permite, sin abandonar la circunspección y la prudencia, indagar sobre los apellidos de la comitiva. Casi ningún apellido la sorprende. Mejor dicho, sí experimenta una minúscula sorpresa al reparar en que fulano sigue vivo, o mengano aún no ha muerto. Hubiera jurado que sí, se dice Alcira. También hay un par de economistas en la nómina. Por supuesto, piensa Alcira. Sus apellidos no les resultarán familiares en Europa, pero la inflación galopante y la deuda externa desquiciada son, según su experiencia, las tradicionales referencias que les permiten a los europeos ubicar a la Argentina en un mapa. Eso y el fútbol, por supuesto, pero en este caso el deporte no parece tener cabida.

Alcira recibe la nómina de los integrantes de la delegación. Ve que también figuran un par de empresarios.

Pregunta al respecto, pero simplemente porque le parece correcto mostrarse ligeramente curiosa. El embajador suelta vaguedades. Fuerzas vivas de la Nación, abanico de referentes, póker de notables. A Alcira le queda dando vueltas ese símil del póker. No es buena jugadora de cartas, pero tiene entendido que el póker se forma con cuatro figuras y en esa delegación van muchos más de cuatro.

Después pasa lo que tiene que pasar, naturalmente. Las idas y venidas frenéticas para actualizar este pasaporte, solucionar aquel problema con el equipaje, solventar el olvido de aquella medicación. Una especie de viaje de egresados para señores maduros signado por la brevedad y por el peso desquiciado de los egos. Porque eso sí, claro. Las plumas de los pavos reales son muy difíciles de acomodar en los asientos del avión, en las habitaciones del hotel, en las contadísimas reuniones que el personal diplomático de las embajadas consigue organizar. Se esfuerzan. Alcira lo sabe y no les envidia el desafío.

Son cinco días en los que toda esa longeva estudiantina tiene que sentirse útil, importante, decisiva. No lo es. En absoluto. Pero todos estamos de acuerdo en fingir que sí. No importa si termina recibiéndonos el secretario del secretario del secretario del funcionario con el que pretendíamos reunirnos. No importa si las entrevistas televisivas y radiales son pocas, por no decir escasas, por no decir inexistentes.

Con la frente alta fingimos que estamos torciendo esa imagen nefasta de un país perturbado, gobernado por una dictadura violenta, atravesado por una crisis caótica y embarcado en una aventura imposible. ¿De dónde habrán sacado esas ideas desafortunadas estos europeos? Menos mal que hemos venido a desasnarlos.

Lo bueno dura poco, se dice Alcira con sorna. Por suerte. Porque al sexto día estamos regresando. Los medios argentinos que acompañaron a la delegación participan de la alegre pantomima. Y las entrevistas que no han tenido lugar en los medios europeos tienen sitio de sobra en los medios argentinos. La vida es así, señorita Planas, hay que apechugar, se dice Alcira.

Y por eso su primera actividad del día de hoy es presentarse en el despacho del embajador y contestar, lo más sucintamente posible, como adelanto del informe que redactará durante la tarde, esa pregunta de cómo estuvo la gira.

—Muy bien, doctor —responde Alcira, porque es lo que toca responder, qué duda cabe—. La gira estuvo verdaderamente estupenda.

35

Esta mañana el teléfono suena apenas después de las ocho. Sí o sí es una llamada importante. Nadie llama porque sí un domingo a esa hora. Ni Carlos, ni Andrea ni Sandra se mueven hacia el aparato. Todos asumen que será Marisa la que abandonará cualquier cosa que traiga entre manos para lanzarse a atender la llamada. Pasa todos los días y a todas horas, cuánto más un domingo a esa hora.

Mientras Marisa corre por la casa esquivando muebles y gritando que la dejen atender a ella, las chicas se acercan por el pasillo y se detienen sin atreverse a entrar al comedor. Carlos tira la cadena del baño y se les une en el umbral. Un domingo normal las cosas no sucederían de ese modo, porque la única que estaría levantada sería Marisa. Los demás seguirían durmiendo a pata suelta. Pero no son días normales, y aunque hoy sea domingo todos arrancan el día temprano. No sirve para nada, pero arrancan temprano de todos modos.

En el silencio de la casa, las palabras de Marisa se escuchan como gotas sueltas cayendo desde la canilla de la cocina. Plac. Plac.

—Hola. Sí. Sí. Soy yo. Sí. No. Sí.

Un silencio. Las chicas, paso a paso, avanzan por el comedor hacia su madre y se quedan paradas a un par de metros.

—Sí. Ent... entiendo, sí.

Carlos permanece en el umbral. Marisa dice algunas palabras más.

—Sí. Por sup... Por supuesto. Gracias. Le agradezco.

Marisa deposita el tubo del teléfono en la horquilla. Se vuelve lentamente hacia ellos.

—Me llamó un teniente desde Malvinas. Me dijo su apellido pero no lo retuve. Algo con "ero". Montero. Quintero, algo así. Dice que Carlitos está efectivamente en las islas, que llegaron hoy, pero que lo van a destinar al puesto de comando de la compañía, y que se quedan en Puerto Argentino, ahí, en la capital. Que el resto de la compañía se va para el interior de las islas, pero que Carlitos se queda ahí con el comando.

Marisa hace una pausa y se mira las manos, mientras los dedos de una estrujan los de la otra.

—¿Tu hermano no te habló? —pregunta Carlos mientras se deja caer en otra silla.

Marisa sacude negativamente la cabeza.

—Lo mandó a este teniente.

—¿Pero Carlitos va a estar ahí con el tío? —pregunta Andrea.

Marisa mueve la cabeza de arriba abajo.

—Supongo que sí. Si se queda con el comando, sí, porque el tío está en el comando.

—Bueno —dice Sandra—. Eso es bueno. Va a estar más seguro.

Marisa y Carlos cruzan un vistazo, confundidos. Carlos piensa que puede ser cierto, eso de que esté más seguro.

—Salvo que los ingleses —replica Andrea—, llegado el caso, ataquen sobre todo a los jefes. Que los tipos busquen descabezar a las fuerzas enemigas, en caso de que se arme. Y que ahí ataquen justo donde esté Carlitos.

Se hace un nuevo silencio. Marisa y Carlos se miran. Al final habla Marisa.

—Conociendo al tío Alfredo, se va a buscar el lugar más seguro de todos para él mismo. Y si Carlitos está con él…

No lo dice en el tono de quien intenta convencer a nadie. Lo dice como quien piensa en voz alta, y tal vez por eso suena más convincente.

—Bueno. Entonces es una buena noticia —concluye Andrea.

Marisa y Carlos vuelven a mirarse.

—Creo que sí —dice Marisa, y suspira—. Creo que es una buena noticia.

36

Hay que saber ganar, pero sobre todo hay que saber perder, se dice Molinero, mientras hace un esfuerzo por sonreír. ¿Acaba de comerse un desaire? Sí. Acaba de comerse un desaire. Pero no es como los desaires a los que estaba acostumbrado. Si lo van a desairar, que sea como recién. En las islas Malvinas. Ni más ni menos. En la comitiva presidencial. En la expedición que Molinero ayudó a organizar.

Además este día larguísimo ha estado lleno de emociones, de experiencias inolvidables, y todavía no termina. La jornada arrancó a las cuatro de la mañana, cuando el chofer lo pasó a buscar por su casa. Que ya se acostumbró, pero sigue siendo estupendo eso de que le manden un chofer todos los días. Eso significa algo, se dice Molinero, que es bastante propenso a decirse frases que lo entusiasmen o le levanten el ánimo. Y, desde la puerta de su edificio, derecho a la pista de aterrizaje y de ahí al avión presidencial. Qué me contás, Molinero. Al avión presidencial y a las Malvinas. Y en un viaje que vos fuiste de los primeros —si no el primero— en sugerir. No importa que ahora todos se quieran hacer pasar por los padres de la idea. Cuando vos lo propusiste te miraron con cara de sorpresa, cuando no de disgusto. ¿El comandante en jefe a las Malvinas, en medio de la crisis? ¿No será mejor esperar a que la cosa se calme? No, dijiste vos. De ninguna manera, argumentaste. Tiene que ir ahora. Hay que verlo allá, hablando con el gobernador, revistando a las tropas, recorriendo las trincheras (lo de las trincheras lo dijiste medio sin saber si han estado cavando trincheras, pero la idea se entendía). Hiciste crecer el entusiasmo. De a poco te los fuiste ganando. Algún secretario, algún ministro. Al final el propio general te llamó a su despacho para que le explicaras la idea. Ahí tenés, Molinero. Quien tiene que saber que la idea fue tuya, quedate tranquilo que lo sabe. Clarito, lo sabe.

Después pasó lo que pasa siempre, y contra eso no podés luchar, Molinero. Bueno, luchar podés, pero no tiene demasiado sentido que luches porque vas a perder. Bastó que se hiciera pública la noticia para que se quisieran subir todos. Y lo de "subirse" es en sentido literal, porque empezaron a llamarte generales, coroneles, contralmirantes y brigadieres que brotaban como si fuesen yuyos entre las piedras. Si les hubieras dicho a todos que sí, que podían sumarse a la comitiva, habría que haber viajado a las islas con un Jumbo 747. Y eso también lo tenés que poner en la lista de tus triunfos, Molinero. No te me bajonees, haceme el favor. Porque con tu grado de capitán de navío, con tus jinetas mediocres, fuiste el que se pasó la semana subiendo y bajando el pulgar, vos sí, vos no, vos venís, vos te quedás, a tipos que tienen mucho más rango que vos. Y eso es algo, Molinero, la pucha que es algo.

Y cuando despegó el avión y puso rumbo a Malvinas los de Canal 7 te encararon directamente a vos, Molinero, a vos y a nadie más, para preguntarte cómo hacían con la entrevista al comandante. Y vos dijiste hacemos un poco ahora, antes de la escala en Comodoro Rivadavia, y un poco más en la propia escala, y un poco más llegando a las islas. Y bien que te hicieron caso en cada punto y en cada coma de lo que dijiste, Molinero. Y, en el colmo de la inspiración, dijiste que estaría bien filmarlo al general dentro de la cabina de los pilotos, observando el aterrizaje en las islas, y ahí fueron los de Canal 7 y lo hicieron exactamente así. Un plano cinematográfico, Molinero. Eso es lo que se te ocurrió. Así lo inmortalizaste al comandante, para las generaciones venideras.

Así que no te me caigas, Molinero. Es cierto que ahora, hace un momento, te cerraron la puerta en las narices. Después de la revista de las tropas en el patio de la gobernación y de los saludos protocolares, cuando llegó el momento de que los altos mandos militares se reunieran en privado con el comandante (esa reunión que ahora se está llevando a cabo detrás de esa puerta cerrada), uno de los milicos que estaba en la puerta, un teniente primero —un puto teniente primero—, alzó la mano y dijo: "Disculpe, capitán, pero esta es una reunión secreta y estrictamente confidencial", y vos miraste adelante y clavaste los ojos en la nuca del general soñando con que se diera vuelta y le dijese: "Disculpe, teniente, pero el capitán Molinero es mi mano derecha y para mi mano derecha no hay confidencialidad que valga", pero el general no se dio vuelta ni nada, se dejó caer en el sillón de la cabecera de la mesa y vos tuviste que aguantar que el dichoso tenientito te cerrara la puerta en las narices, y te diste vuelta y entre los veinte milicos que quedaron como vos en la antesala de la oficina te pareció detectar, aquí y allá, alguna sonrisita pícara, algún cruce de miradas socarrón. Pero no te dejés llevar, Molinero, no te enloquezcas con eso, porque a lo mejor son imaginaciones tuyas, y aunque sea verdad, Molinero, aunque alguno haya sonreído o haya cruzado miraditas, vos no te enganches, no seas boludo.

Mejor tener la cabeza fría porque el campeonato es largo, Molinero, larguísimo, y hasta los más sólidos campeones pierden algún partido de vez en cuando, y lo que distingue a los verdaderos campeones es precisamente cómo reaccionan frente a las derrotas, y la verdad que, pensándolo bien, esto ni siquiera es una derrota, no, señor, es apenas un gol, un gol que te metieron, Molinero de mi alma, y un gol se lo meten hasta al más pintado. Y por eso está bien que salgas de esa oficina, de esa oficina llena de segundones, y vayas al casino de oficiales, así me gusta, Molinero, porque la clave es jamás quedarse quieto, como los tiburones, que nunca dejan de nadar, y ahí en el casino de oficiales están ni más ni menos que las mujeres, Molinero, las esposas de los generales y los brigadieres y los contralmirantes que vinieron en la comitiva, en la comitiva que a fin de cuentas vos armaste a tu leal entender y parecer, Molinero, y resulta que ahí están las pobres señoras que no saben qué hacer ni en qué ocupar el tiempo, porque sus maridos están reunidos con el general y con los altos mandos de las islas, y sos un jugadorazo, Molinero, porque ni lerdo ni perezoso les decís a las señoras que ya va siendo hora de salir a pasear por el pueblo, que es tan lindo, que ya suficiente rato se pasaron en ese cuartel y bastante aburridas deben estar, y las señoras te sonríen y te agradecen porque les encanta tu idea. Y ahí vas, Molinero, ahí vas armando tu pequeño rebaño de esposas aburridas que en el viaje de vuelta les podrán decir a sus maridos lo bien que las trató el capitán Molinero, sí, señor, que las llevó a pasear por el pueblo y a comprar recuerdos para llevar a Buenos Aires, y que les fue contando, como si fuera un guía turístico, y la pasaron bárbaro, y así me gusta, Molinero, espléndido en tu simpatía y en tus chistes y en tu caballerosidad y en tus atinados comentarios y en tus certeras sugerencias de mejor acá no compre, mi estimada, me parece que si caminamos hasta la esquina vamos a encontrar un suéter igual de lindo pero mucho más barato, y no se preocupe que si no es así yo vuelvo acá con usted y lo compramos, y claro que sí, señora, yo me ocupo de hablar con el empleado, dígame bien lo que necesita y yo le hago de intérprete, que no soy ningún políglota pero un poco me defiendo, jaja, claro que sí, vamos todos juntos, eso sí, que no se nos pierda nadie, a ver si cuando salga el avión resulta que se nos quedó una de estas bellezas acá, y no podemos permitirlo.

Así, Molinero, así. Que el futuro está adelante y no nos para nadie, caray, vas a ver que no nos para nadie.

37

Cullen, sentado a su mesa habitual, mira fijamente el mostrador del bar. Solano y Weissman, desde la suya, especulan acerca del tema del día.

—Para mí es algo con los sándwiches —dice Solano.

—¿Los sándwiches? ¿Por qué lo decís?

Señalando con el mentón, Solano se explica:

—Tratá de seguir la dirección de su mirada. ¿Ves que tiene los ojos para el lado de la campana de los sándwiches?

Weissman niega.

—No me parece. Para mí que está mirando un poco más allá. A la máquina de café.

Solano porfía:

—No. Es algo con los sándwiches, vas a ver.

—¿Es tu última palabra?

—Ajá.

—De acuerdo. Despejemos la incógnita —concluye Weissman—. ¡Oiga, Cullen!

El aludido se vuelve hacia ellos pestañeando, como si acabaran de hacerlo salir del trance.

—¿Eh? Sí, diga nomás, amigo Weissman.

—¿Qué lo tiene tan ocupado esta mañana?

Cullen los mira alternativamente, después mira su libreta abierta, la lapicera que tiene en la mano, de nuevo a ellos, como si intentase reconstruir un circuito que la voz de Weissman acaba de interrumpir. Por último, fija los ojos en la barra.

—Los fósforos —dice después de una pausa—. Estoy calculando cuánto tiempo le dura a Alonso la caja de fósforos que tiene ahí en la mesada.

Solano y Weissman se miran con una mueca: han errado los dos.

—Los fósforos... —suelta Weissman, como si necesitase confirmar su desencanto.

—Efectivamente —Cullen responde ajeno al tono de voz del otro—. Supongo que la caja tiene doscientos veintidós fósforos. Sabemos que es un número aproximado, pero partamos de esa base. El número que nos define la incógnita es la cantidad de veces que Alonso enciende las hornallas, la máquina de café y la caldera del agua, por día. Porque son las cosas que necesitan fósforos para encenderse.

—¿Y ya se lo preguntó a Alonso? —se interesa Solano.

El aludido levanta la cabeza, desde atrás de la barra, y los mira con expresión de "Yo ya tuve mi parte en esta idiotez" antes de seguir con lo suyo.

—Efectivamente. La máquina de café y la caldera, una vez al día.

—¿Con el mismo fósforo, o con fósforos distintos? —interviene Weissman.

—¡Distintos! —se entusiasma Cullen, como si su interlocutor hubiese abierto un costado interesante en el planteo—. Fíjese que la máquina de café está sobre el mostrador, mientras que la caldera está en el depósito. No hay modo de que el mismo fósforo aguante para los dos encendidos.

—Es cierto —concuerda Solano.

—La clave está en las hornallas —Cullen sigue—. En mi casa uso dos fósforos diarios: uno por la mañana y uno por la noche.

—¡No tan rápido, mi amigo! —le sale al cruce Weissman—. ¿Y el calefón?

—No tengo calefón —se ataja Cullen—. Tengo termotanque y la llama piloto está siempre encendida.

Solano disimula la sonrisa.

—Así que en mi casa una caja de fósforos tamaño grande —yo uso de ésas— me dura ciento once días. Tres meses y tres semanas, para redondear. Día más día menos.

—Impresionante —Weissman lo dice con su ironía habitual.

—¿No es cierto que sí? —Cullen está más allá de esa sutileza—. Pero acá me explicó Alonso que la caldera la prende cada mañana, para ahorrar gas. La incógnita viene por el lado de las hornallas. Alonso no me sabe decir con exactitud cuántas veces las enciende por día.

—¿Eso es verdad, Alonso? —Weissman alza la voz para que el patrón del Asturias, que lee el diario desplegado sobre el mostrador, le preste atención.

—¿Qué cosa?

—Que acá el amigo Cullen está necesitando saber cuántas veces enciende usted las hornallas de la cocina y usted no le sabe decir.

Alonso lo mira con expresión resignada.

—Efectivamente. Estuvimos hablando de ese asunto antes de que ustedes llegaran. Largo rato.

—¿Y a qué conclusión llegaron? —interviene Solano.

—No tenemos un dato certero —se lamenta Cullen—. Pero bueno. Quedamos en ocho veces al día.

Termina de decirlo y los mira, con expresión de "Hago lo mejor que puedo con el personal con el que cuento". Solano vuelve a mirar a Alonso, que ahora observa a Cullen con expresión imperturbable.

—¿Y ese dato dónde nos sitúa, Cullen? —al parecer, Weissman quiere conclusiones.

—Diez fósforos por día, que yo prefiero calcular en once.

—¿Por qué no doce? —Solano lo dice frunciendo el ceño, y por el rabillo ve cómo la sonrisa de Weissman vuelve a encenderse.

—¡No! —Cullen es firme—. Doce es demasiado. Once es un número que... once está bien.

Solano hace una mueca de resignación.

—Con once fósforos diarios la caja de doscientos veintidós nos da veinte días y fracción. Casi tres semanas por caja. Dieciocho cajas por año.

—Upa —apunta Solano—. Dieciocho contra las ¿tres? de su casa...

—Tres y fracción —precisa Cullen—. El año que viene, de todos modos, voy a corroborarlo.

—¿Y cómo lo va a corroborar? —se interesa Weissman.

—Es simple, amigo Weissman —Solano lo mira directamente—. Cullen compra cuatro cajas de fósforos idénticas en diciembre y el primero de enero arranca con una de ellas. El 31 de diciembre de 1983 revisa sus existencias y listo. ¿Digo bien, Cullen?

—Exacto —concede el aludido—. Exactamente, amigo Solano.

Solano se recuesta en el respaldo de su silla y observa con suficiencia a Weissman, que sacude la cabeza.

—Tampoco te agrandes... —suelta Weissman de nuevo en un murmullo.

En ese momento se abre la puerta batiente y Alessandri entra con paso decidido.

—¡Buenos días! ¿Qué me dicen de lo de ayer, caballeros? —suelta mientras camina hacia su mesa.

—Lo de ayer... ¿lo de ayer qué cosa? —lo interroga Weissman—. Son días en los que pasan muchas cosas.

—¡La visita del presidente a las Malvinas, Weissman! ¿O acaso ayer pasó algo más importante que eso?

—No, calculo que no. Igual yo pensaba, ayer, viendo la tele. Medio peligroso que vaya, ¿no les parece?

—¿Peligroso por qué? —pregunta Alonso desde la barra.

—Mire si los ingleses le interceptan el avión.

—Está todo estudiado —asegura Alessandri—. Al dedillo. Además los ingleses deben estar cruzando el ecuador, a esta altura.

—Creo que se equivoca, señor Alessandri —interviene Cullen, con su modestia habitual—. Si uno calcula la velocidad de crucero de esos barcos, aun con la escala que hicieron en la isla Ascensión, deben estar muy cerca de las Malvinas, ya.

—No, Cullen, le pido por favor que usted no. Usted no.

—¿A qué se refiere?

—A sumarse a esa campaña de prensa de los ingleses.

—¿De prensa?

Alessandri se entusiasma.

—¡Son maestros, en eso, los ingleses! En la guerra psicológica. En la guerra de propaganda. Nosotros somos más ingenuos. Decimos la verdad. Nos falta esa picardía.

Weissman y Solano cruzan una mirada extrañada. Alessandri sigue:

—Lo más probable es que todavía estén en el Atlántico Norte. ¡O peor! Lo más probable es que todavía estén en el puerto inglés en el que se están juntando.

—Pero los diarios europeos dicen que…

—¡Justamente! ¡A eso voy! ¡Los diarios europeos dicen lo que los ingleses quieren que digan! Pura propaganda. Pura publicidad. Seguro que ni salieron del puerto, todavía.

Solano observa a Cullen, que parece concentrado en garabatear en su libreta. Lo conoce lo suficiente como para saber que no está de acuerdo con Alessandri, pero no le gusta confrontar. Ni con él ni con nadie, por eso prefiere sus garabatos.

—¡Es más! —Alessandri parece envalentonarse en el silencio de los otros—. Si me apuran un poco, si me apuran un poco, para mí que hasta la primavera no se van a animar a bajar hasta acá.

—¿Y por qué no se animarían?

—¿Cómo "por qué"? Por el clima, por las tormentas, por el frío. ¿O usted se piensa que es tan fácil animársele al Atlántico Sur? Es un lugar inhóspito, difícil, durísimo para la navegación. ¿Se imagina lo que se deben mover esos barcos, con esas olas inmensas, un día, y otro día y otro más? ¿Qué ejército podría tolerar ese desgaste, y enseguida desembarcar y presentar batalla?

—Pero… —lo de Cullen es un murmullo, nada más que un murmullo que apenas se escucha— … los ingleses llevan siglos navegando en mares así de fríos. Y peleando guerras, además. De hecho, en la Segunda Gue…

—¡A ver! —Alessandri interrumpe mientras mueve la cabeza, contrariado—. ¿Pero ustedes de qué lado están? ¿Del lado inglés, están?

—No, pero...

—¡No pero nada, no pero nada! Si le van a hacer el juego al enemigo estamos fritos. Fritos, estamos. Acá se está jugando no sólo el futuro de las Malvinas. Se está jugando el futuro de la Argentina, señores. ¡No es momento para escépticos, para críticos, para tibios ni para vendepatrias!

—¿Vendepatrias?

—¡Sí, ven-de-pa-trias! ¡Y me hago cargo de lo que digo!

Alessandri ya está a los gritos, de pie, golpeando su mesa con la mano abierta. Indignado, acalorado, con la piel del rostro enrojecida, mira a los presentes y de repente sale disparado hacia la salida. Abre de un manotazo la puerta vaivén y se pierde por la vereda, en dirección a Plaza de Mayo.

38

La verdad es que se siente un poco el frío de la noche, porque se ha levantado algo de viento y además ya estamos a fines de abril y el otoño va avanzando. Ascasubi se levanta las solapas de la chaquetilla y se acomoda contra la columna. ¿Estará suficientemente lejos de la luz en el rincón que eligió? Desde la plaza habría que mirar con mucha atención para verlo en la penumbra. Pero nunca se sabe. Lo único que falta es que alguien lo vea y después se queje de que desde la plaza se veía a un mozo perdiendo el tiempo en el balcón de la Casa de Gobierno y terminen llamándole la atención. Pero qué linda vista se tiene desde acá. Nada que ver con la planta baja. Se le cruza un recuerdo vago, de estar espiando detrás de los postigos de las ventanas grandes de esa planta. ¿Cuándo fue? No se acuerda, y Ascasubi odia no acordarse. Es una especie de competencia a la que se somete. Además, seguro que exigirse un poco el bocho sirve para que a uno no le agarre chochera, de viejo. O por lo menos ayuda. Pero cuándo fue, la pucha…

Mejor disfrutar el sitio en el que está, que bien vale la pena. Enciende el segundo cigarrillo mientras piensa qué raros son los lugares. Los lugares están ahí. Siempre están ahí, más allá de quién los ocupe. Por el balcón de la Casa Rosada, lo piensa. Ascasubi está ahora ahí, un sitio histórico desde el que hablaron un montón de presidentes. Se llenaron los ojos de multitudes y los oídos de palabras de admiración y de aliento. Y hoy está él, que es un simple mozo de la Casa Rosada. Y el balcón es el mismo. La baranda es la misma, las baldosas del piso son las mismas, las arcadas son las mismas, la vista hacia la plaza también es la misma.

A sus espaldas escucha voces que suben de tono y Ascasubi se pone en guardia. En cualquier momento vuelven a necesitarlo, para una nueva ronda de café o para templar los ánimos con algo más fuerte.

La de hoy es una noche de caras largas. De ánimos crispados. Recién estaban discutiendo cuándo dar a conocer la noticia de que los ingleses han recuperado las islas Georgias. Unos decían que de inmediato. Otros que recién mañana a la mañana. El general los miraba a los unos y los otros con expresión de velorio. Ascasubi tuvo la precaución de siempre. Cambió tazas sucias y vacías por tazas limpias y llenas, repuso el hielo de algunos vasos, dejó a mano cafeteras y botellas y se mandó mudar. Y mientras lo hacía se desplazó con los movimientos silenciosos que son tan importantes en su oficio. No estoy. No existo. Soy un mueble que se mueve. Ustedes sigan que yo no me entero, no soy, no pienso, no retengo.

Hablando de retener, Ascasubi no retiene del todo dónde quedan las benditas Georgias. Las Malvinas sí. Las Malvinas las ubica todo el mundo. Desde primer grado inferior te machacan con dónde quedan y te mandan a pintarlas del mismo color con el que pintás el resto del territorio argentino. Pero ¿las Georgias dónde están? Y después tenemos también las otras islas, las Sandwich. Ascasubi cree que están más lejos todavía, pero lo mismo: no está seguro de dónde se sitúan. Deben ser unas islitas de morondanga perdidas en el medio del mar, tan chiquitas que no da ni para colorearlas cuando pintás los mapas. Pero las caras que tenían recién los militares reunidos en el despacho no eran caras de "son unas islitas que no valen nada". No, señor. Eran caras de "qué problemón que hayamos perdido las Georgias".

Da una larga pitada al cigarrillo mientras se le ocurre algo: ¿las Sandwich también las recuperaron los ingleses, como las Georgias? ¿O las Sandwich las sigue teniendo Argentina, como las Malvinas? Qué quilombo todo, piensa Ascasubi.

Apaga el pucho contra el piso y tiene la precaución de levantar la colilla y guardarla en el bolsillo. Lo único que falta es que alguien se apiole de estas escapadas que se manda. Pero qué quieren. Al final algo bueno tiene que tener quedarse trabajando hasta las tantas. El balcón. La plaza vacía. El silencio de la noche. El frío. Vale la pena aunque más no sea por poder mirar todo eso, tan vacío.

39

—No pienso poner un peso, Marisa.

—No seas así, gordo. Es importante.

—¿Importante para quién?

—¿Cómo "importante para quién"? ¿Vos te olvidaste de que tu hijo es uno de esos soldados en las Malvinas?

—¡Sí, me olvidé! ¡Hoy, sin ir más lejos, en la inmobiliaria lo empecé a llamar: "Carlitos, Carlitos, vení que te necesito", porque me había olvidado de que está en las Malvinas, mirá vos!

—¡Tampoco hace falta que me grites!

—¡Y tampoco hace falta que me grites vos!

—...

—...

—...

—Perdoná, Marisa. No... no quiero...

—No, tenés razón. No discutamos.

—Lo que pasa es que me da bronca, ¿entendés? "Fondo Patriótico", le ponen de nombre. "Fondo Patriótico Nacional", para nuestros soldados.

—¿Y cómo querés que le pongan?

—Nada quiero que le pongan, Marisa. No quiero que le pongan nada. Si son tan piolas como para lanzarse a hacer una guerra.

—No digas esa palabra, te lo pido por favor. No digas guerra.

—Bueno, está bien, perdón. Pero si mandás no sé cuántos soldados a las Malvinas, y los vas a… tener ahí por no sé cuánto tiempo. Son el gobierno. Se supone que se tienen que arreglar sin pedirle guita a la gente. Son milicos, además. Se supone que de eso saben.

—¿De guerras?

—De soldados. Pongamos que saben de soldados, de tropas. Si te mandás a recuperar las Malvinas no podés pretender que los gastos de los soldados los pague la gente. ¿O sí?

—No es que los pague la gente, Carlos. Es para ayudar. Para que estén mejor. Pasa en todas las…

—¿En todas las qué, Marisa?

—No, nada.

—Decilo, dale.

—…

—¿En todas las guerras?

—Ufa, Carlos. Ya sabés que cuando discutimos me pongo nerviosa. No quiero. No me gusta. Yo lo único que te digo es que si podemos hacer que nuestros chicos estén mejor, ¿por qué no vamos a hacerlo?

—Porque los milicos se van a robar hasta el último peso, Marisa. Por eso. Porque lo vienen haciendo desde que asumieron. Porque no sólo son unos asesinos, además son unos chorros.

—¡Todos no! ¡Mi papá nunca fue un asesino ni un chorro, Carlos!

—No estoy hablando de tu papá.

—¡Entonces todos no son!

—¿Y tu hermano? ¿De tu hermano qué me decís?

—…

—…

—No lo metas a mi hermano.

—No lo meto. Se mete solo.

—…

—…

—…

—…

—Me va a estallar la cabeza, Carlos. Necesito hacer algo. Necesito saber que todo lo que puedo hacer para que Carlitos esté mejor lo estoy haciendo.

—Ya hiciste bastante, Marisa. Ya tuviste que ir a hablar con tu hermano, y tragarte tu orgullo, y aguantarlo para que nos diera una mano.

—Sí, mirá lo bien que me salió. Terminó en las Malvinas igual.

—…

—…

—…

—…

—Pero por lo menos está en el comando y no en medio del campo, o de la montaña, o donde carajo estén. Ahí va a estar seguro, vas a ver.

—…

—…

—Igual tengo miedo, gordo.

—No te preocupes. Lo importante es que Carlitos pegue el culo adonde está tu hermano. No se le tiene que despegar nunca. Ese no se va a arriesgar a que le den un tiro. Es un cobarde y es un mal… no importa. Me refiero a que no se va a arriesgar y vos lo sabés.

—…

—…

—…

—No llores, Marisa. Perdoname. No digo nada de tu hermano, si no querés…

—No es por eso, Carlos.

—Y ya sé que tu papá no era así. Pero…

—No discutamos más.

—No estamos discutiendo. Ya no.

—No, está bien. Pero no digamos más nada. En cualquier momento vuelven las chicas y no quiero que me vean llorando.

40

Cuando Alessandri entra al Asturias, Weissman y Solano ya tienen cada uno su lista preparada. Cullen, como siempre, está en su mundo: hoy está absorto en un cálculo sobre litros de agua ingeridos por año por persona sobre el que hablaron largamente hasta que Weissman se declaró aburrido hasta el hartazgo.

Alonso espera que Alessandri ocupe su mesa y deje el saco en el respaldo de una de las sillas. Recién entonces le sirve su tradicional café con leche mitad y mitad. Cuando pasa rumbo a la mesa de Alessandri para servírselo, Weissman le hace una seña de que le prepare a él otro café.

—Después te quejás de que te cuesta pegar un ojo —lo reprende Solano.

—El problema son los cafés de la tarde, no los mañaneros —se defiende Weissman.

—Si no empezás por alguno, no empezás más —insiste Solano.

—Tenés razón, mamá.

A Weissman le encanta que lo cuide, sobre todo cuando el afán de cuidarlo lo hace bajar un poco la guardia con respecto a lo que los demás puedan llegar a pensar. De todos modos, nadie parece prestarles demasiada atención: Alonso ya está abocado a preparar su pedido, Cullen a sus cálculos y Alessandri a la lectura de los diarios. Hoy tiene *La Prensa* y *La Nación*, únicamente. Qué cabeza la mía, piensa Weissman, y le hace una seña a Solano para que se pongan a lo suyo. Jugar al "Prode Alessandri" es sagrado para ambos.

—¿Qué me dice de lo de las Georgias, Alessandri? ¿Se lo esperaba?

El aludido levanta la cabeza con expresión dubitativa.

—Qué decirle, Weissman. Era de prever una reacción inglesa. Por algo son los piratas que son.

Weissman revisa la lista que armaron. El ítem número 1 dice: "Reacción a la toma de las Georgias". Él marcó la opción "Fatalismo". Solano, en cambio, había marcado la opción "Indignación". Weissman se anota un punto. Solano sacude la cabeza, en un mínimo lamento, y se apunta un signo menos para esa primera respuesta.

—¿Y cómo ve la situación para los próximos días? —ahora es Solano el que pregunta, y está muy bien, para que Alessandri no sospeche.

—Eh... me parece que ahora se abrirá un nuevo capítulo de negociaciones.

—O sea, usted piensa que todavía hay margen para una solución negociada...

—Sí, creo que sí. No es lo que yo prefiero, ojo. Pero creo que a ninguno de los dos les conviene una guerra generalizada.

Solano y Weissman se concentran en el ítem 2, titulado "Próximos sucesos". Weissman había marcado "Ofensiva inglesa total". Solano, en cambio, se había inclinado por "Contraataque argentino". Ni Weissman ni Solano habían optado por "Nuevas negociaciones". Mala suerte. Los dos califican sus respuestas con el correspondiente signo menos. Sigue ganando Weissman uno a cero.

—Y esa negociación… —de nuevo Solano toma la delantera en el interrogatorio—. ¿Se la imagina más por el lado de las Naciones Unidas, la OEA o con Estados Unidos como mediador?

Alessandri toma un sorbo de su café con leche, embebe la medialuna de grasa en el líquido y le da un mordisco antes de responder.

—No, Estados Unidos no se va a dejar primerear, eso téngalo por seguro. Ni Reagan ni Haig van a permitir que se les vaya el asunto de las manos. Pónganle la firma.

Weissman reprime un gesto de triunfo. En el siguiente ítem del "Prode Alessandri", titulado "Negociaciones encabezadas por…", él eligió la opción "Estados Unidos", mientras que Solano se encaprichó con la opción "OEA". Solano se apunta un signo menos mientras sacude la cabeza. Weissman sabe lo que está pensando. Ayer dedicaron varios minutos a discutir ese punto 3. Solano estaba seguro de que a Alessandri iba a darle por el lado de la solidaridad latinoamericana, mientras que Weissman afirmaba que el pobre muchacho todavía no estaba listo para aceptar que Occidente les había soltado la mano. Que ya haría el duelo, pero que aún faltaba tiempo. Vuelven a mirarse. Weissman no cabe en sí de alegría. Va 2 a 0 y quedan solamente dos preguntas, porque el "Prode Alessandri" siempre tiene cinco ítems. Nunca más, nunca menos. Por experiencia sabe que es muy difícil remontar esa ventaja, y no se equivoca. En el ítem 4 fallan los dos, porque Alessandri sale con un martes 13 completamente impredecible que no figuraba entre las opciones y la ventaja de Weissman se vuelve irremontable. Solano lo mira sonriendo. Weissman sabe que el otro disfruta tanto con su alegría que casi prefiere haber perdido.

41

Cuando suena el timbre, Azucena y Magalí se miran por encima de la mesa. No es normal que alguien venga de visita un día de semana a media mañana.

—¿Quién puede ser? —alcanza a preguntar la madre, pero un nuevo timbrazo, más largo, más urgente que el anterior, las saca de la inmovilidad.

Magalí acerca el ojo a la mirilla y ve el rostro de la vecina, doña Mercedes. Mientras acciona la cerradura escucha la voz de la mujer, que no puede esperar a que ella abra.

—¡Es tu hermano, que llama por teléfono desde las Malvinas!

Lo dice en voz tan alta que la madre de Magalí escucha desde la cocina y en tres segundos está en la puerta.

—¡Andá yendo, mamá! ¡Andá yendo, que yo cierro!

Las dos mujeres se alejan a paso apresurado hacia la casa de doña Mercedes, que es la única en toda la cuadra que tiene teléfono. Magalí demora bastante en cerrar la puerta de calle desde el lado de afuera, porque el apuro le vuelve torpes los dedos y el llavero se le cae dos veces antes de que complete la maniobra. Camina ella también por la vereda hasta la casa de la vecina. Le han dejado la puerta abierta de par en par. Una vez dentro Magalí cierra a sus espaldas y echa un pequeño pasador de bronce que la puerta tiene a la altura de sus ojos. De inmediato la nariz se le inunda de olor a cera para pisos. Siempre le pasa lo mismo. La casa de doña Mercedes, salvo en el baño y la cocina, tiene todo el piso de parqué y la mujer encera todas las semanas. La madre de Magalí ama esos pisos, y habla de ellos con una expresión de envidia y ensoñación que a Magalí la impacienta. Envidiale el teléfono, mujer, que eso sí que es importante. Pero ¿el piso? Da un trabajo de locos, huele como el demonio y una tiene que andar por toda la casa con patines de tela para que el encerado no se marque. Un día de estos la pobre doña Mercedes, que tampoco es una nena, se pega una patinada y se rompe la nuca contra el dichoso parqué fragante y encerado.

El teléfono está en el living, en una mesita especial, cerca de la ventana que da a la calle. Cuando Magalí se asoma su mamá ya está sentada en el borde del sillón y tiene el tubo en la oreja, la expresión tensa y los ojos clavados en el piso. Doña Mercedes parece indecisa entre quedarse para abrirle los postigos de la ventana o abandonar la habitación para darle privacidad.

En la cuadra está instituido que si uno tiene una emergencia que avisar, llama a lo de doña Mercedes. Es una ley no escrita. La pobre mujer asume su cruz sin chistar. Otra ley no escrita es que las emergencias se dividen en dos categorías: mensajes urgentes y presencias urgentes. A veces alcanza con que doña Mercedes anote el mensaje, con su letra cursiva enorme y redonda, y lo comunique a la familia destinataria apenas pueda. Para eso el block de hojas lisas que hay en la mesita, al lado del teléfono. Pero hay ciertas ocasiones en las que se requiere la presencia de los interesados, por la gravedad del mensaje de que se trata. Ahí es cuando doña Mercedes, llueva o truene, haga frío o calor, debe caminar con sus pasos cortitos, urgentes, un poco rengos, de día o de noche, hasta la casa de los destinatarios y escoltarlos hasta su propia casa, hasta ese living que huele a cera para pisos.

Mientras lo piensa, Magalí tiene un sobresalto. Un llamado desde Malvinas es —qué duda cabe— una emergencia del segundo tipo. Pero Magalí tiene un bollo en el cerebro y no recuerda las palabras exactas. ¿Doña Mercedes dijo que "hablaba su hermano" o que la llamada "tenía que ver" con su hermano? Cabe un mundo entre las dos alternativas. Porque si hablaba su hermano significa que al otro lado de la línea está el Conejo, y no hay problema en que su mamá estruje el teléfono contra el oído mientras escucha y de vez en cuando pregunte algo y siga con los ojos fijos en el piso. El problema es si está hablando, con alguien, sobre el Conejo. Porque las muertes y los accidentes son la razón principal de que doña Mercedes active el procedimiento de ir a buscar al vecino para que hable directamente con quien tiene que dar la mala noticia. Magalí, angustiada, se agacha junto a su madre, que sigue con los ojos bajos.

—¿Y con el abrigo cómo estás? ¿Hace mucho frío? —está justo preguntando la madre, y Magalí siente cómo el alma vuelve a entrarle en el cuerpo. Porque esa manera de preguntar significa que sí, que su hermano es el que está del otro lado y entonces nada grave ha pasado.

Doña Mercedes ha hecho bien. Este llamado inaugura un nuevo tipo de emergencia. No tiene la gravedad de un accidente en la ruta ni de una muerte repentina. Pero tener un hijo soldado que llama desde las islas Malvinas es igual de imperioso, así que hizo bien en ir a buscarlas.

Magalí se siente floja. Mira bien dónde sentarse porque todos los sillones y todas las sillas del living comedor de doña Mercedes tienen encima una funda transparente para proteger los tapizados, y a Magalí siempre le parece que esas fundas hacen que sentarse encima sea una especie de pecado que hay que evitar a toda costa. Pero al mismo tiempo necesita sentarse. No puede permanecer de pie un minuto más o se cae redonda sobre el fragante parqué de la vecina.

La comunicación termina casi enseguida. Las últimas palabras de Azucena son una letanía de recomendaciones gastadas de tanto decirlas: cuidate, abrigate, comé bien, no hagas locuras, hacele caso a Antonio que es más juicioso, abrigate, comé bien —esas dos siempre van por duplicado—, cuidate mucho, chau, querido, chau, mi amor, chau, cuidate. Cuando deja el tubo en la horquilla levanta los ojos hacia Magalí y después hacia doña Mercedes y su hija ve que los tiene llenos de lágrimas. Pestañea y dos lagrimones enormes le caen por las mejillas y se pierden bajo la curva de la mandíbula. Azucena se las seca con el dorso de la mano y se incorpora dando un respingo.

—Gracias, doña Mercedes. Perdone la molestia. Nos vamos, así la dejamos tranquila.

—¡Faltaba más, doña Azucena! ¡Faltaba más! Véngase a la cocina y le preparo un té mientras usted me cuenta.

Su madre no se hace rogar. Las dos mujeres salen del living y toman el pasillo hacia el fondo de la casa. Magalí alcanza a pensar que ese es el peaje que hay que pagar. Por el resto de la mañana y, con un poco de suerte, por el resto del día, doña Mercedes es la dueña del mejor chisme del barrio. En la carnicería, en la panadería —no en la feria, porque hoy no es martes ni viernes—, podrá repetir hasta el cansancio los pormenores del llamado. Y por cierto es mucho más prometedor un chisme que empieza con “hoy llamó desde Malvinas el hijo del mecánico” que “esta madrugada llamaron desde Corrientes para avisar que murió la tía de los Funes”. No está ni bien ni mal. Son las reglas. Y doña Mercedes es mucho más hospitalaria que chismosa, de modo que no hay que quejarse.

Magalí se pone de pie. Camina un par de pasos para sumarse a las otras dos mujeres en la cocina. Se detiene. Se gira hacia el teléfono. La posibilidad que acaba de ocurrírsele es ridícula. Es imposible. Una posibilidad que al mismo tiempo es imposible. Qué estúpida, se dice. Pero al mismo tiempo es como si las piernas le pidieran por favor quedarse un ratito más. Aunque sea imposible. Mira el teléfono, como si mirarlo fijamente volviese más probable la materialización del milagro. Vuelve atrás primero un paso, después otro, como si la proximidad de su cuerpo con el aparato pudiese colaborar en el conjuro. ¿Puede ser tan idiota como para que el corazón se le acelere, al punto de sentirlo latir contra las costillas? Sos una idiota, Magalí, se reprende. No te va a llamar. No te puede llamar.

Está diciéndose justamente eso cuando el teléfono vuelve a sonar.

42

Las dos mujeres están hablando al mismo tiempo, las preguntas de una superponiéndose con las respuestas de la otra, cuando se detienen al unísono. Azucena formula la pregunta:

—¿Volvió a sonar el teléfono?

Doña Mercedes no responde de inmediato. Inclina ligeramente la cabeza de lado, en ese gesto que las personas adoptan cuando intentan aguzar el oído. Pero no hay un nuevo timbrazo. Nada más que silencio. La dueña de casa descarta el asunto con un gesto y vuelve a concentrarse en servir el té en las dos tazas que tiene dispuestas sobre la mesada mientras dispara una nueva pregunta, o una vieja pregunta que le quedó sin responder.

—¿Y le dijo dónde estaba, si en la ciudad, si en el campo, porque una ni siquiera sabe cómo es allá, no es cierto?

Azucena frunce el ceño.

—¡Ay, no se lo pregunté! Es que me puse tan nerviosa, tan nerviosa que no le pregunté y Gustavo tampoco me lo dijo. Me dijo que estaban bien, que comían bien, que tenían ropa de abrigo…

—Bueno, menos mal. Lo más importante es eso, a fin de cuentas. Otro día que la vuelva a llamar usted le pregunta, doña Azucena.

La dueña de casa termina de servir las dos tazas y mira a su visitante con la premura de quien acaba de caer en la cuenta de algo:

—¿Y la nena?

Azucena se levanta de la silla de la cocina con un respingo.

—Ay, disculpe, doña Mercedes. ¿Dónde se puede haber metido?

—No se preocupe…

—¡No! Esta chica es capaz de haberse vuelto a casa sin decir una palabra y sin darle a usted las gracias. ¡Magalí!

—De verdad, doña Azucena, no importa. Tómese el té que…

Pero Azucena ya ha salido por el pasillo de regreso hacia el living. ¿Puede ser que esta hija suya la esté haciendo quedar así de mal, nada menos que con doña Mercedes, con lo amable que es? Cuando llega a la puerta del living no entiende lo que está viendo. Magalí está sentada en el mismo rincón del sofá que ella ocupaba hace unos minutos. Sostiene contra la oreja el tubo del teléfono. Llora sin parar, mientras asiente y murmura apenas palabras que Azucena no alcanza a escuchar. Pasan diez, veinte, treinta segundos. Por fin Magalí deposita con suavidad el tubo en el aparato y se queda con el mentón bajo y las manos sobre los muslos. Y sigue llorando. Sin estridencias y sin pausa. Sigue llorando.

43

Cada vez le pasa más a menudo, y Marisa se pregunta si será normal o en realidad se está volviendo loca. Todos los días (y varias veces por día) se encuentra de pronto emergiendo a la superficie de la realidad como si viniese desde un lugar muy lejano, muy profundo y muy distinto. Es posible que, como le dice su marido, la inactividad no ayude. Pero desde el sábado pasado, cuando empezaron los combates, Marisa se pasa horas sentada a la mesa de la cocina con la radio encendida por si hay comunicados del Estado Mayor Conjunto. Cuando están las chicas ellas encienden la tele, y como los comunicados los pasan por Cadena Nacional es lo mismo: aparecen al mismo tiempo en la tele y en la radio. Pero durante la mañana, sobre todo temprano, que la tele todavía no empezó a transmitir o los canales están con la señal de ajuste, Marisa prefiere la radio. Ella siempre fue muy de la mañana, porque temprano es cuando se siente con más energía para hacer las cosas. Aparte es más fácil limpiar y ordenar la casa sin los chicos por el medio. Pero desde que a Carlitos lo reclutaron otra vez, y sobre todo desde el sábado pasado cuando empezaron los combates en las islas, lo único que hace Marisa cuando se queda sola es sentarse a la mesa de la cocina con la radio encendida. Nada más.

Pero le pasa esto. Se mete más y más profundamente vaya una a saber dónde, y todo lo de afuera desaparece o queda como en una neblina muy opaca de la que no consigue salir. O le cuesta un montón, por lo menos. Alguna vez es algo que encuentra, un pulóver de Carlitos, cualquier cosa, y se mete en ese pozo de recuerdos y de tristeza. O algo que escucha. O simplemente algo que se pone a pensar. Otras veces ni siquiera sabe cómo empieza. Lo único que sabe es que termina así, como ahora.

Y de repente sale, como quien sale de abajo del agua, aturdida, sin saber del todo dónde está, ni con quién. Como ahora. Las chicas están en su pieza y están a los gritos. A los gritos y peleándose. Marisa las conoce, y sabe que ese volumen de gritos no empieza así como así. Deben llevar un rato largo discutiendo como para haber alcanzado ese volumen. Desde la cocina no distingue las palabras, salvo las más estridentes o las más vulgares. Alcanza a oír que Andrea le grita "estúpida" a Sandra, y casi enseguida la otra le contesta "idiota", también vociferando.

Marisa se pone de pie y avanza por la casa. Pero le cuesta. Todo le cuesta. El cuerpo no le duele, pero es como si le doliese mucho. Cuando está por llegar ante la puerta cerrada escucha un "pelotuda" que la deja perpleja. ¿Desde cuándo sus hijas dicen palabrotas como esa?

Entra sin llamar. Marisa no es una de esas mamás modernas que golpean la puerta de la habitación de sus hijas y esperan prudentemente a que les franqueen el paso. Con Carlitos sí, porque es hombre y con el hijo varón las cosas son distintas. Pero con las hijas, no. Y menos si una de ellas acaba de decirle "pelotuda" a la otra. Las chicas se dan vuelta hacia la puerta.

—¿Se puede saber qué pasa?

Ambas se lanzan en un torrente.

—Se gastó la plata que teníamos...

—¡Quería comprar un casete de Queen, mamá! ¿Vos podés creer que esta tarada quería comprar un...?

—¿A quién le decís tarada? ¿A quién? Habíamos quedado en...

—¿Y qué me importa en qué quedamos? ¿En qué mundo vivís?

—¡Mamá, decile algo! ¡Era una plata ahorrada y habíamos dicho...!

—¡Sííííí! ¡Habíamos dicho antes de que a Carlitos lo mandaran a las Malvinas, idiota...!

A Marisa le lleva casi diez minutos que dejen de gritarse, primero, y que se ordenen lo suficiente como para entender el conflicto, después. Sus hijas, sus hijos, en realidad, suelen comprar casetes de música que después comparten. Cada uno tiene algunos propios, pero otros los compran juntos y se turnan para escucharlos. Se turnan es un decir, porque, aunque la casa es grande, ponen el grabador a todo volumen y parece que las paredes se sacuden con la música. Y entre las chicas, que comparten la pieza, ni hablar. Pero bueno, es un trato que tienen y a Carlos y a ella les parece bien que se pongan de acuerdo y compartan. El asunto es que tenían plata ahorrada y era para comprar el último casete de Queen, que no lo habían comprado porque les faltaba un puchito. Y parece que Andrea estaba esperando juntar ese puchito y resulta que Sandra consiguió el famoso puchito que faltaba —Marisa no llegó a entender de dónde, pero para el caso no importa tanto— y agarró la plata y compró un casete de Serú Girán, en lugar de comprar el de Queen como habían quedado. Ahí la explicación volvió a ponerse caótica porque el argumento de Sandra fue que estando en guerra con los ingleses no podés comprar música de los ingleses y Andrea le dijo que qué tiene que ver, idiota, con ese sentido no podemos escuchar más a los Beatles y la otra le dijo que más idiota serás vos y que no, que justamente, que no hay que escuchar más música en inglés porque Estados Unidos los está ayudando a ellos y que si no se fijó que en la radio están pasando solamente rock nacional, a ver si te enterás, estúpida, y Andrea le retrucó que eso era una imbecilidad porque la música es una sola y que justamente ahora que en la radio pasan sólo música en castellano más a su favor lo de comprar el casete de Queen para poder escuchar a Queen si ahora en la radio no los van a pasar nunca más, y Sandra la tomó de testigo a Marisa porque le dijo ves, mamá, ves lo que te digo, ves que con esta estúpida no se puede hablar porque no sabe ni dónde está parada, lo tiene al hermano jugándose la vida en las Malvinas para ganárselas a los ingleses y se gasta la plata en comprarles música, y ahí Andrea empezó a los gritos otra vez diciéndole que entonces el año pasado por qué fue al recital de Queen en la cancha de Vélez, a ver, por qué fuiste conmigo y con Carlitos, estúpida del demonio, para qué fuiste si el año pasado cuando vinieron a tocar a la Argentina vos estabas feliz de la vida y las Malvinas las tenían ellos y nadie dijo nada, y ahora resulta que hay que escuchar música de acá y a mí no me gusta la música de acá y Sandra la vuelve a interrumpir y le dice que por fin las radios están pasando rock nacional que es buenísimo y Andrea la interrumpe alzando la voz todavía más y preguntándole si es tan bueno por qué lo volviste loco a papá con que nos ayudara con las entradas para Queen porque no llegábamos y Marisa siente que no puede, no puede más, no puede nada, lo único que puede es pegarse media vuelta y dejarlas gritándose y una de dos, o volverse a la cocina a sentarse con los ojos fijos en la radio a ver si hay un comunicado nuevo del Estado Mayor Conjunto o mejor directamente se va a su pieza, a su cama y se acuesta y se tapa hasta la coronilla hasta que se haga de noche, y que la cena la haga Magoya, y que las compras las haga Magoya, porque Marisa quiere quedarse en la cama sin hacer nada y sin pensar nada y sin decir nada hasta que Carlitos vuelva de las Malvinas, porque tiene que volver, tiene que volver vivo y tiene que volver sano, aunque a Marisa se le hace un agujero en el estómago cuando piensa que mientras ella piensa, a Carlitos puede estar pasándole de todo, puede estar pasándole algo horrible o peor, puede haberle pasado, ya, algo horrible, y ella ni siquiera se ha enterado.

44

¿Quién habrá inventado eso de que el viernes es el mejor día de la semana? Alcira se opone por principio a las generalizaciones. Sospecha que nacen, en general, de la pereza. Entiende, por supuesto, esto de que la inminencia del placer, su anticipación, constituye un atractivo superior al placer propiamente dicho. Y que levantar la cabeza de tus papeles, de tu escritorio, de tu grisura, y ver que son las cuatro de la tarde y que falta poco para que te liberes de todo eso durante algo más de cuarenta y ocho horas es una especie de cúspide, una cima de la felicidad semanal de los mortales. No importa que esas cuarenta y ocho horas, cuando efectivamente transcurran, terminen siendo, con toda probabilidad, bastante anodinas.

No seas soberbia, se reprocha Alcira. No te hagas la distinta. ¿Por qué ese afán por tomar distancia de lo que piensa todo el mundo, sobre el mejor día de la semana o sobre lo que sea? A veces Alcira siente que se pasa la vida como un péndulo: se siente distinta a los demás, y lo celebra, o se siente igual a todos en su mediocridad, en su medianía, y se entristece.

Ahora, justo en este momento, el viernes de Alcira no puede caracterizarse como "mejor día de la semana" ni mejor nada de nada. Y eso que lo más probable es que pueda abandonar las oficinas del ministerio, a más tardar, a las cuatro y media de la tarde, con luz suficiente como para sentir que ese último día de la semana, que es también el último día del mes de abril, es el inicio de un hermoso fin de semana de descanso.

Pero no va a tener nada de maravilloso, porque saldrá con el ánimo por el piso. Ella y la docena de colegas que rodean la enorme mesa de la sala de reuniones. Ni el sol declinante, ni la temperatura agradable, ni la eventualidad de una cita con Juan Ignacio podrán sacarla de esa inercia de tristeza y de pérdida inminente.

A Martínez —ese pibe es bueno, piensa Alcira— le tocó el cuadro de situación con respecto a los Estados Unidos. Y su informe es irreprochable. Conciso y claro. El secretario de Estado Alexander Haig acaba de anunciar sanciones económicas y militares contra la República Argentina, ya que el gobierno de Reagan considera que en la actual crisis en el Atlántico Sur la Argentina se ha comportado como país agresor, y es la culpable del fracaso de su mediación. También avisó que dará ayuda material a Gran Bretaña. Otro detalle: el Senado de los Estados Unidos acaba de votar una resolución que demande el retiro de las tropas argentinas, con setenta y nueve votos a favor y uno en contra. Conciso, claro, rotundo y desesperante, el informe de Martínez.

Se produce un silencio largo cuando Martínez termina de hablar. Ahora le toca a ella. Alcira lo sabe, pero espera que Juan Ignacio le otorgue la palabra.

—Ahora la doctora Planas va a completar el panorama con la situación en la propia Gran Bretaña y el costado militar de la crisis.

Alcira se acomoda en su asiento y echa un vistazo a los papeles. No va a leer su informe, pero quiere estar segura de no omitir nada importante.

—Gracias, señor secretario —hace una pausa. Quiere ser tan concisa y tan clara y tan rotunda como Martínez. Tiene que serlo. Además (sé sincera, Alcirita) siempre quiere lucirse frente a Juan Ignacio—. En cualquier momento empezarán las acciones militares británicas sobre las Malvinas. Este fin de semana, el lunes próximo, en cualquier momento. El día 25 de abril Gran Bretaña recuperó las islas Georgias y el impacto de esa acción en la opinión pública inglesa fue muy positivo: los ingleses quieren una resolución militar del conflicto, y Margaret Thatcher lo sabe. Una victoria en las Malvinas le servirá para despejar su frente interno. Además el Almirantazgo también necesita una victoria militar. La flota de superficie de Gran Bretaña iba camino del desguace por razones presupuestarias. Este conflicto, convertido en guerra, convertida a su vez en victoria militar, le permitirá a la marina británica mantener sus barcos navegando. A ningún político se le ocurrirá proponer que una flota victoriosa sea condenada a la jubilación.

Alcira hace una pausa. Está conforme con lo que lleva dicho. Su único error es uno que ha cometido muchas veces: usar como sinónimo "inglés" y "británico" cuando sabe que no lo son. Se insulta por eso, pero le cuesta muchísimo corregirlo.

—En cuanto a nuestro país, según una encuesta realizada por Gallup, la opinión pública se inclina también mayoritariamente por una resolución militar del conflicto. Quienes prefieren una solución negociada no superan, en este momento, el quince por ciento de la población argentina. La encuesta se realizó en los grandes centros urbanos, pero marca la tónica general. Los señores miembros de la Junta Militar y los señores ministros del Poder

Ejecutivo parecen inclinarse por la misma estrategia de confrontación armada.

Alcira acomoda sus papeles y aprovecha para echarles un vistazo final. La tranquiliza comprobar que no se le ha quedado nada en el tintero. Cruza un vistazo con el primer secretario, que se pone de pie antes de hablar. ¿Se demoraron demasiado en ese recíproco vistazo? Alcira cree que no. Son muchos años perfeccionando la técnica.

—Muchas gracias, doctora. Yo no lo podría haber sintetizado mejor. Nuestro trabajo es asesorar a las máximas autoridades y ejecutar las acciones diplomáticas que esas autoridades nos ordenen.

A Alcira le gusta que empiece diciendo eso. Un modo educado de decir "Hacemos lo que podemos, pero no es culpa nuestra si estos primates hacen cualquier cosa menos lo que les aconsejamos". Juan Ignacio sigue hablando:

—Hasta ahora hemos trabajado sobre todo en la búsqueda de un acuerdo con Gran Bretaña con la mediación de los Estados Unidos. Esa vía parece definitivamente cancelada. Imagino que recibiremos instrucciones, a partir de ahora, de profundizar nuestras acciones tanto en Naciones Unidas como en la Organización de Estados Americanos. Pero es posible que la atmósfera belicista que describió la doctora Planas, y que es claramente palpable apenas uno asoma la nariz fuera del edificio de la Cancillería, ponga severos límites a nuestras iniciativas. Los mantendré informados de los próximos pasos a seguir apenas reciba instrucciones. Buenas tardes.

La reunión ha terminado. Alcira estrecha algunas manos, recoge sus papeles, pasa por su oficina a buscar su cartera, baja las escaleras y sale del Palacio San Martín. Aún no son las cuatro y media de la tarde cuando pisa la vereda. Mira las caras de la gente y siente una abrumadora sensación de soledad. Una tarde normal de un viernes normal de un abril normal. ¿Cómo puede ser que nadie, absolutamente nadie, parezca darse cuenta de que están corriendo hacia un precipicio? Es como si las Malvinas quedasen demasiado lejos como para que toda esta gente tomase dimensión de lo que está pasando y, peor, de lo que está a punto de pasar.

Otra que el mejor día de la semana. Un viernes de mierda. Eso es lo que es.

Inquietud

1

Carlos, que siempre ha sido de sueño pesado, en las últimas semanas se ha acostumbrado a despertarse ante la menor alteración de la noche que lo rodea: cada vez que Marisa se da vuelta, cada vez que se oye el motor de un auto en la calle desierta, cada vez que un gato camina por las tejas del techo. Por eso apenas siente el roce de una mano en el hombro abre los ojos y se sitúa de inmediato: es sábado, es temprano y Marisa acaba de tocarle el hombro para que se despierte, antes de volverse a la cocina. ¿Por qué ha venido a despertarlo? ¿Por qué no se ha quedado sentada en el borde de la cama mientras él se despereza? Pésimas señales. No pueden ser buenas noticias. Se levanta, recoge la bata y se la va poniendo mientras camina por el pasillo. Hoy es 1º de mayo, el Día del Trabajo, y no abrirá la inmobiliaria.

Marisa está sentada a la mesa de la cocina, escuchando la radio. No ha hecho el mate, ni las tostadas, ni nada. Sólo permanece sentada, con los codos en la mesa, la cabeza sostenida entre las manos y los ojos fijos en el aparato, que suelta su letanía de voces moduladas a bajo volumen.

—¿Pasó algo, gorda? —a Carlos la voz le sale menos firme, menos confiada de lo que hubiese querido.

—Sí —responde Marisa, y se queda callada, los ojos fijos en el aparato.

Carlos se sienta al lado de su mujer.

—¿Qué pasó?

—Los ingleses atacaron las Malvinas esta noche.

—¿Cómo que "atacaron"?

Es una pregunta bastante estúpida, piensa Carlos apenas pronuncia esas palabras, pero está tan nervioso que no se le ocurre otra mejor.

—Atacaron, Carlos. Atacaron. Con aviones. Tiraron bombas en el aeropuerto, dicen.

Carlos intenta tranquilizarse. Tranquilizarse y encontrar las palabras como para intentar tranquilizar a Marisa.

—Bueno, pero las islas son enormes, Marisa. Que hayan tirado unas bombas no significa…

A medida que suelta palabras Carlos se va desinflando, perdiéndose en su laberinto de dudas y de miedos. ¿Qué alcance tiene cada bomba? ¿Hablaron de muertos? ¿Van a anunciar los nombres de esos muertos en la radio, o uno tiene que esperar en su casa y, como en las películas estadounidenses, vienen unos militares en auto a la casa de los soldados para darle a la familia un telegrama y sus condolencias? ¿Cómo es? ¿Cómo carajo es?

—No… no te asustes, Marisa —termina la oración como puede, porque es él quien se está asustando cada vez más, a medida que piensa.

Estira los dedos hacia la radio, como para subir un poco el volumen, pero los deja a mitad de camino. No tiene sentido despertar a sus hijas tan temprano. Mira el perfil de su mujer. Marisa tiene las mejillas húmedas por el llanto.

—¿Y si nos equivocamos, Carlos?

—¿Si nos equivocamos en qué?

—Pidiéndole ayuda a mi hermano, Carlos. ¿Y si al pedirle ayuda al hijo de puta de mi hermano metimos a Carlitos en el peor lugar de las Malvinas?

—No, Marisa, vas a ver que no —contesta Carlos de inmediato, casi sin dejarla terminar—. Vas a ver que no le pasó nada.

Pero lo dice sin convicción. Lo dice con una piedra que le crece en la garganta. Lo dice mientras siente cómo el cuerpo se le llena de la misma duda y de la misma angustia.

2

—¡Lo' vamo' a reventar, lo' vamo' a reventar, lo' vamo' a reventar, lo' vamo' a reventar…!

Alessandri comienza con la cantinela desde el umbral de la puerta vaivén y avanza entre las mesas para —en lugar de ir directo a su rincón saludando a los presentes con inclinaciones de cabeza— saludar con un apretón de manos tanto a Alonso —que trajina detrás de la barra— como a Weissman y a Solano —sentados en medio del salón— y a Cullen —que siempre se queda pegado a la pared más lejana—. No para de canturrear en todo el trayecto, y cuando se deja caer en su silla de siempre, contra la ventana que da a la calle Reconquista, luce una sonrisa radiante.

Solano ve que Weissman lo mira a él, directo a los ojos. Ambos saben lo que Solano está pensando. Por más esfuerzos que hace, Alessandri le cae como la misma mona. Hace un esfuerzo —Weissman es testigo cotidiano de ese esfuerzo— por encontrar temas de conversación, puntos de contacto, acuerdos posibles. Pero el rechazo lo puede. Tal vez Weissman tenga razón y él, Solano, sea un exagerado. Alessandri no es el primer fanático conservador, chupacirios, homófobo, esquemático y chauvinista con el que se cruzan en la vida. Y tampoco será el último. Pero una cosa es aguantar un espécimen así en la oficina, en el club, hasta en la propia familia, y otra es tener que tolerarlo en ese lugar público y a la vez íntimo, fugaz y al mismo tiempo personalísimo del café. Su café. Y cuando piensa en "su" café no lo piensa en singular, sino en plural. El Asturias es suyo de los dos: de Weissman y de él mismo. Ahí se conocieron. Ahí cruzaron los primeros diálogos, los primeros comentarios triviales, las primeras miradas, que de osadas no tenían nada.

Lástima que Alessandri estuvo siempre. Está ahí desde que Solano empezó a frecuentar el Asturias. Lo mismo que estuvo Cullen y, claro está, que Alonso. Con ninguno de estos últimos Solano tiene una relación íntima. Pero los aprecia. Los respeta. Le gusta que estén ahí, firmes como estatuas, firmes como si el bar fuese el único lugar habitado en esa Buenos Aires que tantas veces, si no fuese por Weissman, se le tornaría asfixiante, inhabitable.

Pero, como dice Weissman, el menú viene completo. Y el Asturias que contiene a Alonso y a Cullen también incluye a Alessandri. Lola. "Lola-mento", le dice Weissman, para quien todo es coser y cantar, parece. En eso anda, de hecho:

—Acá tenemos un lindo desafío para la memoria musical de los presentes.

—¿Cuál? —pregunta Cullen, a quien se le encienden los ojos cuando escucha la palabra "desafío".

—Resulta que esa cancioncita que vino entonando el amigo Alessandri, caballeros, viene con trampa: en los estadios de fútbol se canta desde hace años con esa letra tan sesuda y elaborada que nuestro compañero de juergas venía cantando. Eso de "Lo' vamo' a reventar". Pero...

—¿Pero? —se interesa Solano, casi a su pesar. Pero es que ese tipo tiene un imán. No consigue sustraerse. Nunca.

—La canción se compuso hace más tiempo. Debe hacer quince... veinte años.

—¿La que yo venía cantando? —pregunta Alessandri.

—Sí, señor.

—Esa es la letra: "Lo' vamo' a reventar, lo' vamo' a reventar".

—No, señor. La letra original dice "no vamo' a trabajar, no vamo' a trabajar". El saber no ocupa lugar —agrega, guiñándole un ojo a Solano—. Y tiene su autor, que es un señor muy conocido...

Con toda la intención se dirige a Cullen.

—Me extraña, mi estimado, que todavía no nos haya dado la respuesta correcta.

—¡Espere! ¡Espere! —pide Cullen, que no funciona bien bajo presión. ¿Palito Ortega?

—Frío, frío.

—Eh... ¿Leo Dan?

—Helado...

Cullen se quita los anteojos y se frota la base de la nariz, en un intento de concentrarse. Alessandri aprovecha el pozo de silencio para arremeter con el tema que le interesa.

—¿Qué me cuentan del fin de semana? Movidito, ¿eh? ¡Qué salsa les dimos! Siete aviones Harrier, dos helicópteros...

—¡Una fragata misilística! —aporta Cullen, sin poder reprimirse.

—¡Eso! ¡Me olvidaba de la fragata! A este paso, en diez días se vuelven con el rabo entre las patas.

—¿No habría que esperar un poco para ser tan optimistas? —se atreve a sugerir Solano—. Acaban de empezar los tiros...

—Yo coincido con ellos —interviene Weissman, con una energía que sorprende a Solano—. Si por ahora la cosa pinta así de bien, disfrutemos que pinte así de bien, ¿no te parece?

Solano piensa que el tonto de Weissman, llevado por el entusiasmo de la charla, lo ha tuteado en público, cosa que ellos intentan no hacer nunca. Espera que los demás no hayan reparado en ese detalle. En una de esas él es demasiado obsesivo.

—¡Por ahora... y por después, Weissman! —retoma Alessandri—. ¿No escuchó el comunicado de ayer?

—¿Qué número? —interviene Cullen.

—No sé qué número, mi amigo. Usted hace cada pregunta...

—Ayer emitieron los comunicados 12, 13 y 14 —Cullen habla consultando su libreta.

—¿Se los está apuntando, Cullen? —Solano no puede evitar preguntar.

—Por supuesto —corrobora el aludido—. El 12 habla de...

—¡No importa el número, hombre! —el entusiasmo de Alessandri no puede, al parecer, demorarse en pequeñeces—. Lo que importa es la idea: los ingleses son descuidados con la población civil y son poco profesionales desde el punto de vista militar.

—Yo, la verdad, pensé que serían... eso, más profesionales —dice Weissman—. Me sorprende que sean tan chambones.

—Es que no hay que verlos como el viejo león imperial que fueron alguna vez —Alessandri gesticula—. Eso ya pasó. Es cosa del pasado. Y está muy bien que sea la Argentina la que los ponga en su lugar.

—La verdad que sí —concuerda Weissman.

Solano está perplejo. ¿Es Weissman el que acaba de darle la razón a Alessandri? Solano se corrige: ¿Es Weissman el que acaba de darle la razón sinceramente a Alessandri, sin ironía, sin sarcasmo, sin segundas intenciones? ¿"Su" Weissman? ¿Pero qué está pasando? ¿Estamos todos locos?

—Otra cosa que dijeron los comunicados —dice Cullen— es que la moral de las tropas argentinas es altísima, propia de quienes luchan por la verdad y la justicia.

—Eso —confirma Alessandri—. Por la verdad y la justicia. Así lo dijeron, y está muy bien. Acá no somos ladrones, como ellos. Tendrían que pasarlos en Inglaterra los comunicados. Para que aprendan.

Solano se lleva a los labios el pocillo de café para dar el último sorbo. Clava la mirada en Weissman, pero el otro está distraído hablando con Alessandri sobre algo que él no entiende del todo porque se perdió el principio. Lo que le llama la atención es la jovialidad, la cercanía con la que conversan. Como si fueran los mejores amigos del mundo. ¿Por qué ese cambio le genera inquietud? Se vuelve hacia Cullen.

—¿Y qué me dice, amigo Cullen? ¿Ubica al autor original de "Lo' vamo' a reventar"?

Cullen se pasa las manos por la cabeza, repentinamente consternado, como si lo hubieran descubierto en una falta grave.

En ese momento se abre la puerta vaivén y un canillita asoma medio cuerpo adentro. Solano lo ubica. Vende diarios para el puesto de la otra cuadra, pero nunca se aventura en el Asturias después de las seis de la tarde, cuando ellos cuatro son los únicos clientes que quedan.

—¡*Crónica*, *Razón*, la sexta, diarios! ¡Submarino atómico pirata hundió el crucero Belgrano! ¡La sexta, la sexta, diarios! ¡*Crónica*, *La Razón*, la sexta, diarioo! ¡El crucero Belgrano hundido por un torpedo nuclear!

3

Alcira no tiene hijos y calcula que nunca los tendrá, pero sospecha que el modo en que ella está mirando cómo se pasan la carpeta, por encima del escritorio, debe ser bastante similar al de una madre viendo cómo dos extraños se entregan, uno al otro, al bebé recién nacido de esa madre. ¿Exagera? Puede ser. Alcira se reconoce un tanto proclive al dramatismo. De acuerdo: es una exagerada sin cura ni remedio.

Eso que está pasando de unas manos a otras manos no es un niño sino una propuesta de acción diplomática. Y Alcira no la gestó en nueve meses sino en una semana. Pero qué semana, Dios Santo. Apenas durmió. Apenas comió. No fue la única. Todo el pequeño equipo del que Alcira forma parte atravesó el mismo calvario. Pero ahí está el resultado, y ellos están satisfechos con ese resultado.

En realidad, ni siquiera pasó una semana. El sábado, apenas se supo de los primeros bombardeos, el ministro le bajó sus directivas al primer secretario, que a su vez reunió al equipo para transmitírselas. Se abrirá una nueva instancia de negociación. Ahora en Naciones Unidas. Hay que reunir todos los antecedentes de largo plazo sobre el reclamo argentino. Y todos los antecedentes de corto plazo desde el comienzo de la crisis. Hay que sintetizar todas las idas y vueltas de la mediación de Alexander

Haig. Y revisar lo actuado en el Consejo de Seguridad, la Asamblea General y el Movimiento de Países No Alineados. Hay que incorporar lo actuado en la OEA con el Tratado Interamericano de Asistencia Recíproca. Hay que relevar qué posición tomaron hasta ahora el bloque occidental, el bloque socialista y el Tercer Mundo. Hay que ver cómo se presenta, a los nuevos aliados a los que se pretende seducir, el apoyo argentino a los Estados Unidos en su política en Centroamérica. Hay que pensar qué impacto podrá tener, en los Estados Unidos, un eventual acercamiento argentino a la Unión Soviética.

El secretario iba enumerando las solicitudes del ministro, y Alcira anotaba. Siempre anota. Todo anota. Alcira se conoce lo bastante como para saber que no es capaz de confiar en los apuntes de nadie más, así que si uno de los varones del equipo se hubiese puesto a tomar notas, Alcira de todos modos habría seguido tomando las suyas. Sabe que no lo hace por servicial, sino porque no confía del todo en que los demás vayan a hacerlo igual de bien. Y sí, qué duda cabe: Alcira tiene su ego y su carácter. ¿De qué otro modo podría haber sobrevivido, si no los tuviera, entre esos leones voraces y agresivos?

El trabajo de Alcira consiste sobre todo en ver, en escuchar y en entender. Y lo que ve, lo que escucha y lo que entiende, ahora, en esa reunión en Casa de Gobierno, no le está gustando. El encuentro tiene lugar en el despacho de un capitán de navío. Alcira lo ha visto varias veces en sus visitas a la Casa Rosada. Molinero. Así se llama. Y el tal Molinero, que los ha recibido con ampulosas muestras de cortesía, no deja de ser un capitán de navío, que tiene su despacho muy cerca del despacho presidencial pero no deja de ser un capitán de navío, y desde que comenzaron a conversar se da aires de entendido y de estar "en la pomada" de las grandes decisiones, pero no deja de ser un capitán de navío. Y el dichoso capitán escucha al primer secretario con los codos apoyados en los brazos de su silla, y el torso inclinado hacia atrás, y la cabeza un poco de costado, en una actitud que no hay que ser una experta para identificar como la de un imbécil que se cree un superado. Juan Ignacio, por quien Alcira siente un respeto y una admiración profundos, tiene que haber notado el aire de perdonavidas de su interlocutor, pero no pierde los estribos. Sigue detallando las instrucciones recibidas y el modo en que el informe cumple a rajatabla con esas instrucciones. O lo hace durante el tiempo que el militar demora en interrumpirlo para decir:

—Gracias, doctor. De más está decir que le quedamos enormemente agradecidos por el trabajo que se tomaron.

Alcira toma aire con la panza. Alguien le dijo alguna vez que es bueno para serenarse. No está segura de que funcione, pero no pierde nada con intentarlo. Acaban de saltarle dos alarmas que se suman a las que ya le habían saltado. Por un lado, el uso de la primera persona del plural. "Le quedamos", acaba de decir este chichipío, este mequetrefe, este rufián con delirios de grandeza. Y encima se lo dijo sólo a él, al primer secretario. Ella está pintada al óleo, parece, para ese idiota. Pero el susodicho idiota, además, ha dicho "de más está decir". Alcira considera que quien inicia una afirmación con esa muletilla, que reconoce el carácter redundante de lo que se dispone a afirmar, merece un buen cachetazo que lo llame a silencio. Si está de más decir algo pues no lo digas, idiota. En suma: que nada bueno puede venir a continuación.

—Yo voy a llevarle de inmediato este informe al general —Alcira nota que la palabra más importante de toda la oración, para su autor, ha sido "yo"—. Eso sí, me siento en la obligación de advertirles... —ahora que dice "advertirles" la incluye, con una miradita condescendiente—. No esperamos gran cosa de esta iniciativa diplomática en Naciones Unidas.

De nuevo el plural de "esperamos" la saca de quicio, pero como sabe que es inminente que otras cosas peores la conduzcan a un estado de furia homicida, decide que es preferible no salirse del dichoso quicio.

—El domingo, con el hundimiento del crucero Belgrano, los ánimos estaban... muy afectados. No hay duda de eso. Y en ese contexto las perspectivas que se abrían eran... unas. Sin embargo, que nuestras Fuerzas Armadas hayan hundido el Sheffield cambia completamente el panorama y eso hace que las perspectivas sean... otras.

Lo sabía. Alcira lo sabía. Los diarios no hablan de otra cosa, las radios y la tele no hablan de otra cosa y la gente no habla de otra cosa. La semana fue un subibaja de emociones. Cuando se supo la noticia del Belgrano todo el mundo estaba conmocionado por el hundimiento. Angustia. Indignación. Tristeza. Preocupación. Y de pronto, dos días después, todo el mundo toca el cielo con las manos. De repente todo cristo sabe lo que es un misil Exocet, un destructor Tipo 42, un avión Super Étendard. El problema no es el entusiasmo de los legos. El problema es la ceguera de estos imbéciles, que se supone que son profesionales de la guerra. La confianza, la suficiencia, la autocomplacencia que despliegan desde el hundimiento del Sheffield, como si la guerra fuese un partido de fútbol y acabasen de empatar el *score*.

Alcira se muere de ganas de hacerle una pregunta al dicho capitán Molinero. Si no fuese una diplomática de carrera que sabe perfectamente cómo dominar sus emociones y sus impulsos, le preguntaría, al esperpento: "Disculpe, capitán... ¿cómo piensan hacer cuando se agoten los tres misiles Exocet que les quedan?". Porque todo muy lindo, con los Exocet, pero Alcira sabe —todos ellos saben— que en el ataque al Sheffield se usaron dos. Dos de los cinco que alcanzaste a recibir desde Francia, antes de que los franceses se sumaran al boicot de armamento que te impuso Europa. Porque así de idiotas son: ibas a recibir catorce aviones Super Étendard con catorce misiles Exocet a lo largo de 1982 pero, una vez estallado el conflicto, los franceses cortaron los envíos. Así que entraste en guerra con cinco de esos aviones y cinco de esos misiles. Y ahora te quedan tres. Genial.

Ese informe que ahora descansa sobre el escritorio del capitán de navío es el único camino —Alcira está convencida— que le queda a la Argentina para evitarse una derrota militar catastrófica. No sólo ella piensa de ese modo. La mayoría de sus colegas de Cancillería piensan lo mismo. Momento, se corrige Alcira. No es que lo "piensan". Lo saben. Si no frenan la guerra, pierden la guerra. Esa negociación en la ONU es el último tren al que pueden subirse. Pero no lo ven. Por algo han designado a este fantoche como su interlocutor en Casa de Gobierno. Este fantoche que está donde está porque sabe decir lo que los otros, los que están muy por encima de él, quieren escuchar. Alcira sabe que es una empresa imposible. Nadie va a convencer a estos tipos de que necesitan moderarse, de que la única alternativa para el gobierno argentino es comprometerse en una negociación. No hay manera de que abandonen el optimismo suicida, los comentarios jactanciosos, los juicios ramplones.

Y mientras el primer secretario intenta dominar su frustración y mantener los buenos modales, Alcira clava los ojos en el informe y se acuerda de lo primero que sintió, cuando Juan Ignacio se lo ofreció al militar por encima del escritorio y el otro lo recibió: esa angustia de madre frente a la fragilidad de su hijo, y se da cuenta de que ya no importa, no importa si eso que sintió es una exageración o no lo es, si es legítimo o no es legítimo sentir en peligro al hijo de sus entrañas y hasta mejor que no, mejor que no sea comparable, mejor que eso sea nada más que un trabajo que acaba de fracasar, porque si de verdad fuera un niño sería un niño que nació muerto.

4

Solano apaga todas las lámparas y vuelve al sillón. Ahora el enorme living queda iluminado únicamente por las luces de la calle, que suben cada vez más difusas hasta llegar a la altura del séptimo piso. A Solano le gusta esa penumbra en la que los muebles, los cuadros, los adornos, más que verse se adivinan. No es tan tarde, pero los ruidos de la ciudad se han apaciguado como si el invierno inminente, o la presencia ominosa de todo lo que está pasando, llevara a la gente a meterse más temprano en sus casas y en sus camas.

Suenan las campanas del reloj. Ahora, recién ahora, son las once de la noche y es evidente que Weissman no va a venir. Los lunes y los jueves son los días que Weissman pasa con sus hijos: los recoge en la escuela y los lleva a pasar el resto de la jornada a su departamento de dos ambientes de Caballito. Por eso es normal que ayer no se hayan visto. Pero ¿hoy? ¿Por qué, siendo la hora que es, Weissman todavía no llegó?

Solano intenta consolarse con el mantra de siempre. Vos sabías que esto iba a pasar; por lo tanto, no te angusties. ¿Sabía, Solano, que esto iba a pasar? Sí, porque las cosas buenas de su vida se terminan mucho antes que las malas. Pero al mismo tiempo, no. No lo sabía. No lo vio venir. Si le hubiesen preguntado la semana pasada, Solano habría dicho que con Weissman estaban en el mejor momento de su relación. Se corrige mentalmente: todo el tiempo que llevan juntos con Weissman podría definirse como "el mejor momento". Era increíble lo bien que se llevaban, lo bien que la pasaban, lo bien que se entendían. Y, de repente, esta frialdad, esta distancia, esta… ausencia. Esto de estar en el living a oscuras, esperándolo y sabiendo que no va a venir.

¿Se arrepiente de haberlo encarado ayer, cuando salieron del Asturias? No. No se arrepiente. La vida es demasiado difícil, de por sí, como para andar sumándole esperas y elucubraciones. Ese es uno de los aprendizajes de los que Solano, pese a todo, se enorgullece. La suya no es una vida de elecciones fáciles ni de tránsitos apacibles. No, señor. Pero hace muchos años que ha decidido vivir haciéndoles frente a las cosas y a las personas. O bueno, todo el frente que sea posible sin inmolarse al divino botón.

Por eso ayer, a la salida del café, se las ingenió para salir al mismo tiempo que Weissman pretextando unas compras pendientes.

No se apresuró a entrar en materia. Si se hubiese dejado llevar por cómo se sentía, lo habría zamarreado mientras le preguntaba: "Oíme una cosa, Lito, ¿a cuento de qué te convertiste en un imbécil fanático como Alessandri? ¿Vos, nada menos que vos, así de primitivo, así de chauvinista?".

Pero Solano se contuvo. Sí señor. Vaya si se contuvo. Y eso que necesitaba con toda su alma entender el viraje emocional, el escorzo mental que había hecho Weissman a partir de los primeros bombardeos. Como si los bombazos hubiesen abierto una compuerta, o cerrado sus entendederas —Solano no sabe ni con qué imagen representarse esa vuelta de campana en el modo de sentir y de pensar de Weissman—.

Hace un rato, sin ir más lejos, en el Asturias, el idiota de Alessandri había dicho algo tan pedestre, tan basto, tan irracional como de costumbre: "Seguro que la Thatcher debe estar pensando, allá en Londres, que no se la van a llevar de arriba. No, señor. Pensaron que mandar la flota y recuperar las islas iba a ser coser y cantar, pero nada que ver. ¿Ellos nos hunden el Belgrano? ¡Nosotros les hundimos el Sheffield! ¡Tomá!". Eso, o algo muy parecido, había dicho, el muy animal. En otro momento, en cualquier otro momento, un disparate como ese habría permitido que ellos dos, Weissman y él, se hicieran un festín a su costa.

Y sin embargo, cuando Solano lo miró como para ponerse de acuerdo en quién y cómo empezaba a destriparlo, Weissman le había rehuido la mirada, primero, y observado con dureza, después. Como llamándolo al orden a él. Lo evoca y no puede todavía dar crédito. Y cuando Solano, visto lo visto, había decidido ponerle los puntos él solo, y había dicho algo tan razonable y tan evidente como que una guerra no es un partido de fútbol sino algo más doloroso y, sobre todo, mucho más complejo, Weissman había dicho algo así como que entendía perfectamente cómo se sentía Alessandri porque él se sentía igual. "Todos los argentinos de bien queremos ganar la guerra. Ni más ni menos. El otro día empezamos perdiendo porque nos hundieron el Belgrano. Después, con el Sheffield, emparejamos la cosa. Y eso me alegra. Mucho, me alegra. Y no entiendo a los amargados que, en lugar de alegrarse, ponen palos en la rueda con sus críticas y sus remilgos".

Solano se había quedado mudo. Amargado. Crítico. Remilgado. Todo eso le había dicho Weissman. A él. No directamente, pero es lo mismo. Casi como si se lo hubiese escupido a la cara.

Solano hizo lo posible por no dejarse ganar ni por el enojo ni por el pánico. El enojo de la ofensa, el pánico de perderlo. Así que se había terminado su café con leche como si nada, mientras los otros seguían dando rienda suelta a su recién nacido ardor bélico. Y cuando Weissman había dicho que tenía que irse, Solano se había apresurado a pretextar cualquier estupidez para salir al mismo tiempo que él.

Y ahí se habían ido, subiendo por Bartolomé Mitre, callados y circunspectos. Solano no se impacientó. Lo conoce, y sabe que le fastidia que lo atosiguen. De modo que evitó los previsibles "¿Qué te pasa?", "¿Hice algo que te molestó?", "¿Estás enojado conmigo?". Se limitó a caminar a su lado por la vereda estrecha hasta que el otro estuvo listo para hablar.

Lástima lo que pasó después. Cuando Weissman estuvo listo. Madre santa. Porque al final se decidió y habló. Y vaya si habló. Y eso que Solano estaba listo para escuchar algún reclamo, alguna inseguridad, hasta alguna duda acerca de los sentimientos o las expectativas. No iba a ser la primera vez que lo abandonaran como a un perro, venía ya pensando e intentando consolarse.

Eso sí: no estaba listo para esa filípica enardecida, para ese discurso incendiado de patriotismo bélico. Que no podía ser tanto cinismo, que no eran tiempos para la tibieza del corazón ni la frialdad del análisis, que la patria estaba en peligro y que había que defenderla, y que para defenderla había que unirse, y para unirse había que creer,

creer en algo, creer en todo, y abandonar esa pose de superado que Solano lleva como un estandarte, y que parece mentira tener que estar diciéndoselo, a él, que se considera tan sensitivo, tan perspicaz. ¿No se dio cuenta de lo que la sociedad necesita, lo que el país requiere, lo que él, Weissman, viene clamando a gritos?

No, Solano no lo vio venir. Él, que se prepara para la desilusión todos los días, a todas horas y con todo el mundo, ensayando el desencanto preventivo. Estaba seguro de que Weissman era distinto, era como él, sabía evitar que se lo comiesen las modas, las seguridades, los lugares comunes, las estúpidas certezas compartidas. Y resulta que se equivocó. Weissman no lo manda a la mierda por viejo, ni por feo, ni por aburguesado ni por inseguro ni por aburrido ni por snob ni porque se enamoró de otro ni por ninguno de los miles de motivos por los que lo han mandado a la mierda a lo largo de su sufrida, solitaria, accidentada y puta vida. Weissman lo deja porque a Solano le falta espíritu patriótico, compromiso nacional y enjundia bélica. Lo de enjundia lo agrega Solano, porque nadie normal usa esa palabra, esa es otra de sus muchas rarezas, esa de cifrar sus pensamientos y sus sentimientos en palabras que nadie usa hace cincuenta años, porque hay que ver quién carajo usó la palabra "enjundia" con posterioridad a 1930.

Pero así es él, y es cierto que suele mirar todo lo que está pasando a su alrededor con cierta perplejidad divertida, con cierta distancia irónica, porque no puede creer que esta sociedad que hace dos meses discutía el plan económico del ministro Alemann y se preparaba para repetir la hazaña de Argentina '78 en España '82 (porque Solano no sabe nada de fútbol pero para la oreja y sabe que está por empezar un Mundial nuevo), esta sociedad que ya venía desencantada de los militares del Proceso como antes se había desencantado del gobierno de Isabel, como antes se había desencantado del gobierno de Onganía y antes del de Illia y antes del de Frondizi y así hasta el origen de los tiempos, esta sociedad —en la que Solano vive y padece— ahora está completamente convencida de que el futuro de la patria se juega en conservar las Malvinas, y Solano no puede subirse a ese colectivo, por más que a su alrededor parecen haberse subido todos, hasta el tipo del que está enamorado hasta los huesos.

Habían seguido caminando por Bartolomé Mitre mientras Solano seguía escuchando las quejas de Weissman, las críticas de Weissman, las invectivas de Weissman, aunque cada vez las escuchaba desde más lejos, como en sordina, como hace cada vez que escucha algo que le duele, porque claro, uno puede cerrar los ojos, pero no hay modo de cerrar las orejas, y entonces lo empezó a escuchar como en segundo plano para que el impacto fuese un poquito menor, aunque sea. Igual lo escuchó, ojo. Escuchó lo del compromiso, lo de deponer las diferencias, lo de la redención nacional, lo de tirar todos para el mismo lado. Ya todo eso se le hizo cuesta arriba, no porque no lo hubiese escuchado cincuenta mil veces desde el 2 de abril para acá, sino por escuchárselo decir a alguien a quien quiere tanto, en quien confía tanto, con quien se siente tan parecido en tantas cosas. Pero resulta que no, resulta que al final está como siempre, como cuando vinimos de España: él es el único distinto, él es el único aislado. Hasta el amor de su vida, porque así de ridículo es, pobre Solano, que llegó a pensar en esos términos de Weissman, aunque se había prometido no volver a pensar en nadie en esos términos hace cuántos años, cuántos tipos, cuántas vidas, y lo había cumplido a rajatabla, y sin embargo con Weissman había soltado todas las amarras y se había otorgado todos los permisos, todos los clichés, y por eso ahora resulta que el amor de su vida es igual a todos esos milicos embrutecidos, esos periodistas semianalfabetos, esas señoras de almacén, esos estrategas de oficina, esos Alessandri de café, esos maestritos de escuela, esos fulanos tristes que se juntan en la vereda del diario *La Nación* a mirar la cartelera.

No lo quiso creer. Intentó convencerse de que era un exabrupto, un mal día, una exageración, y resulta que no. Weissman es una regularidad, un lugar común, un miembro pleno de la comunidad organizada del nacionalismo rampante y el distinto es Solano. El único distinto. Porque, seamos sinceros, lo que le jode no es ser una minoría. Lo ha sido siempre, y vaya minoría, así que de minorías la sabe lunga. Lo que le jode es sentirse así de solo. Así de desamparado. Porque se había llegado a creer que en su islita eran dos, y que el otro miembro del grupo era Weissman. Ay, la de planes, la de sueños, la de fantasías que construyó para esa islita.

Y ahora resulta que acá está, solo como un hongo. En su precioso departamento de la plaza Vicente López, sentado en el sillón, con todas las luces apagadas, y acaban de dar las once de la noche y a duras penas, a muy duras penas, aceptás que no, definitivamente no: Weissman no va a venir.

5

Marisa, después de decirles a las chicas por décima vez que se apuren, que van a llegar tarde, decide hacer un último intento y vuelve al dormitorio. Carlos está tumbado en la cama, sobre la colcha, boca arriba, con la radio portátil pegada a la oreja, escuchando algún partido. Ella se sienta en el borde, de su propio lado del lecho, y su marido gira la cabeza hacia ella.

—Hoy lo usé a la mañana y no hace mucho frío. Así que debería arrancar sin cebador. Pero si ves que te cuesta, cebalo un poco. Eso sí, no te ol…

—No te olvides de sacárselo después, porque si no queda acelerado y le hace mal al motor —lo remeda Marisa, que no deja de sonreír—. ¿En serio no querés venir? ¿Y si lo pensás una vez más?

—No quiero discutir con vos, Marisa. Ya lo hablamos. Ya te dije. Ya me dijiste. No… no discutamos. De verdad.

—Yo tampoco quiero discutir. Pero es impresionante lo que está pasando. Ya sé que no querés encender la tele. Pero lo que está haciendo la gente es una locura. Todo el mundo dona dinero, joyas, oro…

—Lo sé, Marisa. Ya sé que hay un montón de gente donando un montón de cosas. Pero yo no le voy a donar un mango a este gobierno de hijos de puta.

—No se lo estás donando al gobierno, se lo…

—No me digás que se lo estoy donando a Carlitos, Marisa, te lo pido por favor —Carlos acaba de levantar la voz y pide disculpas con un ademán antes de seguir hablando, con mucha menos vehemencia—. No volvamos a discutir. Si a vos te ayuda pensar que estás haciendo algo por tu hijo, me parece bien. Sabés que no me opongo por la guita en sí.

—Ya sé que no es por la guita, pero de todos modos nos haría bien que nos acompañaras.

—No, Marisa. No voy a ir. Cada cosa de las que están pasando, todo, absolutamente todo, es un circo que arman los milicos para lucirse, para que los aplaudan. ¿Cuánto hace que está abierto lo del Fondo Patriótico? ¿Un mes?

—Sí, supongo. No sé.

—Bueno. Hace un mes que, si quiere, la gente puede poner plata. Pero hoy hacen toda esta pantomima, *Las 24 horas de Malvinas*, y van todos como locos.

—Será como vos decís. Pero las chicas van a donar los relojitos de oro, los de sus quince, y se ilusionan con salir en la tele, con ver a algún famoso, no sé. ¿Está mal, acaso?

—Yo no digo que esté mal. Yo no sé cómo está, Marisa. No lo sé. Así que andá. Vayan. Y siéntanse bien. Y no te lo digo cargándote. Al contrario. Ojalá les sirva para sentirse mejor.

—¡No me puedo quedar mano sobre mano volviéndome loca, Carlos! ¿Eso lo entendés? ¡Tengo que hacer algo!

—¿Y vos te creés que toda esa guita, todo ese oro, todas esas pieles van a servir para que Carlitos esté mejor? ¿Esté a salvo? ¿De verdad te lo creés?

—Y si me lo quiero creer, ¿qué? Y si necesito creérmelo, ¿qué?

En el silencio en el que se hunden se escuchan los pasos de las chicas saliendo del baño. Se asoman por la puerta abierta.

—¿Pasa algo, mamá? —pregunta Andrea.

—¿Vamos? ¡No quiero que lleguemos tarde! ¡Ya nos perdimos cualquier cantidad de estrellas, mamá!

La ingenua urgencia de Sandra, como siempre, les saca una sonrisa. Se miran y tácitamente hacen las paces. Carlos habla con la voz de "todo está perfecto":

—Vayan. Ahora en un rato prendo la tele a ver si aparecen.

—¡Ay! ¿Te imaginás si salimos en la tele?

Las chicas corren por el pasillo hacia la puerta de calle.

—¿Y si le pedimos a papá que le saque una foto a la tele, si salimos? Así nos queda como recuerdo.

—¡Buenísimo! Ah, pero la cámara no tiene rollo.

—Ufa. Qué macana.

Salen a la calle pegando el habitual portazo demoledor. Ahora el único sonido es el rumor monocorde del relato radial del partido. Marisa vuelve a mirar a Carlos.

—Lo dije de verdad —aclara él—. Calculo a qué hora pueden llegar a Canal 7 y lo pongo. Mirá si las veo en la tele a ustedes tres.

Marisa avanza a cuatro patas sobre la cama y le da un beso. Después retrocede y sale de la habitación. Se palpa el bolsillo del tapado. Ahí lleva las alianzas de matrimonio de sus abuelos. No le dijo a Carlos que iba a donarlas, pero en realidad no tiene por qué. Son un recuerdo de ella, al fin y al cabo. En el otro bolsillo lleva los relojes de oro de las chicas. Dijeron que se ocupaban ellas, pero Marisa se opuso. Con lo despistadas que son, son capaces de perderlos.

6

—¿Está rico? —pregunta Azucena, con ese tonito tímido que usa para dirigirse a su marido y que a Magalí la saca de quicio.

—¿Eh? —su marido apenas se vuelve hacia ella, impaciente por seguir prestando atención al televisor, donde se ve a un montón de personas atendiendo teléfonos para recibir donaciones para el Fondo Patriótico.

—No, nada —claudica Azucena, y lo que agrega lo agrega en un murmullo casi inaudible—. Si estaba rico el risotto...

El padre de Magalí ya está de nuevo con los ojos fijos en la pantalla. Si alguna vez Antonio me trata así —piensa la chica—, lo mato. Sería incapaz. Antonio es distinto. Es bueno. Además de ser un churro bárbaro es el chico más bueno que conoce. Algunas veces se da cuenta de que está volando demasiado adelante. ¿No es un poco pronto para imaginarse casada con Antonio, madre de sus hijos y compañera de su destino? Aunque, por otro lado, que lleven un año de novios significa algo. Significa mucho.

—Lo que debe costar ese tapado —dice su padre.

—Una fortuna debe valer —corrobora su madre.

Una actriz conocidísima —conocidísima, pero Magalí tiene su nombre en la punta de la lengua y no hay dios que haga que lo termine de recordar— acaba de donar un tapado de piel hermosísimo. El público le ha dedicado una ovación impresionante. Y, también, con lo que debe valer esa preciosura.

Magalí nunca salió tanto tiempo con un chico. Tampoco salió con muchos, pero con los poquitos que salió, salió apenas. Novio, lo que se dice novio, Antonio es el primero. Y quiere su desgracia que, por ser el mejor amigo de Gustavo, haya que mantener todo en secreto. No hay derecho. Antonio es su primer novio de verdad. Y es al primero —al único— al que le ha dado libertades. Y no se arrepiente. Vuelve a acordarse de la última noche en la que estuvieron juntos. Lo cerca que estuvieron de hacer el amor. Si no hubiera pasado eso de que sus viejos volvieron más temprano que no sé qué, se habría acostado con él. Antonio quería, más bien. Los varones son así. Pero ella también se moría de ganas.

—Hay que llenar el depósito de la estufa —le dice su padre.

Magalí se levanta, camina hasta la estufa y extrae el botellón de vidrio. Sale al patio y busca el bidón de kerosene en el gabinete de herramientas. Rellena el envase con el combustible y guarda de nuevo el bidón en su sitio. Vuelve al comedor y coloca el botellón en su soporte. No puede evitar que la estufa vibre un poco y que el quemador suelte un resplandor anaranjado. Enseguida la llama es azul otra vez, como es debido. La chica no vuelve a la mesa, sino que busca su carpeta del colegio en el estante.

—Me quedaron algunos deberes por hacer —dice, aunque sus padres siguen con los ojos fijos en la tele.

Una vez en su pieza busca una hoja nueva, limpia, y escribe el encabezado: "Querido Antonio". Las primeras cartas se las mandaba a su hermano, aunque las llenaba de referencias para que su novio entendiese que era a él a quien quería dirigirse. Pero desde las dos últimas abandonó esa cautela. Ya bastante tiene con mantenerse en silencio en su casa, en la escuela, en todos lados. Si el Conejo se termina enterando de que Antonio y ella son novios, pues que se entere. Magalí no puede más. Necesita escribirle a Antonio todo lo que lo quiere, todo lo que lo necesita, todo lo que lo espera. Y está segura de que Antonio necesita leerlo. Así que que el Conejo se aguante. Aunque su hermano es tan pavote que en una de esas ni siquiera se da por enterado. Ojalá.

Igual, a esta altura es lo de menos. O, en todo caso, esta noche Magalí lo piensa así. Lo importante es que Antonio sepa que ella está pendiente de él. Recién, cuando salió al patio, el frío de la noche le caló la ropa hasta los huesos. Y si hace ese frío en Morón, el que no hará en las Malvinas. Pensar esas cosas la pone triste. La angustia, y se ha hecho la promesa de no angustiarse. Antonio no tiene frío. Antonio no tiene hambre. Está bien. Está a salvo. Y dentro de unos días va a poder leer esta carta en la que ella le dice y le repite que lo ama. Eso. Las cosas van a ser así. No pueden resultar de otro modo. Antonio va a volver sin un rasguño, y le van a decir a todo el mundo que son novios, y se van a casar. Y Antonio nunca jamás la va a tratar como su padre la trata a su madre. De eso Magalí está segura.

7

Una de las cosas que más detesta de la vida militar es esto de tener que responder que sí, señor, que por supuesto, señor, que claro, señor, cuando en realidad lo que querría contestar a veces —muchas veces— es que me está pidiendo una pelotudez, señor, o que eso que me dice es una imbecilidad, señor, o por qué no se van usted, el general y el señor ministro a la puta madre que los parió, señor.

Pero tampoco te quejes, Molinero. Naciste en un pueblo de mierda de una provincia de mierda. Vos hacés todo lo posible por ocultar ese origen, por supuesto. Nunca jamás mencionás que tu viejo era almacenero, Molinero. Almacenero de pueblo. Si dan ganas de llorar o de balearse en un rincón. Y tu madre, un ama de casa para quien juntarse con el almacenero fue hacer un casamiento por todo lo alto. Pobre vieja, Molinero. En realidad, pobre vieja no. Nada de pobre vieja. Porque ella, ellos dos, fueron los responsables de que todo se hiciera siempre tan difícil, Molinero, tan cuesta arriba.

Siempre tuviste que pelarte el lomo, Molinero. Lo que a los demás les costaba diez a vos te costaba cien. Y no una vez, sino todas las putas veces. Cuando a tus viejos les dijiste que querías estudiar el secundario abrieron mucho los ojos y preguntaron que para qué, si con el almacén del pueblo ibas a tener más que suficiente para toda la vida. Menos mal que porfiaste con que no, con que querías estudiar y ser marino. Eran tan primitivos, eran tan simples, que cuando dijiste “marino” se imaginaron marinero, uno de esos con remera a rayas y sombrerito redondo que veían en las películas de la tele. Tuviste que aclararles que no, que querías hacer la carrera militar, la Escuela Naval, y que para eso ibas a necesitar el secundario. Y tu vieja, más tranquila, dijo que no hacía falta, y citó el caso del más chico de los Maidana, que había hecho eso que vos decís de engancharse en la Armada, y echaste mano a toda tu paciencia y tu pedagogía para explicarle que no, mamá, no me entiende, el más chico de los Maidana estudió para suboficial, no para oficial, y a mí ser suboficial no me interesa, yo quiero ser oficial, y para eso necesito terminar el secundario, y para hacer el secundario tengo que salir de este pueblo de mierda e irme pupilo a la capital, aunque lo del pueblo de mierda no lo dijiste, Molinero, porque desde chico tenés la virtud de saber decir lo que los otros prefieren escuchar y callar todo lo demás.

Como ahora, que el general y el brigadier que encabezan la reunión te están diciendo que te pongas a las órdenes del capitán de navío Ramírez. Y vos, en lugar de mandarlos a la puta madre que los parió, en lugar de cantarles cuatro frescas y decirles que el capitán de navío Ramírez es un pelotudo y un mediocre que no sabe dónde está parado, en lugar de eso, decís sí, señor.

Para algo te fuiste, nomás, a estudiar el secundario a la capital de la provincia, y te bancaste la soledad de ser pupilo, de ser la escoria, de ser el becado, de ser el raro, y preparaste los exámenes para la Escuela Naval y los diste con buenísimas notas, y apenas conseguiste tu vacante arrancaste con la siguiente etapa de tu plan: hacer amigos entre la *crème de la crème* de la Escuela, hacerte invitar a sus casas, hacerte invitar a los bailes de sus hermanas, y de las amigas de sus hermanas, porque una beca te sirve para estudiar, pero no para integrarte en la red de la gente que de verdad importa. Por eso, para eso, saltaste desde la nada hacia esa red, y tu casamiento con Adelina fue parte de ese salto. ¿Fue el más exitoso de los saltos? ¿Estaba Adelina —y la familia de Adelina— en la cúspide de esa red, en el centro de esa red? No. La vida no es perfecta, y eso lo supiste siempre. Pero valió. Sirvió. Y ese guardiamarina sin pasado fue ascendiendo cada peldaño de esa escalera llena de obstáculos, de trampas y de suspicacias. Y fuiste teniente de corbeta, y teniente de fragata, y teniente de navío. Y fuiste capitán de corbeta, y capitán de fragata, y ahora sos capitán de navío.

Molinero, atendeme: estás adentro. Tan adentro que estás ahí, caminando esos corredores y golpeando esas puertas y siendo recibido en esos despachos. Y no te vas a rendir ahora. ¿Estás tan bien posicionado como esos dos que conversan con vos, sentados al otro lado del amplio escritorio? No. Por algo tienen el rango que tienen, y ese rango les permite decirte lo que tenés que hacer, que en este caso consiste en ponerte a las órdenes del dichoso capitán Ramírez. Pero no nos pongamos nerviosos, Molinero. No nos dejemos ganar por el desánimo. Porque el camino que llevás recorrido es mucho más largo que el de estos dos. Ellos están delante tuyo, pero arrancaron con mucha ventaja. De manera que todo se reduce a puntos de vista. Si hubieran arrancado desde el mismo punto de partida ya los habrías dejado atrás. No importa. No pasa nada. Ya los vas a superar.

¿Así que quieren que te pongas a las órdenes del capitán Ramírez? Sí, señor. ¿Así que el capitán Ramírez va a estar al frente del equipo que tendrá a su cargo la redacción de los comunicados del Estado Mayor Conjunto? Por supuesto, señor. ¿Así que la superioridad valora las iniciativas que has desplegado hasta el momento, pero desea unificar el trabajo para darle mayor fuerza, mayor utilidad? Claro, señor. La razón de que el mando del equipo recaiga en Ramírez ¿nace del hecho de que el citado capitán fue el artífice de esa idea maravillosa de organizar el programa ómnibus de *Las 24 horas de Malvinas*, que no sólo juntó un montón de dinero, sino que multiplicó la emoción y la adhesión y el compromiso y el patriotismo del pueblo argentino hasta límites inimaginables? Sin duda, señor.

Ay, Molinero, cómo te duele eso de *Las 24 horas de Malvinas*. Porque no lo viste venir. Jamás lo viste. No lo viste a Ramírez. No viste la idea del programa. No viste nada de nada. Un ciego fuiste, Molinero. Un estúpido, un rústico, un ciego. Sabías que estaba dando vueltas lo del Fondo Patriótico. ¿Y qué se te ocurrió hacer con el Fondo Patriótico? Nada, Molinero. No tuviste una puta idea de qué hacer con eso. Y cuando se empezó a armar lo de *Las 24 horas de Malvinas* vos estabas ocupadísimo con no sé qué, ya no importa, y tampoco le diste pelota. Es cierto que nadie puede estar en todo, Molinero. Pero una cosa es perderte un tema menor, y otra cosa es perderte el fenómeno más importante de la Argentina de los últimos años, Molinero. Así no hay modo de que te mantengas competitivo, Molinero. No hay Dios que te salve, carajo.

¿Así que ahora te están diciendo: "Puede retirarse, capitán"? Y sí, Molinero. Andate. Mañana será otro día.

Aunque… momento. En una de esas, quién te dice. Esperá, Molinero. Agarrá la galera y tratá de encontrar el último conejo. Total, Molinero, perdido por perdido…

—Eso sí, antes de retirarme, señor, me gustaría compartir con ustedes esto que me parece una gran noticia, señor. Fíjense.

Sin tomar asiento, porque ya te han dicho que podías irte y ya te has puesto de pie, sacás de su cartapacio la revista. Con ademanes esmerados la girás para que quede mirando hacia el general y el brigadier, y la depositás con delicadeza sobre el escritorio, y advertís la manera en que se agrandan los ojos del brigadier y del general.

—¿Esto de cuándo es?

—Salió el otro día, señor, pero como estábamos todos abocados a *Las 24 horas de Malvinas* no me pareció bien importunarlos a ustedes con esto.

No agregás palabra. Sabés que no es el momento de decir nada. No, señor. La tapa de la revista habla por sí sola. Es absolutamente maravillosa. Una decena de soldados, cuerpo a tierra, sobre una posición apenas elevada, apuntan sus fusiles a algo que está fuera de campo. Llevan uniformes de combate, por supuesto. Alguno tiene la cara tiznada de camuflaje. A mitad de la hilera un soldado carga una bazuca, que también apunta hacia la playa. Porque es una playa. Se llega a distinguir lo liso del terreno. No se ve el mar, pero no hace falta. Para cualquiera que vea la foto es evidente que esos soldados están junto a una playa, esperando un desembarco. Alertas. Firmes. Decididos. Pero si la foto es estupenda, el epígrafe de la foto es impresionante. "Estamos ganando", dice. Catorce enormes letras amarillas en dos líneas. Pero debajo de la foto. La tapa es esa foto de soldados serios, profesionales, concentrados, jóvenes, imbatibles. No, pensás. La tapa es las dos cosas. Esa foto y esa frase. Y es una maravilla.

—¿Usted tuvo algo que ver con esta portada, capitán?

No, Molinero, no tuviste nada que ver. Simplemente, el viernes tuviste que venir a Casa de Gobierno en colectivo, porque el auto con chofer que te tienen asignado tuvo un desperfecto. Y cuando pasaste por el quiosco la viste y te diste cuenta de que estabas en presencia de algo grande. Por eso la compraste. Todavía no tuviste tiempo de hojearla. Tampoco importa. Ni falta que hace. Mientras el quiosquero te buscaba el cambio viste cómo otras tres personas se paraban a mirar la portada, y dos de esas personas sacaban un ejemplar de la pila, para comprarlo también. Seguro que todavía hoy, varios días después, debe seguir vendiéndose. Cuidado, Molinero. Cuidado con lo que vas a responder.

—Entiendo que es importantísimo que el Estado Mayor Conjunto sea muy cuidadoso con la información que brindamos acerca de las operaciones en el Atlántico Sur, señor. Pero me parece que si podemos mantener una relación fluida y provechosa con los medios de comunicación privados, eso va a multiplicar el impacto de nuestros mensajes. Gracias a Dios quedamos en buenos términos con los diarios y revistas nacionales y provinciales, después de esa reunión que el señor presidente me encomendó.

Eso es todo lo que decís. Más o menos igual se lo repetirás esta noche a Adelina, que te mirará con esos ojos deslumbrados y redondos de admiración con los que te mira últimamente. No mentiste. No dijiste: “Sí, esa tapa la acordé yo con los de la revista”. Pero el general y el brigadier entienden lo que quieren entender. Y es el de la Fuerza Aérea el que le dice:

—Tome asiento un segundo más, capitán, por favor.

Cuando abandonás el despacho diez minutos después, el porvenir es mucho más venturoso de lo que era cuando entraste. ¿Formarás parte del equipo encargado de redactar los comunicados del Estado Mayor Conjunto bajo el mando del capitán Ramírez? Al final, mejor no. Sumarte a ese equipo sería desperdiciarte, Molinero. Mejor que te mantengas como enlace con los medios periodísticos privados. Sí, señor. Pasándolo en limpio: ¿tendrás a tu cargo la comunicación con los medios de prensa privados, para evaluar los modos más efectivos, patrióticos y blablablá de mejorar la comunicación con la población? Sí, señor. ¿Habrá tiempo, algún día de estos, para lanzar una ofensiva sobre el pelotudo de Ramírez y desbancarlo definitivamente? Claro que sí. Por supuesto que sí, la puta madre que lo parió.

8

Llega a esa librería después de recorrer unas cuantas. En todas las anteriores le ofrecen cosas que no le sirven: carátulas para las carpetas, etiquetas autoadhesivas y otras estupideces por el estilo. Carlos intenta no perder la paciencia y repite, en voz calmada, que lo que está buscando, lo que necesita, no son carátulas de Malvinas, ni etiquetas de Malvinas, ni estupideces de Malvinas, sino un mapa. Un mapa de las Malvinas. A medida que cosecha fracasos afina la puntería para explicar lo que busca y, sobre todo, lo que no busca. No, no necesita un mapa número 3 de esos que caben en la carpeta escolar. No, tampoco necesita un mapa número 5 de los que son del tamaño de la de dibujo. Esos son mapas contorno, con el territorio blanco y vacío y el mar pintado de celeste y eso es todo. No. A partir del tercer o cuarto fracaso le queda claro, por lo menos, lo que tiene que pedir: él necesita un mapa físico-político de las islas Malvinas en tamaño aula, para el pizarrón. Acompaña sus palabras con el gesto: un mapa de esos que miden como un metro de ancho por uno y medio de alto, entelado, si se puede, para aumentar su resistencia. Un mapa como los de las mapotecas de las escuelas. Mapas que vienen coloreados en una gama de marrones y de verdes para indicar la altura del relieve, y otra de azules para las profundidades del mar. Mapas que tienen señalados los nombres de las ciudades principales y de los accidentes geográficos: montañas, llanuras, bahías y cosas así. El problema es que en las mapotecas de las escuelas hay mapas de Argentina, de América del Sur, del entero continente americano, de los otros continentes, y planisferios. Pero de las Malvinas no hay ni uno, parece.

Alguno le dice que sí, que tiene, pero cuando vuelve de la trastienda muy ufano resulta que lo que intenta venderle es un simple mapa de la Argentina que incluye, por supuesto, las Malvinas, con un letrero que entre paréntesis dice "Arg." y el sector antártico con el mismo cartelito, para indicar que nos pertenecen. Carlos, sin perder la paciencia, le dice que no. Que no es eso lo que necesita. Que las necesita en grande. Que necesita que las islas ocupen todo el mapa. No quiere un mapa donde "aparezcan" las Malvinas, chiquititas, ahí, casi cayéndose en el rincón inferior derecho. Necesita un mapa que "sea" de las Malvinas. Sólo de las Malvinas.

Al final terminan por recomendarle una librería de la avenida Callao, cerca del Ministerio de Educación. Y ahí se va Carlos, a probar suerte por séptima u octava vez. Ya perdió la cuenta. Resulta ser un local alargado y oscuro. La parte más alejada de la calle está llena de tubos apilados contra las paredes. Carlos se permite un poco de optimismo porque da la impresión de ser el lugar indicado.

Al fondo hay una oficina iluminada por la luz fría de un tubo fluorescente que parpadea de vez en cuando. Alertado por la campanilla de la puerta, un viejo vestido con un guardapolvo azul se incorpora y se acerca arrastrando los pies. Carlos saluda y repite por octava o novena vez lo que necesita. El viejo frunce el ceño y echa un vistazo hacia su stock.

—No creo que me quede ninguno. Es un mapa que no tenía salida. No lo compraba nadie, quiero decir. Y ahora, desde el 2 de abril, se volvieron todos locos y me llenaron de pedidos. Me temo que está agotado.

—Mi hijo es soldado en las Malvinas —dice de repente Carlos—. Y cuando dan esos comunicados en Cadena Nacional no entiendo nada. Dicen nombres de lugares que no sé dónde quedan. Necesito un mapa. En los que tengo en mi casa, en el diccionario o en la enciclopedia, lo único que tienen marcado las Malvinas es Puerto Argentino. Ni siquiera, porque dice Puerto Stanley. Nada más. Pensé… pienso… que si tengo un mapa puedo entender mejor lo que está pasando. Dónde está la guerra. Dónde puede estar mi hijo.

El viejo frunce los labios en un gesto pensativo. Después se aleja hacia el fondo del local y echa atrás la cabeza para mirar un estante altísimo, donde se ven unos cuantos tubos de cartón que parecen de descarte, tapados de polvo.

—No creo, pero podemos echar un vistazo entre los mapas fallados. Ahí arriba tengo mapas que vinieron con algún defecto y que tuve que cambiar.

Carlos camina hasta el fondo.

—Si me dice cómo, yo lo ayudo.

Arriman una escalera de madera y Carlos sube hasta arriba de todo. Va sacando los mapas. Las etiquetas están tan polvorientas que son ilegibles. El viejo se lleva cada mapa que Carlos baja hasta el mostrador y lo despliega para identificarlo. Cuando lo descarta, vuelve a enrollarlo y a guardarlo en su estuche, y Carlos vuelve a ponerlo en el anaquel más alto. Cuando llevan revisada una veintena, el viejo sonríe desde el mostrador.

—¡Acá hay uno! ¡Tuvo suerte!

Carlos baja de la escalera y se aproxima al viejo. La falla por la que devolvieron ese mapa es una arruga, un pliegue desprolijo donde el papel quedó mal pegado a la tela. Pero nada que lo inutilice de verdad. Carlos intenta abarcar todo al mismo tiempo. Los escasos nombres de lugares que figuran, las curvas y contracurvas que hace el mar entrando y saliendo de las bahías, las islas numerosas. Ya tendrá tiempo de mirarlo con atención, pero no puede quitar los ojos. Pasa el dedo por encima del punto negro que dice Puerto Stanley. ¿Seguirá ahí Carlitos? ¿O lo habrán mandado a otro sitio?

—¿Sabe interpretar un mapa físico? —pregunta el viejo, mientras señala una escala de colores en el rincón—. Fíjese en los verdes, amarillos y marroncitos, le indican cómo sube el relieve. No tiene nada que ver con que haya vegetación, no se confunda. Es solo altura del relieve.

Carlos asiente. Parece mentira. Nunca pensó que treinta años después de salir del secundario iba a necesitar repasar sus conocimientos de cartografía. Pero tampoco pensó que alguna vez iba a tener un hijo metido en medio de una guerra.

9

En el fondo, es lamentable, piensa Alonso, y enseguida se corrige. No sólo en el fondo. En el fondo y en la superficie. Alonso lo lamenta mucho, pero en silencio, eso sí, porque él no es hombre de andar diciendo las cosas. No lo fue nunca, y menos ahora, que cada mañana que se mira en el espejo se ve un poco más viejo y más ajado. Pero lo lamenta de verdad.

Esta hora, apenas pasadas las cinco de la tarde, es una de las más concurridas en el Asturias. La gente empieza a salir de las oficinas y hace un alto antes de subirse a esas latas de sardinas que son los subtes y los colectivos del atardecer. Alonso supone que un café con leche con medialunas, para la mayoría, o un vaso de vino o de whisky, para unos pocos, es una escala necesaria, difícil de saltear, antes de esa última prueba a la que los somete el día de trabajo, la rutina, la ciudad.

Alonso no se deja confundir por el gentío. Acelera un poco sus movimientos, eso sí, pero tampoco demasiado. Su mujer era más de ponerse nerviosa cuando el local desbordaba de gente, los pedidos se sucedían y la cocina parecía cerca del colapso. Espero que no te moleste mi indolencia, Amparo: al final del día las cuentas son las mismas, piensa Alonso, siempre muy dado a la fatalidad.

En el tumulto es difícil distinguir, para el ojo poco acostumbrado, a los clientes habituales. Recién hacia las seis, cuando la concurrencia ralee, serán más visibles. Pero Alonso los identifica con nitidez, aunque por ahora se confundan en la multitud de parroquianos. Y con eso tenía que ver el lamento de Alonso: con la confirmación de que Weissman y Solano se han distanciado definitivamente. Hace... ¿Cuánto? ¿Tres años, desde que Weissman abandonó la mesita de dos contra la pared, la más cercana al baño, de la que se había apropiado cuando empezó a venir, para pasarse a la mesa de Solano, ahí en el centro del bar? Sí, hace como tres años. Es fea esa mesita en la que Weissman había recalado cuando empezó a venir, tan próxima a los baños. Y eso que Alonso los mantiene limpios como una patena. De eso Amparo podría estar orgullosa. Pero igual. Es un lugar de tránsito, de personas apuradas que pueden rozarlo a uno en ese ir y venir. Pues resulta que desde la semana pasada, sin decir agua va, Weissman se ha mudado de regreso a esa mesita. Solano no ha dicho una palabra al respecto, pero tiene una cara de sepelio que no puede más. Bueno, si es por decir, los otros incondicionales tampoco han dicho nada. Es cierto que Cullen vive encerrado en su cripta de cálculos, enigmas, investigaciones y perplejidades. Y Alessandri en su nube de consignas y certezas vaporosas.

En ese momento el último cliente (el último salvo los cuatro de siempre, claro), que se había demorado en el baño, sale a grandes zancadas ajustándose el sobretodo y saludando a Alonso con una inclinación de cabeza. La puerta vaivén, que lleva molestando algunos días, en lugar de cerrarse queda trabada de par en par, y el frío se cuela por debajo de las mesas y obliga a Solano a restregarse los muslos mientras comenta algo de la cercanía del invierno.

—No me hable —dice de repente Cullen—, que eso del invierno me tiene loco.

—¿Y por qué? —se interesa Alessandri.

—Que no lo entiendo.

—¿Que no entiende qué, Cullen? —pregunta Weissman.

—Eso. Las estaciones del año. ¿Por qué hay invierno y verano?

Alonso, que viene de destrabar la puerta vaivén, frunce el ceño. Él no suele participar de la conversación.

—La Tierra rota alrededor del Sol en un círculo... —Cullen acompaña sus palabras con gestos de las manos—, ¿por qué hace más frío en una parte de la trayectoria espacial que en la otra?

—Ojo que la trayectoria de los planetas no es circular —interviene Solano por primera vez.

Cullen lo mira frunciendo el ceño, como intentando dilucidar la esencia de su argumento.

—Es elíptica. Ovalada —Solano también acompaña sus palabras con gestos de las manos.

Cullen ahora, además del ceño, frunce la boca, mientras se concentra. Traza largas líneas en su cuaderno y respira cada vez más fuerte. Los demás esperan un veredicto. Alonso ve cómo, en los segundos siguientes, los ojos de Solano buscan los de Weissman y vuelven a fracasar.

—No —suelta Cullen al final, desanimado—, la trayectoria elíptica tampoco me sirve para explicar las estaciones.

Se pone de pie. Muestra los dibujos y los garabatos de su libreta, como si fueran explicación suficiente.

—Primero pensé que lo que decía el amigo Solano me

servía, por lo de la elipse. Pensé: en la zona más alejada de la elipse, invierno. En la zona más cercana, verano.

Hace silencio, esperando que los demás comprendan su conclusión. Pero es demasiado optimista. Alessandri hace un gesto amontonando los dedos de la mano:

—Y sí, ¿y cuál es el problema?

—Que entonces cada año debería tener dos inviernos y dos veranos, Alessandri —dice Weissman—. Un invierno en cada punto lejano y un verano en cada punto cercano.

—Exacto —coincide Cullen, cabizbajo.

—¿Y por qué no busca en algún libro? —pregunta Alessandri, y Cullen lo mira como si acabase de proponerle un sacrilegio.

—Porque la gracia está en pensar las cosas por uno mismo —Weissman responde por el otro, parafraseando la habitual contestación de Cullen.

Cullen se desentiende de los demás y vuelve a enfrascarse en su libreta. Alonso estira la mano hacia la máquina de café.

—¿Alguien va a querer más café o ya puedo apagar?

Solano, que se lo ha quedado mirando, le pregunta directamente:

—¿Le pasa algo, don Alonso?

El español se sobresalta.

—¿A mí? Nada, nada. ¿Qué podría sucederme?

—Tiene cara de preocupado.

Qué perspicaz que es el tipo ese, piensa Alonso. Es cierto que estaba pensando en varias cosas. Pero no está dispuesto a ponerse a hablar de ninguna.

—Para nada, hombre. Para nada.

—No hay de qué preocuparse, don Alonso —se mete Alessandri—. Esto está todo bajo control. Es pan comido.

Alonso se lo queda mirando largamente. A veces lo sorprende la liviandad de alguna gente.

—Bueno, tal vez eso es lo que me preocupa un poco —le responde a Solano, pero señala a Alessandri con la mano que sostiene el trapo rejilla.

—¿Qué cosa?

—Lo poco preocupados que están ustedes.

—¿Y por qué deberíamos estarlo? —interviene Weissman.

Alonso duda. ¿Y si mejor se calla?

—Nada, déjelo así.

—No, no lo deje. Explíqueme. Explíquenos, más bien. ¿Por qué deberíamos preocuparnos?

—Por qué deberían preocuparse... Bueno, supongo que estar en guerra es como para estar preocupado, me parece. En la guerra... en la guerra suceden cosas malas. Eso es lo que pienso que podría llegar a preocuparlos. O que debería preocuparlos.

—¡Pero esta guerra no es cualquier guerra! —Alessandri vuelve a involucrarse, ahora casi a los gritos—. Esta es una guerra justa. Una guerra necesaria. Los argentinos somos un pueblo de paz. Pero no somos tarados, tampoco. No nos vamos a dejar esquilmar. Ya bastante paciencia tuvimos. Ahora nos cansamos y dijimos basta. Y ahora el mundo va a tener que respetar nuestros derechos.

Alonso, a esta altura, no tiene ningún deseo de seguir hablando. Pero Alessandri no parece dispuesto a dejarlo en paz:

—¿Qué? ¿No está de acuerdo conmigo?

Alonso suspira, como si estuviera terminando de decidirse.

—Bueno, pues me parece que se lo están tomando demasiado a la ligera.

—¿Qué cosa? ¿La guerra?

—Sí. Todo lo que viene sucediendo. El desembarco, el envío de la flota, los cañoneos, los hundimientos, todo. Se han pasado un mes pensando que con salir con sus banderitas y con cantar la marcha de las Malvinas ya está todo arreglado. Y ahora que han empezado los tiros...

—Ahora que han empezado los tiros ¿qué?

—Pues que ahora están en guerra contra los ingleses, ni más ni menos.

—¿Y con quién vamos a estar en guerra, sino con los ingleses, si ellos son los que robaron las islas?

—Los ingleses... son los ingleses...

Alonso se vuelve hacia la máquina de café y se pone a repasar las partes cromadas. Alessandri arremete otra vez:

—¡Efectivamente! ¡Los ingleses son los ingleses! ¡Pero los argentinos son los argentinos!

—Los ingleses pelearon dos guerras mundiales en lo que va del siglo, amigo Alessandri. A falta de una, dos. Y las ganaron las dos.

—Pero ahí tuvieron la ayuda de los yanquis, que si no...

—Será como usted dice, pero ganaron. Yo lo escucho a usted hablar de la guerra y me parece que la ve como algo sencillo, y le aseguro que no lo es. Y no me diga que esta guerra no es cualquier guerra.

—Ah, ¿no? ¿Y por qué?

—Porque ninguna guerra es cualquier guerra. Y todas lo son. Depende del lugar en el que uno está, según los tiros vayan o vengan. Pero no me haga caso. Y yo no le creería a pies juntillas a lo que diga el gobierno. Que si es por eso, siempre los soldados de nuestro propio bando son los que van ganando.

En el bar no vuela una mosca. Alessandri mira por la ventana. Weissman se concentra en la lectura del diario vespertino. Solano se lo ha quedado mirando a él, a Alonso, con expresión indescifrable. Hora de poner fin a esta discusión, se dice el asturiano.

—Seguramente estoy equivocado. Mejor no me presten atención. ¿Alguno va a querer otro café en este rato? Se lo pregunto porque, si nadie va a servirse, aprovecho y apago la máquina para terminar la limpieza.

10

¿Hay algo más lindo que saber que vas a humillar a tu enemigo hasta límites que ni siquiera te habías atrevido a soñar? Sí: hacerlo frente a un montón de testigos.

¿Así que Ramírez fue el primero de la promoción? ¿Así que Ramírez se la pasó burlándose de él a sus espaldas acerca de que su carrera estaba agonizando y le faltaba un empujoncito para terminar de desbarrancarse? Ay, Ramírez, Ramirecito. Cuánta razón tienen los que dicen que la venganza es un plato que se come frío.

Abre la puerta sin llamar y no se molesta en cerrar a sus espaldas. Tres de los cuatro ocupantes del despacho se ponen de pie al verlo. El que permanece sentado es Ramírez. Técnicamente, es más antiguo que él, por esto de que encabezó la promoción que compartieron cuando egresaron como guardiamarinas. Pero Molinero lo mira fijo. Los dos saben que Ramírez acaba de caer en desgracia. Y cuando te precipitás al vacío ya no hay tecnicismos detrás de los cuales puedas protegerte. De todos modos, y como si quisiera salvaguardar las últimas hilachas de su dignidad, Ramírez demora el movimiento de incorporarse. Desliza un poco hacia atrás la silla que ocupa en la cabecera, apoya las manos en los muslos, se levanta poco a poco, ladea apenas la cabeza como si el recién llegado no mereciese ninguna marcialidad.

Molinero no se ofende. No hace falta.

—Buenos días, caballeros.

Le responde un murmullo en el que se distingue (Molinero se asegura de que se distinga cada una de las voces pronunciándola) la palabra "capitán". Muy bien. Primera prueba superada.

—El Estado Mayor Conjunto me ha encomendado la misión de enderezar la política de comunicación que se está llevando adelante.

¿Habrá quedado suficientemente enfático el verbo "enderezar"?

—Hasta ahora los comunicados del Estado Mayor Conjunto son una maraña de imprecisiones, equivocaciones y estupideces diversas, que al único que benefician es al enemigo.

Ahora sí debe haber quedado un poquito más claro. ¿No, Ramírez? Molinero deja caer su carpeta sobre la mesa, con calculada brusquedad. Hace como si rebuscase entre los papeles, pero a propósito ha dejado la hoja que necesita al final de todo. Nunca viene mal incrementar un poco el suspenso.

—Acá está. Comunicado número 32. "El Estado Mayor Conjunto comunica que a las 1.40 h del día de la fecha fuerzas inglesas iniciaron un ataque sobre Puerto Argentino, en las islas Malvinas, que está siendo repelido por fuerzas propias". Fin del comunicado.

Molinero blande durante un par de segundos la hoja de papel. Después la deja caer sobre la mesa, donde se desliza casi hasta la mitad.

—¿Me pueden decir qué carajo estaban comunicando con mensajes como ese? ¿Qué buscaban conseguir? ¿De qué sirven vaguedades como "fuerzas inglesas"? ¿Son barcos cañoneando? ¿Son lanchas de desembarco escupiendo soldados sobre las costas? ¿Son aviones bombardeando el aeropuerto, la casa del gobernador, las casas de los isleños? ¿Son paracaidistas lanzándose detrás de nuestras líneas? ¿Qué carajo significa "fuerzas inglesas iniciaron un ataque"? ¿Se pararon a pensar en las familias de los soldados? ¿Se pararon a pensar en cualquier argentino que se encuentra con este comunicado a la mañana, en la radio, y piensa que los ingleses están recuperando las islas? ¿En qué cabeza cabe? ¿Eh? ¿En qué cabeza cabe redactar esta mierda de comunicado?

Molinero va levantando la voz y envalentonándose a medida que habla.

—Porque después, en el comunicado siguiente, aclaran que fueron barcos y helicópteros, que duró cincuenta minutos y que fue rechazado. Ah, miren ustedes qué bien... Qué claro dejan todo. ¿Y qué hicieron, después, esos buques? ¿Y qué hicieron, después, esos helicópteros? ¡Ni puta idea de nada! Porque los ciudadanos que en todo el país escuchan esta mierda no saben, no pueden saber qué significa. Es más. Parece que ustedes mismos no saben qué significa. Además, ¿se pusieron a pensar en el ánimo de la gente entre un comunicado y otro? ¿El ánimo de la gente entre "los ingleses iniciaron un ataque" y el posterior "fueron rechazados"? ¿O no les importa un carajo? ¿O no tienen idea de cómo hacer su trabajo?

Molinero retrocede hasta la puerta, que había dejado abierta al entrar. Confía en que los de afuera hayan escuchado el sermón de la montaña. Cierra. Se encara de nuevo con el grupo de oficiales.

—Esta porquería se redactó y se emitió el mismo día en que la patria, la patria entera, estaba juntando hasta el dinero que no tenía para donarlo al Fondo Patriótico

—baja la voz, como si se le estuviera ocurriendo en este momento—. No hay caso: no es lo mismo organizar un show televisivo que informar a todo un país sobre la marcha de la guerra.

Magistral, Molinero. Ramírez está escuchando cómo le echas tierra a su creación dilecta, la que casi lo eleva hasta el Olimpo.

—Tengo una mala noticia, señores. O buena, según se mire —blande enérgicamente la carpeta—. Esto se acabó. Se a-ca-bó. De ahora en adelante la política de comunicación se hará con un criterio patriótico, profesional, cuidadoso, esmerado y estrictamente calculado. Cada palabra que salga de esta oficina y que llegue a los oídos de veinticinco millones de argentinos tendrá la profesionalidad, el esmero, el cuidado, la cabeza fría y toda la dedicación que hasta ahora no ha tenido.

Ha llegado el momento. A la mesa están sentados los tres milicos asignados a la tarea, uno de cada fuerza —la Junta Militar sigue siendo cuidadosa con las simetrías—. Un teniente de navío, un capitán del Ejército y un capitán de la Fuerza Aérea. Ellos seguirán ahí, pero ahora bajo sus órdenes. Molinero avanza hasta la cabecera de la mesa. ¿Cuál es la manera más abyecta de expulsar a su enemigo: la palabra o el silencio? Ramírez se le adelanta, porque empuja su silla hacia atrás, recoge su chaquetilla del respaldo y se la coloca mientras saluda con un gesto de la cabeza a sus —hasta recién— subordinados. Molinero piensa que no está bien que su enemigo tenga la potestad de elegir el modo de retirarse.

—Cierre al salir, Ramírez, por favor.

11

En general se dividen para hacer más rápido, y mientras una se encarga de la verdulería la otra va a la carnicería. Al almacén van juntas porque siempre terminan comprando un montón de cosas y a la vuelta las bolsas pesan un quintal. Entonces cargan una bolsa cada una y la más pesada la llevan a medias, una de cada manija. Magalí le ha dado mil vueltas porque salir y volver dos veces le significa perderse toda la mañana del sábado con eso, pero no hay caso. Engorroso y todo, ese es el mejor sistema. Hoy le ha tocado a ella la verdulería y por suerte adelante sólo tiene a tres personas, porque Cirilo atiende solo y hay veces que se hace una cola infernal. Magalí semblantea a los clientes: menos mal que no está la vieja de la casa de los eucaliptus, que cada vez que va compra medio negocio y demora un siglo. Ni el pelado de lentes gruesos que va en un Falcon y le va detrás a Cirilo reclamándole que le cambie la mitad de la mercadería que el otro le elige, esta pera porque está demasiado verde, esta naranja porque tiene pinta de amarga, esta manzana porque se pica en cualquier momento y así.

La vieja que está comprando ahora debe estar terminando porque ya sacó el monedero para pagar y los lentes de leer para revisarle la cuenta al verdulero. Lo bien que hace. Magalí no está segura de si lo de Cirilo es poca pericia numérica o maximización de las ganancias, pero el tano, con las sumas, es un peligro público.

—Y ayer lo que decían en la tele es que cuando bajen de los barcos, los ingleses, se van a pasar cualquier cantidad de días mareados.

—¡Sí, doña Elisa! Yo también lo escuché, que decían eso. Le preguntaban a un marino, en el noticiero.

—¿En el del mediodía?

—No, en *60 Minutos*, el de la noche.

—Hay que ver, la verdad, lo bien que informan en *60 Minutos*.

—Me sacó las palabras de la boca, doña.

—¿Cómo se llama el periodista que conduce?

—Ay, no me acuerdo. Pero sí, es muy bueno. Y ayer le preguntaba al marino, ¿vio?, y decía eso de que no había manera de que pudieran bajar y pelear, todo junto, después de tanto tiempo en un mar tan bravo como este. Póngame ya que está dos zapallitos, pero que no estén amargos.

—Quédese tranquila, doña Elisa. Están buenísimos.

—Igual en una de esas ni se animan a bajar. ¿Ustedes vieron la paliza que les están dando los nuestros?

—¡Impresionante!

—¡Ay, a mí me genera una emoción saber que les estamos ganando! ¡A los ingleses, ni más ni menos!

El verdulero anota los zapallitos y alza las cejas en un gesto interrogativo.

—Nada más, Cirilo.

—Los que deben estar agarrándose la cabeza son los chilenos —retoma el verdulero, mientras se saca la birome de detrás de la oreja, alisa el papel y empieza a sumar—. Si a los ingleses les estamos pegando esta salsa, imagínese lo que les haríamos a los chilenos.

El comentario despierta un coro de gorjeos de consenso. Magalí no puede evitar sentirse extraña. Esto de que de pronto todo el mundo esté hablando de lo mismo de por sí es raro. Y durante tantos días, además. Pero lo más raro de todo es ver a esas señoras, que no vieron un arma en su vida, y cuando se cruzaron con un soldado fue en un baile o en un desfile, convertidas en expertas en el arte de la guerra. Y no es que acá en la verdulería se junten las vecinas belicosas. No. En todos lados sucede lo mismo. Su madre debe estar asistiendo a su propia reunión de expertos militares en la carnicería. Y su padre en el taller... bueno, es un misterio lo que hace, lo que dice, lo que le pasa a su padre en el taller. Su padre es un misterio en todos lados. Magalí supone que debe estar cansado, sin la ayuda del Conejo y de Antonio.

Lo piensa y se arrepiente. Necesita no pensar en Antonio. Es una necesidad estúpida. Impracticable. Porque siempre está pensando en Antonio. A todas horas. Tanto que se ahoga. Y por eso necesita desconectar su cerebro, de Antonio y ella, de Antonio y las Malvinas, de Antonio y las bombas, de Antonio y todas las imbecilidades que esas señoras están diciendo sobre misiles, submarinos, aviones ingleses de arranque vertical, que serán muy buenos pero nada que ver con nuestros pilotos, jeje, que tendrán aviones no tan buenos pero son más valientes, más inteligentes, más duchos manejándolos, y por eso hay que ver el miedo que nos tienen.

12

—No termino de entender lo que decís, Ascasubi.

—Quedate tranquilo que yo tampoco, Juárez. Yo tampoco.

El mozo y el cocinero están acodados en uno de los balcones de la Casa de Gobierno, fumando en la oscuridad. No es el que más le gusta a Ascasubi, porque éste no mira hacia la Plaza de Mayo sino hacia uno de los patios interiores. La ventaja es que pueden relajarse y que nadie los moleste. Ningún custodio va a alarmarse de verlos. De ese lado, en ese pasillo, son parte del paisaje.

—¡Qué hora que se hizo! —dice Juárez, mirando su reloj.

—¿Qué horas son? —se interesa Ascasubi.

—Las once pasadas.

—Que lo tiró. A esta hora ya debería estar en la cucha. O por lo menos en el tren, volviendo para mi cucha.

La respuesta de Juárez es un asentimiento de cabeza, una nueva pitada a su cigarrillo y un intento de reconducir la conversación.

—Te lo decía en serio, Ascasubi. ¿A qué te referís con eso de que el tiempo da vueltas?

—No me des bolilla, Juárez. Son demasiadas horas solo, esperando a que a esta gente se le ocurra pedirme algo. Demasiado tiempo para pensar.

—Te entiendo. Pero me interesan las cosas que se te ocurren. Bah, yo me paso el mismo tiempo que vos, mano sobre mano, esperando, y a mí no se me ocurren. Por algo será.

Ascasubi niega con la cabeza, pero tampoco quiere quedar como un pedante que se hace el misterioso. De modo que vuelve a intentarlo.

—Estaba pensando, la vez pasada, que parece como si las cosas se estuviesen repitiendo.

—¿Qué cosas?

—Los presidentes. Ya sé que no son iguales. Pero acordate de la época de Onganía. Vos ya trabajabas acá, Juárez.

—Sí, y vos también.

—Exacto. Bueno. Hacé memoria. Sube Onganía. El tipo tiene un poder enorme. Hace lo que se le canta. Parece un rey, más que un presidente. Parece que va a tener el poder todo el tiempo que se le cante. Te estoy hablando del año del golpe. Del '66, te hablo. ¿Me seguís?

—Te sigo.

—Bueno. Pero después pasa el tiempo. ¿Y cómo termina ese tipo que parecía que tenía la vaca atada? Al final no le queda nada de poder y lo echan de una patada en el orto.

—Y sube Levingston.

—Y sube Levingston, que dura lo que un pedo en una canasta.

—Ajá.

—Y después de Levingston, que no dura ni un año, sube Lanusse, que se queda más tiempo. No tanto como Onganía, pero más que Levingston. ¿Me seguís?

—Sí, pero no sé a dónde querés llegar.

—Comparalo con estos. Con los milicos de ahora.

Juárez da una pitada prolongada.

—El Onganía de ahora habría sido Videla… —aventura.

—Exacto —asiente Ascasubi.

—El Levingston de ahora habría sido… Viola. Está unos meses y le dan una patada en el culo.

—¿Ves?

—Esperá. ¿Y vos decís que Galtieri es Lanusse?

—¡Ahí está! ¡Eso es justo lo que no sé!

—Ah, qué vivo. Pero entonces no sabemos lo que va a pasar.

—Nunca sabemos lo que va a pasar, Juárez. Pero hasta acá decime si no se parece lo de los milicos del '66 con los del '76. Uno largo, uno cortito, y uno al que ponen después para arreglar el quilombo. Y cada vez menos poder, cada vez más reclamos, más protestas…

—Como la de la vez pasada.

—Ahí tenés. Pero ahora no sé, te digo la verdad. Con esto de las Malvinas, no lo sé. Porque con Lanusse los milicos ya estaban de salida. Perón se estaba relamiendo con que iba a haber elecciones y lo iban a dejar participar.

—¡Y ganó por afano, ganó!

El tono de Juárez trasunta su idolatría por Perón. Ascasubi lo pasa por alto.

—Pero sacalo a Perón de lo que te estoy diciendo. Yo te estoy hablando de los gobiernos militares. Este Galtieri también parecía que venía para arreglar que estos tipos fueran preparando su retirada más o menos ordenada del gobierno. Como Lanusse, pero…

—¿Pero?

—¡Ahí está! Que con lo de Malvinas ahora no sabés lo que va a pasar. En una de esas les sale mal y los milicos tienen que rajar como rata por tirante.

Ascasubi se toma una pausa para darle la última pitada a su cigarrillo antes de que la colilla llegue al filtro, y termina la idea:

—Pero ponele que les salga bien.

—¿Que ganan la guerra, decís vos?

—Que ganan la guerra y nos quedamos con las Malvinas para siempre.

Se quedan callados cuando escuchan unos pasos que se acercan por el corredor, pero se relajan al ver que es un soldado conscripto que lleva unos papeles y los saluda con una mínima inclinación de cabeza.

—Y, ahí la cosa cambia, supongo —dice Juárez.

—Más bien que cambia. Y hasta ahí me llega la comparación, como te decía. Porque si les sale mal, los milicos disparan con el rabo entre las patas. Pero si les sale bien, ¿quién lo para a Galtieri?

—¿Cómo quién lo para?

—¡Claro! El tipo te reconquistó las Malvinas, Juárez. Puede quedarse de presidente todo el tiempo que se le cante. O mejor todavía. Llama a elecciones y se presenta para que lo voten.

—¿Vos decís?

—¿Acaso tu querido Perón no empezó así?

Juárez frunce el ceño y vuelve a mirar hacia el patio, las palmeras, las baldosas en damero de los corredores del piso de abajo. Enciende otro cigarrillo.

—No sé, Ascasubi. A vos se te ocurre cada cosa…

13

Adelina da dos golpecitos en la puerta y entra con el té en una bandeja. Le ha puesto unas galletitas en un plato, como hace siempre. Molinero le sonríe.

—¿En serio tenés mucho trabajo?

—Un montón —Molinero lo dice, suspira, se arquea para desperezarse contra el respaldo de su sillón—. Pero vení, haceme un poco de compañía.

Su mujer echa un vistazo a los papeles que tiene regados sobre el escritorio y pregunta, con un tono casi de recogimiento:

—Es difícil, ¿no?

Molinero hace una mueca. Le encanta que ella le pregunte sobre su trabajo y, sobre todo, que le parezca arduo, importante, complicado.

—Fácil no es —concede—. Mirá.

Le acerca una hoja de papel con anotaciones manuscritas en dos columnas. La gira para que ella pueda leerla.

—¿Qué es?

—Las cifras de nuestras bajas.

Su mujer abre mucho los ojos mientras lee. Después lo mira a él, con los ojos todavía muy abiertos.

—Ese es el problema que tenemos que arreglar, justamente —dice Molinero—. Tus ojos.

—¿Por qué mis ojos? —Adelina se lleva la mano al pecho, compungida.

—No te lo digo como una crítica, gorda. Te lo digo porque vos representás a la opinión pública. Yo trabajo con eso. ¿Entendés? Aunque no la vea, tengo que saber cómo va a reaccionar la opinión pública. Y actuar en consecuencia.

Apoya el dedo sobre las cifras que le dio a leer a su mujer.

—¿Todos los números te impresionaron igual, o algún número te pareció peor que los otros?

—Todos son tristes, pero el número de desaparecidos es enorme... ¿Por qué hay más desaparecidos que muertos y heridos, querido?

—Por el dichoso crucero Belgrano, gorda. Murieron más de trescientos marinos. Por eso.

Molinero vuelve a apoyar las yemas de los dedos sobre el papel y lo gira hacia sí.

—Las cosas no están para publicar estos números así. Hay que graduar la información. Tener en cuenta el espíritu colectivo. Y el espíritu necesita buenas noticias. Y como no todas pueden ser buenas, las malas tienen que ser un poco menos malas.

—¿Y entonces?

—Entonces hay que restar esos marinos del Belgrano.

—¿Pero no están muertos?

—Sí, pero técnicamente por ahora hay que computarlos como desaparecidos.

Molinero hace una resta manuscrita en el costado del papel. La cifra de desaparecidos baja a 8.

—Ahora sí: 41 muertos, 44 heridos, 8 desaparecidos. Otro día, más adelante, los volveremos a agregar. A los muertos del Belgrano, me refiero.

Molinero hace a un lado el papel con esos números. Toma nota mental de que tarde o temprano habrá que sumar a los marinos del Belgrano.

—Seguís triste, ¿no? No te lo digo como una crítica, gorda. Solamente te lo pregunto. ¿Seguís triste?

La mujer titubea.

—Y… cuarenta y un muertos son un montón de muertos.

—Exacto. Este comunicado contiene una mala noticia, pero ahora lo hace de un modo que la convierte en una noticia no tan mala. De todas maneras, además hay que comunicar buenas noticias.

Molinero revisa entre los papeles hasta dar con otro. Lee una serie de datos que tiene apuntados y se encara con su esposa:

—Todos los días se acercan barcos ingleses a cañonear Puerto Argentino. Y lo mismo pasa con los helicópteros. Todos los días, porque no hay manera de frenarlos. Ahora: ¿Qué pasa si yo en el mismo comunicado te cuento que, efectivamente, hoy se acercaron dos fragatas inglesas y un helicóptero Sea King y atacaron Puerto Argentino, pero te agrego que aviones de la Fuerza Aérea devolvieron el ataque a las fragatas y les provocaron daños? —mientras habla, Molinero tacha unas palabras y agrega una corrección—. No, mejor "daños de consideración". Y que el helicóptero fue derribado. ¿Es lo mismo que te dije antes? ¿O la noticia mejoró un montón?

—No, mejoró un montón —reconoce Adelina.

—Ahí está. Ese es mi trabajo, gorda. Y te aseguro que es extenuante.

La mujer se incorpora, le sonríe, le acaricia el pelo y le pregunta si quiere que le prepare algo más, que ya debe tener la cena en los talones. Molinero le dice que no, que ya termina. Que vaya yendo a la cama, así él se encuentra las sábanas calentitas. Cuando Adelina sale de la habitación Molinero vuelve a enfrascarse en la tarea. Ordena los borradores de los comunicados del día siguiente. Coloca primero los que dan malas noticias, y deja el que le resumió a Adelina, el que hablaba de fragatas dañadas y del helicóptero derribado, para el final. Así mañana la gente se irá a dormir con noticias alentadoras. A cada borrador le coloca el número con el que habrá de emitirse. Quedan numerados desde el 41 hasta el 44. Se levanta. Se despereza. Hay algo que sigue dándole vueltas en la cabeza. ¿Se le fue la mano con el último? ¿Demasiado naif? ¿Excesivamente optimista? Toma una lapicera y apunta en el borrador: "Dos aviones propios derribados". Está mejor. El efecto positivo se modera pero no se disipa. Molinero está convencido. Ahora sí abandona la habitación y apaga la luz. Mañana, bien temprano, los pasará en limpio con la redacción definitiva. Qué trabajo difícil, la pucha. Qué trabajo difícil.

14

Odia mentir. Desde chiquita. Le genera una incomodidad tan grande que puede sentir su propio corazón golpeándole las costillas desde el lado de adentro cuando está mintiendo. Para peor, hay muchas maneras de mentir, del mismo modo que hay muchas maneras de pecar. ¿Será que, en el fondo, todos los pecados son, a su manera, una forma de mentir? Marisa no está segura, pero esta mañana, mientras camina por Haedo, le está pareciendo un pensamiento la mar de coherente. "Yo confieso, ante Dios todopoderoso y ante vosotros, hermanos, que he pecado mucho de pensamiento, palabra, obra y omisión". Así arranca el "Yo confieso", una de las oraciones que Marisa reza de vez en cuando. No es de las más frecuentes. El padrenuestro y el ave maría son las de siempre, las de todos los días. Pero de vez en cuando reza el "Yo confieso". Y eso que dice sobre el pecado se puede aplicar perfectamente a la mentira.

Mientras deja atrás la avenida Rivadavia y camina por esas calles cada vez más silenciosas, más arboladas, más llenas de casas lindas, Marisa se siente cada vez más ansiosa y más incómoda, porque está pecando de todos esos modos, porque está mintiendo de todos esos modos. Mintió con el pensamiento cuando armó ese plan de locos en el que está metida ahora mismo. Mintió con la palabra cuando les dijo a Carlos y a las chicas que se iba a comprar unos ovillos a la casa esa grande de lanas de Morón. ¿Desde cuándo ella compra lana en Morón? Jamás de los jamases. Mintió de obra, porque se bajó del colectivo en Haedo y empezó a caminar derechito hacia donde va ahora. Y mintió de omisión porque no piensa decirles nada ni a Carlos ni a las chicas acerca de eso que está haciendo. Antes, muerta.

Se detiene frente a la casa. Hermosa casa. A veces Marisa se pregunta si la pelea final con su hermano, la distancia definitiva, tiene que ver también con el tamaño de las casas respectivas. Esa casa, Marisa lo sabe, fue motivo de orgullo para su hermano y para su cuñada. Cuando la compraron hicieron una fiesta de inauguración y todo, en la que se mostraron afables, cercanos, casi íntimos. Marisa hasta se preguntó si esa mudanza a Haedo no podía constituir, en una de esas, una nueva oportunidad de unir a la familia, de dejar atrás los resquemores, las distancias, los malentendidos. A fin de cuentas Ramos Mejía y Haedo son dos estaciones pegaditas del Ferrocarril Sarmiento.

Y por un tiempito la cosa pareció funcionar. De vez en cuando los invitaban a pasar un domingo, a cenar un sábado por la noche, vénganse así disfrutamos el parque o la pileta y los chicos aprovechan para verse. Y fue cierto. Marisa creyó sinceramente que la cosa podía empezar a mejorar. Ver jugar a sus hijos con sus primos, de por sí, valía la pena. Y Carlos hacía un esfuerzo que Marisa le encarecía. Nada de críticas, nada de comentarios políticos, nada de nada. Sonrisas y buena convivencia. Y sin embargo, duró poco. Duró hasta que Carlos y Marisa se compraron la casa en la que viven ahora, que también es linda, la verdad. Bueno, es más linda todavía, en una de esas. Pero no la compraron para hacerle sombra a Alfredo. La compraron porque a Carlos las cosas le estuvieron yendo súper bien en la inmobiliaria. Por eso la compraron. Marisa hasta pensó que podría retribuir la hospitalidad de su hermano, ahora. Y sin embargo, le había salido el tiro por la culata. Porque les había parecido mal. Lo habían tomado como una provocación, como un desafío. Marisa lo piensa y no lo puede creer, pero lo dijeron. En una de las discusiones que tuvieron, fue su hermano el que se lo dijo. Cuando ella le reclamó que se hubiese quedado con la casa de sus padres, su hermano le vomitó algo de que así iba a aprender a no cagar más alto que el culo, que quién se creía, ella y el inútil de su marido, que andaban mandándose la parte con la casa que se habían comprado, que si se pensaba que él se chupaba el dedo, que sabía que lo habían hecho a propósito.

Marisa se había quedado tiesa. ¿Lo decía en serio? Parecía imposible, pero su hermano siempre habla en serio. No sabe hablar de otro modo. En cualquier caso, no pudo profundizar, porque la discusión siguió por otros derroteros, por todos los derroteros posibles, en realidad, y después de dos o tres peleas horribles no hablaron más y listo. Así estaban. Así seguirían, de hecho. Marisa traga saliva porque no quiere seguir pensando lo que está pensando. Hoy no sirve. Ciertamente, no sirve nunca, pero hoy menos.

Marisa toca el timbre como un modo de dejar de lado esos pensamientos. Tiene la misma sensación que en esos días de playa con mucho viento, cuando tiene que sacudir la cabeza con mucha fuerza, hacia un lado y hacia el otro, para desprenderse la arena del pelo. Así quiere sacudirse esas cosas que piensa, porque tiene miedo de que se le note que además de culpa y de nervios está sintiendo bronca. Todo mezclado. Y si se le nota, porque a ella se le nota todo y sus hijas se lo dicen siempre. "Mamá", le dicen, "sos malísima para disimular lo que te pasa", y tienen razón, si se le nota esto de haber mentido y de haber venido, habrá sido un esfuerzo inútil, un pecado inútil.

—¿Marisa? —dice su cuñada desde el umbral, con gesto de incredulidad—. ¡Qué sorpresa!

Marisa intenta sonreír, mientras se pregunta si la otra la invitará a pasar o pretenderá que hablen desde donde están, el porche y la vereda. Ester abre más la puerta y le hace gestos de que se acerque.

—Pasá. No te quedes ahí. Pasá.

Se dan un beso breve en la mejilla. Las dos hacen el gesto de abrazarse, pero es un gesto a medias. Las palmas de las manos tocan los brazos de la otra, pero no aprietan, no acercan. ¿Cuánto hace que no se ven? ¿La Navidad del '79? ¿O fue la cena de Fin de Año? Pero del '79.Llevan dos años sin verse para las Fiestas y Marisa tiene que reconocer que fue un descanso. Una bendición. Dos Fiestas sin tener que escuchar a su hermano mandándose la parte ni con su dinero, ni con sus contactos en el gobierno, ni con sus relaciones con el mundo financiero. Pasaron las Fiestas sin tener que escuchar a Carlos con sus preguntas insidiosas, tangentes pero punzantes, esas de "Che, Alfredo, ¿cómo un mayor del Ejército puede darse estos lujos?", "¿Cómo fue que te vinculaste tanto con el general fulano?", "¿Cómo es que tu gente tiene tanta relación con la financiera mengana?".

Igual, nada es perfecto, y Marisa no pudo evitar la sensación de estar fallándoles a sus padres. A su madre, sobre todo, que mientras vivió le machacó la cabeza con eso de que las mujeres son el cemento que aglutina a las familias con su paciencia, su dulzura, su ingenio y su ternura. Ahora que ya no están, una manera sana de transitar este alejamiento sería abandonarse mansamente a la creciente lejanía con su hermano. Pero Marisa no es muy proclive, sospecha, a las maneras sanas de transitar nada. Y se deja ganar por la culpa. Aunque, por otro lado, ¿cuál sería una manera sana? Su familia siempre fue experta para hablar de lo que quiso cuando quiso, y callarlo todo cuando les pareció lo mejor. Y Alfredo un día era el héroe que se jugaba la vida peleando contra los subversivos, y de repente no hablamos más de eso y Alfredo está destinado en el Primer Cuerpo de Ejército como mano derecha del general fulano y ya no tiene nada que ver con esa etapa tan turbulenta. Y si te ponés pesada y preguntás de más, resulta que en realidad Alfredo nunca salió de su oficina, porque tiene mucha cabeza, ¿viste?, y siempre sus jefes lo han querido cerca en las tareas administrativas, que muchos milicos esas cosas no las entienden y no las hacen bien. Así que Alfredo es una especie de gerente de empresa, pero de uniforme.

"¿En qué quedamos?", era la pregunta que le gustaba formular a Carlos en esas conversaciones que se iban poniendo más y más tensas a medida que transcurrían. "¿Andábamos a los tiros o siempre fuimos peritos mercantiles?". A esa altura Marisa se las ingeniaba para detener la discusión justo a tiempo, antes de que la sangre llegase al río. Lo hizo por su padre mientras vivió, y lo hizo por su madre mientras sobrevivió. Su madre murió en abril del año pasado. Y desde entonces, la nada misma. Bueno, no exactamente. Dos encuentros con su hermano, desde la ruptura de relaciones entre las familias. Dos conversaciones. Una el año pasado, porque quiso la puta suerte que a Carlitos le tocase la colimba en el regimiento de Alfredo. Para que lo tratasen lo mejor posible. Y otra este año, para que no lo mandasen a Malvinas. Un éxito.

A Marisa no la consuela saber que no fue una maniobra de su hermano, sino que fue el propio Carlitos el que buscó el modo de irse con sus amigos. Chico estúpido, cuando vuelva le va a dar un sopapo que no se lo va a olvidar mientras viva.

Se supone que Carlitos está con Alfredo en el comando, como estafeta, que es algo así como correo, o chico de los mandados. Se los explicó la única vez que pudo llamarlos por teléfono. Que estaba ahí con los capangas, mamá, acá no va a pasar nada, te imaginás. Sí, Marisa se imagina. Pero lo que se imagina es que cae una bomba justo donde está Carlitos. Porque ahora la radio y la tele hablan de eso. Hablan de ataques. Hablan de bombardeos. Y hablan de Puerto Argentino, justamente. Del preciso lugar en el que está Carlitos. Y ahora a Marisa la carcome la angustia de haberse equivocado reclamándole a su hermano que ya que lo habían llevado a las Malvinas que por lo menos lo pusiera a salvo. Porque ella le exigió que lo tuviera cerca de él, ahí en Puerto Argentino, pero resulta que es donde los ingleses tiran las bombas, y en una de esas ella, queriéndole hacer un bien a Carlitos le hizo un mal, el peor de los males.

Y por eso está ahí, ahora, entrando en la casa de su hermano y de su cuñada, y haciendo como que no advierte la sorpresa de su cuñada ante esa visita extemporánea, y negándose con cortesía al ofrecimiento de un té, un café, alguna cosita, que su cuñada le formula con idéntica cortesía, porque Marisa quiere que esta visita sea lo más breve posible, lo más estricta posible, que se limite a indagar a su cuñada acerca de cómo ve ella la situación, en la hipótesis de que se comunica con Alfredo con más frecuencia que Marisa con su hijo, en ese único mísero llamado telefónico que a Carlitos le permitieron hacer, y en la hipótesis de que su hermano sea un poco más explícito con su mujer, que se haya atrevido a explicarle un poco mejor dónde están, con qué protecciones cuentan, si tienen búnkeres, o sótanos, o lo que cuerno sea para protegerse de los bombardeos ingleses, cualquier cosa que le pueda decir la estúpida de su cuñada que le permita a Marisa volver a su casa de Ramos Mejía y hoy, en la cena, decirles a sus hijas y a su marido que fue por una buena causa, por una buenísima causa eso de que sí, de que pecó, de que les mintió de pensamiento, palabra, obra y omisión.

15

Le da vueltas y más vueltas y no, de ninguna manera: no tiene la confianza suficiente como para pedirle a doña Mercedes un favor semejante. Y lo de "favor semejante" va tanto por el tamaño como por la rareza del asunto. Ya bastante tiene la pobre mujer con esto de que, cada dos por tres, la casa se le llene de extraños.

Magalí está segura de que lo de tener teléfono en tu propia casa debe ser fenomenal, sin duda. Pero debe ser raro, también. Ponele que estás haciendo la tarea de la escuela y te surge una duda. No sé. De repente no te acordás de lo que dijo la profesora de Historia sobre las páginas que tenías que leer para contestar el cuestionario. No pasa nada. Vas hasta el teléfono y llamás a su casa a alguna compañera que también tenga teléfono, le preguntás, ella se fija y te pasa el dato. Colgás y chau. Listo. Ya arreglaste el problema. Pero también debe ser raro eso de que los vecinos den tu número para las emergencias. Y otra cosa: ¿quién decide qué problema es una emergencia y cuál no? Alguna vez doña Mercedes se los ha comentado, a su mamá y a ella. Esto de que hay gente que no se ubica. Enseguida les aclaró que no lo decía por ellas, que al contrario: que ellas eran contadas con los dedos de una mano las veces que le habían tenido que pedir el teléfono. Pero que en la cuadra había cada uno…

Magalí se pasa tres días y tres noches pensando en una solución mejor, y no la encuentra. Así que el jueves, a la vuelta de la escuela, en lugar de ir derecho para su casa le toca el timbre a la vecina. Doña Mercedes levanta la mirilla de la puerta de calle y los ojos se le abren de alarma y de asombro. Lo mucho que tendrá que abrirlos, como para que Magalí se los vea agrandados a través de la ventanita enrejada de la mirilla. Abre la puerta de par en par y le pregunta:

—¿Están bien? ¿Pasó algo?

Pobre mujer. Lo normal es que ella sea la que recibe las malas noticias, o el prólogo para las malas noticias. Pero esa Magalí de pie en el porche de su chalet, como no ha estado nunca, parece anunciar algo grave. Algo malo. Y doña Mercedes sabe (todo el mundo lo sabe) que el único conscripto del barrio que está en las Malvinas es su hermano Gustavo.

—¡No, no, señora! ¡No pasa nada! ¡Disculpe!

Magalí sacude las manos frente a sí como si quisiese disipar un malentendido que vuelve más torpe y más vergonzosa su iniciativa. Ya salió mal. Todavía no empezó, y ya se arruinó. Me cacho.

—Pero no te quedes ahí en la puerta. Pasá. ¿Ya almorzaste?

—Sí, no, señora. No almorcé, pero no la quiero molestar. Es un minuto, nomás. ¿La agarro cocinando?

—No, hija. Al mediodía me arreglo con cualquier pavada, con tal de no tocar la cocina. A la noche, que vuelve mi marido, es distinto.

Lo dice con un revoleo de mirada que Magalí entiende perfectamente. Su madre padece algo parecido, aunque con Gustavo y con ella se ve obligada a cocinar igual, todos los mediodías. Cruza el umbral como una manera de forzarse a seguir adelante. Listo. Ya está. Ahora no puede huir como una pavota antes de pedir el favor que vino a pedir.

—No le quiero robar más que un minutito, señora. Es... —listo, hasta ahí llegó, se le agotaron las fuerzas y le ganó la vergüenza.

—Decime, nena.

—No, es que... deje, perdóneme, era una estupidez...

—No creo que sea una estupidez con la cara que traés.

¿Cómo hace? ¿Cómo se lo dice? ¿Cómo se lo pide? Magalí se lanza lo mejor que puede. Y entonces le habla de que necesita pedirle por favor quedarse en su casa todos los días de lunes a viernes más o menos entre las nueve y las tres de la tarde, a ver si su novio la llama desde las Malvinas, porque en la última carta que le escribió él desde allá le prometió que iba a tratar de hacerlo.

—Yo no tengo problema en que vengas, querida, pero ¿no es más fácil que te quedes en tu casa y si llama tu novio yo te aviso?

Y ahí Magalí tiene que ser más explícita. Lo que pasa es que es su novio, su novio en serio, su novio de verdad, pero en secreto. Y nadie, lo que se dice nadie de nadie, tiene que enterarse de ese novio, empezando por su hermano Gustavo, porque su novio secreto es Antonio, que en una de esas doña Mercedes lo conoce porque andan siempre juntos, tan juntos que parecen siameses, pero si su hermano se entera de que el novio es Antonio se arma la podrida, entonces Antonio le dijo que si podía llamar por teléfono la iba a llamar porque quería escuchar la voz de ella por si pasa cualquier cosa, y ahí está el problema, porque el único horario en que podría llegar a llamar es cuando en las Malvinas sea de día, porque de noche no lo van a dejar ni loco bajar al pueblo a llamar por teléfono, pero el problema es si justo a su novio lo dejan llamar cuando ella está en la escuela, o cuando ella está en su casa haciendo los deberes y doña Mercedes va a avisar. Porque en ese caso doña Mercedes, naturalmente, va a ir a su casa a avisar, pero entonces qué le dicen a Azucena: "Sí, es un llamado de Malvinas, pero no es para vos sino para la nena, porque la llama su novio secreto". ¿Así le van a decir? Imposible por donde se lo mire.

Y que es por todo eso que ella, Magalí, necesita pedirle ese favor que sabe que es una barbaridad, una exageración, un abuso, de quedarse en su casa todos los días de la semana hasta que se haga una hora en la que ya su novio no pueda llamar, porque en las Malvinas sea de noche y ni locos los dejan andar por ahí de noche, con la guerra encima.

—¿Y con la escuela cómo vas a hacer?

La pregunta de doña Mercedes es de lo más atinada y Magalí ya lo pensó, un montón de veces lo pensó, pero que lo haya pensado un montón de veces no significa que haya encontrado una solución, nada que ver, o, mejor dicho, la solución es jorobarse, porque va a empezar a tener un montón de faltas y a quedarse libre y si se queda libre va a tener que rendir en diciembre todas las materias. Y aunque no se quedara libre se va a atrasar, en todo se va a atrasar, y cuando pueda volver a clase no va a entender nada de nada e igual va a tener que rendir en diciembre todas las materias. Por eso la solución es jorobarse. A ella la escuela le cuesta un montón, lee y lee y estudia y estudia y las cosas no le quedan, porque no tiene facilidad para el estudio, nada que ver. Pero la sola posibilidad de que Antonio consiga bajar al pueblo, y le permitan hablar por teléfono y ella pueda escuchar su voz por lo menos una vez más, y esas palabras de "por lo menos una vez más" le hacen un nudo en la garganta y se promete no llorar por nada del mundo delante de doña Mercedes, que va a pensar que es una loca, una loca además de una pedigüeña, porque cómo le va a pedir eso de que la tenga de invitada todos los días, pero son demasiadas cosas como para pensar al mismo tiempo y Magalí no puede más y de repente se pone a llorar como la loca que es, porque lo peor es que no empieza de a poquito, con los ojos llenos de lágrimas y después lágrimas que se le derraman por las mejillas y algún sollocito así nomás, no, nada que ver, explota en un llanto de ojos inundados y mocos y quejidos de congoja todo junto que la pobre doña Mercedes debe pensar que definitivamente su vecinita es una loca, pero doña Mercedes dice pobre hija, pobre hija, y se levanta y rodea la mesa y la pone a llorar contra su panza mientras le acaricia la cabeza, y a Magalí eso le gusta y la enternece y la afloja, y como la enternece y la afloja se pone a llorar más salvajemente todavía.

16

Molinero ya se está acostumbrando a esto de las marchas triunfales por los pasillos de la Casa Rosada. ¿Ya se dio el lujo de pavonearse en una caminata, mano a mano, con el presidente? Sí, ese lujo ya se lo dio. Hoy es un buen día para subir la apuesta. Tres por el precio de uno. El presidente y comandante en jefe del Ejército, el comandante en jefe de la Armada y el comandante en jefe de la Fuerza Aérea. La Junta Militar, en pleno, de paseo con el modesto capitán de navío Guillermo Amílcar Molinero.

Molinero sabe que cada persona, desde el militar con más graduación al empleado administrativo más insignificante, pasando por el personal de servicio más anodino, ve esta escena y se la está guardando para siempre en la retina y en la memoria. Y cada cual va a regresar a su covacha para comentarlo con los que no hayan sido testigos. Ahí tenés, Ramírez. La puta que te parió. En la puta vida vas a vivir algo como esto, Ramírez. Tomá para que tengas y para que guardes.

Les abre la puerta y les cede el paso. Sabe que en ese instante se está activando el chusmerío bajo el disparador "¿Viste con quiénes pasó Molinero?". El capitán se contiene para no sonreír. Tampoco es cuestión de olvidar para qué están donde están. Para qué los ha convocado.

El despacho está tal como él lo dejó hace quince minutos, cuando fue a buscarlos. Uno de sus asistentes se había ofrecido para ir a avisar que todo estaba dispuesto. Molinero le indicó que no, que él iría en persona a convocarlos. Pobre incauto, el dichoso asistente. Mirá si se la va a perder. Los tres sillones apuntan hacia el televisor, conectado a su vez con una videocasetera. Molinero dedicó un buen rato a entender cómo funciona el aparato. Es bastante simple, la verdad. Pero por si acaso lo practicó varias veces. Funciona como un grabador de audio, un pasacasete, pero con imagen. Las funciones son las mismas: play, rebobinar, avance rápido, stop y pausa. Nada muy sofisticado. Mientras Molinero ultima esos detalles va entrando más gente en el despacho. Los asesores de confianza de los miembros de la Junta Militar se abren en un abanico, detrás de sus jefes, en un respetuoso segundo plano.

Molinero se agacha junto a la videocasetera y oprime la tecla de *play*. Se cerciora de que el televisor esté a buen volumen y retrocede para no entorpecer la visión a ningún integrante del público. No sólo importan los miembros de la Junta. Todos son importantes. Siempre.

Molinero se instala detrás de todos. Respira hondo. En la pantalla aparece la imagen de la bandera argentina y se escuchan los primeros acordes. Ahora es el momento definitivo.

"Vamos, argentinos. Vamos a vencer. El futuro sigue su camino. Argentinos, a vencer". Esas son las primeras frases que canta el coro de voces femeninas y masculinas. La música es pegadiza. La letra está perfecta, piensa Molinero. En la pantalla se suceden imágenes de soldados, en uniforme de campaña y bien armados, desplegados en las islas. De inmediato, aviones de guerra maniobrando. "Hoy el país nos pide todo. Demos todo con valor. No tememos a la lucha. Argentinos, a vencer". Imágenes de tanques. Que sepa Molinero, casi no se han llevado tanques a Malvinas, pero después de pensarlo mucho decidió incluirlos porque dan impresión de solidez, de fortaleza. Después una imagen del comandante dando un discurso con sus colegas de pie, detrás. Perfecto. La otra opción era con los tres de pie, en silencio. Pero le pareció importante esto de que el general apareciese dirigiendo un discurso al país. Desde su sitio cogotea para ver la expresión de los jefes en sus sillones, pero no tiene una visión clara de sus rostros. Confía en que les esté pareciendo bien. Ahora vienen los versos que más le gustan a Molinero. "Sabemos por qué luchar y ganar. Jamás nos han vencido, jamás nos vencerán". Es perfecto. Es hermoso. Claro, conciso, fácil, emotivo. Los creativos de la agencia estuvieron geniales. Y él estuvo genial apoyándolos. Imagen de una manifestación popular plagada de banderas argentinas. Bien. De inmediato, un avión lanzando un misil. Molinero no está seguro de que sea un Exocet, pero para el caso da lo mismo. Todo el mundo está como loco con los Exocet. Si esto sale bien, y Molinero tiene confianza ciega en que así sea, dentro de unos años habrá un montón de chicos que se llamen Exocet. Exocet Rodríguez, dirá la maestra cuando pase lista. Exocet Gutiérrez. Y estará bien. Más imágenes bélicas. "Vamos argentinos, vamos a vencer. El futuro sigue su camino." La canción retoma los primeros versos, pero ahora un tono más arriba, preparando el final. Últimas imágenes, con soldados saltando a una playa desde vehículos anfibios. Están buenísimas. El coro hace un canon con el "Argentinos, a vencer" mientras la bandera flamea en cámara lenta contra un cielo azul. Se sobreimprime la leyenda. Fin.

En la pantalla aparece la señal de ajuste con barras verticales de colores. El silencio es tan completo que se escucha el rumor de la calle. Molinero rodea a la pequeña multitud, se agacha y saca el casete de la videocasetera. Se incorpora y observa al auditorio. Frente a él tiene, tal vez, a los veinte hombres más poderosos de la Argentina, empezando por los tres que ocupan los sillones.

—Esta es la pieza fundamental. Empezaríamos a emitirla de inmediato. En pocos días tenemos planes de incorporar otras propagandas, más relacionadas con las conductas que se esperan de la población civil. Pero la base musical y comunicacional es esta. Por supuesto, si así lo disponen los señores comandantes.

Los aludidos no se miran entre ellos. No al principio. Se lo quedan mirando a él, a Molinero. Recién después giran las cabezas en una tácita consulta recíproca.

—Es excelente —dice una voz de la primera fila de los que están de pie.

Molinero busca el rostro que corresponde a la voz, pero no lo identifica. No importa. Enseguida otra voz dice:

—Excelente se queda corto.

La actitud de los que están de pie se distiende. Molinero escucha palabras sueltas, pero todas van en la misma dirección. Les ha encantado. El asunto es qué piensan los miembros de la Junta. La incógnita se despeja enseguida. Uno tras otro se ponen de pie, estrechan la mano de Molinero en apretones enjundiosos. Molinero se da cuenta de que acaba de llegar al paraíso.

17

—¡Os calmáis o de lo contrario os pongo de patitas en la calle, carallo!

Es tan infrecuente que Alonso pierda los estribos que los cuatro enmudecen de inmediato, vueltas las caras hacia el español, que ha salido desde atrás de la barra y se ha plantado entre las mesas. Sólo en esas ocasiones, cuando lo sacan de sus casillas, regresan a su lenguaje expresiones de su España natal.

—De verdad os lo digo. Me tenéis frito con vuestra monserga.

Y eso es todo. Refunfuñando, se da media vuelta y se mete en la cocina. Solano mira fijamente a Alessandri. Ahora hace siempre eso. Ha dejado de mirar a Weissman, sobre todo para evitarse el desencanto de que el otro no le devuelve la mirada. Nunca. Como si no existiera. Sólo lo mira cuando discuten, pero Weissman se asegura de que esa mirada sea al voleo, a su contorno, nunca al centro de sus ojos, como lo miraba antes. Por eso mejor no mirarlo a él. Para evitarse la desilusión. Esa desilusión, por lo menos.

—No hay que perder de vista lo importante —Alessandri intenta retomar la discusión donde la interrumpió Alonso, pero, eso sí, en un tono de voz muchísimo más contenido—. El a-ta-que fue re-cha-za-do.

—Primero que no es un a-ta-que —Solano también baja la voz—. Es un des-em-bar-co. Un desembarco. Y segu…

—¿Qué diferencia hay?

—Bueno —Cullen quiere ser tan respetuoso del nuevo volumen de las voces que la suya es apenas un susurro—. Ataques hemos tenido desde el 1º de mayo. Un desembarco de tropas es algo mucho más importante, porque implica que de ahora en más se sumará el enfrentamiento terrestre al cañoneo naval y los ataques aéreos.

—¡Mejor! ¡Más a mi favor! —dice Alessandri, y ya eleva un poco la voz.

Solano se rasca la frente, intentando no volver a perder los estribos.

—¿Me puede explicar cómo puede ser "mejor" y "más a mi favor" que los ingleses hayan conseguido desembarcar en las Malvinas?

—Porque eso los obliga a llevar su esfuerzo bélico al límite. Estiran sus líneas de abastecimiento más allá de lo que pueden resistir. Y lo mejor de todo: tienen que exponer sus barcos a los ataques de la aviación argentina.

—Las pérdidas navales británicas llegan al setenta por ciento de los barcos que arriesgaron en la maniobra —interviene Weissman.

Solano no resiste la tentación de mirarlo, pero no porque espere que el otro establezca algún puente con él. Ni siquiera. Lo mira porque no da crédito.

—¿Me hablás en serio? —se escucha tuteándolo y de inmediato se corrige—. ¿No le parece ingenuo seguir creyendo en los comunicados del gobierno militar? ¿El Estado Mayor Conjunto le dice que perdieron el setenta por ciento de sus barcos, y usted va y se lo cree?

—¿A quién le tengo que creer? ¿A la propaganda de los ingleses?

—¿Y si hace la prueba de no creerles ni a los unos ni a los otros y pensar un poco por cuenta propia?

Solano ve que Weissman se muerde los labios para no insultarlo. Mejor. Jorobate por idiota, querido.

—Se están yendo por las ramas, señores —vuelve a la carga Alessandri—. Los hechos marcan una clara superioridad estratégica y táctica de las Fuerzas Armadas argentinas. Y este desembarco fallido lo va a demostrar.

—Con todo respeto —Cullen levanta el dedo índice mientras habla—, señor Alessandri. Yo creo que en esta circunstancia no me queda más remedio que estar de acuerdo con el señor Solano.

—¿"Más remedio"? Qué feo, ser un premio de consolación —ironiza Solano. Lástima que ya no hay quien lo secunde en la ironía.

Cullen sacude la cabeza, porque siempre lo distrae que lo interrumpan. Intenta retomar el hilo.

—Este... lo que pasa... un mapa.

—¿Qué?

—Que no se puede hablar de este tema sin un mapa.

Solano pestañea varias veces intentando sintonizar con lo que dice Cullen.

—¿A qué se refiere con "un mapa"? —pregunta Weissman.

—Claro, señor Weissman. No sé si se han dado cuenta. Pero hasta ahora nadie ha mostrado un mapa de las islas.

—¡No diga esa pavada, Cullen! —dice, sarcástico, Alessandri—. Si el mapa de las Malvinas está hasta en la sopa todo el tiempo.

—No digo el mapita... —Cullen no encuentra las palabras—. No me refiero a la silueta de las islas. Ese ya sé que está en todos lados. Pero yo digo un mapa en el que figuren los lugares que se mencionan en los comunicados, para empezar. Los nombres de los cerros, de las bahías, de los puertos…

Cullen revisa sus libretas. Ahora son varias, en las que anota cosas simultáneamente, según un criterio que los demás no conocen.

—Hasta ahora el Estado Mayor Conjunto ha mencionado: Puerto Argentino, Puerto Darwin, Puerto Calderón … —pasa las páginas de la libreta en la que anota los detalles de los comunicados— … y Bahía Zorro, también llamada Bahía Fox.

Alza la vista hacia los otros tres. Solano se da cuenta de que Cullen tiene razón. No tiene ni idea de dónde quedan esos sitios. Malvinas, para Solano, es nada más que la imagen del accidentado contorno de las islas. Es, en los mapas de la escuela, ese mismo contorno con el cartelito que dice, además del nombre, que le pertenecen a Argentina. Pero adentro no hay nada. Mejor dicho, nadie sabe qué es lo que hay. Solano piensa que Argentina lleva semanas hundida en una guerra de la que nadie, salvo los que están en el sur peleándola, sabe de verdad absolutamente nada. Una especie de "Guerra de los mundos", esa emisión radial que Orson Welles propaló en los Estados Unidos en 1938 y que existió sólo en los aparatos de radio y en las cabezas de quienes estaban esa noche escuchando el programa y se llevaron el susto de su vida.

Ajeno a los pensamientos de Solano —ajeno a todo—, Cullen ahora rebusca en otra de sus libretas hasta que da con un croquis en tinta de bolígrafo.

—¿Y eso qué es? —pregunta Weissman.

Solano se aproxima a la mesa de Cullen. Es un croquis de las Malvinas, hecho a mano alzada por lo que se ve, detallado y prolijo, en tinta de bolígrafo. Hay nombres diversos, regados aquí y allá.

—El otro día me fui hasta la Biblioteca del Maestro a pedir precisamente un mapa detallado de las Malvinas. Me ofrecieron un libraco enorme sobre las islas, pero como era una obra de referencia tuve que quedarme a copiarlo en la biblioteca, porque no lo prestan.

Alessandri y Weissman también se aproximan a la mesa de Cullen. Por su expresión, están tan ayunos de la geografía insular como Solano, que se consuela pensando que no es el único ignorante.

—No sé si me van a entender la letra —dice Cullen, que de pronto se levanta de un salto y camina hasta el centro del café—. Vengan, por favor.

Los conduce hasta una de las mesas dobles. En realidad, todas las mesas del Asturias son cuadradas y tienen el mismo tamaño. Pero en el centro Alonso las junta de a dos para que puedan sentarse grupos más grandes.

—Fíjense —invita Cullen—. Imagínense que estas dos mesas son las Malvinas.

Ha elegido una de esas mesas dobles. Las separa un poco entre sí.

—Esta es la isla Gran Malvina —señala la de la izquierda— y esta es la isla Soledad —toca la superficie de la de la derecha.

—¿Argentina de qué lado está? —pregunta Weissman.

—El continente está de aquel lado, del lado de la Gran Malvina —Cullen señala la pared más lejana— y de este lado está el mar abierto, del lado de la Soledad —indica el flanco de la barra y la cocina.

Acomoda mejor las mesas, asegurándose de que queden separadas por un espacio de veinte o treinta centímetros.

—En el medio hay un estrecho, que se llama estrecho de San Carlos. ¿Me siguen?

Los tres asienten. Cullen busca en las mesas de alrededor y se apropia de un servilletero metálico que apoya en el borde de la mesa que mira hacia la barra, pero no en el vértice, sino un poco más abajo, sobre el lado exterior de la mesa.

—Esto es Puerto Argentino. Era Puerto Stanley, ahora es Puerto Argentino, la capital.

—¿Cómo? —se extraña Alessandri—. ¿La capital está del lado exterior? ¿El más lejano de la Argentina?

—Sí —dice Cullen—. Ahora presten atención: del lado de adentro de la isla Soledad, contra el estrecho de San Carlos, está Puerto Darwin.

Cullen apoya un cenicero sobre el borde de la mesa que está más próximo a la otra.

—O sea que Darwin está también en la isla Soledad, como Puerto Argentino, pero del lado de adentro, como quien dice.

—Exacto —confirma Cullen, señalando el servilletero del lado de afuera de la mesa, y el cenicero del lado de adentro.

Solano ve que en la Gran Malvina no hay ningún objeto apoyado.

—¿Y en esta isla no hay nada? —pregunta.

—Parece ser mucho menos importante que la isla Soledad —se entusiasma Cullen, al ver que están entendiendo su improvisada cartografía—. En un comunicado hablaron de Puerto Calderón, que es una islita bien arriba, y esa Bahía Fox que queda por acá abajo. Pero hablan mucho más de Puerto Argentino y Puerto Darwin, que quedan los dos en la isla Soledad. Y el desembarco que ustedes llevan largo rato discutiendo fue... acá.

Cullen señala, sobre la mesa que se ha convertido en la isla Soledad, un punto que queda un poco más arriba del cenicero que representa Puerto Darwin. Mira alrededor como buscando algún objeto que le sirva como mojón. Weissman le alcanza su encendedor y Cullen lo apoya unos cuantos centímetros "al norte" del cenicero.

Weissman, Alessandri y Solano se quedan mirando el conjunto. Los tres objetos están en la mesa de la isla Soledad. La otra permanece desierta. Solano nota, además, que están en la parte superior de la mesa.

—O sea que todo lo importante parece estar pasando no sólo en la isla Soledad, sino en el norte de la isla Soledad... —arriesga Solano.

—Exacto. Es así.

Solano se siente como si hubiese estado perdido, sin saber que lo estaba, hasta hace cinco minutos.

—¿Tiene idea de qué distancia hay entre el encendedor y el servilletero, o sea, cuánto mide la isla Soledad de ancho?

La pregunta de Weissman es atinada, piensa Solano. Está preguntando cuán lejos desembarcaron los ingleses con respecto a Puerto Argentino.

—Es interesantísimo —responde Cullen, que parece agradecido por la pregunta—. Lo tomé de la escala del mapa que copié. O sea que no es nada exacto. Pero en donde más anchas son, las islas tienen como ochenta o noventa kilómetros, pónganle. Esa es más o menos la distancia entre el desembarco inglés y la capital de las islas.

Solano se queda mirando la superficie de la mesa, la que ahora incluye el cenicero, el encendedor de un lado y el servilletero del otro. En el medio queda la superficie lustrosa de la madera. Ochenta kilómetros. Solano no sabe nada de traslado de tropas ni de maniobras bélicas, pero ochenta kilómetros le suenan a que los ingleses están cerca. Muy cerca.

18

Qué día de mierda, por el amor de Dios, piensa Molinero. Qué días, más bien. Él está para poner el hombro. Qué duda cabe de eso. Ninguna. Pero tampoco se puede hacer magia. Hace setenta y dos horas que no abandona ese despacho del contrafrente de la Casa Rosada más que para ir al baño y reunirse de vez en cuando con sus superiores. ¿Y en ese contexto, con esos antecedentes, el ministro tiene el descaro de reclamar su presencia en su oficina para llamarle la atención delante de toda la plana mayor?

Sí, señor ministro, he leído los comunicados que el Estado Mayor Conjunto ha venido emitiendo desde el viernes. No sólo los he leído, los he redactado personalmente. Sí, señor ministro, coincido con usted en que pintan un panorama complejo. Sí, señor, tal vez la palabra no sea complejo, sino grave. No, señor ministro, no creo que sea lo mismo decir grave que decir derrotista. Si usted percibe derrotismo, me hago cargo de nuestra equivocación y tendremos que ver cómo evitarlo de aquí en adelante. Por supuesto que yo no soy quién para enmendarle la plana al señor ministro, faltaría más. Pero, con todo respeto, hemos hecho lo que hemos podido, señor ministro. Desde que nos anoticiamos del desembarco inglés en la bahía de San Carlos nos encontramos entre la espada y la pared, señor ministro. Tratamos de hacer hincapié en las pérdidas que estaban sufriendo los ingleses, e hicimos todo lo posible por evitar la imagen de que estaban logrando consolidar la cabeza de playa, señor ministro. Sí, tiene toda la razón del mundo, señor ministro. Todo el mundo conoce la expresión "cabeza de playa". Todas esas películas de guerra, señor ministro. Y discutimos mucho si la íbamos a utilizar o no, señor ministro. Y la evitamos antes de ayer y también la evitamos ayer, señor. Pero nos pareció inevitable usar hoy esa denominación, señor ministro, porque hay un montón de información corriendo por fuera de nuestro flujo, señor, más allá de nuestro control, y de ahí que decidiéramos en el último comunicado que acaba de publicarse hablar de una cabecera de playa establecida, señor. Por supuesto, señor. Es cierto que dar las dimensiones de esa cabeza de playa, cuántos kilómetros tiene de profundidad y cuántos tiene de frente puede dar la idea equivocada de que los ingleses han dado un paso irreversible hacia la victoria militar, señor. En defensa de nuestro trabajo me veo en la obligación de comentar que nuestra oficina se limita a operar con los materiales que le son suministrados y no tiene injerencia alguna en la toma de decisiones ni en la visión de conjunto de… sí, señor, por supuesto, si el señor ministro considera que nuestro desempeño es indefendible no corresponde que yo me empeñe en defenderlo y por lo tanto le pido disculpas, señor ministro. Quedaremos entonces a la expectativa de lo que el señor ministro decida con respecto a la continuidad de nuestra labor, señor, por supuesto, sólo me tomo la libertad de anticiparle que capitalizaremos los conocimientos adquiridos y la experiencia atravesada. Sí, claro, eso en el caso de que continuemos con nuestra labor, eso desde ya, señor ministro. Sólo me gustaría comentarle, si dispone de un minuto más, que, en el caso de que continuemos con la tarea de difundir los acontecimientos militares del teatro de operaciones del Atlántico Sur, mañana 25 de Mayo, día de la patria, tenemos pensado hacer hincapié en los enormes costos materiales y humanos que las Fuerzas Armadas de la Nación han infligido a los invasores en esta operación, señor. Sí, por supuesto que los borradores están redactados y se los puedo hacer llegar de inmediato, señor, pero puedo adelantarle que hemos estado trabajando en más de media docena de comunicados que irán emitiéndose a lo largo del día patrio, en los que se destacarán las pérdidas sufridas por la fuerza de tareas británica, señor, y habrá un comunicado que sintetizará las cifras de barcos, aviones y helicópteros británicos neutralizados desde el 1º de mayo hasta la fecha, señor, sí señor, considero que tiene razón, señor, es mucho mejor utilizar los adjetivos "derribados" para aviones, "destruidos" para helicópteros y "hundidos" para los barcos, señor, es cierto que eso de "neutralizados" suena poco emocionante, completamente de acuerdo, señor. Lo cierto es que el día de mañana, señor, los comunicados del día de mañana, señor, nos permitirán dar vuelta la página de estos días tan aciagos, señor, de estos días tan complicados. Uno de los comunicados, señor, y le agradezco la paciencia y le prometo que ya no le robaré más tiempo, se referirá específicamente al hundimiento del buque de transporte Atlantic Conveyor y a las gigantescas pérdidas de aviones y helicópteros que ese hundimiento implica para las fuerzas invasoras, señor, sí, por supuesto, tiene toda la razón, señor, hundimiento es mucho más gráfico y contundente que neutralización, le prometo que vamos a ser cuidadosísimos con el léxico que utilizamos.

Sí, señor, con permiso señor, me retiro entonces a nuestra oficina para completar la redacción final de los comunicados del Estado Mayor Conjunto del día de mañana tomando especialmente nota de las correcciones y de las mejoras que el señor ministro acaba de proporcionarnos y le quedo muy agradecido, señor, con permiso, señor, buenas noches.

Unos días de mierda, verdaderamente. Muy de mierda.

19

Las toman completamente por sorpresa, porque nadie les dijo nada. Bueno, Sandra está segura aunque a Andrea no le preguntó, pero Andrea habla hasta por los codos y si le hubiesen avisado algo se lo habría contado a ella a los cinco minutos, como hace siempre con todas las cosas. Y del acto del 25 de Mayo casi no hablaron. Lo único que comentaron, ayer, fue la bronca que les dio que las hicieran ir el propio feriado. Parece mentira. A quién se le ocurre. Cosas que pasan este año y antes no pasaban. Decime qué necesidad, por favor, qué necesidad de hacerte ir al acto el mismo día, que es un día de descanso, y no un día para ir a la escuela. Dónde está el feriado, entonces. Peor. Porque la preceptora ayer les dictó una nota en el cuaderno de comunicaciones, donde dice que el acto por el 25 de Mayo, día de la Revolución de Mayo que nos hizo libres frente al mundo, se celebrará mañana, respetando la fecha patria, a las ocho de la mañana. Encima eso, con el frío que está haciendo hacen el acto a las ocho de la mañana, y nadie piensa en el frío que tienen ellas con el guardapolvo y la pollera y las medias tres cuartos que se te cuela el chiflete por todos lados. Porque los varones con el blazer y el pantalón de sarga gris la llevan mucho mejor. Pero a ellas las hacen ir de guardapolvo y tenés que llevar el abrigo debajo del delantal y parecés un oso. A quién se le ocurre semejante pavada. Al idiota del rector, supone Sandra. Y la nota terminaba diciendo que a los alumnos que no asistan se les colocará doble falta. Doble falta, pero a quién se le ocurre.

Por eso hoy se tuvieron que levantar temprano como todos los días, aunque las dos se pusieron de acuerdo en dormir quince minutos más, porque si en lugar de tener que estar ocho menos cuarto como todos los malditos días del año hoy por lo menos hay que estar a las ocho, esos quince minutos hay que dormirlos, como que hay Dios. Y, lo que sí, no la despertaron a la madre, pobre, que la está pasando peor que ellas y a duras penas pega un ojo. Se pasa media noche en blanco y recién se duerme, de puro agotada, a las cuatro o a las cinco. Así que se levantaron lo más silenciosamente que pudieron y trataron de no pelear por el baño, o trataron de no gritar mientras peleaban por el baño, y se hicieron el café con leche y las tostadas teniendo cuidado de no golpear los cacharros para no despertar a mamá, que con papá no hay problema porque tiene el sueño de plomo.

Y el patio de la escuela estaba lleno, se ve que la amenaza de la doble falta surtió efecto, y menos mal que se asomó el sol por encima del techo del gimnasio y empezó a aflojar el frío, porque la mañana estaba tan helada que al respirar se le hacían nubecitas de vapor, y no al respirar por la boca, que por la boca es más fácil que se haga vapor, sino por la nariz, que para que te salga vapor cuando respirás por la nariz tiene que estar haciendo un frío de locos. Y el acto fue más o menos como siempre son los actos, con los preceptores recorriendo las filas para que dejaran de hablar y amenazando con amonestaciones a los que no se callaran, y con la entrada de la bandera de ceremonias y el aplauso y la bandera colocada en ese soporte que llevan los abanderados en la banda que les cruza el pecho y que Sandra no sabe cómo se llama, y cantaron el Himno y como siempre en una parte del principio los parlantes hicieron un zumbido atroz que te lastimaba los oídos, acople, le explicó Carlitos una vez que se llamaba ese efecto y que pasa siempre, y Sandra no entiende por qué no lo arreglan si les pasa siempre y ya saben que les va a pasar, y todo el mundo cantó el Himno porque eso sí es nuevo, es algo que pasa este año, desde el 2 de abril, todo el mundo canta el Himno con todas las ganas, y no murmurando como hasta el año pasado, y la parte del final, cuando tenés que cantar "O juremos con gloria morir", los chicos y los grandes la cantan más a los gritos todavía, y cada vez que Sandra lo oye (porque otra cosa que pasa desde el 2 de abril es que el Himno se canta cada dos por tres, no sólo en el acto del 25 de Mayo) se queda pensando en eso de cantar el último verso con todos los pulmones, como si la gente de verdad tuviera ganas de morirse con gloria, y se queda pensando en eso largo y tendido, tan largo y tan tendido que pasan los aplausos y lo sigue pensando, y le dan la palabra al rector y sigue pensando, porque ahora ya lo que está pensando es si a Carlitos lo harán cantar seguido el Himno allá en las Malvinas, o si con eso de las bombas que tiran los ingleses se quedan metidos en trincheras o en cosas así que haya en las Malvinas y no salen para que los ingleses no los vean y les disparen, y está con eso cuando escucha que el rector la nombra por los parlantes que ahora ya no acoplan y por eso escucha clarito su nombre, el rector acaba de decir "Sandra López, 4º 3ª", y la única Sandra López de 4º 3ª es ella, así que da un paso al frente y mira a la preceptora como pidiendo disculpas o instrucciones, disculpas por si hizo algo que no debía y por eso el rector le está llamando la atención o instrucciones por si no hizo nada pero se supone que sí tiene que estar haciendo algo. Y mientras la preceptora le indica con un gesto de la cabeza que tiene que ir al escenario escucha que el rector llama a "Andrea López, 5º 7ª", y esa Andrea es "su" Andrea, su hermana, y para qué las están llamando, y mientras se aproximan el rector llama a cuatro alumnos más, una piba de 5º 1ª, dos de tercero y uno de segundo año, y los hacen subir al escenario donde están el rector, el vicerrector, la secretaria, el abanderado y los escoltas, y los profesores, y los ponen en fila delante de todo el mundo y Sandra se quiere morir, porque a cuento de qué tienen que estar ellos ahí arriba en el acto del 25 de Mayo, y el rector enseguida se pone a decir que esos compañeros de escuela que tienen ahí son un ejemplo, porque sus hermanos están combatiendo a los ingleses en las islas Malvinas, combatiendo con honor, combatiendo con valentía, combatiendo hasta la última gota de su sangre para defender una tierra que es nuestra, que es nuestra por voluntad de Dios y por mandato de la Historia, y que los ingleses nos las robaron hace casi ciento cincuenta años y que eso se acabó por fin, y que como buenos ladrones que son los ingleses no aceptaron así como así que los argentinos recuperasen lo que les pertenece, pero que es cuestión de tiempo para que la victoria sea nuestra, porque no hay modo de perder esta batalla, porque los ingleses pelean por algo que no entienden y por defender un lugar que no conocen, no como nuestros soldados, hermanos de estos alumnos que ustedes tienen acá adelante y para quienes pido un aplauso, pero no cualquier aplauso sino un aplauso agradecido, un aplauso emocionado, un aplauso tan fuerte que les llegue a nuestros valientes que están allá en el Sur defendiendo lo que es nuestro. Y los alumnos empiezan a aplaudir a medida que el rector habla y Sandra no sabe dónde meterse, lo único que sabe es que se quiere bajar del escenario, que dejen de aplaudir y que los dejen bajar, pero en ese momento empieza a sonar la introducción de la Marcha de las Malvinas, que a principio de año no se la sabía nadie salvo los de 3º 9ª, que se la sabían porque su profesora de música es la Bevilaqua y todo el mundo sabe que la Bevilaqua es una fanática de las Malvinas pero no de ahora sino de toda la vida, y lo primero que hace con sus alumnos cuando llegan a 3º 9ª es enseñarles la marchita y ponerles nota de lección oral a ver si la saben o no la saben, pero este año la mandaron a la Bevilaqua a enseñarla curso por curso y ahora se la saben todos, y la cantan a todo lo que dan mientras todavía algunos trasnochados aplauden, y Sandra cruza un vistazo con su hermana, que quedó en el otro extremo de la fila de hermanos de soldados, y tiene una cara de pánico parecida a la que debe tener ella misma, porque todo es incómodo y le da vergüenza y más que vergüenza le da miedo, porque el rector habló de soldados, como Carlitos, que están en las Malvinas, como Carlitos, defendiendo las islas hasta la última gota de su sangre, y Sandra le pide a Dios por lo que más quiera que no sea hasta la última gota de la sangre de su hermano, ni la última gota ni la primera, porque si a él le pasa algo en la guerra Sandra se muere de tristeza, de eso está segura, Sandra se muere si a Carlitos le pasa algo con la sangre.

20

A Hugo le gusta comer en silencio mirando la televisión, y desde que su hijo está en las Malvinas nadie en la familia osa oponerse a esos deseos. Antes, sí. Antes, piensa Magalí, y el que osaba oponerse era precisamente ese hijo que ahora está en las islas. Era lo más normal del mundo que el Conejo se pusiera a hablar por encima del sonido de la tele, nunca dirigiéndose a su padre pero sí a ella, o a su madre. Era rara la escena, porque tenían que hablar en voz muy alta, casi a los gritos, para sobreponerse a las voces del televisor. Cuando arrancaban a conversar el padre no subía más el volumen, pero tampoco lo bajaba. Y como normalmente el volumen de la tele está altísimo, para hablar por encima hay que forzar la voz casi hasta gritar. Una especie de lucha sorda (sorda sobre todo porque en el fondo nadie escuchaba bien aquello que pretendía escuchar, ni su padre la tele ni ellos la conversación) que a Magalí y a su hermano los ha acompañado toda la vida.

Ahora no. Hoy es miércoles y se cena mirando *Grandes valores del tango*, conducido por Silvio Soldán. Su madre está en silencio y Magalí también. De repente, en medio de una milonga cantada por una mujer que está en el programa cada dos por tres y cuya voz a Magalí no le gusta nada, se inicia la Cadena Nacional para un comunicado del Estado Mayor Conjunto. Marcha militar, locutor, imagen de antorcha y escudos militares. Lo de todos los días. ¿Qué número tiene el que van a emitir? ¿Ya lo escuchó hace un rato, o éste es nuevo? Con los comunicados pasa eso. A veces los emiten una sola vez, y ya la próxima leen uno nuevo. Y otras veces repiten el último que pasaron. No siempre, pero a veces. Por eso Magalí se dice que tiene que anotarse los números para no confundirse. Pero ella es mala con los números.

Lo único que quiere Magalí es que el comunicado no hable de muertos. El otro día dieron uno así, dando los muertos, los heridos y los desaparecidos. Y Magalí lo escuchó y de inmediato sintió que tragaba una piedra. Una piedra grande y pesada. Es raro que te lo digan así. Ella escucha la radio todo el tiempo, ve los noticieros de la tele, lee el diario y dos o tres revistas semanales. Pero ahí no hay muertos. No hay tiros, lo que se dice tiros. Se habla de aviones que atacan o barcos que cañonean. Está bien, se habla de aviones derribados y de barcos dañados, pero no de soldados que mueren. Ni propios ni ajenos.

Se supone que ni a su hermano ni a su novio les puede haber pasado nada porque al final de esos comunicados los militares dicen que ya se le avisó a cada familia, en forma personal. Y a ellos nadie les ha avisado nada. Aunque, por otro lado, piensa Magalí, si le pasa algo a Antonio… ¿a qué familia le van a avisar? Los militares no saben que vive en el taller de su papá, ni que ellos son lo más parecido que tiene a una familia. Si le pasa algo a Antonio van a fijarse en su dirección en Santiago del Estero y le terminarán avisando a una tía, a un vecino, allá en Clodomira. ¿Y si eso ya sucedió, y ella se quedó tan campante porque no se enteró de nada? Después se tranquilizó, porque Gustavo les habría dicho a ellos. De algún modo se las habría ingeniado para decirles, porque sabe que su mamá lo tiene medio de ahijado, aunque de lo de Magalí y Antonio no sepa nada, ni ella ni su papá ni el Conejo, a Dios gracias.

Este comunicado, por suerte, es de esos que hablan de fragatas inglesas a las que aviones argentinos les produjeron daños de consideración. Y de un helicóptero inglés al que bajaron. Comunicados de esos hay muchos. En ese momento su papá se levanta de la mesa y se va hacia el dormitorio. Magalí y su mamá se miran extrañadas. ¿Desde cuándo su papá se levanta en medio de la cena y en medio de *Grandes valores del tango*? Vuelve enseguida. Trae en la mano un fajo enorme de billetes, atados con una gomita. Los deja sobre la mesa.

—Ponelo en eso del Fondo Patriótico —le dice a su mujer.

Y no habla más. Vuelve a clavar la mirada en la pantalla. El comunicado ya terminó, y ahora están dando propagandas. Magalí y su madre se miran. Es rarísimo lo que acaba de pasar. No sólo porque es un montón de plata, que se ve que su viejo estuvo juntando con los trabajos del taller mecánico. Es rarísimo porque a su vieja siempre parecería que le está dando la plata con cuentagotas, como si cada peso fuera una lucha para arrancárselo. Los lunes le deja un fajo (un fajito, mucho, muchísimo más chico que ése) que le tiene que alcanzar para las compras de toda la semana. Magalí sabe, porque lo ha hablado más de una vez con su mamá, que muchas veces tiene que hacer malabares para que le alcance. Y las pocas veces que, a mitad de semana, su mamá tiene que pedirle un poco más, porque las cosas aumentaron de precio o porque hubo que comprar algo excepcional y por eso no alcanzó, arde Troya. Su viejo empieza con que no puede ser, con que así no hay plata que alcance, con que al final es el único que se preocupa por la plata y en esa casa todo el mundo tira la guita como si no costase nada ganarla. Pero no hay caso. Por eso su mamá hace milagros para no tener que pedirle. ¿Y ahora va su viejo y se despacha con todo este dinero para el Fondo Patriótico?

Magalí ve cómo su mamá traga saliva mientras levanta el fajo y trata de calcular a ojo cuánta plata hay. Pobre. Es como si Magalí estuviera dentro de su cabeza. La tentación de guardarlo, o de por lo menos separar una parte para gastarla de a poco, semana por semana. Andá a saber si eso del Fondo Patriótico está funcionando. Si de verdad les llega a los soldados. ¿Y si no llega? ¿Y si un submarino hunde el barco que lleva las cosas? ¿No será mejor guardar la plata para cuando vuelvan los muchachos? ¿Para atenderlos en lo que necesiten a la vuelta?

Magalí sabe, porque la conoce, que su madre está pensando en todo eso. Pero también sabe que mañana, como que hay Dios, va a estar en el Banco Nación de Morón depositando hasta el último billete, porque esa es la orden de su marido.

21

—Cortá vos —dice Andrea, acaramelada.

—No, cortá vos.

—Dale, tonto. Cortá que te va a salir carísima la llamada.

—¿No me llamaste vos?

—No, tontito. Llamaste vos.

—Uh, ja ja. Mi viejo me va a matar.

—Por eso, cortá.

—No, cortá vos.

—Bueno, corto. Te quiero.

—Yo también te quiero.

—...

—...

—Cortá.

—Bueno, corto. Chau.

—Chau.

—...

—...

—...

—¡No cortaste, tramposo!

—¿Y cómo sabés que no corté? ¡Porque vos tampoco, je je!

—En serio, tengo que cortar, pero si no cortás primero vos yo no voy a poder.

—Bueno.

—Dale, como un favor para mí.

—Bueno, Andre. Ahora corto. Te voy a extrañar.

—Si mañana en la escuela me ves de nuevo, tonto.

—Pero faltan como doce horas.

—Once.

—¿Cómo sabés? ¡Las contaste! Vos también me vas a extrañar, entonces.

—Más bien que te voy a extrañar, pavote. Pero en serio, por favor, cortá.

—Bueno. Te quiero.

—Yo también.

—Chau.

—Chau.

Andrea deja caer el auricular sobre la horquilla con un movimiento enérgico. O corta así o sigue hablando con él hasta mañana. No pasan ni tres segundos cuando el teléfono vuelve a sonar. Ella sonríe, levanta el auricular y pregunta con voz seductora:

—¿Hola? ¿Quién habla?

—¡Soy yo, tarada, por fin largaste el teléfono!

A Andrea se le corta la respiración.

—¿Carlitos? ¿Sos vos?

—¡Más bien que soy yo! ¿Quién va a ser? ¿Me querés decir por qué el teléfono lleva ocupado una hora?

—Ay… —Andrea siente cómo la culpa le sube por la garganta. Sus viejos le han pedido, le han implorado, que no ocupen el teléfono, precisamente por si llamaba su hermano—. Ya te paso a mamá. Papá me pare…

—¡No! ¡No tengo tiempo!

—Esperá un segundito, que ya la llamo.

—¡Te digo que no! ¡Si demoro un minuto más acá

me matan! ¡Ya te dije que llevo una hora intentando comunicarme! ¡Atendeme! ¡Escuchame bien!

Después pasa todo junto: su hermana y su madre abren la puerta de par en par porque, evidentemente, han entendido, por sus gritos, que el que está al teléfono es Carlitos. Andrea levanta la mano para detenerlas y, sobre todo, para obligarlas a callar. Porque lo tercero que pasa es que su hermano, por encima de las distorsiones e interferencias de la línea, le grita el mensaje que ella tendrá que repetirle al resto de la familia. Durante un minuto, más o menos, las tres mujeres se quedan como estatuas: Andrea con la mano alzada, su madre y Sandra mirándola con expresión desencajada pero en el silencio más absoluto. De repente la voz de Carlitos se interrumpe y suena el tut-tut-tut de línea ocupada.

—¿Hola? ¡Hola! —se desespera Andrea—. ¿Carlitos? ¡Hola!

Pero la línea está completamente muerta, salvo por el tono de ocupado.

—¡Qué pasó! ¿Es Carlitos? ¡Pasámelo!

—¡Se cortó, mamá!

—¡Pasámelo, te digo!

—¡Pero se cortó, mamá!

—¿Por qué no avisaste antes, tarada?

—¡Porque sonó una vez y atendí, estúpida!

—¡Dame el teléfono, hija!

—¡Te digo que se cortó, mamá! ¡Basta!

El grito es tal que su madre y su hermana se quedan en silencio. Andrea decide aprovechar la calma momentánea.

—Se está yendo a un lugar que se llama Darnig, Darmi, algo así.

—¿Darwin? —pregunta Sandra.

—Puede ser.

—¿Cómo "puede ser"? ¿Es o no es Darwin?

—¿Cómo que se está yendo? ¿Se va de Puerto Argentino? ¿Cómo que se va? ¿Por qué?

—¡No sé, mamá! ¡Sí, se va! Por eso llamó. Que se va a ese lugar que dijo Sandra.

—¿Darwin?

—Eso. Darwin.

—¿Pero no dijiste que no estabas segura, idiota?

—¡Cortala, nena, te dije que sí, que es ahí adonde se va!

—¿Se va con el tío?

—Se va con un teniente, que me dijo el nombre pero no me lo acuerdo.

—¿Cómo no te lo acordás? ¿Quinteros? ¿Teniente Quinteros?

—¡No me lo acuerdo, mamá! ¡Estaba nerviosa!

La madre se deja caer en el sillón que usan para hablar por teléfono y levanta el tubo, como si necesitase corroborar que efectivamente la llamada se ha cortado. Su padre entra en ese momento y el rostro se le desencaja. Sandra lo pone al tanto de lo que ha pasado. Marisa insiste con una pregunta que ya hizo y que hasta ahora Andrea no contestó:

—¿Se iba con ese teniente y con el tío, o sólo con el teniente?

—Con el teniente y algunos más, pero no con el tío.

—¿Cómo sabés?

—¡Porque me dijo que les dijera! Que lo mandaban a Darwin con el teniente no sé qué y el cabo no sé cuánto y alguno más, pero que el tío se quedaba en Puerto Argentino.

Sandra se tapa la boca y se pone en cuclillas delante de su madre, que a su vez mira a su padre.

—¿Y eso es bueno o es malo, pa?

—¿Qué cosa, Andrea?

—Que lo trasladen a Darwin.

—Ahí es donde están atacando los ingleses —dice su padre, y se deja caer en otro de los sillones.

La madre clava los ojos en los de la mayor de sus hijas, pero tiene la mirada vacía, como si estuviese en *shock*. Andrea maldice su suerte. ¿Por qué estaba justo al lado del teléfono cuando sonó? Su madre salta como un resorte a atender cada vez que suena, precisamente por si es Carlitos. Esta es la segunda vez que llama desde Malvinas desde que viajaron para allá. Y justo va ella y atiende en lugar de su mamá. En realidad, que Andrea haya estado colgada una hora del teléfono debe haber complicado un montón las cosas. Pero no lo quiere ni siquiera pensar, porque no puede más de la culpa que siente.

—¿Y a vos qué te pasa, ahora? —le pregunta Sandra.

—¿Qué me pasa por qué?

—Porque estás llorando, tarada.

Andrea se lleva la mano a la mejilla con gesto automático y comprueba que sí. Su hermana tiene razón. Está llorando.

22

En estos últimos días Alonso se ha tomado la costumbre de dejar la radio encendida, con el volumen apenas al nivel de un murmullo, por si la transmisión se interrumpe con la Cadena Nacional de los comunicados militares. En ese caso, apenas suenan los primeros acordes de la marchita militar, la pone a todo lo que da para que los parroquianos puedan escuchar. Cuando la marcha militar cierra el comunicado Alonso vuelve a bajar el volumen, hasta la siguiente oportunidad. La reacción de los clientes depende del contenido del comunicado. A veces prima el optimismo y el público presente aplaude y da voces de ánimo. Otras se suscitan preguntas o comentarios. A veces es mucho peor, como pasó ayer con ese comunicado que ponía al día las bajas argentinas en la guerra: 82 muertos, 106 heridos, 342 desaparecidos, porque ya cuentan como desaparecidos a los marinos del Belgrano. Después de ese comunicado quedó flotando, en el aire del Asturias, una sensación de angustia que no se disipó en el resto de la tarde.

Otra costumbre que se ha establecido en los últimos días es que la mesa en la que Cullen desplegó esa especie de maqueta de las islas se reserva precisamente para eso: nadie la ocupa. Ha sido Solano, con buen criterio, quien le ha agregado a cada objeto un cartel con el nombre del sitio. De ese modo, cualquiera que se acerque a la maqueta entiende que el vaso de vidrio representa Pradera del Ganso, el encendedor es bahía de San Carlos y Puerto Darwin el cenicero. Todos esos objetos están muy cerca uno del otro. Al otro lado de la mesa, Puerto Argentino es el servilletero metálico que Cullen puso ahí el día que armó la maqueta. La otra mesa no tiene objetos. Solamente el prolijo cartel con la linda letra de imprenta de Solano que dice "Gran Malvina". Nada más. A veces los clientes del Asturias se acercan a estudiar el conjunto. Otras veces los cuatro incondicionales arman sus discusiones alrededor de esas dos mesas.

Son cerca de las seis, y es casi de noche, cuando vuelve a escucharse la marchita en la radio. Alonso sube el volumen. Una señora que usa unos aros enormes, que trabaja en un banco de la otra cuadra y que estaba ya con un pie afuera del café, regresa para escuchar. El Asturias está lleno a medias. Todavía quedan numerosos clientes, además del cuarteto estable.

"El Estado Mayor Conjunto comunica que durante el día de la fecha, 31 de mayo de 1982, fuerzas propias desplegadas en el área de monte Kent-estancia House, posición situada a veinticinco kilómetros al oeste sudoeste de Puerto Argentino, detectaron fuerzas inglesas en proximidades de los puntos señalados, las que se desplazan con helicópteros y poseen apoyo de artillería". El comunicado sigue un poco más, pero la atención de los presentes se desplaza de la radio a Cullen, que se incorpora de su sitio habitual, chequea el croquis de las islas que hizo en una de sus libretas y mira en torno. Solano alza la taza de su café con leche, Cullen camina hasta su mesa y extiende la mano para que el otro se la dé. Después camina hasta la mesamaqueta y observa cuidadosamente la disposición de los otros objetos. Luego apoya la taza, mucho más cerca del servilletero que representa Puerto Argentino que de los objetos cercanos al estrecho de San Carlos. Varios clientes, sin proponérselo, se aproximan hacia la mesa doble.

—Monte Kent es más o menos por acá —dice Cullen, señalando la taza que acaba de apoyar.

Y, sí: la taza está mucho más cerca de Puerto Argentino que de la zona de desembarco inglés.

—¡Pero entonces tienen casi toda la isla ocupada! —comenta alguien que Alonso no llega a identificar.

Cullen se encoge de hombros y regresa a su asiento. No va a salirse de su rol de cartógrafo para ocupar otro, de analista estratégico, en el que no parece estar interesado. Varios parroquianos se apresuran a pagar sus consumiciones y salir con la cabeza gacha, musitando saludos apagados. De pronto Alessandri golpea su mesa y se pone de pie. A grandes trancos llega a la puerta vaivén y la abre con un ademán tan enérgico que la puerta queda batiéndose sobre el marco. Lo único que falta es que este idiota vuelva a romperla, con lo que me costó repararla, piensa Alonso. Alessandri regresa dos minutos después con un diario vespertino en la mano. Muestra la primera plana, que en letras tamaño catástrofe anuncia: "MASIVAS PÉRDIDAS INGLESAS".

—Veamos, compatriotas —dice Alessandri, y se aclara la garganta.

Solano pone los ojos en blanco y apoya el mentón sobre la mano, como quien se dispone a tolerar el chubasco con toda la paciencia posible. Alonso nota que Weissman le echa un vistazo subrepticio, pero enseguida vuelve la vista hacia Alessandri. Una pena que Solano no haya notado ese vistazo subrepticio, piensa Alonso. Le habría templado un poco el ánimo, tal vez.

Alessandri da vuelta la primera página, que cruje con el sonido del papel de diario nuevo. Da vuelta la segunda y después da unas palmaditas en el texto, como diciendo "acá está".

—"Bajas inglesas hasta la fecha —lee—: Veintiocho aviones Harrier destruidos. Veintidós helicópteros derribados o seriamente dañados".

—Ufa... —se permite opinar Solano.

Alessandri le dedica un vistazo furibundo y alza más la voz.

—"Un portaviones fuera de combate. ¡Un portaviones! —insiste—. Dos destructores clase 42 hundidos. Un destructor clase 42 seriamente dañado. Dos destructores clase County seriamente dañados...".

—¿Por qué no la corta, Alessandri? —Solano se lo dice en voz alta.

Alessandri alza más la voz y acelera la lectura:

—"Dos fragatas clase 21 hundidas, dos fragatas clase 22 seriamente dañadas".

—¡Basta! ¡Déjese de joder con eso!

—"¡Cinco o seis fragatas no identificadas seriamente averiadas!"

—¿No identificadas? ¿Pero no se da cuenta de que es una joda, Alessandri?

—¡Ninguna joda! ¡No le permito!

Alonso ya lleva un par de pedidos de silencio que ninguno de los hombres parece dispuesto a acatar. Los pocos rezagados que aún no se habían ido se apresuran a salir del café.

—"Esto hace…" —Alessandri alza la mano en un inútil pedido de silencio.

—Cállese de una vez, que está dando lástima.

—"Un total de diecinueve o veinte buques enemigos hun-di-dos". ¿Escuchó? "Hundidos o averiados seriamente".

Solano se pone de pie y se dirige a Alonso:

—Mañana le pago. Si no salgo inmediatamente lo voy a cagar a trompadas.

—¿A quién? ¿A quién vas a cagar a trompadas vos?

Alessandri se incorpora y rodea su mesa. Weissman, que se ha mantenido en silencio y con los ojos clavados en la mesa todo el rato se pone también de pie y se interpone en el camino de Alessandri. Solano les dedica a los dos una larga mirada. Después saluda con una inclinación de cabeza a Cullen, con otra a Alonso, y sale empujando la puerta vaivén con suavidad.

23

Si Solano se fue en taxi no habrá manera de alcanzarlo, porque Weissman no salió enseguida del Asturias. Se quedaron con Alessandri mirándose, frente a frente, midiéndose, en uno de esos estúpidos y frecuentes desafíos entre machos de los que se habían tomado una larga tregua. Pero en el fondo ninguno tenía ganas de profundizar el conflicto ni de atizar el escándalo, y terminaron por retirarse cada cual a su mesa. Weissman, a esa mesita que volvió a ocupar hace algunas semanas y se le antoja parte del gulag siberiano. Cuántas cosas han cambiado desde que empezó a frecuentar el café de Alonso. Y cuántas siguen cambiando. A veces Weissman se deja llevar por el aluvión de cambios que, como piedras en la ladera de una montaña, se empujan unos a otros. Otras veces, no. Se detiene a observar esos cambios. A enumerarlos y sopesarlos. Y son tantos y tan profundos que cualquiera de ellos, por separado, bastaría para sostener que Weissman está viviendo otra vida. Distinta, separada, nueva. Otro Weissman, casi.

Alza los ojos de la mesa, que es el lugar del Asturias que más ha observado últimamente, y se topa con los de Alonso mirándolo a él. El español le hace una mueca que puede querer decir casi cualquier cosa, se acomoda el trapo rejilla en el hombro y se pone con lo suyo. Cullen ha regresado a una de sus libretas: tal vez la que tiene el croquis de las islas, para verificar que la taza del monte Kent esté situada en el lugar correcto de la maqueta. Alessandri, abandonada toda beligerancia, se regodea en la lectura de la sexta edición de *Crónica*. Afuera es completamente de noche.

Recién entonces es cuando Weissman se pone de pie de un salto, saluda con un "Buenas noches" general y sale raudo a la calle, pensando que si Solano se tomó un taxi ya no tiene oportunidad alguna de alcanzarlo. Se lanza a trotar hacia el lado de la calle Corrientes, porque está fresco y está muy oscuro pero no es una noche demasiado fría, y en noches como esa Solano suele volver a casa caminando.

Lo ve sobre la propia calle Reconquista, unos cincuenta metros después de la esquina con Sarmiento. Solano se da vuelta justo antes de que Weissman lo alcance, advertido de su presencia, probablemente por el ruido que meten sus zapatos en ese trote desmañado que emprendió al salir del Asturias.

¿Y ahora qué?, se pregunta Weissman, porque no preparó nada para decirle. Simplemente siguió el impulso de salir detrás de él, porque otra noche a solas se le antojaba insoportable, y porque la discusión de recién en el Asturias marcó un límite, y porque la taza que Cullen colocó cerca del servilletero le hizo el efecto de un baldazo de agua en medio de una riña de perros, y porque hace muchos días que lo reconcome la sensación de haberse equivocado, pero el orgullo y la tozudez le venían sirviendo de dique, de freno, de algo así como una muralla que lo sostenía y le permitía no retroceder, seguir en el páramo de la mesita del fondo, y en el departamento de dos ambientes del barrio de Caballito que alquila desde que se separó y en el que se asfixia cuando está solo y cuando está con sus hijos y de día y de noche, pero es tan difícil cambiar la vida de uno desde sus bases, y es tan fuerte la tentación de echarse atrás aunque sea agarrándose de un clavo ardiente, y eso fue ese mayo de locos que termina esta noche, un clavo ardiente hecho de comunicados rimbombantes y titulares grandilocuentes y gallardías desbordadas de estamos ganando y la unión hace la fuerza y argentinos a vencer y les volteamos como cinco aviones y les hundimos otra fragata y si quieren venir que vengan y la puta necesidad de encajar, porque es eso, en el fondo es eso, que simplemente a veces uno necesita ser igual a los demás y pensar lo mismo y sentir lo mismo y caminar en la misma dirección como para no ser un bicho raro que va para otro lado y ve las cosas de otro modo y las vive de otra manera y por eso toda esa fanfarria pareció tener sentido pero se acabó, Weissman no sabe explicar por qué, ni cómo ni cuándo, o sí, el cuándo sí puede, fue hace unos minutos, con Cullen y su taza y Solano y su indignación y él mismo interponiéndose en el camino de Alessandri y Alonso mirando todo desde su resignación melancólica y eso es todo. No hay más. No había más. Lo único que hay es este anochecer del último día de mayo y una guerra que van a perder aunque la mayoría todavía no lo sepa porque no tienen la ventaja de tener a Cullen que sabe dónde queda cada cosa, y la necesidad de abrazar a ese otro hombre que lo mira con los ojos que ya no están asombrados sino cómo, cómo lo miran esos ojos, a Weissman le parece que lo miran con una pizca de diversión, con un brillo de cariñosa ironía acentuada por la comisura derecha de la boca apenísimas levantada en la insinuación de eso, la cariñosa ironía que es la marca en el orillo de Solano, y Weissman se aclara la garganta para empezar a hablar, para empezar a pedir perdón y decir todo eso que viene pensando desde que Solano se dio vuelta y lo vio, empezando por la taza de Cullen o por el clavo ardiente o por la necesidad de encajar, pero Solano hace que no con la cabeza, Weissman se queda con las primeras palabras atoradas en la boca porque Solano está haciendo como que no, que no hable, que no diga nada, y Weissman tiene apenas un segundo para angustiarse pensando que ese movimiento significa que no, que no lo perdona, que no le acepta las disculpas ni los argumentos y que se puede ir bien a la mierda, hasta que Solano extiende los brazos y convierte esa sonrisa que era apenas un levantar la comisura en una sonrisa abierta y franca y entonces ese no pasa a significar que no piensa seguir enojado, o sea que sí, que sí le acepta las disculpas o mejor, que no las quiere ni las necesita porque al final para qué sirven las disculpas si lo que sirven son los actos, las decisiones que tomamos y los perdones que otorgamos sin necesidad de que nos los pidan, y Weissman da un paso hacia Solano y se abrazan sobre la calle Reconquista al 300 casi llegando a Corrientes, pero como tampoco son suicidas eso es todo, ese abrazo contenido, cuidadoso, decoroso y breve, sobre todo breve, porque aunque el microcentro esté casi desierto a esa hora tampoco es cuestión de tentar a la suerte.

Desolación

1

Parece mentira cómo existen cosas que, antes de suceder en la realidad, pasan tantas veces en nuestra cabeza que, cuando efectivamente suceden, no sabemos si están pasando o son el simulacro de un simulacro de un simulacro repetido hasta el cansancio.

Son las tres de la mañana y suena el teléfono. Bien. ¿Qué es lo que le permite a Marisa suponer que ambas cosas son ciertas, tanto eso de las tres de la mañana como eso otro de que está sonando el teléfono?

Son las tres de la mañana porque cuando Marisa se incorpora en la cama lo primero que hace es girar la cabeza hacia su mesa de luz. Su reloj despertador es un cacharro enorme que tiene, en los números y en las agujas, unas rayitas de pintura fosforescente que relucen en la oscuridad del dormitorio. Y la rayita corta está en el número tres y la rayita larga está apenitas pasando el doce. Así que son las tres de la mañana. Y está sonando el teléfono porque en el silencio de la noche se oyeron dos —ahora se está oyendo el tercero— timbrazos metálicos y espeluznantes. No son espeluznantes porque sí. Lo que los vuelve espeluznantes es la hora a la que suenan. Nadie puede estar llamando a esa hora para dar buenas noticias. Las buenas nuevas tienen un horario. Es curiosa el alma humana, en ese sentido. Las noticias más estupendas no necesitan interrumpir el sueño de nadie. Pueden aguardar hasta después del desayuno. Las malas, en cambio, son imperiosas. Tienen el derecho de abrirse paso, de no detenerse ante nada.

No está soñando que suena el teléfono. Está sonando de verdad porque a su lado, en la cama, Carlos también se ha incorporado. Pero su marido es más rápido. Con un manotazo hace a un lado las mantas, se levanta y corre afuera de la pieza.

Marisa va detrás, aunque con movimientos mucho más lentos. No es que no pueda correr como Carlos. Su lentitud es voluntaria. Quiere que lo peor de ese llamado intempestivo haya sucedido para cuando sus pasos la depositen al lado de su marido. No cambia nada. Pero Marisa siente que no puede escuchar lo peor de esa conversación telefónica mientras camina hacia el living por el pasillo en penumbras. Es ridículo. Qué cambia, qué diferencia hay, entre que te digan que tu hijo murió en la guerra mientras atravesás el pasillo o mientras te asomás a la puerta del comedor, o cuando ya llegaste al lado del teléfono. Ninguna. Pero Marisa ha decidido (Marisa o uno de los numerosos pedazos de Marisa que conviven malamente dentro de ella desde hace tantos días) que va a quedarse sentada en la cama todavía unos segundos. Que cuando se ponga de pie va a calzarse la bata. Que se la va a anudar con un lazo a la cintura. Que recién después va a caminar hasta el comedor, y que no va a apurarse mientras cubra ese trayecto.

Sus hijas duermen. Es un milagro que no comprende. El sueño de la juventud. Es cierto que el teléfono no llegó a sonar más de cuatro veces, porque Carlos lo alcanzó antes del quinto timbrazo. Pero podrían haber sido veinte, o cuarenta, y las chicas seguirían sin escucharlo. ¿Será eso ser joven? ¿Tener una piel gruesa que nos preserva la ingenuidad?

Marisa avanza por el pasillo. Son pocas las palabras de Carlos que se escuchan de vez en cuando. Ajá. Entiendo. Y cómo está. Estas últimas tres palabras hacen que el corazón le dé un salto en el pecho. No porque Carlos haga esa pregunta con alegría, sino porque la pregunta significa que Carlitos está vivo, al menos por ahora. Nadie pregunta "cómo está" cuando a uno le anuncian que alguien ha muerto. Existe un solo modo de estar muerto. De estar vivo, en cambio, hay muchos modos. Uno puede estar vivo y sano, vivo y herido, vivo y asustado, vivo y prisionero, vivo y medio muerto. Pero son todas formas de seguir vivo.

Marisa entra en el comedor a oscuras. En la penumbra ve a su marido sentado al lado de la mesita del teléfono, sentado en la banqueta que usan siempre. No puede verle los rasgos, porque es apenas una sombra, un contorno. Un hombre de casi cincuenta años encorvado sobre sí mismo y sobre un tubo telefónico. Entiendo, dice Carlos. Sí, por supuesto, dice Carlos. Dígale por favor que... gracias, sí, por supuesto, teniente.

Un nuevo salto dentro del pecho de Marisa. "Dígale". Dígale significa que su hijo puede escuchar que le digan algo. No todas las maneras de estar vivo incluyen eso de poder oír lo que te dicen. Solamente algunas entran en esa condición. A uno no pueden decirle cosas si está inconsciente, por ejemplo. Si lo están operando en un quirófano, tampoco. Es cierto que si uno ha perdido las piernas sí pueden decirle algo. Uno no necesita ni las piernas ni los brazos ni los ojos en su sitio como para escuchar lo que tengan para decirnos.

Carlos corta la comunicación. Carlos se pone de pie. Carlos abraza a su mujer. Carlos le habla en el oído y le dice que se quede tranquila, que era el teniente, un teniente que se llama Quinteros y que es el responsable de Carlitos, que nos quedemos tranquilos que volvieron, Carlitos, el teniente y algunos más, que es verdad que los mandaron a Darwin pero que volvieron antes del final de la batalla y que Carlitos está bien, está sano y salvo, está de regreso en Puerto Argentino.

A Marisa se le aflojan las piernas. Su esposo se las ingenia para sentarla en la silla del teléfono. Se acuclilla a su lado. Le repite todo lo que acaba de decirle. Está bien. No está herido. Fueron y volvieron.

—¿Cómo que fueron y volvieron? ¿A dónde? —pregunta Marisa.

—A Darwin —contesta su marido.

—¿Pero cómo hicieron para volver, si las tropas argentinas en Darwin se rindieron?

—No sé, Marisa —dice Carlos—, ahora están de regreso. El teniente pidió disculpas por la hora a la que llamó, pero le pareció mejor avisar porque supuso que estaríamos muy preocupados.

Marisa, la verdad, entiende poco y nada. Por qué a Carlitos lo mandaron al medio del combate. Cómo fue que volvieron de ese infierno. Si la vida le da una oportunidad, y Marisa reza fervientemente para que la vida se la dé, va a zamarrear a su hermano hasta que le explique por qué carajo a Carlitos lo mandaron a Darwin justo a tiempo para estar ahí cuando los ingleses atacaran. Le va a preguntar si fue una venganza o una casualidad. Si fue una venganza, su hermano merecerá cocerse en el fuego del infierno por toda la eternidad. Y si fue una casualidad, y no hizo nada para ayudar a su sobrino, el muy hijo de puta merecerá, también, cocerse para siempre en el fuego del infierno.

Más allá de sus fantasías de castigos infernales, Marisa sigue sin entender y, sobre todo, sin conseguir decidirse. Decidirse con respecto a con qué emoción quedarse. Si con el alivio o con la desesperación. Porque si fueron y volvieron significa que a Carlitos no lo mataron —y eso es lo bueno— pero que los ingleses no lo capturaron —y eso es lo malo—. La guerra sigue. La única guerra que a Marisa de verdad le importa —la guerra que lo tiene a Carlitos adentro— sigue adelante.

2

Fue Juan Ignacio el que le dijo que quería que estuviese a su lado para recibir a esos dos militares y Alcira sintió que no podía negarse. Llegan, los susodichos, con la impuntualidad de quienes no se sienten obligados por nada enfrente de nadie. Uno es general y el otro es contralmirante. Mirá vos, piensa Alcira, quién le hubiera dicho que las lecciones de su abuelo sobre insignias y uniformes de las tres Fuerzas Armadas iban a serle tan útiles en la carrera diplomática. No piden disculpas. No presentan excusas por su tardanza. Al menos —se dice Alcira con cierta ironía— adelantan la diestra para estrechar la suya, atribuyéndole un estatus superior al de florero decorativo. Juan Ignacio les ofrece sentarse en la zona de sillones de su enorme despacho. Los visitantes aceptan, como aceptan también los cafés que se les ofrecen. El primer secretario se ocupa de servirlos, y Alcira no puede menos que agradecérselo en silencio. La mayoría de sus colegas, en la mayoría de las situaciones, parten de la base de que será ella quien se ocupe de eso. Hasta le parece detectar un mínimo rictus de sorpresa en el contralmirante. Que se joda.

—Ustedes dirán —dice Juan Ignacio una vez que todos tienen sus cafés en las manos, el de Alcira cortado con leche, los demás negros.

El general carraspea varias veces. Acomoda el pocillo sobre el plato y termina por apoyarlo sobre la mesa ratona, como si le incomodase.

—Necesitamos tiempo.

Los mira fijamente, primero a Juan Ignacio, después a Alcira, después de nuevo a él, como si sus palabras fueran una explicación redonda y acabada. El contralmirante se revuelve en su sillón, apoya también su pocillo sobre la mesa (se ve que son gente a la que se le complica hablar con las manos ocupadas) e interviene:

—Los ingleses están a punto de tirar la toalla. Estamos seguros de eso.

—Exacto —retoma el general, como si la intervención de su colega le hubiese ordenado las ideas y dado ímpetu—. Los ingleses están al borde del colapso en todos los órdenes: su cadena de suministros está casi cortada. Sus tropas están agotadas. Su flota ha sido diezmada por los ataques aéreos de nuestros aviones.

El cerebro de Alcira se tienta con la posibilidad de burlarse —en secreto, por supuesto— de la aclaración de que los ataques aéreos son de nuestros aviones, como si también pudiesen haber sido ataques aéreos de nuestros tanques o de nuestra infantería. Pero se contiene, porque el suyo es un cerebro racional que sabe jerarquizar las cosas y posponer las distracciones, y lo crucial para el cerebro de Alcira, en este momento, es llenar de luces rojas, de disparos de luces de bengala y de las más diversas señales de alarma lo que acaba de decir el general.

—¿Usted está diciendo que las tropas argentinas están a punto de obtener una victoria decisiva en la guerra?

Alcira ha intentado adoptar un tono neutro, desapegado, libre de emociones. Cree que lo ha conseguido, aunque su buen trabajo le ha costado.

—Sin lugar a dudas.

El que acaba de responder es el contralmirante, que ha cruzado las manos en su regazo y la mira directamente a los ojos. Alcira parpadea y lo mira al primer secretario, que le devuelve la mirada. En el gesto de su jefe —es raro llamarlo "su jefe", pero también es su jefe— Alcira lee el mensaje. Le toca hablar a él.

—Les confieso, señores, que estas noticias tan buenas son, al mismo tiempo, sorpresivas.

—¿Ah, sí? ¿Y por qué son sorpresivas?

El tono del general ha pasado sin escalas de la moderada cordialidad al sarcasmo desafiante.

—Bueno... ustedes sabrán que la información de inteligencia no sólo circula por diversos canales, sino también desde diversas fuentes. El cuerpo diplomático tiene sus propias... vías de comunicación. Por supuesto que no tenemos el mínimo contacto con los británicos. Pero sí tenemos contacto con quienes, a su vez, tienen contacto con ellos. Y nos hacemos nuestra propia composición de lo que está sucediendo en las Malvinas en este momento.

—¿Y usted me va a decir que esos canales de ustedes manejan mejor información que nosotros, los soldados que estamos peleando la guerra?

El general no sólo se pone de pie para decirlo, sino que más que decirlo lo grita. O usa un tono de voz demasiado parecido al grito. El primer secretario no se pone de pie. Lo mira desde su sillón. Sigue con su pocillo y su platito en la mano, y Alcira sabe que es a propósito. No pierde los estribos con frecuencia. Y esta reunión no va a constituir una excepción. El militar, en lugar de volver a sentarse, camina hacia el ventanal que mira hacia la Plaza San Martín y se queda en silencio mirando hacia afuera.

—Cada uno de nosotros construye su panorama con la información que le corresponde a partir de las fuentes que le corresponden, general —retoma Juan Ignacio, sin que en su voz haya la mínima nota de desagrado—. Tomo nota, entonces, de que la flota británica está diezmada, las tropas desembarcadas en las islas agotadas y su cadena de suministros prácticamente cortada.

Alcira desconoce si esos dos están familiarizados con esa expresión de "tomar nota", pero le agrada que se las haya enrostrado.

—Les aclaro —agrega Juan Ignacio—, ya que antes no pude completar el concepto, a qué me refería con que las noticias que ustedes nos traen nos parecen sorpresivas. Según esos canales de información a los que tiene acceso la Cancillería, y que el general nos ilustra acerca de que son profundamente deficientes, la cabeza de playa que los ingleses establecieron en San Carlos está completamente consolidada, sobre todo a partir de su ataque —exitoso, por lo que tengo entendido— sobre la guarnición argentina que defendía Puerto Darwin y Pradera del Ganso. Y que más allá de los buques hundidos durante el propio desembarco, la cadena de suministros británica está consolidada.

El primer secretario hace una pausa. Deja de mirar al general y se encara con el contralmirante.

—En cuanto a la situación de la flota británica, señor, tendimos a darle crédito a la información que nos llega por parte de terceros, porque a partir del hundimiento del Belgrano teníamos entendido que las operaciones de nuestra Armada se habían limitado al abastecimiento de las islas y a las misiones de los aviones navales, con lo que difícilmente podía conocerse la situación real de la flota, que según la información que manejamos está estacionada fuera del alcance de nuestras misiones aéreas, salvo cuando naves británicas específicas se desprenden del grueso de la flota para cañonear posiciones argentinas o abastecer a sus propias tropas.

—Bueno, es que nuestros ataques aéreos han provocado tanto daño en los barcos ingleses que podemos deducir que la flota está comprometida.

—Nuestro personal, entonces, tomará nota de esa... deducción, señor contralmirante.

Alcira desea fervientemente que los dos capitostes hayan sido capaces de detectar el sarcasmo. Y no puede resistir la tentación de aportar su granito de arena.

—Sin duda todo el personal diplomático recibirá con enorme beneplácito estas nuevas, señores. Implican un giro copernicano en el balance que veníamos haciendo.

—Lo que dice la señorita secretaria es exacto —Juan Ignacio apenas posa los ojos en ella cuando lo dice, pero Alcira le agradece la luminosidad de la mirada, la comisura derecha levísimamente alzada, la modulación de la voz, todos esos mínimos trazos que le dicen: "Seguimos jugando, Alcira. Aun en medio de todo este horror y de estas bestias, seguimos jugando"—. Pero aquí lo importante no es que el personal diplomático experimente este nuevo envión de seguridad en la victoria inminente, sino que ustedes nos expliquen lo que necesitan. Es decir, que nos aclaren esa estrategia de "ganar tiempo" que el general mencionó al principio de su exordio.

Alcira siente la tentación de explicarles lo que significa "exordio", pero se contiene. Tampoco se trata de tensar la cuerda de ese modo. Además, ya pasó el momento de divertirse a su costa. Ahora empieza otro momento, mucho más serio y más estresante. Hay que bajar a la realidad, porque la realidad son esos dos. No lo que dicen. No lo que creen. Eso no importa. Lo que importa es lo que son. Lo que hacen. Lo que esperan que los demás hagan. El poder que tienen. Es cierto que es un poder derivado. Ellos no toman las grandes decisiones. Estos dos están acá en nombre de otros tres, que son los miembros de la Junta Militar. Esos tres que los envían a estos dos. Estos dos que hablan como si supieran aunque no sepan. Y, por otro lado, Juan Ignacio y ella, que no tienen más remedio que escuchar esas órdenes y transformarlas en acciones lo más coherentes posible. Lo menos dañinas posible.

La siguiente media hora la dedican, el general y el contralmirante, a explicar lo que necesitan. Pavada de necesidad tienen el general y el contralmirante, y la Junta Militar que los comisionó. Eso de "ganar tiempo" significa que el cuerpo diplomático tiene que conseguir que las Naciones Unidas ordenen un alto el fuego. Pero un alto el fuego que incluya que las tropas argentinas permanezcan en las islas y que las tropas británicas salgan del territorio. Y para que las Naciones Unidas tomen esa decisión, Argentina debe establecer alianzas novedosas. Novedosísimas. Si en marzo éramos los abanderados del mundo libre y la mano derecha de Estados Unidos, ahora debemos abrazarnos a la Unión Soviética. ¿Acaso no les vendemos miles de toneladas de grano? Bueno. Abracémonos. Y Cuba, claro. Aprovechemos la reunión de los No Alineados en La Habana para sellar nuestro acercamiento a su bloque. Mientras los escucha delirar, Alcira intenta imaginarse qué idea tienen esos tipos del funcionamiento del Consejo de Seguridad de la ONU. ¿Saben acaso que Gran Bretaña y Estados Unidos tienen poder de veto dentro del Consejo? ¿Saben que lo que diga la Asamblea General es meramente declarativo, comparado con lo que pase dentro del Consejo? ¿Saben que la OEA y el dichoso Tratado Interamericano de Asistencia Recíproca son, si Estados Unidos no te acompaña, papel pintado? No lo saben. Y si lo saben, no les importa. O están tan desesperados que necesitan hacer como si no lo supiesen o no les importase.

Por eso mandaron a este general y a este contralmirante. Y los mandaron a hablar con ellos, con el primer secretario y con ella. Una reunión de nivel medio. Que los popes no se manchen las manos con ese proyecto que, hagan lo que hagan, no va a servir para nada. O que no se las manchen salvo a último momento, cuando sí o sí sea imprescindible que intervengan.

Una vez que terminan de decir lo que necesitan, se ponen de pie, saludan estrechando la mano de Juan Ignacio y de Alcira y se mandan mudar. El primer secretario los acompaña hasta la puerta y cierra detrás del contralmirante. Se miran con Alcira. Juan Ignacio va hasta su escritorio y se apoya contra el borde. Cruza los brazos. La mira a los ojos y resume la reunión en una frase:

—Estos tipos verdaderamente están en pedo, Alcira.

3

No llueve fuerte, pero cae esa garúa que parece que no pero que te va empapando la ropa y el calzado, y cuando te querés acordar estás hecha sopa. Además el paraguas no te protege, porque el viento te lo bambolea para todos lados y hace que las gotas te vengan de todas partes al mismo tiempo. Por eso cuando bajan del colectivo Magalí se limita a subirse la campera y tratar de cubrirse el cabello con la capucha. Su madre, en cambio, hace malabares con un paraguas plegable que ya tiene un par de varillas rotas y que, en opinión de Magalí, no logrará sobrevivir a la excursión.

Cuando llegan a la garita de vigilancia se dan cuenta de que no estuvieron muy originales con su idea. Hay una decena de mujeres, la mayoría más o menos de la edad de Azucena, agolpadas contra la barrera, hablando con los centinelas. Magalí no los reconoce. Deben ser colimbas nuevos, de la camada de este año, porque a casi todos los compañeros de Antonio y del Conejo los ubica perfectamente. Uno de los soldados le está diciendo a una mujer (ésta debe ser una abuela, porque parece mucho mayor, aunque nunca se sabe, porque hay que ver cómo avejentan las canas cuando te las dejás sin teñir) que no hay ningún oficial disponible para atenderlas, pero que si esperan un minuto le pregunta al suboficial de guardia si por lo menos las puede recibir él. La mujer de las canas, como si la hubiesen convertido en portavoz involuntaria del grupo, se vuelve hacia las demás. La que más, la que menos, con palabras o con gestos, dan a entender que sí, que está bien, que al menos las atienda alguien para que el viaje hasta ahí, con semejante día, no sea en balde.

El grupo de mujeres pasa un par de minutos en silencio, oteando hacia los edificios del cuartel que se ven más allá del camino de acceso, pero basta con que una de ellas haga algún comentario para que se lancen a conversar. Sin proponérselo se ponen a compartir lo que saben de sus hijos y puede interesar a las otras madres. Que si comen, que si tienen frío, que si disponen o no de una ducha caliente de vez en cuando. Las fuentes de información son siempre las mismas. Las cartas que recibieron, las infrecuentes llamadas telefónicas que pudieron entablar con ellos. Y ahí está el núcleo del problema. En los últimos días no llegan cartas ni llamados desde las islas. Ahora conversan en una ronda, desentendidas casi de lo que pasa al otro lado de la valla. Magalí, que se siente parte y al mismo tiempo se siente afuera de ese grupo porque todas las demás son madres, o como mucho abuelas o tías, de vez en cuando mira a los centinelas, que a su vez se miran entre ellos preguntándose si sus superiores los castigarán por permitir ese amontonamiento de mujeres en la puerta del cuartel.

Unos diez minutos más tarde Magalí ve cómo desde una de las barracas blancas de techo rojo que se ven al fondo emerge un hombre de uniforme que se acerca caminando con paso apresurado. Tiene un bigote frondoso y unas insignias rojas en las mangas y en la gorra. Magalí lamenta ser tan analfabeta en el asunto de los grados militares, porque no tiene ni idea de si es un cabo, un capitán o un general. Cuando lo separan veinte metros de la garita, los colimbas se cuadran y lo saludan. Uno de los dos se adelanta y le habla en voz baja, mientras el militar mira al grupo que está ahí reunido.

Al ver el movimiento, las mujeres dejan de hablar entre sí y se acercan a la barrera. Saludan, preguntan, piden por favor una reunión con alguien que les informe, porque necesitan saber cómo están sus hijos. Por un instante Magalí tiene miedo de que el milico las saque carpiendo. Se lo ve nervioso. Parpadea, sacude la cabeza, mira a los centinelas como si tuviese ganas de echarles la culpa de algo, se emprolija el enorme bigote, niega imperceptiblemente con la cabeza. Y sin embargo, cuando habla, dice algo que a Magalí la sorprende.

—Buenos días. Soy el sargento primero Bustamante. No tengo autorización para recibirlas, señoras. Y en este momento no está presente el oficial a cargo. Pero tampoco las puedo dejar acá en la puerta debajo de la lluvia.

Se vuelve hacia uno de los centinelas.

—Levante la barrera y acomode a las señoras en el puesto de guardia, Suárez.

El aludido pestañea rápido, como si la orden enfrentase algún tipo de imposibilidad.

—Muévase —insiste.

—Sí, mi sargento.

El centinela que hasta ahora no ha abierto la boca levanta la barrera para dejar pasar a las mujeres. El sargento les hace señas de que entren en el pequeño edificio blanco contiguo a la garita. Magalí pasa detrás de su madre. El lugar es estrecho y no hay donde sentarse, salvo un escritorio tapado de papeles, una silla y dos bancos de madera que ninguna de las mujeres se atreve a ocupar. El sargento también se queda de pie.

—Perdonen que no les pueda ofrecer un sitio mejor para recibirlas, señoras. Y como les dije antes, para una reunión más formal tendrían que presentar una nota para hablar con el capitán Flores. Si quieren ahora yo les facilito papel y una lapicera y dejan la nota presentada.

Las mujeres asienten en murmullos inorgánicos.

—Perdone, sargento —dice de repente Magalí, que acaba de tener una idea.

—Decime, nena.

Magalí duda, pero al final se anima.

—Además de presentarle la nota, tal vez algunas cosas generales nos las pueda contar usted. Sin compromiso. Pero seguro usted tiene un montón de compañeros allá que se comunican con ustedes. Y esos compañeros están con nuestros familiares.

La ocurrencia de Magalí suscita una nueva oleada de adhesiones, pero porque esas mujeres son ostensiblemente tímidas, o porque les impone el ámbito cuartelario, sólo las manifiestan en murmullos. El gesto del sargento se tensa un poco y Magalí teme haber ido demasiado lejos. En una de esas al tipo lo castigan por andar dando información sin permiso.

—Lo que pasa es que hace días y días que no sabemos nada, sargento.

—Es que la situación allá hace difícil mantener las comunicaciones, señorita.

Magalí supone que la seriedad del asunto ha llevado al militar a reemplazar el "nena" inicial por este nuevo "señorita".

—Por eso mismo, sargento.

—Este… bueno. Yo creo que lo que les puedo decir es que todo el regimiento está destacado cerca de Puerto Argentino. Alrededor del pueblo hay una serie de cerros que hay que defender. Bueno, ahí está el regimiento nuestro. Todos nuestros soldados. No me pidan que les diga el nombre del cerro, porque no puedo.

Termina de decirlo y echa un vistazo a su espalda, como para cerciorarse de que no tiene testigos.

—Hace frío, pero de abrigo vienen bien.

—¿Y la comida? ¿Tienen comida suficiente?

El milico pestañea varias veces y mira por la ventana. Después responde.

—Sí, comida hay. Hay comida suficiente. Tienen que tener en cuenta que están en una situación de conflicto armado.

—¿Y qué con eso?

—Que a veces esas cosas alteran las costumbres diarias de un soldado, señora. Pero apenas se puede subirles comida se les sube. Sin falta. Y apenas la cosa mejore un poco van a ver cómo la correspondencia también se normaliza. Van a ver.

Magalí escucha algunos asentimientos esperanzados a su alrededor. No dice lo que está pensando. Ni pregunta lo que está temiendo. No le parece que ese sargento sea mal tipo, pero entre lo que no sabe y lo que sí sabe pero no puede decir a Magalí le da la impresión de que faltan unas cuantas cosas en su informe. Demasiado mirar para afuera, a ese parque inmenso donde sigue garuando en medio del viento. Demasiado pestañeo cuando le preguntaron por el asunto de la comida. A Magalí se le ocurre una pregunta más. Y esa no se la va a dejar guardada en el tintero.

—¿Es verdad que cuando hieren a un soldado, o lo matan, a la familia le informan enseguida?

El efecto de las palabras de Magalí vuelve a ser inmediato. El milico la mira a los ojos, asiente y habla con firmeza.

—Sí, señorita. Apenas nos enteramos nosotros le avisamos a la familia. Eso, como que hay Dios.

Sin querer, en la cabeza de Magalí se forma una imagen. Un auto, o un jeep, estacionando frente a su casa una noche cualquiera. El chirrido de los frenos y el golpe de las puertas. Los pasos de los borceguíes en la vereda. Su madre abriendo antes de que golpeen. Su padre durmiendo, con su sueño de tronco de toda la vida. Y ella dos pasos detrás de su madre, preparándose para llorar.

A Magalí le queda otra pregunta pendiente: ¿Y a quién se le avisa en caso de un soldado santiagueño, más precisamente de Clodomira, que no tiene más familia que un tío al que no ve nunca? ¿A la novia secreta? Pero, por supuesto, no va a preguntar semejante cosa.

Los minutos siguientes, en el puesto de guardia, los dedican a redactar la nota para el capitán Flores. El sargento les da unas mínimas directivas acerca de la forma. Magalí se ocupa de escribirla, porque tiene buena letra y es rarísimo que se le escape una falta de ortografía.

4

¿Es su cuñada? ¿Es su cuñada la que la llama por teléfono a Marisa y le dice de verse? El mundo está patas arriba, definitivamente. ¿O será que la visita que Marisa le hizo en su casa, hace más o menos quince días, movilizó algo en la mujer de su hermano, le hizo cambiar el modo de ver las cosas, y ha decidido enmendar alguno de los desencuentros del pasado?

Marisa no quiere ilusionarse. Pero pedirle a Marisa que no se ilusione es como pedirle que no respire, que no parpadee, que el corazón no le palpite. La cuñada no la invitó a su casa. La citó en un café de Ramos Mejía, cerca de la estación, ahí por Avenida de Mayo. Uno de los dos o tres que hay, por otra parte, porque Ramos Mejía tampoco es la Capital, eso seguro. El llamado fue ayer a la tarde y Marisa casi no pegó un ojo pensando en esa conversación inminente. ¿De qué querrá hablar su cuñada? ¿Tendrá novedades sobre cómo está Carlitos, y querrá ponerla al tanto a ella? Eso sería lindo, la verdad. A Marisa no le gusta tener acomodo, pero tratándose de Carlitos no está dispuesta a desaprovechar cualquier ventaja posible. Compadece a todas las madres que están sufriendo por sus hijos soldados. Comparte su incertidumbre, su angustia, eso de tener un cuervo picoteándole el cerebro todo el tiempo con las mismas preguntas: "¿Dónde está? ¿Cómo está? ¿Dónde está? ¿Cómo está? ¿Dónde está?".

Pero bueno. Ella no eligió tener un hermano que es mayor del Ejército y que puede darle una mano. Y flor de mano que puede darle. Aunque su buen trabajo le ha costado, Marisa ha acabado por aceptar que Carlitos está allá por su propia responsabilidad. Porque el muy tonto no quiso quedarse en Buenos Aires cuando sus amigos iban a las islas. Ya habrá tiempo de decirle de todo por haber procedido así. Pero ahora no es el momento. Cuando vuelva le va a poner un reto que no se va a olvidar en la vida. Pero ahora no. Recién cuando vuelva.

Marisa camina desde su casa hasta el café donde la citó la mujer de Alfredo intentando esquivar los charcos y las baldosas flojas. En una de esas se tendría que haber puesto otra ropa más sufrida, pero tampoco quiere presentarse delante de su cuñada como una pordiosera. Por eso va con cuidado, mirando bien dónde pisa. Esa garúa es muy tramposa. Parece que no llueve casi nada, pero el suelo se pone patinoso. Y ni hablar de cómo te deja el cabello, hecho un globo pastoso. Se consuela pensando que el pelo de su cuñada no podrá estar demasiado mejor que el suyo.

Cuando entra en el café, la mujer de Alfredo ya está sentada contra la vidriera. Lleva un piloto precioso y el pelo atado en un rodete alto. Claro. Eso es lo que ella tendría que haber hecho. El pelo bien sujeto, bien tirante, para evitar que se le electrifique todo. Camina hasta la mesa pensando que es una estúpida o una frívola. Tiene un hijo en las Malvinas. ¿Qué cuernos importa ponerse a competir con su cuñada a ver cuál de las dos tiene mejor aspecto?

Marisa le da un beso en la mejilla y se sienta enfrente. Le sonríe. Su cuñada le devuelve una sonrisa dura, rígida, una sonrisa que se niega a serlo. Marisa siente un ramalazo de inquietud, pero decide tomar el toro por las astas. Ya llevan demasiado tiempo de desencuentros, de malentendidos, de mezquindades. Suficiente. Eso no les hizo bien. Eso se acabó.

—Quería decirte lo mucho que me alegró tu llamado. No sé. Me quedé pensando cuánto hace que no hacemos esto, vos y yo. Vivimos a veinte cuadras una de la otra, vos en Haedo y yo en Ramos. ¿Cómo puede ser que nunca tengamos el tiempo de tomarnos un café, de charlar, de saber un poco de la vida de la otra? El otro día que fui a tu casa, la verdad que dudé mucho, porque...

—Bueno, Marisa, lo que quiero hablar con vos tiene un poco que ver con eso.

Su cuñada ha levantado la mano mientras la interrumpía. Marisa no sabe si para moderar la dureza de interrumpirla o para reafirmarla.

—¿Con qué? ¿Con esto que te digo de retomar una relación más frecuente entre nosotras?

—No. Con esto de que viniste a mi casa el otro día.

Marisa se queda dura. No sabe cómo reaccionar. Supone que lo mejor es dejar que hable su cuñada.

—Me quedé pensando, después de que te fuiste. Y hablé con Alfredo, cuando me llamó por teléfono.

Marisa traga saliva. ¿Tan importante fue su visita como para que se la comente a su hermano, a dos mil kilómetros de distancia? La mujer sigue hablando:

—Pensamos que no está bien que nos comuniquemos. Y Alfredo me pidió que te lo dijera en persona, porque nosotros dos somos personas sinceras que queremos que las cosas sean lo más claras posible.

Marisa no sabe si la deja más helada lo que le está diciendo o esos "nos", ese "nosotros somos", como si fueran un dúo blindado, férreo, enfrentado con Marisa y con todo lo que Marisa ama y defiende a su vez.

—Durante mucho tiempo Alfredo fue muy paciente con tu marido y con vos. Con sus críticas, con sus insinuaciones...

—¿Críticas? ¿Cuándo critiqué yo a mi hermano?

—Dejame terminar, por favor. Alfredo tiene una carrera importante. Prometedora. Estamos orgullosos de esa carrera. Y ustedes más de una vez se han mostrado... han denigrado su trabajo, su empeño...

—¿Denigrado? No sé de qué me estás hablando.

—Ah, ¿no? —su cuñada, de repente, ha levantado la voz y endurecido el gesto, como si la calma anterior hubiese sido una fachada que duró lo que pudo, pero ya no dura más—. Mirá, chiquita. Si tu marido es un simple martillero de barrio no es nuestra culpa. Y si mi marido, o sea tu hermano, es un tipo brillante, corajudo, que no para de cosechar elogios y responsabilidades, tampoco es culpa nuestra. Y si ustedes son unos envidiosos, unos criticones...

Marisa deja de escuchar. Cree que nunca le ha pasado algo así. Es como si alguien le hubiese bajado el volumen a la voz de su cuñada. La mujer sigue moviendo los labios. Sigue mirándola con los ojos explosivos y la expresión rabiosa. Pero las palabras han dejado de llegarle a Marisa. Son dos las cosas que de pronto la agobian y la aíslan del mundo. Una es el bochorno. Y pensar que ella llegó al café suponiendo que estaban inaugurando una etapa nueva en su relación familiar. Que los desencuentros del pasado podían charlarse o, mejor aún, darse por resueltos. No vio venir, no se imaginó, no se preparó para esa andanada de reclamos antediluvianos, de rencores que sangran como si estuviesen recién inaugurados. Pero la otra cosa que la aísla y que es peor que el bochorno es el miedo. Un miedo agobiante y absoluto. Porque en el medio de esa tempestad que ella, al parecer, desató, está Carlitos. Carlitos en el medio de una guerra, solo. Solo o, peor, sometido al resentimiento de un tío que evidentemente debe estar loco, a juzgar por lo que su mujer, transformada en portavoz, sigue farfullando.

—Así que si en algún momento del futuro las cosas se aquietan, se ordenan, tal vez podamos retomar alguna normalidad en el trato con ustedes. Tal vez. En el futuro. Pero por ahora te pedimos por favor que nos dejes en paz. No tanto a mí, sino a Alfredo, que tiene que ver cómo hacer para ganar la guerra con soldados como tu hijo.

En los días siguientes Marisa se preguntará si pudo haber reaccionado mejor. Si tal vez un último intento de diálogo, o una aproximación más tierna, algo como tomar las manos de su interlocutora por encima de la mesa del café, o una retirada iracunda, un ponerse de pie con gesto indignado y mandarse mudar con la otra increpándola por la espalda, habrían sido opciones mejores, caminos menos rotundos. Pero las personas hacen lo que pueden y lo que les sale. Y lo que Marisa puede y lo que a Marisa le sale en ese momento es levantar la mano derecha y cruzarle la cara a su cuñada con un tremendo bofetón en la mejilla izquierda. Recién después de esa descarga de adrenalina y frustración Marisa está en condiciones de ejecutar alguna de las otras opciones más civilizadas. Aquella por la que opta es la de ponerse de pie y mandarse mudar. Eso sí, a su espalda no queda una mujer increpándola, sino una mujer muda, que tiene los ojos y la boca muy abiertos y una marca muy roja y muy amplia en la piel de la mejilla.

5

Solano no consigue decidir si la de Alessandri es una jugada inteligente o el berrinche de un chico caprichoso. ¿O puede ser las dos cosas al mismo tiempo? Desde que casi se van a las manos con Weissman (esa nochecita en la que después Weissman lo alcanzó a él en la calle y dejaron su distancia atrás) el tipo ha cambiado de estrategia. En lugar de buscarlos a ellos, como toda la vida, ha conformado un pequeño grupo de fanáticos tan ingenuos como él que le rinden pleitesía. Cuando Solano llega al Asturias, sobre las cinco de la tarde, ya Alessandri y sus admiradores se reparten entre su mesa y la contigua, y se dedican a analizar las noticias y los comunicados del Estado Mayor con una mezcla de alborozo, groserías y razonamientos ramplones que a Solano lo sacan de quicio aunque haga un esfuerzo supremo para que no se le note. Y cuando ese grupo de crédulos, a eso de las seis, decide que es tiempo de volver a casita, Alessandri tiene la precaución de irse con ellos, no sea cosa de que quede en desventaja frente a sus antiguos adversarios.

Solano es muy dado a aplicar las máximas de su abuela, quien decía que en cada cosa mala se esconde también alguna cosa buena, y en este caso le da la impresión de que la cosa buena encerrada en la imperiosa rabieta de Alessandri es, tal vez, que con Weissman pueden prestarle más atención a Cullen, que últimamente no las tiene todas consigo. Cullen nunca ha sido un dechado de prolijidad ni de limpieza, pero en estas últimas semanas se lo ve más descuidado, distraído, ajeno a casi todo.

Lo comentaron con Weissman, a quien tampoco se le pasó por alto que el olor corporal de su amigo en común está escalando a niveles alarmantes. La interpretación de Weissman —cuándo no— lo dejó pensando. Cullen es un obsesivo de la comprensión. Necesita entenderlo todo, saberlo todo, para mantenerse sereno. Bueno, hasta Cullen comprende que saberlo todo es imposible. Pero lo desesperan las discordancias y hace un esfuerzo incansable por hallar explicaciones que establezcan alguna regularidad, alguna norma, alguna constante.

No le sucede únicamente a Cullen. A él también le pasa, pero puede manejarlo con un poco menos de angustia, supone. Lo del mapa de las Malvinas es un buen ejemplo. Solano no había notado hasta qué punto los comunicados del Estado Mayor lo habían llenado de intranquilidad hasta que pudo empezar a situarlos en un croquis. Si a ellos dos la maqueta que ha construido en el Asturias, con toda su tosquedad, les es útil, cuánto más para una persona tan necesitada de concretar las incógnitas y sus posibles explicaciones. Sumarle rótulos con los nombres fue su modo de colaborar con ese orden, con esa voluntad de claridad. Lo que dice Weissman, y Solano —cuándo no— cree que tiene razón, es que en estas últimas semanas hay una desafinación creciente en el cúmulo de información que Cullen intenta investigar. Se la pasa no sólo analizando los comunicados del Estado Mayor casi palabra por palabra, sino leyendo todos los diarios matutinos y vespertinos y las revistas semanales. Y toma notas. Todo el tiempo toma notas. Solano le preguntó a Weissman si el problema es entre los comunicados del gobierno y las noticias de los diarios y resulta que no: no es esa la disonancia que le está molestando a Cullen. Entre los diarios y el gobierno están muy de acuerdo. Lo que le molesta es que cree detectar una contradicción entre toda esa información y la realidad. Por un lado, ha descubierto que los comunicados parecen obedecer a una lógica que no tiene que ver con las acciones militares sino con una narrativa emocional: después de varios comunicados con malas noticias viene uno en el que un avión inglés es derribado o una fragata inglesa es seriamente dañada. Siempre. Es más: a veces el mismo comunicado incluye las dos cosas, como para administrar una pastillita de optimismo junto con una pésima novedad. Y por el otro, Cullen estuvo ordenando los diarios y las revistas en una escala de optimismo/pesimismo cuya construcción lo tuvo dos noches en vela. Y después se fue a cinco puestos de venta de diarios a preguntar cuánto se vendía de cada uno. Un par de canillitas lo sacaron carpiendo, pero otros fueron amables y le respondieron. Y ¡eureka!: resultó que los diarios y las revistas más triunfalistas venden bastante más que los prudentes. Lástima que esa constatación lo sumió a Cullen en una desesperación creciente, por eso del desajuste. Cada día que pasa se siente más perdido, menos atado a la realidad, menos confiado en lo que escucha, y no hay peor cosa para Cullen que no poder confiar en los datos que organizan el mundo.

Weissman y Solano saben que no pueden hacer mucho por su amigo. Apenas acompañarlo, sacarle conversación, sustraerlo —por lo menos en esos ratos que comparten en el Asturias— del pozo de incógnitas recurrentes y angustiantes de sus obsesiones.

Ahora mismo Weissman acaba de acercarse a la barra a pedirle a Alonso un señalador nuevo, distinto a los que ya tienen dispuestos sobre la maqueta, para alcanzárselo a Cullen y que sirva de mojón. Alonso echa un vistazo a la mesa para no repetir el objeto, hurga en un estante y le alcanza un sacacorchos antiguo, de metal, bastante aparatoso, que se apoya en un pie cónico.

—¿Sirve? —pregunta Alonso.

—Sirve. Gracias —Weissman se encamina hacia la mesa de Cullen para convocarlo.

Solano ve el breve diálogo desde la distancia y no se le escapa la expresión de alivio de Cullen cuando lo convocan a hacer algo distinto. Echa un vistazo a la libreta del croquis y ambos caminan hasta la maqueta, donde se les une Solano, quien con el rabillo del ojo alcanza a ver que Alessandri interrumpe su verborragia y estira el cogote para ver en qué andan ellos. Mala jugada, compatriota, piensa Solano, porque lo que logra es que sus corifeos hagan silencio también, sigan la dirección de su mirada, y ahora es todo el Asturias el que está pendiente de los movimientos de Cullen.

—Bahía Agradable es... por acá —dice Cullen y coloca el sacacorchos un poco abajo del servilletero que representa la capital—. Muy cerca de Puerto Argentino. Al sur. Muy, muy cerca.

Weissman roza con los dedos la parte superior del sacacorchos y después retira la mano.

—Están ahí, la puta madre —dice al fin, con el tono de quien se limita a constatar una evidencia.

Solano entiende a qué se refiere. Ayer y hoy no se ha hablado de otra cosa. Los británicos hicieron un nuevo desembarco, pero no como el primero, el de San Carlos, a ochenta kilómetros de la capital. Este es a ¿cuánto? ¿Diez? ¿Quince kilómetros?

—¿Se hace una idea de a qué distancia está?

Cullen se muerde los labios con expresión de duda.

—Ya salieron los derrotistas estos. No podía fallar.

La voz, estentórea, es la de Alessandri. Solano se promete no mirarlo, pero la disciplina le dura cinco segundos. Las hijas de Lot, un poroto al lado suyo.

—¿Por qué no sigue con lo suyo, Alessandri?

—Porque lo mío es evitar que la campaña de desinformación del enemigo confunda a los argentinos, Solano. Así que lo que están haciendo ustedes también es "lo mío", se lo garantizo.

—"Lo que están haciendo ustedes" —interviene Weissman—. No sabía que juntarme con dos amigos a mirar una maqueta era parte de una campaña de desinformación. Mire usted.

—No se haga el idiota.

Solano sabe lo que a Weissman lo calientan los insultos. De modo que puede imaginarse el esfuerzo sobrehumano que está haciendo para volver a centrar su atención en la mesa. Cullen, en su mundo, está señalando un espacio vacío sobre la madera, a la izquierda de Puerto Argentino y al norte de Bahía Agradable.

—Acá va a ser la cosa de ahora en adelante, me parece. Acá hay una serie de cerros, más bien de montes bajitos —dice Cullen, mientras toca aquí y allá con el dedo índice—. No estoy seguro de la altura, porque me hice lío con la escala de grises que traía el mapa. Pero son bajitos. Monte Harriet, monte Dos Hermanas, monte Longdon...

—Dale, nomás. Sigan así —vuelve a hablar Alessandri—. Sigan creyendo las pelotudeces que dicen los ingleses y todos esos cipayos que les siguen la corriente.

Weissman parece al borde del estallido. Se vuelve hacia Alessandri.

—No me queda claro. ¿Nosotros en qué categoría entramos? ¿En la de idiotas o en la de cipayos?

—En la de antiargentinos, entran. En ésa.

Alessandri se pone de pie y su voz escala rápidamente hasta el nivel del grito. Levanta uno de los vespertinos que tiene desperdigados sobre la mesa y lo blande como una prueba, o como una Biblia.

—¡Desastre inglés! ¿Le queda claro lo que significa la palabra o mejor se la deletreo? ¡De-sas-tre!

—Eso es separar en sílabas, no deletrear. Y creo que se equivocó, porque …

—Váyase a la mierda, Weissman.

—Me parece bien, siempre y cuando me indique el camino, usted que vive ahí.

Alessandri parpadea y arma una amplia sonrisa, en un gesto que a Solano se le antoja un modo de ganar tiempo para encontrar una respuesta adecuada. El otro niega con la cabeza, sin dejar de sonreír y se encara con sus compañeros de mesa:

—Este par de putos me tienen podrido.

Se deja caer en su silla, entre las risitas de sus adláteres. Lo que sigue es demasiado vertiginoso como para que Solano pueda registrarlo en orden cronológico. Se inicia, supondrá cuando quiera reconstruirlo, con Weissman cruzando el Asturias hasta la mesa de Alessandri, éste volviendo a ponerse de pie, Weissman diciéndole: "¡Te voy a cagar a palos, pedazo de forro!" y un mar de piñas, sillas tiradas, gritiros de las tres o cuatro mujeres que meriendan en el Asturias, Alonso saltando desde la barra para intentar detener el estropicio de su negocio, Solano poniendo primero a salvo a Cullen y armándose después con el servilletero que en la maqueta representa Puerto Argentino, porque lo suyo es la dialéctica mucho más que el pugilismo pero tampoco es cuestión de dejarlo solo a Weissman en una parada así de difícil, aunque la verdad es que Weissman no parece necesitar demasiada ayuda para ponerle dos o tres buenas trompadas en la cara al imbécil de Alessandri antes de rodar abrazado con su rival arrastrando la mesa, las tazas y los platitos, y Solano siente al mismo tiempo la adrenalina de estar a punto de participar en la primera pelea a golpes de su vida y el orgullo de verlo así de desatado y de salvaje y de heroico a Weissman, vida mía.

6

Llevan horas acostados boca arriba en la oscuridad. Al principio Marisa estuvo largo rato contándole y repitiéndole a Carlos hasta el último detalle de su encuentro con Ester. En eso son muy distintos. A Marisa la calma ponerles muchas palabras a los problemas. Decir las cosas, repetirlas, volverlas a contar es para ella un modo de amansarlas. Carlos es distinto. Él prefiere ponerles a los problemas el menor número de palabras posible. Las imprescindibles. Nada más. A partir de ahí le resultan ociosas, o directamente dañinas. Pero hoy no está el horno para bollos como para tratar de hacer las cosas del modo en que él prefiere hacerlas.

Desde que se acostaron y apagaron la luz era evidente que Marisa necesitaba hablar de lo ocurrido esa tarde. Bastante bien había disimulado su mujer mientras cenaban con las chicas. Pero cuando estuvieron acostados no pudo más y le contó todo con pelos y señales. No sólo el encuentro, sino sus expectativas previas. Ya en ese momento Carlos podría haberla interrumpido, porque sobre eso, sobre las expectativas de Marisa, habían hablado largo y tendido la noche anterior. Carlos le había dicho que no se precipitara, que no se entusiasmase. Sobre todo pensando en que las cosas bien podían terminar mal. Y conociendo el paño, Carlos tenía pocas dudas —casi ninguna— de que iban a terminar mal. Hay algo que debe reconocer Carlos, de todas maneras: esos cuñados suyos siempre parecen capaces de guardarse un as bajo la manga. Son bichos siempre más dañinos de lo que uno supone. Tendría que existir una escala para los hijos de puta y su peligrosidad, como la hay para los terremotos. Vos leés en el diario que hubo un terremoto en Japón de 5,3 en la escala Richter y te hacés una idea de cómo anduvo la cosa. Si el terremoto es de 6,7, o es de 7,4 la cosa cambia. Bueno. Con los hijos de puta debería existir algo parecido. Cuando alguien te presenta a un hijo de puta deberían avisarte a qué punto de la escala corresponde ese hijo de puta.

Cuando Carlos fue por primera vez a comer a lo de su novia Marisa, y estaban presentes y recién casados su hermano Alfredo y su mujercita, alguien —su suegro, su suegra, la propia Marisa, alguien— debería haberle dicho: "Te presento a Alfredo y a su señora esposa. Son un 8,5 en la escala de hijos de puta. Andá con tiento, jaja". Y todos felices. Se habrían ahorrado más de un dolor de cabeza.

Mientras sus hijos —y los de esos dos— fueron chicos, las dos familias se vieron con frecuencia. No sólo porque sus suegros reunían al conjunto a menudo, sino también porque Marisa era devota de esa imagen romántica de la familia ampliada. A Carlos no le gustaba —no le gustaba nada— su cuñado militar. No por militar, sino por hijo de puta. No había que ser ningún genio para imaginar en qué andaba el subteniente, luego devenido teniente, luego ascendido a teniente primero, más tarde capitán y por fin (aunque sólo por ahora) mayor. Ni en qué andaba ni de qué modo. Para sus suegros, sin embargo, era todo una fiesta. Mirá el auto que se compró éste, je je, te felicito, hijo. "Mirá qué casa. ¿Te dijo quién los invitó a su quinta el fin de semana pasado, che? No seas modesto, Alfredo, contale a tu cuñado".

Así que mirá vos. Qué manera de prosperar el mayor. Igual Carlos siempre fue partidario de tener la fiesta en paz, y mientras no se la tomaron con Marisa metió violín en bolsa y se calló la boca. El asunto fue cuando la muerte de sus suegros. Primero él y casi enseguida ella. Y de repente el mayor era mago: nada por aquí, nada por allá. Hizo desaparecer desde las joyas de su madre hasta la casa de los dos. Qué necesidad, mi mayor, pensó entonces Carlos. Con toda la que juntaste. Con toda la que vas a seguir juntando, qué necesidad de cagarla así a tu hermana.

Los años siguientes habían sido más difíciles para Marisa que para él. Y Carlos supuso que lo peor ya había pasado. Que el tiempo iba cicatrizando las heridas. Error. Porque ahora Carlitos está en las Malvinas bajo el mando de este hijo de puta, casado con la otra hija de puta a la que Marisa acaba de cruzarle la cara de un bife en plena confitería de Ramos Mejía.

No la culpa. Cuando Marisa le contó el núcleo de la conversación, eso de "no nos molestes más", Carlos sintió que se le subía la calentura a la cabeza. Pero cuando aludió a que su pobre maridito tenía que pelear una guerra rodeado de inútiles —entre los cuales está Carlitos— Carlos se alegró de no haber estado presente en esa conversación, porque tal vez habría reaccionado peor todavía.

Así que es cierto que las cosas no pueden estar peor. Marisa le ha preguntado veinte, treinta veces, si piensa que su cuñada se lo va a contar al mayor. Lo de la bofetada. Carlos le ha respondido que no, las veinte o las treinta veces que ella preguntó. Pero está seguro de lo contrario. Está seguro de que lo primero que hizo la turra cuando volvió a su casa fue mover cielo y tierra como para comunicarse con su marido. Porque ellos seguro que sí se comunican cuando quieren. Otra que mandar cartitas. Otra que hacer fila frente al teléfono público. Seguro que a la media hora el mayor Alfredo Camargo estaba al tanto del bofetón sufrido por su señora esposa.

Por eso ahora, cada vez que Marisa le pregunta si piensa que puede haberlo perjudicado a Carlitos, su marido le responde que no, que nada que ver, que se quede tranquila, que como mucho se enterará a la vuelta, y que Carlitos va a estar bien. Cada vez que Marisa se lo pregunta Carlos le responde lo mismo. Sabe, porque la conoce, que preguntarlo y volverlo a preguntar es un modo de tranquilizarse poco a poco. Y sabe, porque se conoce, que responderlo y volverlo a responder es un modo de angustiarse un poco más cada vez que lo hace. Porque con hijos de puta de esa envergadura uno nunca está listo, uno jamás está preparado para lo que están dispuestos a pensar, a hacer y a decir.

Carlos aguza el oído en la oscuridad. Al principio no está seguro. Evita moverse durante un par de minutos y sí, ahora escucha con claridad la respiración profunda y pausada de Marisa, que por fin se ha dormido.

7

Qué cosa rara es el poder, piensa Molinero mientras espera, sentado y quieto, que ese hombre vuelva desde el baño. Se incorporó hace dos minutos, después de exhalar un larguísimo suspiro, y le dijo que por favor lo disculpase un minuto, que ya volvía. Molinero, por supuesto, le dijo que sí. Por supuesto, general. Esa fue la forma que encontró para decirle que sí, que lo disculpaba. Molinero resopla una mueca irónica. Como si pudiese responder otra cosa. ¿Qué iba a decirle? No, general, no lo disculpo. Aguántese las ganas y siga hablando conmigo. Imposible.

Bueno, el poder es eso. Hacer lo que a uno se le cante y que los demás tengan que limitarse a asentir. A aceptar. Ser poderoso es pedir permiso a sabiendas de que uno no necesita pedir nada. Pedir, pero de puro educado. Por ser cortés y gracias.

En realidad tener poder es muchas más cosas, además, piensa Molinero mientras escucha correr el agua del lavatorio en el baño contiguo al despacho. Decidir cosas y convertir esas decisiones en órdenes. Y que esas órdenes se cumplan. Porque hace falta que alrededor de una persona poderosa haya un montón de hombres dispuestos a acatar esas órdenes.

Ese hombre que se lava las manos detrás de esa puerta, sin ir más lejos. Ese hombre dijo: "Vamos a entrar en guerra con los ingleses". Y entramos. La Argentina está en guerra con los ingleses. Bueno —modera un poco Molinero lo que está pensando—, tal vez las cosas no son tan sencillas. Primero, porque lo más probable es que el general nunca haya tomado esa decisión tan, tan extrema. Sí tomó la decisión de desembarcar en las islas. Pero la sensación es que esa decisión precipitó más decisiones, las unas detrás de las otras, en una catarata creciente de consecuencias imprevistas. Y al final de esa catarata está la guerra. Así que lo más probable es que en ningún momento el general haya pronunciado esas palabras, emitido esa orden de "vamos a entrar en guerra con los ingleses". Y, segundo, porque muchas de las órdenes que se han tomado no las ha tomado el general en soledad, sino de acuerdo con el almirante y el brigadier general. Es decir, la Junta Militar es más poderosa que este hombre. O poderosa de modos más misteriosos.

Pero los seres humanos necesitamos que el poder tenga rostro. Tenga cuerpo. Para temerlo, o venerarlo, o para hacer ambas cosas, temer y venerar. Pero se necesita un cuerpo. A la Junta, en eso, le falta esa corporeidad. Tener tres, tres cuerpos, en un punto es como no tener ninguno.

Por eso este hombre al otro lado de la puerta del baño tiene poder. Poder por sí mismo. Por su rostro, por su porte, por su voz, por su mirada, por esa mandíbula igualita a la de Patton. Porque es un cuerpo que los demás asocian al poder. Y temen.

¿Temerían del mismo modo si pudieran verlo como lo ha visto Molinero en los quince minutos que llevan reunidos? ¿Si lo hubiesen visto quejumbroso, errático, deprimido, abrumado? ¿Puede el poder ser todas esas cosas tan poco luminosas? ¿Tan poco poderosas?

Todo eso piensa Molinero mientras espera que el general regrese desde el baño del despacho presidencial. Y en eso mismo se queda pensando. Un hombre poderoso puede gobernar un país, ordenar un desembarco, enviar soldados a pelear una guerra, y al mismo tiempo lo asaltan las ganas de orinar y necesita interrumpir una reunión para vaciar la vejiga. En eso es igual a la persona más débil, a la persona menos poderosa que existe en el mundo. Es, piensa Molinero, como si el poder fuese un pájaro que viene planeando y se posa en el hombro de un hombre. Mientras está ahí posado, transforma al hombre sobre el que se ha posado en un hombre poderoso. Pero después pasan cosas como ésta: el hombre siente necesidad de orinar, el pájaro levanta vuelo, y el que se levanta del sillón es un hombre igual a todos los demás que camina hasta el baño, mientras el pájaro se queda volando en círculos en la habitación. El hombre que ha vuelto a ser nada más que un hombre levanta la tapa del inodoro, orina, sacude su miembro para eliminar las últimas gotas, aprieta el botón del inodoro, se lava las manos, se las seca en la toalla, regresa a su sillón, toma asiento, pregunta en qué estábamos, y recién en ese momento el pájaro vuelve a posarse sobre él y el hombre es de nuevo poderoso.

Y cuando pregunta: "¿En qué estábamos?", vuelve a ser el general en jefe, el comandante, el que manda, el que decide. Y entonces Molinero carraspea y dice que el equipo de asesores —miente, porque del equipo de asesores queda poco y nada— estuvo pensando —eso es verdad, aunque no lo pensó un equipo sino que lo pensó él, Molinero— en que hay dos acontecimientos inminentes con una implicancia mundial, universal —a Molinero le gusta usar ese adjetivo: universal—, dos acontecimientos

—repite Molinero, porque se distrajo pensando en lo mucho que le gusta eso de universal— impresionantes y definitivos, que son la visita a la Argentina del papa Juan Pablo II y el inicio de la Copa Mundial de Fútbol. Agrega que los dos sucesos tienen la doble virtud de que los ojos del mundo se vuelvan hacia la Argentina, hacia la verdadera Argentina, y no esa Argentina de mentiras que los medios de comunicación internacionales se empeñan en construir y diseminar. El general frunce el ceño, pero Molinero no se inquieta, porque ahora que mantienen reuniones periódicas a solas, ha aprendido a distinguir cuando el general frunce el ceño por disgusto, por preocupación o, como en este caso, como un modo de extremar su concentración. Claro, dice Molinero, llevamos semanas —en realidad llevamos años— intentando combatir esa campaña antiargentina que, orquestada por oscuros intereses internacionales, quiere presentarnos como un gobierno represivo y sanguinario que controla a una sociedad atemorizada.

—Y nada que ver —dice el general, molesto.

—Y nada que ver —corrobora Molinero.

Y agrega que, por eso, cuando el papa venga a visitar la Argentina el mundo verá la devoción cristiana de nuestro pueblo pero también la armonía que rige el vínculo entre ese pueblo y su gobierno. "Y después está el Mundial, mi general", dice Molinero, "y todos tenemos en la memoria y en el corazón lo que fue el Mundial 78. Las banderas, el gentío, la alegría, el orgullo, la inyección de optimismo y de argentinidad. Hoy la Patria —Molinero la piensa con pe mayúscula cuando usa la palabra, y sabe que al general también le gusta pensarla así, con mayúscula— necesita esa fiesta, esa alegría. Y bueno", concluye

Molinero, "en pocos días vamos a tener las dos cosas juntas, mi general. Y es una oportunidad invaluable de volver a tomar envión". Termina Molinero de decirlo y se arrepiente. Sus propias palabras quedan colgadas, como en un trapo rojo de alarma, ante sus ojos. "Volver a tomar envión". ¿Cómo se le pudo ocurrir elegir esas palabras? Estúpido. Más que estúpido. Volver a tomar envión connota que lo han perdido, el envión. Que están quietos. Detenidos. ¿Y de quién sería la culpa? ¿Del propio Molinero, que no sabe asesorar? ¿O del propio general, que no sabe elegir mejor a sus asesores? ¿Y si el general lo interpreta como una crítica o, peor aún, como una acusación? En ese caso, Molinero estaría perdido.

Por fortuna el comandante en jefe está demasiado absorto en sus pensamientos, en su abatimiento, en la perpleja contemplación de un panorama tan sombrío, que las luces que Molinero pretende encender no llegan a perforar la oscuridad. El general no ha reparado en esa frase desdichada. Molinero casi podría decir que no repara en ninguna otra cosa que en los pensamientos que lo agobian como una acechanza. Molinero se pregunta si el pájaro del poder sigue posado en su hombro, o si sobrevuela sus cabezas, vigilándolos, acechándolos, intentando detectar allí abajo un movimiento, un aunque sea minúsculo síntoma de vida. Si se ha echado a volar, indeciso, como si la buena estrella de ese hombre estuviese empezando a agotarse.

8

Carlos se pregunta si hizo bien en agenciarse el mapa de las islas. Si es mejor entender o seguir en babia, como casi todo el mundo. Porque cada comunicado del Estado Mayor Conjunto que se emite, Carlos va y lo sitúa en ese mapa. Algunos no mencionan lugares. Pero muchos otros sí los nombran. Y alcanza con eso para entender lo que está pasando. Lo que va a pasar. O lo que está terminando de pasar. Él, Carlos López, que es un simple martillero público de Ramos Mejía, tiene un panorama clarísimo de lo que está sucediendo.

La cosa es simple: si vos agarrás todos los comunicados y buscás los lugares que nombran, te das cuenta de por dónde vienen avanzando los ingleses. Los tipos no desembarcaron en Puerto Argentino. No, señor. Se fueron al estrecho ese entre las dos islas, y desembarcaron ahí, bien lejos de la capital. Eso fue por el 20 de mayo, más o menos, cuando desembarcaron en San Carlos. Serán como ochenta, noventa kilómetros, de ahí a Puerto Argentino. Pero los tipos no avanzaron enseguida hacia la capital. No, señor. Primero fueron un poquito hacia el sur. Un poquito, nomás. Y conquistaron Darwin y Pradera del Ganso. Que ahí fue adonde lo mandaron a Carlitos y ellos, Marisa y él, casi se mueren de un síncope. Porque ahí se dieron con *tutti*, hasta que los ingleses ganaron y los argentinos se rindieron.

Carlos no tiene ni la más remota idea de cómo Carlitos, y ese teniente Quinteros que los llamó, y algunos más, consiguieron salir de ahí y volver al otro lado de la isla, pero lo hicieron. Que con Marisa no sabían si alegrarse o entristecerse, porque eso significa que para Carlitos sigue la guerra. Para los que se rindieron en Darwin la guerra ya terminó y están prisioneros, seguro. Pero para los de Puerto Argentino la guerra sigue. Y Carlitos está por ahí. O sea, se alegraron de que no lo mataron en Darwin o en Goose Green, pero todavía lo pueden matar. Todavía no está salvado.

Porque la cosa es que después de unos días en que pasó poco y nada, los comunicados se pusieron a hablar de lugares que están mucho más cerca de Puerto Argentino. Primero hablaron del monte Kent, que está como en medio de la isla, pero más del lado de Puerto Argentino. O sea que los ingleses vinieron cruzando la isla como Pancho por su casa. Y en estos últimos días peor, porque empezaron a mencionar lugares que están cerquísima de la capital. Se llenaron la boca, los comunicados de los milicos, hablando de Bahía Agradable. Del desastre inglés de Bahía Agradable, del ataque argentino, de los buques hundidos. Todo muy lindo, pero Bahía Agradable está ahí nomás de Puerto Argentino. ¿Y de eso no dijeron nada? ¿De por qué carajo los ingleses se animaron a desembarcar ahí, tan cerca? Pero lo peor fue lo de ayer. Los comunicados de ayer. Porque ayer, de repente, hablaron de que los ingleses están atacando en monte Dos Hermanas, en monte Harriet, en monte Longdon. Y claro, sin un mapa, esas palabras son nombres, nada más. Pero si tenés un mapa, como tiene Carlos, y mirás esos nombres en el mapa, pues te caés de culo, porque eso está ahí nomás de

Puerto Argentino. Otra que ochenta kilómetros. Deben ser cinco, diez kilómetros, no más que eso.

Y sin embargo, con lo fácil que sería que la gente entendiese todo si le mostraran un mapa, los militares no muestran un mapa ni por equivocación. Y si él no hubiese conseguido el que consiguió, en esa librería cartográfica que encontró después de dar un millón de vueltas, tampoco entendería nada.

Igual a Marisa no le dice nada. Y ojo, ella tampoco pregunta. Lo ve a él ahí, con la radio a veces, con el mapa todo el tiempo, y no le pregunta nada. Carlos tampoco va a decirle una palabra, si ella no quiere saber. Pero mirás el mapa y está clarito. Clarito lo que está pasando con la guerra. Y clarito, sobre todo, que la guerra está a punto de terminar.

9

Son esas cosas que una hace no porque tenga ganas, sino porque siente que tiene que hacerlas. Si fuera por ella, Magalí se pasaría la tarde tirada en la cama, tapada hasta la nariz, rumiando la angustia. Pero hoy es domingo, empieza el Mundial de Fútbol de España y su padre (ella lo escucha desde el dormitorio) está cumpliendo todos los ritos habituales para casos como éste. Además, qué sentido tiene quedarse acostada, piensa. Lo único que va lograr, además de enfriarse en esa pieza sin estufa, es ponerse más y más nerviosa a medida que su cabeza, como disco rayado, se repite una vez, y otra vez, y otra más, todos los comunicados de ayer sábado, que le cayeron como un balde de agua fría. No sólo a ella, calcula Magalí, sino a cualquiera que venga prestándoles atención con un mínimo de concentración. Durante la semana la cosa había venido bien, con las noticias. Lo de siempre: aviones Harrier derribados, helicópteros Sea King también destruidos, avances de patrullas inglesas rechazados. Y lo mejor de lo mejor: ese ataque de aviones argentinos en Bahía Agradable que había hundido un montón de barcos ingleses. Magalí no tiene idea de dónde queda Bahía Agradable (vaya nombrecito para escenario de una batalla naval con un montón de barcos hundidos, dicho sea de paso), pero sin ir más lejos el viernes sacaron un comunicado en el que explicaban que por más que el gobierno y la prensa inglesa se empeñen en deformar y ocultar la información, habían sufrido pérdidas enormes. Ahora no está segura, pero le pareció que el comunicado hablaba de "desastre". Así de lindo fue el viernes, además de lo del Papa, que estuvo súper emocionante.

Pero ayer, de repente, sacan un comunicado que dice que hay fuertes combates en el área de Puerto Argentino. Así, lo dicen. ¿Cómo puede ser? ¿No se supone que les diste una paliza el otro día, con eso del desembarco que fracasó? ¿Cómo pasamos de la tapa de la revista del otro día: "Seguimos ganando" a "Fuertes combates en el área de Puerto Argentino"?

No hace falta ser una experta en estrategia para entender que la cosa tiene que andar como el demonio, si los combates se están produciendo en la capital de las islas. Y ése es el problema. Y lo que a Magalí más la desespera. La pregunta que la aterroriza y para la que no tiene respuesta: ¿dónde están los chicos, a todo esto? ¿Dónde está su hermano, dónde está Antonio? ¿Dónde está Carlitos, que parece que anda por otro lado que nadie sabe bien por dónde? Esos "fuertes combates" ¿son donde están ellos?

Su padre acaba de encender la radio. Le gusta mirar los partidos así, con el volumen de la tele en cero y la radio al máximo. Magalí se levanta, se abriga y va a la cocina. Su padre apenas le echa un vistazo cuando la ve recortada en el umbral. Magalí duda. ¿Se sienta en la silla que suele ocupar el Conejo para ver los partidos? ¿O esa es mejor dejarla vacía? Es lo único que su padre y su hermano hacen juntos. Mirar el fútbol. Bueno, no exactamente: también trabajan juntos, pero en el taller se sacan chispas sin parar un minuto. Mirar fútbol es lo único que hacen juntos sin pelearse todo el tiempo. Tampoco es que se amiguen. Pero miran callados, salvo en los goles. En los goles no se abrazan, pero por lo menos los gritan al mismo tiempo. Se pregunta qué le estará pasando a su padre por la cabeza en este momento. ¿Tendrá en cuenta eso que dijeron ayer de los "fuertes combates"? ¿O no repara en esas cosas?

Por hacer algo, por ocupar las manos, Magalí va hasta la cocina, pone la pava al fuego y prepara las cosas del mate. Cuando vuelve está terminando la ceremonia inaugural del Mundial.

—Nada que ver con la que hicimos nosotros —comenta el padre—. La nuestra fue mucho mejor.

—La verdad que sí —concuerda Magalí, pero más que nada por no llevarle la contraria, porque no se acuerda casi nada del Mundial que se hizo en Argentina hace cuatro años. Se acuerda de salir a festejar a la calle, que estaba todo el barrio, eso sí, pero de la ceremonia inaugural no se acuerda nada.

Salen los equipos a la cancha. Magalí le lleva un mate cebado a su madre, que está en la pieza con unas cosas de costura.

—¿No venís a ver el partido, ma?

—No, hija. El fútbol no me interesa.

Magalí está a punto de responder que a ella tampoco y que lo hace por hacerle un poco de compañía al viejo, pero se detiene justo a tiempo, cuando recapacita y entiende que lo que la lleva a ella a verlo es lo que la lleva a su madre a no verlo.

De regreso al comedor, el partido está en pleno desarrollo. Su padre fuma un cigarrillo tras otro sin quitar los ojos de la pantalla. De vez en cuando menea la cabeza, alza la mano hacia el televisor como si se dispusiera a dar una indicación que de inmediato descarta. En el entretiempo, su padre se levanta al baño. Mientras Magalí se pregunta si volver a cambiar la yerba, de repente arrancan los acordes de la marchita militar de los comunicados. En la pantalla aparece el escudo del Estado Mayor Conjunto. Magalí siente cómo se le encienden todas las antenas. El comunicado resulta ser de esos con muchos términos técnicos, como "reacondicionar sus medios" o "reajustar el dispositivo", pero Magalí tampoco es tan estúpida como para no entender el sentido: los ingleses están preparándose para atacar de nuevo. Y ya no mencionan el área de Puerto Argentino porque dan por descontado que es el único lugar que les falta conquistar a los ingleses. Todo lo demás ya lo conquistaron, seguro. Y de nuevo la angustia de preguntarse dónde están los chicos. Si del lado que ya conquistaron los ingleses o del lado que todavía les falta conquistar. La puta madre. Más tarde, cuando recen el rosario con su mamá (hace un par de semanas se tomaron esa costumbre, aunque Magalí tiene sus dudas: ¿tiene sentido pedirle a Dios por los soldados de un bando, cuando seguro que las madres y las hermanas del otro bando están haciendo lo mismo, pidiéndole a Dios lo contrario de lo que una está pidiéndole?) va a rezar con esa intención: "Que ya hayan perdido, que ya estén prisioneros, que los estén tratando bien y que no les haya pasado nada malo mientras peleaban". Termina de enumerarlo y Magalí se da cuenta de que es una lista demasiado pormenorizada. Además de ese problema de que las hermanas y las madres inglesas deben tener pedidos parecidos, aunque estén ganando y no perdiendo.

Su padre vuelve del baño, se sienta en su sitio y enciende el enésimo cigarrillo. Para colmo de males, a los quince minutos del segundo tiempo, Bélgica mete un gol. Ni ella ni él pronuncian palabra hasta que el árbitro toca el silbato al final del partido. Recién en ese momento su padre se incorpora y dice, mientras sale del comedor:

—La puta madre que lo parió.

Eso es todo.

10

Es horrible este silencio de domingo a la tarde. Los partidos del Mundial son para verlos los cinco. Todos juntos. Así fue en el Mundial 78, que encima fue una alegría detrás de otra y salimos campeones y fuimos tan felices. Hoy, en cambio, están ellas tres solas viendo el debut de Argentina contra Bélgica.

Hacen lo que pueden, pero la verdad es que pueden bastante poco. El chiste familiar era que ellas, cuando miran fútbol, preguntan estupideces. "Ustedes miran los partidos del Mundial, nada más. Y como de Mundial a Mundial pasan cuatro años, se olvidan de todo y vuelven a preguntar las mismas pavadas que el Mundial anterior". Palabra más, palabra menos, esa es la objeción de los varones. Y Marisa les da la razón. Ella no es capaz de determinar, cada vez que un jugador termina despatarrado en el piso, si fue infracción o si fue una jugada lícita. Y todo el tiempo parece que hubiera uno por los suelos. Y las chicas no parecen mucho más enteradas que ella.

Carlos está en el escritorio, tratando de sintonizar todo el tiempo esa radio de onda corta que se compró hace años y que hasta ahora no usaba para nada. Mueve el dial despacito, para un lado y para otro, y cuando engancha una emisora en inglés la deja puesta e intenta entender lo que dicen. Algo estudió, cuando era chico. Pero de ahí a entender lo que habla un locutor desde la otra punta del mundo hay una gran distancia. Hace eso y mira el mapa de las Malvinas. Ese enorme que compró la vez pasada. Marisa lo entiende a su marido. Y hasta en una de esas le da la razón. Pero ella no puede seguirle el tranco. Siente que si no se distrae, aunque sea cinco minutos, le va a estallar el cerebro. O el corazón. Se va a quedar seca ahí, en medio de la cocina o yendo a hacer las compras.

Hace un rato, justo antes de que empezara el partido, fue hasta el escritorio a decirle que por qué no lo veía con ellas. Carlos estaba con la radio y con el mapa, y tenía una cara de velorio que daba miedo. Marisa se acercó hasta la mesa. El mapa está lleno de anotaciones. Fechas, cartelitos en dos colores, flechitas también en dos colores. Marisa se imagina lo que significan, pero no pregunta. No quiere saber más de lo que ya sabe, porque está segura de que va a llenarse de más miedos y más angustias de los que ya tiene, y ya no le caben más. Ya la desbordan.

Carlos estaba tan abstraído que no entendió la pregunta. Marisa se la repitió. Que por qué no venía a ver el partido con ellas. Contestó que no tenía ganas. Marisa estuvo a punto de responderle que si era estúpido, que si suponía que ella sí tenía ganas, si no se daba cuenta de que lo hacía por las chicas, para que no se sintieran más perdidas, más dolidas, pero se contuvo y no dijo nada. Se pegó media vuelta y se fue al comedor, donde sus hijas estaban viendo la ceremonia inaugural.

Encima, para peor, Bélgica les mete un gol en el segundo tiempo. ¿Bélgica? ¿Cómo puede ser que Bélgica nos meta un gol si somos los campeones del mundo? Las chicas se lo preguntan en voz alta y Marisa no sabe qué responderles. Casi al final del partido hay un tiro libre cerca del área de Bélgica y patea Maradona. La pelota pega en el travesaño y a ellas, a las tres, les parece que pica adentro del arco. Gritan el gol. Saltan. Se abrazan. Pero resulta que no. Que la pelota picó del lado de afuera y no fue. Un cuerno, fue gol. Ese es el problema de mirar fútbol sin Carlitos y sin Carlos. Que cuando dicen que ellas tres no entienden nada de fútbol, tienen razón. No entienden nada.

11

Hugo siempre fue de refugiarse en el trabajo. Cuando le pasan cosas desagradables, o cosas que no entiende, o cosas que lo enojan, lo mejor es ponerse a trabajar. Y hoy es un lunes de mierda en el que le está pasando todo eso junto.

Ayer, en pleno partido, los milicos pasaron unos comunicados que hablaban de combates en Puerto Argentino. Ahora... ¿me querés decir cómo carajo pueden estar combatiendo en Puerto Argentino si la guerra la estás ganando? Hace semanas que están diciendo eso, y de repente hoy te dicen que es todo lo contrario.

No, si es para volverse loco. Por suerte —hay que ver las cosas que a veces uno llama "suerte"— a primera hora le cayó al taller un Falcon con problemas en el arranque que lo tuvo a maltraer todo el santo día. Y por lo menos así se distrajo. Porque se pasó la mañana y buena parte de la tarde sin poder dar en el clavo con el origen de la falla. Primero buscó las cosas más sencillas. Las más habituales. La batería, los bornes, los bujes, algún cable del encendido. Y nada. Después desarmó el alternador, pensando que en una de esas andaba fallando. Para cuando se quiso acordar ya había desarmado el burro de arranque y seguía tan perdido como al principio, y eran como las tres de la tarde.

Lo peor, cuando intentás reparar el encendido, es cuando te pasa esto, que a veces falla y a veces no. Es preferible cuando está muerto del todo y no hay Dios que lo arranque. Pero este puto Ford Falcon parece que lo estuviera gastando, porque una vez arranca, tres veces no, dos sí, cuatro no, y así desde que se puso a repararlo.

En la radio escucha el top de las cinco de la tarde y suelta una puteada. Todo el santo día con ese coche, y al pedo, porque sigue sin encontrar el origen de la falla. Es un quilombo cobrar esos trabajos. Si es por el tiempo que le llevó, al cliente le tiene que arrancar la cabeza. Porque estuvo todo el día. Si es por el arreglo en sí, lo tiene que llamar al cliente, darle la llave y decirle que se lo lleve como está, sin cobrarle un mango, porque las últimas tres veces arrancó pero, en el fondo, no sabe bien por qué.

Baja la cortina metálica del taller. La hora que se hizo. Mañana será otro día. Decide probar una vez más. El auto arranca como si nada. Repite el procedimiento. Vuelve a arrancar. Tres veces. Cinco veces. Ahora al hijo de puta se le dio por arrancar en todos los intentos. A veces pasan estas cosas. Tanto toqueteás, ajustás acá, limpiás allá, y de repente solucionaste el problema. El tipo quedó en pasar mañana a la mañana. Está bien. Hugo tendrá toda la noche para pensar cuánto cobrarle. Mañana, apenas llegue, lo pone de nuevo en marcha. Si arranca, ma sí, lo considerará arreglado. Y le va a cobrar sus buenos mangos, que a él tampoco le sobra el tiempo.

Empieza a recoger la herramienta en la penumbra, porque con la cortina cerrada ya no entra luz desde afuera, además de que es pleno junio y anochece temprano. Y la bombita que cuelga del techo es de 40 y apenas alumbra. Hugo es metódico para ordenar. La de veces que le ha reclamado a su hijo lo despelotado que es. Mil veces se lo ha dicho. Ordenar no es perder el tiempo. Es ganarlo.

Los minutos que gastás hoy poniendo cada cosa en su sitio te los ahorrás mañana, cuando tengas que buscar este alicate, aquel destornillador, esta llave francesa. Hablando de llaves francesas, decide tomarse un minuto más y limpiar un poco las dos que estuvo usando. Porque esa es otra. La herramienta no sólo hay que usarla, sino mantenerla en buen estado. Embebe un trapo en aguarrás y se pone a lustrar el mango de la más grande. Después le lubricará las rueditas del mecanismo. En ese momento en la radio empieza a sonar la marchita militar de los comunicados del Estado Mayor Conjunto. Como hace siempre, Hugo va hasta la radio y sube el volumen.

"El Estado Mayor Conjunto comunica que la reunión prevista para las 16 horas del día de hoy, 14 de junio de 1982, entre el comandante de la Fuerza de Tareas británica, General Moore, y el gobernador militar de las Islas Malvinas, General de Brigada Mario Benjamín Menéndez, fue diferida para las 19 horas. En ella se debían acordar las condiciones del cese del fuego". Hugo frunce el ceño.

"Reiteramos", dice el locutor de la Cadena Nacional. Hugo escucha con más atención todavía. ¿Una reunión con el jefe de los ingleses? ¿Cómo te vas a reunir con el jefe de tu enemigo? La última frase, las últimas palabras de la última frase, le clarifican a Hugo el pensamiento. Cese del fuego. Cese del fuego significa que terminó. Y si terminó significa que perdieron, que se rindieron. Hugo siente cómo le sube la bronca por la garganta, por la piel, por todos lados. ¿Cómo puede ser que se hayan rendido? ¿Cómo pueden ser tan cobardes de haber perdido, esos hijos de puta? Sin pensarlo —porque si lo hubiese pensado no lo habría hecho—, rabioso, enfurecido, arroja la llave francesa contra la cortina metálica. La herramienta hace un ruido terrible al chocar contra la chapa acanalada y cuando cae al piso.

Diez minutos después el mecánico atraviesa la portezuela de la persiana metálica hacia la vereda y echa el candado. Levanta la vista hacia la bandera argentina que lleva colgada ahí como dos meses. Alza el brazo, aferra la tela y la arranca de los ganchos de hierro. Con el tirón, la bandera se desprende de las cintitas que la unían a los ganchos. El hombre se va caminando por la avenida, lleno de ira y de pesadumbre.

Las cintas quedan ahí anudadas. Pasarán los meses y los años, y se irán ennegreciendo con la mugre de la intemperie y de la calle. Nadie se tomará el trabajo de quitarlas. Nadie reparará en ellas, ni en la abolladura que tiene la cortina metálica, más o menos a un metro del piso, en el sitio donde impactó la llave francesa. Las cintas y la abolladura seguirán ahí durante muchísimos años, hasta mucho después de que el taller mecánico haya cerrado para siempre y la cortina metálica haya dejado de funcionar, con todos los engranajes herrumbrados, de tanto tiempo sin subirla ni bajarla.

12

Sí, mi general, es cierto que las noticias son tremendas y el ánimo lo tenemos por el piso, dice Molinero, pero no es el momento de tirar la toalla, que la pelea es larga y me animo a decirle que recién empieza, mi general. Sí, sí, por supuesto, mi general, nadie esperaba que las cosas terminaran así, quién se lo iba a imaginar, pero que el árbol no tape el bosque, mi general, que el árbol no tape el bosque. Hace unos meses la Argentina estaba sin rumbo, mi general, era una pelea de todos contra todos, y mírenos ahora, mi general, mire de lo que fuimos capaces. Y todo gracias a usted, mi general, y eso el pueblo no se lo va a olvidar, no se lo va a olvidar nunca.

Cumplimos un sueño, y si no fuera por los traidores de siempre, por esos cipayos del norte, por esos yanquis que se hacían los que eran nuestros amigos y después resultaron unos traidores, mi general, unos vendidos, si no fuera por esos traidores habríamos triunfado, mi general. Y yo entiendo, dice Molinero, yo entiendo el dolor y la tristeza que nos embargan, mi general. A quién no. Pero no nos tenemos que rendir. No, sí, ya sé que el general Menéndez en las islas tuvo que rendirse, mi general, pero cuando digo que no nos tenemos que rendir me refiero a la Causa, la Causa con mayúscula, mi general, la Causa nacional, la Causa de la Patria, por eso le decía que usted nos convirtió de nuevo en hermanos, mi general, usted nos dio un objetivo de unión nacional y de dignidad cívica y eso el pueblo no lo olvida, mi general. Porque andábamos todos peleados, todos cada cual por su lado y usted nos hizo como dice el *Martín Fierro*, mi general, usted hizo que los hermanos sean unidos porque esa es la ley primera, claro que sí, y todo lo demás pasó a segundo plano, mi general.

Quién iba a decir, mi general, quién iba a decir que los políticos y los sindicalistas y los curas, mi general, y los periodistas y hasta los rockeros, mi general, si hasta esos melenudos zaparrastrosos juntaron plata y cosas para nuestros soldados, quién lo hubiera dicho, mi general. Y eso fue gracias a usted, mi general, a su visión, a su criterio, a su capacidad para ver por debajo de nuestras miserias y nuestras diferencias y nuestros egoísmos, mi general, y ahora que es la hora más dura, mi general, porque eso nadie lo pone en duda, es la hora más dura porque acabamos de perder las islas otra vez, pero no importa, porque una cosa no quita la otra, mi general, y por eso es tan importante que el pueblo lo vea a usted, mi general, a la vanguardia, dirigiendo a este pueblo que tiene la frente bien alta, y que se planta ante el mundo para decir que nuestra lucha fue y sigue siendo justa, y el mundo tarde o temprano va a tener que darnos la razón, y mientras tanto vamos a seguir trabajando como hasta ahora, mi general, porque eso lo hizo usted, lo despertó usted, todo un pueblo codo con codo trabajando por el bien común y por el progreso y por la dignidad de una causa justa y eso el mundo entero lo tiene que ver y nadie se va a poder hacer el tonto, mi general, y por eso hoy su discurso va a hacer Historia, así, también con mayúscula, mi general. Porque conducir al pueblo en las horas felices de la victoria lo hace cualquiera, mi general, pero usted va a conducirnos a los argentinos en medio de la oscuridad pero de regreso hacia la luz, mi general, y su discurso de esta noche va a demostrarlo, y no sólo a demostrarlo al mundo sino demostrárnoslo a nosotros mismos, mi general, porque lo que logramos fue algo magnífico que no debe opacarse en la hora de la derrota. Ya lo va a ver, mi general, yo se lo aseguro, no, mejor, se lo prometo, mi general, se lo juro, usted habla esta noche y el pueblo lo va a entender, el pueblo lo va a seguir, el pueblo lo va a acompañar, mi general, ahora empieza otra etapa, un tiempo nuevo para aprovechar las lecciones del pasado y construir juntos un futuro con el mejor líder a nuestro frente, mi general, porque eso es lo que es usted, un líder, señor, y eso se va a demostrar ahora que nos toca bailar con la más fea, mi general, ahora que hay que asumir la derrota momentánea y pasajera pero derrota al fin, que tampoco nos vamos a engañar, y ahora viene el tiempo de agachar la cabeza y juntarnos y trabajar juntos y disciplinados y ordenados y en la dirección que usted nos señale, mi general, que para eso estamos. Claro que sí, general, así me gusta, ése es el presidente que queremos, ése es el presidente que aprendimos a admirar en estos meses, y ninguna derrota ni ninguna rendición pasajera va a cambiar eso, mi general, se lo juro.

13

Ayer prácticamente no hablaron. Cada cual estaba hundido en lo suyo. Parecía menos un café que una biblioteca. Los únicos que de vez en cuando cambiaban una palabra entre ellos eran Solano y Weissman, pero se los veía circunspectos y melancólicos.

Hoy es martes y las cosas no han cambiado demasiado. Alonso no puede decir que se hayan animado, porque las caras siguen igual de largas. Pero de vez en cuando algún comentario va o viene de mesa a mesa.

El Asturias está casi desierto. Hoy no corren las meriendas previas a los viajes de regreso a casa. Alonso lo atribuye a eso de la concentración popular en Plaza de Mayo, que debería producirse de un momento a otro. Contraviniendo su costumbre, es él el que inicia la conversación.

—¿No van a asistir a la manifestación? —pregunta, señalando con el mentón hacia el lado de Casa de Gobierno.

Con la cabeza o con mínimas palabras, Weissman, Cullen y Solano indican que no.

—Yo sí —dice Alessandri.

Parece que va a agregar algo, pero termina por quedarse callado. Parece que extraña sus semanas de profunda popularidad, cuando a su mesa se sentaban unos cuantos parroquianos dispuestos a que les explicara cómo Argentina estaba ganando la guerra. Esos también han desaparecido, y Alonso sospecha que no van a volver al Asturias. Cullen se rasca la cabeza de un modo que al español lo deja pensando en cosas tales como suciedad y liendres.

—¿En qué anda, amigo Cullen? Se lo ve medio consternado —Weissman parece haberle leído el pensamiento.

—Este… acá estoy —vuelve a rascarse la nuca, con gesto casi frenético—. Volví al asunto de las estaciones del año, y sigo sin entenderlo. Porque…

—Ah, veo que usted sigue en lo importante —sarcástico, lo interrumpe Alessandri.

Solano lo mira con expresión dura.

—Si quiere, ilumínenos en relación con lo que es importante —lo desafía.

—¿Lo importante? Lo importante es ir dentro de un rato a la Plaza de Mayo, Solano. Eso es lo importante. Ir a exigir, como pueblo, a la Plaza de Mayo.

—¿Exigir qué?

Alessandri parpadea, como si no hubiese estado listo para esa pregunta.

—¿Exigir qué, me pregunta? Exigir que no sean cobardes, para empezar. Exigir que no se rindan. Exigir armas para seguir peleando.

—¿Y no le parece un poco… —Weissman interviene y parece estar buscando la palabra— difícil arrancar de nuevo con la guerra?

—¿Por qué arrancar de nuevo? Se trata de seguir, de perseverar en un camino que ya se inició, que ya se regó con la sangre de nuestros mártires.

—Pero ahora las islas están en poder de los ingleses —interviene Cullen—. Otra vez.

A Alonso le quedan repicando esas últimas palabras. Ese "otra vez" lo entristece, aunque la cosa no vaya con él. A fin de cuentas, él no es argentino. Aunque por otra parte estos dos meses de locos no ha podido evitar ilusionarse con ellos, enternecerse con su alegría y lamentar sus desilusiones. Lo que, bien mirado, es una monumental estupidez, se reprende.

—O sea —Cullen se rasca frenéticamente una axila—, una vez desalojados de las islas, se ha perdido cualquier ventaja táctica que uno pudiera tener.

Alessandri se lo queda mirando como disponiéndose a retrucarle, pero no lo hace. Vuelve a perderse en la sexta edición del diario vespertino, hasta que una nueva ocurrencia parece asaltarlo.

—No sé si será fácil o difícil, pero hay que hacerlo. No podemos quedarnos de brazos cruzados. Hay que ir a la Plaza de Mayo a exigir respuestas, a que aparezcan los culpables.

—Ah… los culpables —interviene Solano—. ¿Y para usted quiénes son los culpables?

—¿Quién va a ser? ¡Los militares que nos llevaron a la derrota! ¡Empezando por Galtieri, por supuesto!

—¿Pero no decía usted que Galtieri…?

—¡Pero no son los únicos, los generales!

—Ah, ¿no?

—No, señor. La culpa también la tienen los cobardes, los que apostaron a la desunión del pueblo, los derrotistas que en el fondo querían que perdiéramos.

Weissman parece dispuesto a lanzarse sobre esa última frase de Alessandri, pero Solano le apoya la mano sobre el antebrazo y el otro mantiene la boca cerrada.

—¿Está seguro, Alessandri? —es precisamente Solano el que pregunta.

—¿Qué?

—Si está seguro. Si está tan seguro de que la unión del pueblo era la respuesta. Porque la verdad que yo lo vi bastante unido, al pueblo, como dice usted.

—¿Se está burlando?

—En absoluto. Lo digo en serio.

—Malvinas era nuestra oportunidad, Solano. La Argentina... —Alessandri mueve las manos como si las palabras justas estuviesen cerca pero se le escapasen por poco— ... las Malvinas son lo que nos falta para ser un país... íntegro. Eso. Es como si nos hubiesen amputado una parte. Y las necesitamos para eso, para volver a ser una nación.

Weissman mira la mesa. Cullen hace garabatos con su lapicera, vaya uno a saber en cuál de sus libretas. Alonso repasa la mesada de la barra.

—Estuvimos tan cerca, carajo. Tan cerca. Las Malvinas eran la respuesta a nuestras preguntas. Lo siguen siendo, aunque hayamos vuelto a perderlas. ¿No lo ven? ¿No se dan cuenta? No podemos ser un país hasta que no las recuperemos para siempre. Ahí podremos ser una nación.

Solano sacude la cabeza.

—¿Qué? —le pregunta Alessandri, que lo ha notado—. ¿No qué?

—Que no pienso como usted, Alessandri.

—¿En qué no piensa como yo?

—Bueno —dice el otro sonriendo—. Le diría que en casi nada pienso como usted. Pero sobre todo en eso de la nación. Pare: no me interrumpa. Creo que está por verse eso de que "la nación es esto", o "la nación es aquello". ¿Quién dicta lo que es la nación? ¿Quién decide qué necesitamos para ser una nación?

—¡Es evidente!

—No, Alessandri. Es cualquier cosa menos evidente. Creo que todos somos muchas cosas. Y nadie debería ser tan gallito como para decirles a los demás cuál es la esencia de la nación.

—Ni de la nación ni de nada —interviene Weissman.

—Así que ustedes prefieren un mundo hecho de vaguedades. Un mundo en el que nadie sabe quién es, qué es, cómo es.

Solano y Weissman se miran. Al final responde el primero.

—Yo no prefiero nada, Alessandri. A duras penas sé dónde estoy parado. Y eso no significa que no me haya alegrado recuperar las Malvinas. Primero, porque me pasé la vida escuchando que son argentinas. Y esa es la razón vieja. Y segundo, porque ahora hay un montón de soldados que se murieron allá. Y esa es una razón nueva para querer que las tenga Argentina. Pero de ahí a que me digan que la Argentina depende de eso… no me gusta. No me gusta que venga nadie a decirme en qué tengo que creer, o cuál es mi esencia. Eso, la verdad, me rompe mucho las pelotas.

Se hace un silencio largo. Afuera se escuchan unos petardos y, casi enseguida, unas sirenas.

—Me voy a la manifestación —dice Alessandri—. Buenas noches.

El único que lo saluda, vaya paradoja del destino, es Weissman.

14

Molinero aguarda mientras el comandante lee las dos hojas mecanografiadas que él le alcanzó por encima del escritorio. Lo hace con el ceño fruncido, moviendo apenas los labios. Las primeras veces agarraba una birome roja, en el ademán de quien se dispone a hacer correcciones pero, tal vez porque nunca sugirió ninguna modificación, o porque aprendió a confiar en Molinero, dejó de hacerlo. Como mucho un comentario, al final, sobre el enfoque general de tal o cual comunicado, o sobre la situación bélica en las islas. Y después el asentimiento final con un "Proceda, Molinero, está bien así" o palabras similares.

Este borrador es larguísimo. Molinero tendría que revisar para asegurarse, pero le parece que es el comunicado más largo de todos. Llevará, cuando se difunda, el número 166. ¿Cuántos iban cuando él se hizo cargo de la redacción de los comunicados? ¿Veinticinco? ¿Treinta? No está seguro. Otra cosa que podría revisar. Pero han sido semanas tan vertiginosas que se le mezclan un poco los hechos y las dudas.

Cómo demora el presidente. ¿Será porque no le gusta el tono, discrepa con el enfoque, va a sugerirle modificaciones o, simplemente, lee más despacio todavía de lo que Molinero suponía? En una de esas fue una mala idea traérselo esta tarde, con todo lo que está pasando, con esta atmósfera que parece de tormenta inminente, estas caras largas, esta tensión que los atraviesa a todos. Pero, por otro lado, ese comunicado es parte de la estrategia general que él, Molinero, ha sugerido, y que el general ha aprobado.

En situaciones como esta Molinero lamenta no haber tenido hijos. Se imagina a sí mismo dentro de muchos años, en una sobremesa, rodeado de esos hijos y, por qué no, de los hijos de esos hijos, con Adelina a su lado, evocando hazañas como ésta. "¿Por qué no nos contás, papá, cuando redactaste el comunicado final sobre la guerra de las Malvinas, ese que hoy se estudia en las escuelas, en las universidades, como balance final del conflicto?". Pucha, qué lástima la falta de hijos que perpetúen nuestra memoria, piensa Molinero.

Porque él se haría rogar, diría que ya lo ha contado muchas veces, que las nueras y los yernos deben estar hartos de oír esa y tantas otras anécdotas de sus tiempos como mano derecha del presidente de la nación, y sus hijos (o hijas, porque en el fondo le da lo mismo) y sus nueras (o yernos, que también le da igual) insistirían para que hable, para que cuente, para que se explaye. Entonces Molinero, apenas a regañadientes, diría que enfocó ese comunicado pensando sobre todo en el futuro, en el futuro inmediato, porque en la política y en la guerra uno tiene que ser capaz de anticiparse tres o cuatro movimientos a los del enemigo. Y que lo había redactado teniendo en cuenta, sobre todo, el frente interno: los militares hostiles y vengativos, que querrían usar al general como chivo expiatorio, y los civiles desencantados y frustrados, que querrían hacer lo mismo. Por eso el comunicado hacía un resumen de los últimos enfrentamientos armados, en los alrededores de Puerto Argentino, con hincapié en la enorme superioridad del armamento inglés (visores nocturnos, misiles portátiles, miras láser, helicópteros a troche y moche), un armamento absolutamente revolucionario y desconocido, para el cual las Malvinas fue un campo de experimentación envidiable. En otras palabras: que no hubo manera de enfrentar semejante superioridad. No hay tutía. Sobre todo, y eso Molinero tendrá buen cuidado de subrayarlo, porque la última parte del comunicado resalta que Gran Bretaña contó con el apoyo de Estados Unidos, la OTAN y la Comunidad Económica Europea y aun así Argentina le había causado daños enormes y desproporcionados para esa disparidad de fuerzas. Una especie de David contra Goliat, piensa Molinero ahora, y desea acordarse para contarlo a esos hijos y a esas nueras, porque la imagen es poderosa. Lástima que acá el que gana, aunque no se lo merezca, es Goliat. ¿Estarán a tiempo con Adelina de tener hijos? Él sí, pero teme que Adelina no.

El general deja los papeles sobre el escritorio y lo saca de su ensueño. Se quita los lentes de lectura y se restriega los ojos. Molinero se pregunta cuánto lleva ese hombre sin dormir una noche como Dios manda. El general asiente con la cabeza y dice que sí, que le parece bien, que así, exactamente así, ocurrieron las cosas. Molinero piensa que eso también deberá incluirlo en la anécdota para sus hijos y sus nueras, sus hijas y sus yernos. Es un cierre estupendo. No las palabras del general, sino su propia conclusión, su propio cierre, el de Molinero, después de esas palabras. No porque se lo diga al general en voz alta. Nada de eso. No. Es una reflexión para sus adentros. Para su propia intimidad. La increíble potencia de un cuento.

La fuerza incontenible de la narración. El modo exquisito en que nuestras palabras son los verdaderos ladrillos con los que se edifica el mundo. En este mes largo que lleva redactando los comunicados, supervisando las propagandas, monitoreando las tapas de los medios gráficos y las noticias de la televisión y de la radio, Molinero ha alcanzado su propia epifanía: la realidad está en la cúspide de una montaña hecha de palabras y de deseos, o, más bien, de las palabras que deseamos, que esperamos y que necesitamos escuchar. Si esa montaña está bien construida, con cuidado, con respeto, con empatía, con delicadeza, todas las personas están dispuestas a subir por esa cuesta para echarse a descansar en esa cima. No vamos hacia la verdad, sino hacia la verdad que necesitamos. Parece lo mismo, pero no es. Y Molinero se sabe dueño de la llave que abre la pequeñísima cerradura que distingue ambos mundos.

Lo importante ahora es atar todo bien atado. Es clave que el comandante se aprenda de memoria el discurso que tiene que pronunciar ante la multitud que se está reuniendo en la Plaza de Mayo. Que se lo aprenda bien como para decirlo convencido, serio, entero. No entero el discurso, sino entero él, el general, para que todos lo vean y todos lo aprendan y todos lo sepan, que el general no se achica ante las malas, que es toro en su rodeo y torazo en rodeo ajeno, como dice el *Martín Fierro*. Y que si les pareció fuerte en la victoria, hidalgo en la bonanza, lozano en la dicha, lo verán más fuerte y más hidalgo y más lozano en la derrota.

Y es en ese momento cuando Molinero se aclara la garganta y dice: "Perfecto, mi general, hoy empieza de verdad su historia como presidente de la nación" (y piensa que será importante que sea capaz de citar exactamente así sus propias palabras, cuando las comparta una y otra vez con su posteridad), que el malparido de Ramírez abre la puerta del despacho presidencial, sin tomarse siquiera la molestia de golpear, y anuncia:

—Disculpe, general. Tenemos un problema grave.

Y cuando Molinero se dispone a preguntar cuál es ese problema se escucha una serie de estampidos brutales, como de bombas de estruendo o algo peor, que viene precisamente desde la Plaza de Mayo.

15

Ascasubi apenas pudo asistir al colegio secundario, porque tuvo que abandonar en segundo año y ponerse a trabajar para parar la olla en su casa, pero siempre le quedó en la memoria, con la fijeza y la luminosidad de las cosas maravillosas, el concepto de "hora libre". No porque le molestara tener clases, sino porque le gustaba el contraste entre las horas ordinarias y esos escasos momentos excepcionales. La escuela, casi siempre, era un lugar ordenado, silencioso, de reglas y costumbres evidentes, en el que las mentes, los cuerpos, las voces y los rostros tenían pautas que seguir, cánones que cumplir y prelaciones que mantener.

Las horas libres rompían esa monótona pulcritud. No porque la escuela se convirtiese en un caos. En absoluto. Ninguna escuela argentina corría el riesgo de hundirse en el caos en la época en que Ascasubi tenía trece años. Pero sí se producía —y eso a Ascasubi lo divertía mucho— una ligera alteración en el orden de las cosas. Aunque les enviaran a un celador a vigilar al curso, el susodicho ni siquiera intentaba mantener a los alumnos en silencio. Les ordenaba, casi sin convicción, que aprovechasen el tiempo libre para adelantar tareas y completar carpetas, pero lo hacía en el tono de voz de quien sabe que está dando una recomendación que nadie, absolutamente nadie, piensa seguir. El resto de la hora el tipo se limitaba a ordenar que se callasen cuando el murmullo, alimentado por sí mismo, crecía hasta hacerse ensordecedor. Un par de golpes en el escritorio y el silencio volvía a instalarse en el aula. Volvía a instalarse por espacio de diez segundos, hasta que las voces volvían a abrirse paso por los intersticios de esa situación anómala.

Lo más interesante, de todos modos, sucedía de esas paredes hacia afuera. Porque a los siete u ocho minutos de comenzada la hora libre, algún alumno se aventuraba a pedir permiso para ir al baño. El celador, por supuesto, se negaba en redondo. Pero al minuto siguiente un segundo alumno preguntaba lo mismo, y al siguiente un tercero, y esa batalla también terminaba en derrota para el pobre hombre. Abierta esa muralla habitualmente infranqueable, la guerra estaba definida. Primero uno, después cuatro, después doce alumnos empezaban a deambular por la escuela. Iban al baño, sí, pero después se desperdigaban por los espacios casi siempre prohibidos: la biblioteca, la cantina, la sala de mapas, el patio de recreos. Podía suceder —siempre sucedía— que alguna autoridad les pidiese cuentas de sus actos a los vagabundos. No era un problema. Bastaba con aludir a alguna orden imprecisa: "El profesor Ibáñez me ordenó buscar un mapa", "El profesor Zacchi me mandó a comprarle cigarrillos", "La profesora Gómez me mandó a buscar un diccionario", para que la autoridad, sin saber bien qué hacer con la anomalía, mandase al sospechoso a seguir con lo suyo, porque era mucho más trabajo escoltarlo de regreso a su aula para verificar su coartada.

Hoy, ahora, a Ascasubi le viene a la memoria, enterito, ese recuerdo de su inconclusa educación secundaria. Porque la entera Casa Rosada parece un colegio en hora libre. Todas las puertas están abiertas. Los corredores están llenos de gente. Ministros, funcionarios, empleados y cadetes van y vienen, pero no con la energía reconcentrada de las últimas semanas, sino con el deambular errático de los sobrevivientes de un cataclismo.

Allí, en su propia anomalía, Ascasubi puede dejar de lado los ritos sagrados de su profesión. Puede entrar a los despachos sin golpear la puerta, dejarse el primer botón de la camisa desprendido debajo de la corbata de moño para que no le apriete tanto, permitir que el teléfono de la cocina suene y suene hasta cansarse. Como en las horas libres, no hay nadie con la autoridad suficiente como para dar órdenes que no puedan ser ignoradas.

Ahora mismo, de hecho, puede hacerle una seña a Juárez —que como nunca sale de la cocina no está al tanto del revuelo padre que hay afuera— para que lo acompañe al balcón y pispear juntos hacia la Plaza de Mayo. Lo que ven los deja pasmados. Lo que ven y lo que escuchan. En la concentración de hoy hay mucha menos gente que en las últimas que se hicieron, pero ésta es mucho más combativa. Los manifestantes avanzan, se repliegan o se mueven hacia los lados, según la guardia de infantería de la policía carga contra ellos o retrocede, a su vez, bajo la lluvia de los palos y las piedras. También los sonidos son otros. Hoy no se canta el Himno Nacional. Hoy no se canta la marcha de las Malvinas. Hoy no hay música, de hecho, sino gritos. Gritos destemplados y rabiosos. "¡Cagones!", gritan en la plaza, "¡Se rindieron, cagones!". Ascasubi y Juárez cruzan una mirada. Parece mentira que sea la misma plaza de las otras veces. Una de esas tanquetas que en lugar de cañonazos arrojan agua emerge desde la calle Reconquista y enfila derecho para la plaza, lanzando el chorro a presión sobre la retaguardia de los que protestan. La masa de gente se divide en dos, y la tanqueta se va detrás de los que rajan para el lado del Cabildo. Los otros se acercan todavía más a la Casa de Gobierno. Ascasubi tiene una sensación extraña, porque Juárez y él son visibles desde abajo. Algunos de los manifestantes los miran a ellos mientras gritan. "¡Armas!", gritan, "¡Dennos las armas y vamos a pelear nosotros, manga de cagones!", "¡No se rindan, hijos de puta, no se rindan!".

Sin proponérselo, cruzan un nuevo vistazo con Juárez. Lo único que falta es que esos locos se la agarren con ellos. ¿No los vieron, con sus *smokings* blancos y sus corbatas de moño? ¿No se dan cuenta de que ellos son nada más que personal de servicio? En una de esas desde abajo eso no se nota, piensa Ascasubi, que retrocede un par de pasos. Juárez lo imita. Sería casi cómico que, a falta de mejores blancos, los elijan a ellos para las piedras y los palos. En ese momento se escucha una serie de estampidos y, como la curiosidad puede más que la precaución, los dos vuelven a asomarse. En varios puntos de la plaza se ven columnas de humo que, desde el piso, empiezan a subir. Tienen bastantes años trabajando ahí como para reconocer las granadas de gas lacrimógeno. Alcanza con una mínima mueca de Juárez para que se apresuren a volver atrás y cerrar el ventanal por el que salieron.

16

Querido hermano:

No te das una idea de las vueltas que les he dado a esas dos palabras del encabezado. A si tenía que escribirlas o no. Pensé que a lo mejor lo correcto era poner simplemente: "Hermano", o tal vez "Hola, hermano".

La palabra complicada es esa de "querido". ¿Te quiero realmente, hermano? ¿Soy sincera si arranco esta carta poniéndote "querido hermano"? ¿O quedo como una chupamedias? Uy. No sé.

Bueno, chupamedias no. Porque en el caso de que estés leyendo esta carta, la leerás cuando vuelvas de la guerra. Cuando estés de regreso en tu casa. Porque yo te la voy a dejar ahí, en tu casa de Haedo. Y se la voy a dejar a tu mujer. Capítulo aparte merecería esto de tu mujer, pero creo que será un capítulo que dejaré sin escribir, porque de lo contrario esta carta va a quedar larguísima, y tengo la sospecha de que si la ves demasiado larga ni siquiera te vas a tomar el trabajo de leerla.

Te la escribo en plena madrugada. Mis hijas duermen. Mi hijo no tengo idea de qué está haciendo. Ojalá esté haciendo algo porque eso significaría... mejor no sigo por ahí, porque me angustio. Hasta hace un rato en la tele todavía hablaban del lío que se armó en Plaza de Mayo. Ahora ya los canales terminaron con la transmisión hasta mañana. Podría poner la radio, a ver si dicen algo más, pero ni ganas tengo.

Es raro esto de escribirte sin saber si lo vas a leer. Pero no es que dudo de si la vas a leer porque dude de que hayas sobrevivido. No, Alfredo. Yo sé que vas a regresar. Estoy segura. Carlitos, en cambio, no sé si volverá. No tengo ni idea. Pero vos, sí. Así que una de dos, cuando vuelvas: o esta carta te está esperando en tu casa de Haedo, o la yegua de tu mujer la tiró a la basura. O a lo mejor leíste hasta acá, hasta cuando escribo que tu mujer es una yegua, y acá es donde te indignás y la tirás a la basura. Yo qué sé. O seguís leyendo por el puro placer de darte cuenta de lo enorme, de lo gigantesca que es mi bronca con vos. Siempre fuiste raro en eso. Bueno, en eso o en todo. Nunca te importó demasiado lo que los demás piensan de vos. ¿O sí, y hacés como que no te importa? Yo creo que no: que en realidad no te interesa. A mí, en cambio, siempre me preocupó lo que los demás piensan de mí. Siempre me hice mala sangre cuando me daba cuenta de que a alguien le caía mal. Fuera quien fuera. Me daba cosa. Me daba culpa. Con tu esposa, por ejemplo. ¿Sabés los años que dediqué a caerle bien? ¿Sabés las veces que hice como que no escuchaba sus comentarios hirientes, sus malas contestaciones, sus maneras de princesa? Y mirá que Carlos me decía, ¿eh? No seas tonta, Marisa, no seas tonta. Esa mina no se merece que te importe tanto. Pero no podía evitarlo. Con nadie puedo evitarlo, pero con ella, menos. Porque, te confieso, ya que esta es la última vez que hablamos (aunque esto no sea exactamente hablar, se le parece bastante), que lo que yo siempre quise fue llevarme bien con vos. Soy medio inocente, me parece. O en una de esas mamá y papá me criaron así. Me prepararon para un mundo en el que las hermanas quieren a los hermanos. No creo que a vos te hayan hecho lo mismo. Me parece que a vos te organizaron un mundo más sencillo. Un mundo en el que tenías menos obligaciones con la gente a tu alrededor. En fin. En el que armaron para mí yo tenía que quererte, que tenerte paciencia, no enojarme, darte otra oportunidad... ¿Y sabés qué? Aprendí bien. Crecí queriéndote, Alfredo. No importó nunca si te merecías o no te merecías que yo te quisiera.

Crecí queriéndote, esperándote, disculpándote, dándote segundas, décimas, centésimas oportunidades. Y vos, querido hermano, ¿te dejaste querer? Casi te diría que no. Si lo pienso un poco parecería que hiciste todo lo posible para que no te quisiera. ¿Cuándo pude contar con vos? ¿Para qué, pude? Nunca. Nada. Esas palabras me salen fácil, y me da la impresión de que no exagero, Alfredo. Qué cosa curiosa es la vida, ¿no? Vos no hiciste el menor esfuerzo para que yo te quisiera, y sin embargo la estúpida de tu hermana te quiso igual.

Me consuela un poco pensar que papá y mamá se murieron pensando que sus hijos se llevaban bien. ¿O debo también considerarlos culpables? Todas esas diferencias en los permisos, los elogios, las exigencias, las ayudas... ¿estuvieron bien? Calculo que no, querido hermano. Estuvieron pésimo. Pero a vos y a ellos les pareció siempre lo correcto. ¿Sabés qué es lo más loco de todo? Que a mí también durante mucho tiempo me pareció lo correcto.

Por eso, también, estoy segura de que vas a volver de las Malvinas sin el menor rasguño. Porque desde chiquito te estuvieron cuidando para que crezcas, para que brilles, para que luzcas. Y eso a vos te pareció bien. ¿En la educación de quién vamos a gastarnos los ahorros? En la de

Alfredo. ¿A quién vamos a ayudar para que se pueda comprar su primera casita? A Alfredo. ¿De quién es la foto que tenemos en el dormitorio, enmarcada, grande así? Alfredo de uniforme, el día de su boda con la yegua de su mujer. Perdón. Volví a decirle yegua. Pero viste cómo son las verdades. Después de que las decís una vez, se te vuelven más fáciles de pronunciar. Cada vez te cuesta menos. Yegua. Yegua.

¿Se habrán preguntado alguna vez papá y mamá: "Cómo se las va a arreglar Marisa"? Calculo que no. Calculo que pensaron que bastante suerte tuve en casarme con Carlos, que es un muchacho serio, un muchacho bien de su casa, trabajador. Suficiente, ¿no? Para Marisa, suficiente.

Por eso ahora, en alguna de mis noches en vela, muy de vez en cuando, me doy cuenta de que debe haberte roto la paciencia eso de que a Carlos le haya ido así de bien con la inmobiliaria, de que en Ramos Mejía lo conozca todo el mundo, de que hayamos comprado la casa que compramos. Te pido que no lo tomes como una burla, porque no lo es. Nunca me importó la plata. Ni que vos la tuvieras ni que yo no la tuviera. Soy tan caída del catre que las primeras veces que tu mujer arrancó con la cantinela del resentimiento yo me quedaba muda sin saber qué contestarle. Parece mentira, decía ella, un oficial del Ejército que se jugó la vida gana menos que un simple vendedor de casas. ¿Te acordás? ¿Y sabés qué hacía yo cuando tu mujercita decía esas cosas? Me hacía la tonta, Alfredo. Cambiaba de tema. Porque en mi mundito de señoras que baldean la vereda lo importante es que las familias sean unidas y las hermanas quieran mucho a los hermanos.

Y no creas que esta carta es un reclamo por lo que pasó después de la muerte de mamá y papá, Alfredo. No lo es. Hay algo que es cierto: que vendieras la casa y encontrases el modo de quedarte con toda la plata me sorprendió. No me lo esperaba. Ahí sí creo que algo se rompió. O mejor dicho: ya no estaban papá y mamá, es decir, ya no había tanto motivo para hacerme la tonta con todo lo que estaba roto. Pero esta carta no tiene que ver con eso. Es verdad que al final me puse a hacer historia antigua, hermano. Pero todavía no llegué al meollo. Ya falta poco, igual. Lo que falta, en realidad, es lo de Carlitos. Eso es lo único que importa, de verdad. Y ese es el motivo de esta carta.

Porque una se banca cualquier cosa. A las pruebas me remito. Porque a una la criaron para celebrar los éxitos de su hermanito, y está muy bien. Pero al mismo tiempo soy madre. Madre de mis hijos, claro, mirá qué obviedad. Y al mayor de mis tres hijos lo mandaron a las Malvinas. Yo vencí todos mis pudores, todos mis rencores, y te fui a pedir que no lo mandaras. Y vos no hiciste nada para que no fuera. Después dijiste que no fue culpa tuya. Que fue un error de un subalterno tuyo. Y yo lo creí. Lo acepté. Pero ahora resulta que lo mandaste a Darwin, justito cuando los ingleses estaban atacando Darwin. ¿Qué vas a decir a la vuelta? ¿Que fue otro error, de otro subalterno?

¿Te podés imaginar lo que fueron esos días para Carlos y para mí, y para las chicas, sabiendo que Carlitos estaba en medio del ataque de los ingleses? No, no podés saberlo. Porque tus hijos están acá, en Buenos Aires. Y no tienen frío, ni están solos allá en el sur, ni corren ningún riesgo de que los maten en la guerra. Así que no, no lo sabés. Y menos mal que ese teniente Quinteros es mucho mejor persona que vos, y nos llamó cuando volvieron de Darwin. Después no supimos más nada, ni de Carlitos ni del teniente. Pero ojalá él también esté bien.

Me quedo pensando en esa palabra que acabo de escribir. "También". En realidad, no sé si Carlitos está bien. Ni sé dónde está. Solamente sé que la guerra terminó. Que las tropas argentinas ya se rindieron. No te puedo explicar el alivio que siento. Es extraño. Porque no sé si Carlitos está sano, o está herido, o está muerto. Las familias intentamos averiguar en el regimiento, pero nos sacan carpiendo, o nos contestan vaguedades, o nos dicen que hay que esperar unos días, porque no tienen información confirmada. Pero aunque todo sigue siendo un gran signo de pregunta, ya pasó. Es decir, a Carlitos ya no le puede pasar nada. Nada que no le haya pasado ya. Si le pasó algo, ya le pasó. Y si no le pasó, ya no le va a pasar. Porque la guerra terminó.

Y de eso es lo único que me falta escribirte, acá. De lo que va a pasar en el futuro según cómo esté Carlitos. Porque quiero que sepas una cosa, hermano. Si Carlitos no vuelve de Malvinas voy a considerar que fue tu culpa. Si Carlitos vuelve herido de Malvinas, voy a considerar que fue tu culpa. Si Carlitos vuelve traumado de Malvinas, voy a considerar que fue tu culpa. Solamente voy a considerarte libre de culpa si Carlitos vuelve sano, del cuerpo y de la cabeza. Solamente en ese caso. Y vos te preguntarás a qué viene que yo te cuente esto.

Bueno. Porque si Carlitos no vuelve, o vuelve mal, vos no vas a poder pegar un ojo tranquilo mientras vivas. Porque yo voy a encontrar la manera de que pagues tu abandono. A mí podés abandonarme. Ya está. No pasa nada. Pero a mi hijo, no. En esa situación, no. Si algo malo le sucedió a Carlitos no te va a alcanzar la vida para pagar esa deuda, Alfredo.

Habrás visto que en estos últimos párrafos ya desapareció el "querido". ¿Sabés qué pasa? Que una puede ser una estúpida, y querer a alguien que no se lo merezca. ¿Pero sabés cuál es el límite de la estupidez? ¿Cuál es el límite de la mía, por lo menos? Que les hagas daño a mis hijos. Ése es el límite. Ojalá quiera Dios que Carlitos vuelva vivo de la guerra. Vivo y entero. Así cada quien puede seguir la vida por su lado. Y así vos no tenés que vivir el resto de tu vida asegurándote de que nadie está acechándote por la espalda.

17

Ascasubi recibe el mate que Juárez le tiende. Está tibio, tirando a frío, y la yerba está lavada. Pero no va a decírselo a su amigo. Una de las máximas que gobiernan su vida es nunca, jamás, criticar el trabajo ajeno. Y si es Juárez el que está cebando, y Ascasubi se está rascando mientras el otro ceba, pues a joderse. Nada que reprochar.

Repara en que desde afuera, y desde hace rato, lo único que llega es silencio.

—Parece que se calmó la cosa —dice, después de chupar la bombilla hasta que succiona en el vacío.

—Parece —concuerda Juárez, que recibe el mate de regreso y vuelve a cebarlo inclinando mucho la pava, con el último resto de agua que queda.

Ascasubi mira el reloj. Es tardísimo.

—Ya no debe haber trenes. Bah, los de Constitución, por lo menos. No sé si a vos todavía te queda alguno.

Juárez mira la hora en el reloj de la pared y hace una mueca.

—El último salió hace diez minutos.

—Mirá vos. Pensé que en Retiro, con eso de que hay más terminales, había trenes hasta más tarde.

Juárez niega con la cabeza, termina de tomar el último mate mientras se incorpora, y deja el cacharro y la pava sobre la mesada.

—Paciencia —dice, mientras repasa la mesada de granito con un trapo rejilla del tiempo de la inundación.

Ascasubi piensa que no será ni la primera ni la última vez que le toca dormir en la Casa de Gobierno. Lamenta no haberlo sabido con tiempo suficiente como para avisarle a su mujer. No va a llamar ahora por teléfono a la vecina, despertarla, hacerla salir a la calle con este frío, ir hasta su casa para buscar a Susana. No hace falta. Su mujer está acostumbrada a que pasen cosas así. Se sonríe. Piensa que el punto en el que se parecen la vida de un espía y la de un mozo de la Casa Rosada son los horarios imprevisibles.

—¿De qué te reís? —pregunta el cocinero.

—De nada, Juárez. De nada.

Salen de la cocina y Juárez apaga la luz. El corredor está vacío y a oscuras. Esta noche, después de muchas noches frenéticas, vertiginosas, la Casa de Gobierno ha recuperado el andar penumbroso y melancólico de las noches de toda la vida. Pasan por delante del Salón de Prensa, que tiene las puertas abiertas. Adentro hay poca luz, pero se alcanzan a distinguir las sillas desordenadas, alguna caída sobre su respaldo, después de la última conferencia de prensa. Ascasubi se pregunta cuándo el lugar volverá a estar lleno de gente, de periodistas que ocupen esas sillas vueltas a ordenar, y de hombres de uniforme explicando el futuro de la patria.

Ascasubi le hace un gesto a Juárez para que lo siga. El otro, dócil, no tiene inconveniente. Cruzan la sala en penumbra. Casi al fondo hay una maceta hecha trizas contra el piso, y un helecho rodeado de tierra removida en medio de la alfombra, al lado de una columna también caída y partida al medio. Ni Ascasubi ni Juárez tienen la menor intención de limpiar ese estropicio. No es asunto de ellos.

Las altas persianas que dan al balcón están abiertas, igual que las ventanas. Desde la calle entran la luminosidad de las luces de mercurio y el frío intenso de la noche de junio. Como polillas absortas, los dos hombres, sin proponérselo, caminan hacia la luz. Salen al balcón. Hace menos de ochenta días el general salió a agradecer a una multitud que lo aclamaba por haber recuperado las islas Malvinas. Unos días después una multitud todavía más grande se enfervorizó con la posibilidad de ir a la guerra. Ahora la plaza está vacía. Los que hace un rato fueron a pedir armas para seguir peleando, explicaciones para entender y culpables para odiar ya fueron expulsados de la plaza, y están en un calabozo o de regreso en sus casas, masticando la frustración y la bronca e intentando calmar el ardor de los ojos.

Ascasubi y Juárez se asoman a la balaustrada. La plaza es un estropicio de canteros aplastados, plantas arrancadas, rejas vencidas, cascotes, alguna prenda de vestir, carcasas metálicas de granadas de gas lacrimógeno, un cartel en el que sólo se distingue la palabra "Venceremos", hecho jirones y embarrado sobre la explanada. Más lejos, en la esquina de Yrigoyen y Bolívar, todavía sale un poco de humo de un patrullero incendiado.

—Qué quilombo —comenta Juárez, mientras enciende un cigarrillo.

Siguiendo un impulso, Ascasubi se aproxima hasta la baranda, se yergue bien y alza ambos brazos, con las manos extendidas, saludando a la multitud inexistente. Juárez se le aproxima y le canta en voz baja:

—¡Pe-rón! ¡Pe-rón!

Ascasubi se vuelve hacia el cocinero.

—¡Rajá de ahí con ese Perón! ¡Si querés ser Perón, saludá vos!

Juárez le hace caso. Apaga el cigarrillo como si tenerlo en la mano le quitara prestancia y, de pie junto al mozo, el cocinero hace el gesto de saludo del viejo general. Ascasubi lo mira y mira también la plaza llena de señales de las protestas de esa noche. Las piedras, las telas deshilachadas, los palos tirados en la vereda.

—El problema de ustedes los radicales es que no tienen alguien así, como los peronistas, para gritar su nombre —le dice Juárez, retomando una discusión perpetua e inacabada entre los dos.

Ascasubi sonríe, aunque ver la plaza así, desierta y rota, lo llena de congoja.

—No sé, Juárez. No sé. Lo que vos ves como un defecto yo lo veo como una virtud.

Se cansan de su juego y bajan los brazos. Juárez enciende un nuevo cigarrillo y le convida a Ascasubi. Fuman en silencio hasta que las brasas casi llegan al filtro. Apagan los puchos en las baldosas del balcón.

—Podrías hacer algo de cenar, ya que sos cocinero, ¿no?

Juárez consulta su reloj pulsera.

—Ya casi va a ser un desayuno más que una cena, ¿no te parece?

Ascasubi piensa que esa es la hora más silenciosa de la noche. Cuando todos los noctámbulos se han ido a dormir y los madrugadores todavía no salen de sus casas. Le gusta mucho esa hora. Es como si el mundo se hubiese vaciado de gente. De toda la gente. Después vuelve a reparar en el patrullero incendiado. Porque ya no queda nada por quemar, o porque la madrugada está muy fría, ya no se ve la columna de humo. Ascasubi se da vuelta hacia el interior del edificio y emprende la marcha. Juárez lo sigue.

18

El tipo de lentes lo persigue al verdulero de un lado para otro mientras le despacha la mercadería. Magalí ve cómo el verdulero, de vez en cuando, se gira para mirarlo de la cabeza a los pies, como para darle a entender que se está sobrepasando, pero el anteojudo no se da por aludido.

—¿Qué más le doy? —pregunta Cirilo mientras anota las papas.

—¿Las manzanas están bien? —pregunta el anteojudo.

—¿La manzana roja o la manzana verde?

—La roja. La deliciosa.

—Sí, están muy bien. ¿Qué le pongo? ¿Un kilo?

—Sí, sí, un kilo.

Cirilo empieza a seleccionar las frutas. Magalí cambia el pie de apoyo. Cuenta la gente que tiene delante. Siguen siendo tres personas, anteojudo incluido.

—Ahora, yo me pregunto… —dice de repente la mujer canosa de peinado alto que está en la fila—. ¿Cómo puede ser que se hayan rendido así, enseguida?

—¿Vio, doña Carmen? ¡Lo mismo me decía mi marido! —dice la mujer de tapado verde.

El de anteojos se acomoda los lentes y se da vuelta hacia las mujeres, con ganas de charlar. Magalí siente deseos de salir corriendo, pero se mantiene firme. No quiere volver a la tarde. Además, aunque a la tarde no estén estos tres, habrá otros tres igual de imbéciles.

—Es que los ingleses eran todos soldados profesionales, que llevan toda la vida como militares. Nosotros mandamos a los colimbas —dice el de anteojos.

—¡Eso! —coincide la de peinado alto—. ¡Unos solditos que no saben ni dónde están parados! Así no se puede pelear una guerra. No, señor.

—Y menos contra los ingleses —confirma la del tapado.

—La verdad, que para andar dando vergüenza, se habrían quedado acá, digo yo —el verdulero lo dice mientras anota las manzanas—. ¿Algo más le doy?

—No, nada más.

—Precisamente —concuerda la del peinado—. ¡Todo un país! ¡Todo un país movilizado, juntando plata, juntando frazadas, juntando de todo para la guerra, y nos tenemos que volver con el rabo entre las patas!

—Igual la culpa la tienen los militares, no me venga a decir —interviene el de anteojos mientras saca su billetera—. Ellos tendrían que haber sabido que los soldados nuestros no estaban preparados.

—Mi marido dice que la culpa es de los chilenos y los norteamericanos —vuelve a la carga la del tapado—. Que, si no los ayudaban, a los ingleses les dábamos la salsa, a esos piratas.

—Pero entonces mejor habríamos invadido a los chilenos, que ahora capaz que se aprovechan —se alarma la otra.

—Yo, lo que digo —vuelve a intervenir el verdulero— es que la próxima vez hay que mandar soldados de verdad. Si no, somos la vergüenza mundial. ¿O no?

¿Cómo nos verán en el mundo, ahora, después de este papelón? Eso es lo que a mí me preocupa. Cómo nos verán a los argentinos.

Se produce un murmullo de asentimiento generalizado y, curiosamente o no, es ese murmullo el que hace estallar a Magalí. No tanto las estupideces que estuvieron diciendo, sino este murmullo cómplice, satisfecho.

—¿Pero qué se creen todos ustedes? ¿Qué saben de los soldados? ¿Qué saben de nada?

Magalí los mira con rabia un segundo más. Después se pega media vuelta y se aleja caminando a grandes pasos. A sus espaldas le parece escuchar a una de las mujeres, que habla en voz baja:

—Hay que ver cómo está la juventud… ¿No le parece?

19

Alcira abre la puerta del baño y ve que está encendido uno de los veladores.

—Apagá la luz —dice.

No es una orden, ni un reto. Tampoco es un ruego. El tono tiene la naturalidad de lo que se dice en la intimidad entre personas que conocen perfectamente los deseos del otro. De hecho se escucha, además del clic del velador cuando se apaga, la risita del primer secretario. Encender la luz cuando ella se metió el baño fue, Alcira lo sabe, un modo de ponerla a prueba. Otra vez. Su relación está sembrada de esas minúsculas trampas recíprocas. Alcira las reconoce porque también se la pasa tendiéndoselas. Más que un modo de conocerse es un modo de corroborar cuánto se conocen.

La primera vez que se acostaron Juan Ignacio empezó a desvestirla con todas las luces encendidas y Alcira fue inflexible. Le aferró las muñecas y le dijo que las apagara. ¿Todas? Había preguntado el secretario. No, todas no. Dejá la pieza en penumbras, había sido la respuesta. El hombre había obedecido sin preguntar. Un rato más tarde, cuando se dejaron caer sobre la cama, exhaustos y pacíficos, el primer secretario le había preguntado por ese asunto de las luces. Alcira le había acariciado la nariz y había cerrado el tema con un "me gusta más así". Punto y aparte. Desde entonces había pasado muchísimo tiempo.

Y Juan Ignacio había vuelvo a preguntar, de vez en cuando. Y Alcira se había mantenido en sus trece: con la penumbra y con el silencio acerca de las razones de esa penumbra. Igual que hoy.

Alcira vuelve a la cama y acepta el cigarrillo recién encendido que le tiende él. Fuman boca arriba, en silencio, perdido cada uno en sus pensamientos. Los de Alcira se demoran un poco en el asunto de la luz y la penumbra. No es ningún secreto terrible. Sabe que a los hombres les gusta mirar, develar los misterios, abarcar por completo las formas, las texturas, los tonos de la piel. Ella no es distinta. No es por eso que prefiera la penumbra. Ni porque se avergüence de sus propias formas, texturas y tonos. En absoluto. En el momento de entreverar su cuerpo con el del secretario experimenta el mismo deseo, no, la misma necesidad de verlo y abarcarlo. Pero se niega precisamente por eso. Porque demorar el placer, piensa Alcira, es un modo de profundizarlo. En la postergación, en la mínima negativa, hay un sitio donde la ausencia y la frustración le multiplican el goce. No son cosas para hablar con el primer secretario. Ni con él ni con nadie.

Bien mirada, toda su historia con Juan Ignacio se asienta en el mismo principio. Alcira sabe que si ella se lo pidiera, el primer secretario se separaría de su mujer y se iría a vivir con ella. Pero Alcira no quiere. No está dispuesta. Ni loca. Y no porque no piense que disfrutaría de su compañía transformada en hogareña, simple y cotidiana. Está segura de que sí le sería placentera. De que ese sería otro modo de completar el goce. Pero ahí está: resistirlo, negárselo a sí misma es un modo de sostener una tensión que, de un modo retorcido, la hace más dichosa.

Lo escucha suspirar profundo, acostado en la posición de estar pensando. Boca arriba, las piernas extendidas, las manos detrás de la nuca, los ojos clavados en el techo que de todos modos apenas se distingue. Perdida en sus propios pensamientos no reparó en que él había terminado de fumar.

—¿Qué estás pensando? —le pregunta.

Juan Ignacio demora en responder. No es que quiera callárselo. Es que siempre es muy cuidadoso con las palabras que elige para hablar. Es una de las primeras cosas que le gustó de él, de hecho.

—Me preguntaba si en algún momento… si hubo, en realidad, si existió algún momento en que todo esto…

Deja el pensamiento a medio formular.

—¿Si hubo algún momento en el que todo esto pudiera haber terminado bien, y no con una guerra perdida?

El hombre mueve la cabeza afirmando. Si esta noche deja las frases por la mitad no es porque le falte capacidad para expresarse, sino porque está demasiado triste como para llegar al final de cada cosa. Alcira lo entiende porque siente la misma tristeza.

—¿Tiene sentido que lo pensemos ahora? De todos modos, nunca nos preguntaron. Quiero decir: nunca estuvo en nuestras manos decidir ni qué hacer, ni cuándo hacerlo. Siempre fuimos detrás de lo que decidían los militares.

Alcira se lo pregunta a él y también se lo pregunta a sí misma. Aunque sabe que son preguntas que no tiene sentido formularse ahora. Ahora ya es tarde. Bueno. Siempre fue tarde.

—Ya la Resolución 502 nos tapó de tierra. La Junta Militar nunca iba a aceptar retirar las tropas argentinas, después de haber desembarcado.

—Yo creo que hubo una chance más —dice Alcira—. Con la misión de Haig.

—¿La primera propuesta de Haig o la segunda?

Antes de responder Alcira da una última pitada a su cigarrillo y se vuelve hacia él por un segundo:

—La que quieras... —lo piensa mejor y corrige—: La segunda, supongo. Retiro de tropas nuestras, regreso de la flota de ellos, administración tripartita con los Estados Unidos. Creo que ése era el techo al que podíamos aspirar. ¿O no? ¿Vos qué decís?

En realidad lo han hablado mil veces. Entre ellos, con el resto del equipo, en la Cancillería y en el departamento de ella, con el ministro y sin el ministro, con los militares y sin los militares, vestidos y desnudos. Pero es un tema que nunca se agota. Afuera se empiezan a escuchar los primeros sonidos de la mañana. Algún camión de reparto. El lejanísimo rumor del tren sobre las vías. Los primeros colectivos. Todavía falta muchísimo para que amanezca. Alcira repara en que hoy es 19 de junio y está a punto de empezar el invierno.

—Sí y no. Una vez que los militares vieron la plaza llena, escucharon los aplausos y los cantitos, leyeron los diarios, la suerte estaba echada. Me parece que nunca hubo manera de retroceder.

El primer secretario hace un ademán hacia la mesa de luz. Alcira percibe en la penumbra su cuerpo girando hacia ese lado y volviendo enseguida a la posición anterior. Está intentando dejar de fumar. Ella también se encendería otro cigarrillo, pero tal vez sea buena idea eso de aflojar con el pucho.

—Eso es lo que más me molesta de todo —agrega él.

—¿Qué?

—Que siento que desde el primer día la suerte estaba echada. Echada y en contra.

Alcira no responde enseguida. Repasa por enésima vez toda esa película vertiginosa y brutal. La plaza llena, los discursos de Galtieri, los fracasos en la ONU, la visita de Haig, las mediaciones diplomáticas, la visita del papa.

Y la guerra. Esa guerra de la que todavía no saben prácticamente nada. Esa guerra que por el momento es una guerra leída en informes reservados llegados desde distintas embajadas. Esa guerra escrita, sin explosiones y sin cuerpos. A Alcira le encanta su trabajo. Piensa que es útil. Que es necesario. Pero a veces, como esta madrugada, siente que es vacío. No, no vacío sino… abstracto. Eso. Abstracto.

Mientras ellos intentaban evitar los tiros y después, mientras ellos intentaban que por lo menos dejaran de matarse, allá en el sur la guerra, la guerra de verdad, la guerra con muertos y con heridos y con mutilados, la guerra con el hambre y con el frío había ido creciendo y multiplicándose sin que ellos pudiesen hacer absolutamente nada más que perderla.

—¿En qué pensás? —ahora es Juan Ignacio el que pregunta.

—En si la guerra la perdió la Junta Militar o la perdimos todos.

Otro silencio largo, y van…

—No sé, Alcira. Yo creo que la perdimos todos. Pero de maneras distintas. Los que más la perdieron son los soldados en el sur. No te olvides.

Tiene razón, piensa Alcira. En algún momento tendrá que enfrentarse con esa guerra. Con la que sucedió mientras ella viajaba y tenía reuniones y preparaba informes que después los militares se pasaron por las bolas, y se subía a más aviones y tenía más reuniones y leía memorándums. La guerra de las balas y de los muertos y de las noches interminables. De esa guerra todavía no saben absolutamente nada. De esa guerra todavía no tienen ni puta idea.

—Lo que más me jode —sigue Juan Ignacio, como si después de un rato de que sus pensamientos se hicieran subterráneos volviesen a emerger a la superficie— es pensar en el futuro. Con las Malvinas, me refiero. ¿Podés creer? Estamos hundidos en la mierda, en la mierda de lo que acaba de pasar, pero a mí lo que más me preocupa es el futuro.

Alcira lo entiende. El trabajo de ellos es ese. Pensar. Preparar. Anticiparse. Organizar el futuro. Y ese es el problema peor. Por eso la tristeza que los abruma a los dos esta madrugada, y que la noche de sexo y caricias que acaban de prodigarse no consiguió mitigar. O sí lo consiguió, pero el efecto ya se ha evaporado.

Por eso están hablando con los ojos fijos en el techo. Por eso los silencios largos. Porque están exhaustos, pero sobre todo están entristecidos. Porque todo el trabajo ha sido inútil. Completamente inútil.

Alcira lo sabe. Ella y el primer secretario nacieron en un país cuyas maestras, desde primer grado, llevan décadas dando clases especiales sobre el tema "Las Malvinas son argentinas". Varias generaciones de argentinos han tenido que colorear mapas teniendo buen cuidado de pintarlas como al resto de las provincias. En los actos escolares han recitado innumerables poemas alusivos. Ni Alcira ni Juan Ignacio son una excepción. Y ellos, por añadidura, cuando entraron al cuerpo diplomático reforzaron ese mandato, esa convicción, esa necesidad. Las Malvinas son, para todos ellos, Moby Dick. La huidiza ballena que surca los mares burlándose de sus insomnios. El imprevisible cetáceo que puebla sus pesadillas y de vez en cuando habita sus esperanzas. Los instruyeron en el deber del reclamo, en la abrumadora superioridad de los derechos argentinos y en la importancia estratégica de recuperar el archipiélago.

Bueno, ya no, lo de habitar las esperanzas. Ahora es Moby Dick pero después del naufragio del Pequod. Aunque no lo digan, mientras afuera suenan los primeros bocinazos, mientras un poco de claridad diurna empieza a reemplazar a la del alumbrado público, tanto Juan Ignacio como ella saben que las Malvinas, ahora, quedan muchísimo más lejos que lo que quedaban en diciembre del año pasado. Muchísimo más lejos. Ahora las Malvinas quedan en Marte.

20

Esta mañana el Asturias mantiene, como todos estos últimos días, las persianas bajas, porque Alonso no quiere comerse una clausura como la que se ligó a fines de marzo por tener abierto en medio de la huelga y la movilización. El español prefiere abrirle a cada cliente, uno por uno, la portezuela de la cortina de enrollar, cada vez que llega o se va un parroquiano. Tal vez mañana deje de tomar estas precauciones. La cosa pinta tranquila. Quedan, en la plaza, los despojos del caos del otro día. Eso es todo. El aluvión de los mañaneros acaba de partir, cada cual a su oficina. Permanecen en el bar, para variar, Cullen, Weissman y Solano. De Alessandri, en cambio, no hay el menor rastro desde la noche de los gases y las piedras.

Hace rato que nadie dice nada. El último comentario de Solano, una especulación sobre quién será el nuevo presidente, ahora que los militares han obligado a Galtieri a renunciar, no suscitó mayor interés en los demás. Cullen está absorto en sus libretas y Weissman tiene la mirada perdida en el ventanal, hasta que parece recordar algo:

—Eh, Cullen.

—¿Eh? ¿Qué pasa?

—Me parece que tengo la solución a su problema.

—¿Cuál?

—El de las estaciones del año.

—¿Cómo?

Alonso levanta la cabeza hacia Weissman. Solano hace lo mismo, y Cullen ya está pendiente al extremo. El tema promete mucho más que la sucesión presidencial. Weissman se levanta de su silla y se acerca a la barra.

—¿Me alcanza la pelota? —le pide a Alonso, señalando un estante en el que descansa un balón de fútbol.

No es de verdad, sino una pelota publicitaria de ginebra Bols. El español la alcanza y se la tiende. Ayudándose con el balón, Weissman explica que la Tierra gira levemente inclinada alrededor del Sol. Su eje no va completamente vertical, sino oblicuo.

—Esto se llama inclinación del eje orbital.

Lo dice mientras camina alrededor de Solano, a quien ha hecho poner de pie para que cumpla el papel del Sol. Cullen se retrepa en su silla para no perder detalle.

—O sea, como las vueltas las pega así, chanfleadita, cuando está de este lado del Sol —Weissman apoya la mano en la parte inferior de la pelota, debajo del cartel de Bols— el Sol pega fuerte, cada día, en esta parte.

—¡Hemisferio Sur! —traduce Cullen, interesado—. Pero después…

Weissman hace una pausa mientras continúa con su vuelta alrededor de la mesa, pero mantiene la pelota con la inclinación que le dio antes.

—Cuando llego al otro lado de la elipse, el Sol pega más derecho en la parte de arriba, no en la de abajo, como era cuando estaba del otro lado de Solano.

—¡En el Hemisferio Norte! —exclama Cullen—. ¡Lo resolvió! ¡Lo resolvió!

Abre una de las libretas, con ademanes exaltados.

—¿Cómo dijo que se llama? La inclinación del eje terrestre…

—Inclinación del eje orbital…

—¡Venga! ¡Venga que necesito que me lo repita para anotarlo!

—¡Momentito! —dice Weissman en tono repentinamente severo.

Cullen se queda atónito. Alonso y Solano también se sorprenden del abrupto cambio de actitud de Weissman.

—Yo voy hasta su mesa y anotamos todo. Pero usted me tiene que prometer que sale de acá y, en lugar de a la oficina, se va a su casa a pegarse un baño como Dios manda. Y después se va a la peluquería y se corta ese pelo que parece un nido de caranchos.

Cullen parpadea mientras abre y cierra la boca, como si no tuviera idea de lo que le están hablando.

—Pero… ¿por qué?

—¿Cómo por qué? Porque tiene un tufo que voltea, Cullen. ¿Cuándo fue la última vez que se bañó?

El otro mira sus libretas como si ahí pudiese estar la respuesta. Weissman sigue en la ofensiva.

—¿Y cuándo fue la última noche que comió una cena como corresponde? O un almuerzo, para el caso.

Cullen lo mira sin responder.

—Así que esa es la condición. ¿Estamos?

—P… sí —balbucea Cullen.

—Y hoy se viene a cenar a casa con nosotros —se vuelve hacia Solano—. ¿Estamos, Solano?

—Estamos, Weissman —dice Solano, empezando a sonreír.

—De… de… de acuerdo —acepta Cullen.

—Bien. Tenemos un pacto de caballeros —dice Weissman.

Levanta la vista hacia Alonso.

—¿Y usted, gallego? ¿Qué me dice? ¿Se viene a cenar con nosotros?

Alonso hace una mueca, la misma que hace cada vez que alguno de esos equivoca —adrede— su región de procedencia. Weissman hace a un lado la silla frente a la de Cullen para ocupar ese lugar y repite, pacientemente, la explicación que acaba de brindar.

Solano se los queda mirando a los dos. Alonso lo mira a su vez a Solano, que parece sentir los ojos del español clavados en sí y se vuelve a mirarlo. Solano le sonríe y Alonso, cosa infrecuente, se contagia de esa sonrisa.

Después Solano se pone de pie y se acerca a las mesas que han venido usando como maqueta y que permanecen intactas desde hace varios días, desde que ellos agregaron objetos y rótulos por última vez. Con gestos delicados Solano junta las dos mesas. Alonso piensa que acaba de desaparecer el estrecho de San Carlos. Después Solano levanta el cenicero, el encendedor y el vaso que constituían los puntos clave de la costa occidental de la isla Soledad. Se los alcanza a Alonso, que los dispone sobre la barra. Después hace lo mismo con el resto de las cosas. Al final, suavemente, levanta el servilletero que representaba Puerto Argentino y todos los rótulos que le ponían nombre a cada cosa.

Alonso se queda mirando la superficie de las mesas, de nuevo completamente vacías.

21

La ventaja de la radio, a diferencia de la tele, es que no suspende la transmisión a la medianoche. Por eso Molinero se ha trasladado con la botella de whisky desde la cocina hasta el living y ha encendido la radio del combinado de música. Lindo combinado el que tienen ahí. Bandeja para discos, radio cinco bandas, casetera y ecualizador. Molinero no tiene ni pálida idea de cómo usar el ecualizador y de las cinco bandas de radio la única que usa es la de AM, pero el equipo queda lindísimo y a las visitas les encanta. Si uno apaga las luces del techo y deja únicamente la de la lámpara de pie, sus luces azulitas son un primor. Todo el mundo lo comenta.

Adelina apaga la luz de la cocina y viene hacia el sillón de enfrente. Algo ha cambiado en la expresión de su mujer en estos días. ¿O es impresión de él? No. Algo ha cambiado. Una dureza nueva, una distancia, una decepción. Error. No son nuevas. Son viejas. Son las mismas de siempre. Sólo que ahora regresaron.

—¿Dijeron algo nuevo? —pregunta Adelina en ese tono tenso, frío, viejo y nuevo.

¿Qué van a decir?, piensa Molinero. Después de las diez de la noche no hay modo de que digan nada nuevo. No hasta las cuatro de la mañana, cuando los locutores de la radio empiecen a recibir las primeras ediciones de los diarios. Si lo sabrá él, que en las últimas semanas fue el encargado de orquestar qué se decía, cómo se decía, cuánto se decía y cuánto se callaba. Miranos ahora, Molinero, se dice, en ese plural de compinche que a veces necesita para sentirse bien, o por lo menos para no sentirse tan perdido.

Lo cerca que estuvimos. Tocamos el cielo con las manos, Molinero. Y Molinero no está pensando en el 2 de abril, en la algarabía desquiciada del primer día, ni en la multitud festiva y belicosa de cuando vino Haig de mediador, ni en cada proeza de la Fuerza Aérea, ni en cada comunicado que les llenaba el pecho de orgullo y la cabeza de expectativas. No. Molinero se considera más inteligente que eso. Se considera capaz de separar la paja del trigo. Y el trigo, el mejor trigo, fue el de la última cosecha. El del final. Molinero está seguro de que si el general aguantaba un poco más, si era capaz de salir al balcón con su porte de emperador romano y su voz de mariscal veterano y su mirada de ojos helados, la multitud se hubiese acallado, se hubiese apaciguado, habría entendido. Habría bastado con que el comandante alzase el brazo y señalara el futuro con su dedo índice y dijese las palabras justas, esas que tan primorosamente Molinero le había preparado, para que esa multitud colérica se convirtiera, otra vez, en un pueblo unido y sereno, solidario y dispuesto al sacrificio.

Faltó poco, Molinero. Faltó nada. Si las bombas de estruendo empiezan media hora después. O si esos dos generales que vinieron a buscar al presidente no lo convencen de irse a esa reunión de Estado Mayor que seguro estuvo llena de traidores. Pero ahí sí no pudimos hacer nada, Molinero. Ahí sí se hicieron las doce y la carroza se convirtió otra vez en calabaza. ¿Qué podríamos haber hecho? ¿Seguirlos? ¿Obligar al general a regresar y salir al balcón? No todos los milagros son posibles. No todos los milagros están al alcance de un simple capitán de navío, por más esclarecido que sea.

—¿Te vas a quedar acá sentado?

La voz de Adelina lo saca de su aturdimiento. ¿Cuánto tiempo lleva ahí sentada ella? La había olvidado por completo. Pero apenas la escucha recuerda todo. Su gesto severo. Su frialdad. Su renacido desencanto. El futuro ya pasó, piensa Molinero. El futuro fue ese sueño que se desató hace dos meses y que lo llevó en andas hasta el lunes a la noche, y que le hizo creer que todavía le quedaba una oportunidad para enderezar su vida y su carrera. Ya se perdió todo. Hasta esos hijos improbables a los que pensó en concebir simplemente para que la memoria de esas semanas épicas no terminase con él.

—Ya voy. Andá acostándote vos —consigue responder.

Adelina no se hace repetir el consejo. Se escucha la puerta del dormitorio al cerrarse. La del baño en suite. No han sido portazos, sino cierres de puerta hechos con una violencia apenas menor a la del portazo. Lo usual en Adelina. Todo está volviendo a la normalidad a una velocidad que a Molinero lo angustia.

En la radio no van a decir más nada. Galtieri ha renunciado a la presidencia de la Nación y al Comando en Jefe del Ejército. La Armada y la Fuerza Aérea no tienen intención de participar en la designación del nuevo presidente. Por ahora hay varios nombres dando vueltas. Todos del Ejército. Nada concreto.

Esto no debería estar pasando, piensa Molinero. Estuvimos tan cerca, general. Tan, tan cerca. No necesitábamos una victoria en la guerra. No, señor. Teníamos lo que hacía falta, mi general. Teníamos las palabras. Sabíamos qué palabras decir. ¿Qué fue lo que falló al final?

Sin que venga a cuento se le viene a la cabeza la imagen de un pájaro que levanta vuelo y se aleja. Ya estuvo pensando en esta imagen del pájaro, en estos días. Un pájaro que tenía que ver con el poder. Pero tiene tal revoltijo en la cabeza que no se acuerda cuándo, ni a cuento de qué. Pero ahí está el pájaro, que se aleja del general y se aleja de Molinero. Se aleja hasta perderse.

Molinero se levanta y mira la botella de whisky. Queda lo suficiente como para servirse una última medida, aunque en el vaso el hielo se ha derretido por completo. No importa, lo sirve y se lo toma de un trago. Le quema un poco la garganta, pero enseguida se le pasa. Pasea la mirada por el living, a su alrededor. El juego de sillones, la biblioteca, el cuadro que eligió Adelina, el combinado de música con sus hermosos números color turquesa, la ventana que da al balcón francés.

Molinero se aproxima a la ventana y la abre de par en par. La cortina se mueve con el viento frío. La pregunta se le forma de inmediato, Molinero no sabe si por la borrachera en ciernes o porque siempre estuvo ahí, agazapada detrás de todas sus frustraciones, y después detrás de todas sus esperanzas, y ahora de nuevo detrás de todas sus frustraciones que acaban de regresar rozagantes y ufanas, como si nunca se hubiesen ido o, peor, de regreso de un breve exilio, vigorosas, dispuestas a hacerse cargo de las cosas.

Sería cuestión, piensa Molinero, de hacer tres movimientos. Dejar el vaso sobre la cómoda, pasar primero una pierna, después la otra, dejarse ir. Son cuatro, se corrige. Cuatro movimientos. Adelina se enteraría recién cuando le tocasen el timbre la policía o los bomberos. ¿Cómo reaccionaría su mujer ante la noticia? Molinero se queda pensando largamente en lo que haría Adelina al enterarse.

Niega con la cabeza, con una mueca sonriente. Ni loco. Que se joda Adelina. Que se joda la Marina. Que se joda este país de mierda, incapaz de aprovecharlo. Deja el vaso vacío sobre la cómoda. Suspira profundo. Se gira hacia el pasillo y camina, arrastrando los pies, hacia el dormitorio.

22

Lo sigue haciendo porque se lo prometió a él, pero ya no le queda ni una cucharadita de esperanza de que Antonio la llame desde allá. Es más. Ya no sabe si sigue existiendo eso de "allá". Las islas sí, más bien que siguen existiendo. Pero ¿ellos allá? Ellos, allá, no. Ellos, allá, ya no están más. Magalí tiene la cabeza hecha un bombo con los rumores. Su mamá ya fue varias veces al regimiento, pero le dicen que no tienen información confirmada, y que recién cuando tengan información confirmada van a notificar a las familias. Así que por ahora no tienen ni la más pálida idea de dónde están Gustavo, Antonio y Carlitos.

No están. Es como si no estuvieran en ningún sitio. Porque en las Malvinas ya no están, pero acá tampoco están. Y nadie sabe si están volviendo, o si están heridos. Hay una tercera posibilidad, pero en esa tercera Magalí no quiere pensar nunca jamás. Prefiere pensar que están volviendo, no se sabe si por tierra, por aire o por mar. O que en el peor de los casos estén heridos, en un hospital, o en un barco en el que al mismo tiempo los estén curando y los estén trayendo de regreso. Tiene que ser así. O una o la otra. Pero nunca la tercera. La tercera que no la quiere ni nombrar.

En ese panorama, no existe la menor posibilidad de que Antonio llame desde las islas. Esa llamada romántica que ella se viene imaginando desde hace semanas, esa para la que ella estuvo practicando un montón de palabras lindísimas para dejarlo asombrado de amor, no va a producirse. Entonces: ¿para qué sigue con esa pantomima de pasarse el día en lo de doña Mercedes? A la mujer no le molesta. Al contrario. Si hasta le dijo que le encanta que le haga compañía, y Magalí sabe que es verdad. Se le nota. El problema es la escuela. En cualquier momento se queda libre por las faltas. Si no es que ya se quedó. Sería más inteligente que Magalí volviese a clase, tratando de ponerse al día, inventando que tuvo alguna enfermedad que justifique todo lo que faltó. Algo de muchas faltas, como el sarampión, pero no algo grave como la mononucleosis, porque si llaman a su casa para preguntar detalles, a ella se le arma la podrida.

Doña Mercedes abre la puerta de su habitación y viene hacia la cocina arreglándose un poco el pelo, que siempre se le aplasta contra la almohada. Es un relojito. A las cuatro de la tarde, minuto más, minuto menos, se despierta de la siesta. Así, sin despertador ni nada. Magalí se levanta, le da un beso y las gracias por la paciencia, como todos los días. Sale a la vereda, baja del cordón a la calle para cruzar hacia su casa y a su espalda escucha la voz de doña Mercedes, que la llama con un grito:

—¡Magalí! ¡Es para vos!

La chica se gira y vuelve corriendo sobre sus pasos. Se tropieza en el reborde de una baldosa, cae hacia adelante, en cuatro patas, y siente punzadas de dolor en las palmas de las manos y, sobre todo, en la rodilla. Se levanta y vuelve a correr. Cruza la puerta y el pasillo. Levanta el tubo del teléfono.

—¡HOLA!

—¿Hablo con la señora Azucena de Gálvez?

Magalí siente como si le hubiesen quitado el piso de debajo de los pies. La voz no es la de Antonio. Tampoco es la de su hermano Gustavo. Es alguien que pregunta por su mamá. Es alguien serio, formal, educado, que pregunta por su mamá.

—¿Hola? —repite la voz, pero Magalí sigue muda—. Soy el sargento Bustamante. Tengo este teléfono de la vez que la señora vino al regimiento, la vez pasada.

Magalí empieza a entender. Es ese sargento bigotudo con cara de malo pero que al final era bueno que las recibió la vez que fueron al cuartel, que las hizo pasar a ellas y a otro montón de mujeres.

—Hola, señor. Habla la hija de la señora de Gálvez. Soy la hermana del soldado Gustavo Gálvez. Yo estuve con mi mamá, ese día, cuando lo vimos a usted.

—Ah, hola. ¿Tu mamá me puede atender?

Magalí traga saliva y toma una decisión. A ella. Que le diga lo que le tenga que decir a ella. Después verá cómo se las ingenia para decírselo a su mamá. Y a su viejo también.

—Ahora no está. ¿Me puede decir a mí, y yo le transmito el mensaje?

El sargento empieza a hablar, aunque tampoco tiene tanto para decir. Magalí se deja caer en una silla mientras lo escucha. Al hacerlo se mira la rodilla. Tiene un corte del que sale sangre. Bastante sangre.

23

Hugo está guardando la billetera en el bolsillo trasero del overol de mecánico cuando la puerta de calle se abre de golpe. Su hija corre por el pasillo a los gritos, llamando a su mujer.

—¡Mamá! ¡Mamá! ¡Hay que ir a Campo de Mayo! ¡Mamá!

Azucena, que estaba cosiendo sentada a la mesa de la cocina, se gira hacia el umbral. Hugo también se da vuelta. Magalí tiene cara de loca, ahí, agitada y con la cara húmeda de haber llorado.

—¿Qué pasó? —pregunta la mujer de Hugo, aunque parece que le cuesta mucho que le salgan las palabras.

—¡Llamó el sargento de la vez pasada, el que nos atendió en el regimiento! ¡Dice que los soldados ya volvieron y que están en Campo de Mayo! ¡Que toda la información la dan ahí, en la Escuela Lemos!

—¿Dónde queda la Escuela Lemos? —pregunta Azucena, pero como si estuviera muy lejos.

—¡En Campo de Mayo, mamá! ¡Hay que ir ya mismo! ¡Vamos!

Azucena pincha la aguja en la almohadilla y se incorpora.

—Pero… pero… ¿Te dijo algo de Gustavo?

—¡No, mamá, no me dijo nada! ¡No dicen nada de nadie por teléfono! ¡No van a dar la información así, hay que ir allá y ver qué nos dicen!

El labio inferior de la mujer se pone a temblar. Se gira hacia su marido.

—Nos llevás, ¿no? —Magalí le pregunta al padre.

—No puedo. Tengo que abrir el taller.

—¿Cómo el taller? ¡Tenemos que ir a preguntar por Gustavo!

El padre niega con la cabeza. Su expresión es seria y reconcentrada.

—Tengo que abrir el taller, te estoy diciendo.

Azucena se desentiende de su marido y le habla a su hija mientras sale hacia su pieza:

—Ya vamos. Esperá que me paso un peine, por lo menos. Buscá plata para el colectivo.

Cuando se quedan solos, Magalí se acerca a su padre y le habla en voz baja.

—¿En serio me decís que no venís? ¿Nos vas a dejar solas?

—¡Tengo que abrir el taller, te dije!

El padre ha levantado mucho la voz para contestar. Se sostienen la mirada con su hija un largo instante. Después el tipo hace una mueca de disgusto, se palpa otra vez el bolsillo trasero y cruza la casa hacia la puerta. Sale a la calle dando un portazo.

Desde su dormitorio vuelve Azucena, con el monedero en la mano.

—Vamos, hija —es todo lo que dice.

Van hacia la puerta, pero Magalí se detiene de repente.

—Pará. Hay que avisarle a la familia de Carlitos, para que vayan. No sé si saben.

24

Marisa no es del todo consciente del momento exacto en el que abren el portón del regimiento y la gente empieza a pasar como si fuera un torrente al que acaban de abrirle el dique que lo contenía. En medio de la angustia y de los nervios lo único que sabe es que en un momento hay un sargento asomado apenas por una abertura mínima en la reja, que habla con una mujer que encabeza una fila de veinte o treinta personas mientras consulta unas hojas que mantiene sujetas en un portapapeles, y al momento siguiente el portón está abierto de par en par y son doscientos o trescientos los que se desparraman por los terrenos de la Escuela General Lemos gritando los apellidos de sus hijos o sus hermanos.

—¡Busquen a su padre! ¿Dónde se ha metido ese hombre? —alcanza Marisa a gritarles a sus hijas antes de sumarse a esa corriente de gente que atraviesa la reja.

No escucha lo que le contestan sus hijas, pero no puede detenerse. No es culpa de Carlos el desencuentro. Las dejó a ellas tres lo más cerca que pudo de la entrada, pero tenía que buscar dónde estacionar el auto, no podía simplemente abandonarlo en medio de la multitud que se agolpaba frente al portón. Pero Marisa no puede quedarse a esperarlo. Necesita entrar como los demás, buscar cualquier uniforme verde al que pedirle cuentas de dónde puede estar Carlitos. Desde que hace menos de una hora recibieron el llamado telefónico de la hermana del Conejo su vida es este vértigo y este corazón desbocado. Les dijo que estaban en la Escuela Lemos. "¿Quiénes?", había alcanzado a preguntar Marisa. "Los que volvieron", dijo la chica. "Los sobrevivientes", agregó, y a Marisa esa palabra le heló la sangre, porque ése es el asunto. Ahí están, en el regimiento, los que sobrevivieron y volvieron. Pero nadie sabe a ciencia cierta si Carlitos, o el Conejo, o el Negro, sobrevivieron y volvieron o se quedaron porque murieron. Es pensarlo y soltar un sollozo que la obliga a detenerse a tomar aliento. No puede quedarse ahí, parada en medio de la nada e ignorándolo todo. Unos metros más allá ve a un grupo de familiares que rodean a un sargento y lo acribillan a preguntas. Marisa no escucha qué contesta. Sólo alcanza a ver el movimiento de los brazos y la cabeza, la gesticulación que acompaña las respuestas. Duda. ¿Se acerca a preguntarle si sabe algo o sigue adelante, con el grueso de la gente? Decide seguir. Al fondo, en la puerta de un barracón, ve un amontonamiento mucho mayor de familiares. Se dirige hacia ahí. A medida que se acerca empieza a distinguir detalles. La mayoría son civiles, pero también se ven algunos soldados que, evidentemente, han salido de ese edificio. Marisa corre. De vez en cuanto, sin embargo, se da vuelta hacia el portón de ingreso, que se ve cada vez más lejano y más borroso. Necesita que venga Carlos. Que esté con ella cuando por fin aparezca algún rostro conocido. Porque la cabeza de Marisa es un enjambre de avispas que mezcla sueños con pesadillas. En un momento el primer rostro con el que Marisa, en su fantasía, se topa, es el de Carlitos, y detrás del de Carlitos aparecen los del Negro y el Conejo. Pero en otro momento Carlitos no está, y el Conejo y el Negro la miran a ella con cara de no saber qué decirle o, mejor dicho, con cara de no saber cómo decirle. Y en otro momento atraviesa el regimiento de punta a punta sin que le salga al cruce ninguno de los rostros que ella necesita ver.

Siente un sobresalto cuando ve, a lo lejos, a la madre y a la hermana del Conejo, Magalí se llama la chica. Piensa en acercarse a preguntarles qué saben, pero desde la distancia ve sus gestos nerviosos, sus rostros desencajados, el modo en que se arriman a cada soldado para preguntarle si sabe algo, siempre sin éxito, siempre saltando de inmediato al soldado siguiente.

Marisa se marea. Le debe estar bajando la presión, como esa vez que Carlitos se cayó en la calle y se rompió la muñeca y volvió a casa llorando y con la mano toda dada vuelta y ella casi se desmaya de la impresión. Aquella vez se sobrepuso y salieron pitando para la clínica y todo no fue más que un susto.

Pero ahora las avispas que tiene sueltas en la cabeza le gritan a Marisa que en los próximos cinco minutos lo que hay no es un susto sino una muralla de dolor con la que está a punto de chocar y encima sola, porque no están ni Carlos ni las chicas y cada vez tiene más miedo de que tampoco esté Carlitos, y en una de esas tampoco el Negro ni el Conejo. Intenta recordar otros nombres, de otros soldados amigos de los chicos. O de algún suboficial de los que estuvieron con ellos el año pasado, pero no hay caso, además del enjambre de avispas lo único que tiene Marisa en el cerebro es un enorme océano blanco y helado que le paraliza todo menos las piernas, que siguen corriendo hacia el barracón, pasan entre medio de los grupos donde soldados y familiares se abrazan, o lloran, o se abrazan y lloran, y Marisa entra al edificio y a duras penas consigue seguir adelante porque siente que las piernas empiezan a dejar de sostenerla, y los colores empiezan a apagarse. Pasa junto a un teniente cuyo rostro le resulta apenas familiar pero no se detiene porque el militar está abrazando a una mujer, abrazándola o sosteniéndola, eso Marisa no puede determinarlo, apenas cruza un vistazo con el teniente y sigue adelante y es como si todo empezase a oscurecerse y en ese crepúsculo repentino a Marisa le parece ver, un poco más allá, una espalda familiar, y una nuca que reconoce, aunque al mismo tiempo sabe que es descabellado, porque qué tan familiar puede resultarnos una espalda o, mejor dicho, qué tan distinta es la espalda de un soldado de la espalda de otro soldado, y Marisa está a punto de gritar porque está alargando la mano hacia el hombro de ese soldado para que el soldado se gire hacia ella y le muestre su rostro, pero se siente muy sola porque ahí debería estar su marido y deberían estar sus hijas con ella, porque no es algo que una madre tenga que hacer sola, no está bien, no hay derecho, no es justo, ésa es la cuestión, no es justo que una madre tenga que tocar el hombro de ese soldado vuelto de espaldas para que ese soldado se gire y saber, de una vez por todas, si tu hijo está muerto o está vivo.

Castelar, 6 de marzo de 2024

Índice